Angela E. Hunt

Der ewige Wanderer

Roman

Angela E. Hunt

Der ewige Wanderer

Roman

Schulte & Gerth

Die amerikanische Originalausgabe erschien im Verlag
Word Publishing, Nashville, Tennessee,
unter dem Titel „The Immortal".

Aus dem Amerikanischen übersetzt von Susan-Beate Zobel

Best.-Nr. 815 740
ISBN 3-89437-740-2
1. Auflage 2001
Umschlaggestaltung: Hanni Plato
Umschlagfoto: Bavaria Bildagentur/IFA-Bilderteam
Satz: Die Feder GmbH, Wetzlar
Druck und Verarbeitung: Ebner Ulm
Printed in Germany

Vorwort der Autorin

Auf dem Weg nach Golgatha soll einer Legende zu Folge ein junger Diener Jesus beschimpft und ihm ins Gesicht geschlagen haben. Jesus sah dem Mann in die Augen und sagte: „Ich gehe – du aber sollst bleiben, bis ich wiederkomme!" Seitdem irrt dieser Unsterbliche unter verschiedenen Namen ruhelos durch die Zeiten und wird immer wieder an verschiedenen Orten unter mysteriösen Umständen gesichtet. In Italien als Buttadio, der Gottschläger. In Belgien als Isaak Laquedem, „der, dem Gott fehlt". In Spanien als Juan Espera en Dios, „der auf Gott wartet". Ahasver, der Ewige Wanderer . . .

Der Apostel Johannes schreibt am Ende seines Evangeliums: „Es sind noch viele andere Dinge, die Jesus getan hat. Wenn aber eins nach dem anderen aufgeschrieben werden sollte, so würde, meine ich, die Welt die Bücher nicht fassen, die zu schreiben wären" (Joh 21,25). Sprach Jesus mit einem Mann, während er das Kreuz auf den Berg Golgatha trug? Ich weiß es nicht. Aber viele Legenden berichten davon.

Dieses Buch ist nicht das vom Heiligen Geist inspirierte Wort Gottes. Wohl enthält es einige Wahrheiten, doch ich möchte es als ein Gleichnis verstanden wissen, als eine erfundene Geschichte, die sich aus einer äußeren Handlung und einigen tiefer liegenden Aussagen zusammensetzt. Jedem Roman liegt die unausgesprochene Vereinbarung zwischen Autor und Leser zu Grunde, dass der Leser zumindest für einige Stunden so tut, als wäre die Geschichte, die der Autor erzählt, *wirklich so passiert*.

Es ist mir bewusst, dass ich von meinen Lesern viel erwarte, wenn ich von ihnen verlange, an einen 2.000 Jahre alten Mann zu glauben. Trotzdem möchte ich Sie darum bitten. Diese Geschichte enthält viele Tatsachen. Wo immer ich historische Personen, Ereignisse und Zusammenhänge erwähne, habe ich mich mit aller Sorgfalt darum bemüht, nicht von den geschichtlichen Überlieferungen abzuweichen. Das bezieht sich auch auf die Legende vom Ewigen Wanderer.

Ich glaube nicht, dass Gott einen Menschen 2.000 Jahre lang leben lässt, aber wie Vittorio Pace bin ich schon vor längerer Zeit zu der Ansicht gelangt, dass man Gott nicht vorschreiben darf, was er tun

kann und was nicht. So lege ich nun dieses Buch in Ihre Hände und hoffe, dass seine Geschichte später auch in Ihren Herzen wohnen wird.
Ich danke Ihnen dafür, dass Sie mich auf dieser Reise begleiten.

Angela Elwell Hunt
Angie@angelaelwellhunt.com

„Wer meint, er könne die Begegnung
mit den nackten Tatsachen des Todes vermeiden,
wird mitunter ein sehr einsames Leben führen."
Bob Dylan

„Ihr sucht in der Schrift, denn ihr meint,
ihr habt das ewige Leben darin; und sie ist's,
die von mir zeugt, aber ihr wollt nicht zu mir kommen,
dass ihr das Leben hättet" (Jesus; Joh 5,39–40).

1

Letzte Woche erschien in der Zeitschrift *People* ein Artikel über mich. Darin nannten sie mich „die Seherin“.

Das gefiel mir überhaupt nicht. Ansonsten war es ein erfreulicher Artikel, durch den ich einiges an Bekanntheit gewinnen werde, nur das Wort „Seher“ lässt jeden sofort an Kristallkugeln und ähnlichen Hokuspokus denken, der überhaupt nichts mit meiner Arbeit zu tun hat. Ich arbeite ausschließlich mit realen, sichtbaren Dingen; mit Übersinnlichem und Intuitivem hat meine Arbeit wenig zu tun.

Einmal habe ich einen Mann scheinbar allein auf Grund eines unguten Gefühls entlassen. Doch im Nachhinein konnte ich auch in diesem Fall feststellen, dass eine Menge sichtbarer Hinweise alarmierend auf mich gewirkt hatten und meinen negativen Eindruck entstehen ließen. Seit damals trainiere ich meine Seh- und Hörfähigkeit und lasse mir kein Flüstern, keinen schnellen Blick, kein Seufzen und keine auch nur angedeutete Bewegung entgehen. Diese kaum wahrnehmbaren Zeichen sind in unserer lauten Welt die eigentlichen Informationsträger.

Auf meiner Visitenkarte steht unter meinem Namen „Prozessbeobachterin und Diplom-Kommunikationswissenschaftlerin“. Wenn ich meine Tätigkeit beschreiben sollte, würde ich sagen, ich lese Menschen.

An einem kühlen Morgen im September saß ich als Prozessbeobachterin in einem Gerichtsgebäude in New York. Mir war heiß.

„Meine sehr verehrten Damen und Herren Geschworenen, das Leben meines Klienten liegt in Ihren Händen.“

Ross Colby, der berühmte Strafverteidiger, ging mit langen Schritten vor der Geschworenenbank auf und ab. Für ihn hing jetzt alles davon ab, dass diese zwölf Männer und Frauen glaubten, sein Klient, Senator Chad Mitchell, sei nicht des Mordes schuldig.

Ich saß in der ersten Reihe der Besuchertribüne und hatte mich den Geschworenen zugewandt. Diese zwölf Gesichter waren mir mittlerweile fast so vertraut wie mein eigenes Spiegelbild. Ende Februar hatte mich die Anwaltskanzlei *Wilt, Kremkau, Colby & Stock* angestellt. Heute schrieben wir den 7. September und in wenigen Stunden würden wir wissen, ob sie mit mir eine gute Wahl getroffen hatten oder nicht. Es war zu mir durchgedrungen, dass der Senator eigentlich Elaine Dawson als Prozessbeobachterin gewollt hatte, die durch das Verfahren gegen Marvin Maxwell zu landesweiter Berühmtheit gekommen war. Aber offensichtlich war sie zu dem Zeitpunkt schon anderweitig engagiert gewesen.

Ihr Pech, mein Glück – möglicherweise. Würden die Geschworenen für „nicht schuldig“ stimmen, dann würde ich genauso bekannt werden wie Elaine Dawson, meine ehemalige Chefin. Müsste der Senator jedoch eine Haftstrafe antreten, dann wäre das vermutlich das Ende meiner jungen Karriere.

Mein Blick schweifte über die Geschworenen, während Colby sein Schlussplädoyer hielt: „Es stimmt, dass Senator Mitchell am Nachmittag des 25. Juni bei Stephanie Glazier gewesen war. Die beiden hatten sich gestritten, was ebenfalls richtig ist. So hat es der Senator selbst zu Protokoll gegeben. Es ist auch wahr, dass sie ein Verhältnis miteinander hatten. Aber nachdem er am selben Morgen seine Frau über die Affäre informiert hatte, war er zu Stephanie Glaziers Wohnung gefahren, um die Beziehung mit ihr zu beenden. Sie war unversehrt, als er ihre Wohnung verließ.“

Auf der Geschworenenbank entdeckte ich eine Bewegung. Laurie Dorset, Geschworene Nummer 10, hatte ganz leicht den Kopf geschüttelt. Das konnte verschiedene Ursachen haben. Man schüttelt den Kopf aus Ärger, aus Langeweile oder um mit jemandem zu flirten, aber auch als Ausdruck von Ungläubigkeit. Könnte sie eventuell in der anschließenden Beratung der Geschworenen ein Risikofaktor sein? In meinem Notizbuch machte ich ein Fragezeichen hinter ihren Namen.

Colby sprach immer noch, während ich in Gedanken die zwölf Namen durchging, die über das Schicksal des Senators entscheiden würden. Der Geschworene Nummer 1 hieß Alan Armstrong und war der ideale Mann für unsere Zwecke. Er war Verkäufer in Manhattan, weiß, Angehöriger der Mittelklasse, voller Misstrauen gegenüber der konservativen Regierung im Weißen Haus, und er verehrte den liberalen Senator.

Die Geschworene Nummer 2, eine pensionierte Lehrerin, hatte vor dem eigentlichen Verhandlungsbeginn keine Miene verzogen. Doch als die Vernehmung des Angeklagten begann, taute sie auf. Mit mütterlicher Besorgnis verfolgte sie die Aussagen des Senators. Sah er in ihre Richtung, lächelte sie vorsichtig, während sie dem Staatsanwalt böse Blicke zuwarf. Während die übrigen Geschworenen mit gesenkten Köpfen den Raum betraten und verließen, sah sie immer in die Richtung des Senators und suchte den Blickkontakt mit ihm. Selbst wenn der Angeklagte so schuldig gewesen wäre wie Abels Bruder Kain – was er wahrscheinlich sogar war –, sie hätte sicher für seine Unschuld plädiert.

Ich machte kleine Häkchen hinter die ersten beiden Namen. Auch die Geschworene Nummer 3 war keine Gefahr für den Senator. Die temperamentvolle Blondine Veronica Wade hatte sich schon am ersten Verhandlungstag in den gut aussehenden Angeklagten verguckt. Ihre Blicke waren so auffällig, dass der Staatsanwalt alles versucht hatte, um sie zu ersetzen, jedoch ohne Erfolg.

Die Geschworene Nummer 4 war im Vergleich zu den drei Ersten eine etwas unsichere Kandidatin. Elizabeth Mattingly war Managerin eines Hotels. Sie trat dem Richter und beiden Anwälten gegenüber immer höflich und respektvoll auf. Doch mir war auch aufgefallen, dass sie sich ihren Weg durch die Gruppe der Geschworenen bahnte, als existierten die anderen gar nicht. Wiederholt beobachtete ich, wie sie die Tür hinter sich zufallen ließ, obwohl noch jemand nach ihr kam. Sie war höflich zu den Autoritätspersonen, doch arrogant gegenüber allen anderen – wie würde sich diese Selbstbezogenheit auf unseren Fall auswirken? Nachdem ich eine Weile über sie nachgedacht hatte, setzte ich einen entschlossenen Haken hinter ihren Namen. Wer sich Rücksichtslosigkeit gegenüber anderen zur Gewohnheit gemacht hatte, scherte sich auch nicht um Recht und Gerechtigkeit. Die mögliche Schuld des Angeklagten würde sie nicht kümmern. Dazu kam, dass der Senator eine Autoritätsperson war, dem sich Ms. Mattingly nicht widersetzen würde.

Ich atmete tief durch und betrachtete den Senator. Wahrscheinlich würde Ms. Mattingly ihn nach Abschluss der Verhandlung anrufen und sich entweder zu einem guten Essen einladen lassen oder sich für eine lukrative Stelle bewerben. Aber damit wäre sie vermutlich nicht die Einzige. Bei mindestens vier der weiblichen Geschworenen hatte ich ein weiter gehendes Interesse an dem Angeklagten beobachtet.

Die Verteidigung hatte sich alle Mühe gegeben, die Ermordete als ein kleines Luder darzustellen, und die männlichen Geschworenen hatten fast alle zustimmend die Köpfe gesenkt, als Colby zu Beginn der Verteidigung ausführte: „Stephanie Glaziers Tod ist ein tragisches Ereignis, doch ihr ganzes Leben war eine Tragödie. Sie war hinter den Männern her, als ob sie Stofftiere sammelte. Dabei war sie kein unschuldiges kleines Mädchen. Sie musste damit rechnen, dass einer ihrer Liebhaber dieses Spiel früher oder später nicht mehr ertragen würde. Doch mein Klient hat mit ihrem traurigen Ende nichts zu tun."

Die weiteren Geschworenen waren alles Männer, bis auf Laurie Dorset, die eben den Kopf geschüttelt hatte. Was sie betraf, konnte ich jetzt auch nichts mehr machen. Überhaupt war meine Einschätzung der Geschworenen zum jetzigen Zeitpunkt kaum mehr als ein bloßer Zeitvertreib. Meine eigentliche, wichtige Arbeit hatte schon vor Beginn der Verhandlung stattgefunden, als die Geschworenen auf Vorurteile und Weltanschauung hin befragt und ausgewählt worden waren.

Es ging bei der Auswahl der Geschworenen nicht so sehr darum, die geeigneten Personen auszusuchen, sondern die ungeeigneten zu erkennen. Wir hatten zwei Geistliche abgelehnt, eine Mutter, deren Tochter von einem älteren Mann ermordet worden war, die Frau eines Polizisten, eine sexuell missbrauchte Frau und einen fanatischen Anhänger der Todesstrafe. Da der Senator Demokrat war, wurden auch fünf Mitglieder der Republikanischen Partei von der Kandidatenliste gestrichen.

Ich schloss mein Notizbuch und richtete meine Aufmerksamkeit wieder auf Ross Colbys Rede. „Ich weiß, dass Sie Ihre Aufgabe nicht leicht nehmen", sagte Ross und ließ seine klaren, blauen Augen über die Gesichter der Geschworenen schweifen, die ihm alle zugewandt waren. „Und ich weiß, dass Sie uns nicht enttäuschen werden. Es liegt jetzt an Ihnen, der Gerechtigkeit Ihre Stimme zu verleihen. Sie sind intelligent und können selbst die Wahrheit erkennen, die wir Ihnen mit Hilfe vieler Zeugen präsentiert haben. Als Ms. Glazier ermordet wurde, befand sich Chad Mitchell in seinem Büro in Manhattan. Chad Mitchell hatte keinen Grund, Ms. Glazier umzubringen. Mehr noch, er *wollte* Ms. Glazier auch nicht töten. Warum sollte er sich in solche Schwierigkeiten bringen? Er ist ein angesehener Politiker und der stolze Vater von vier Kindern. Warum um alles in der Welt sollte er seine Familie und seine Karriere aufs Spiel setzen, um eine Frau wie Stephanie Glazier umzubringen?"

Colbys rhetorische Frage verhallte langsam in dem großen Saal und ich konnte die Gedanken der Geschworenen auf ihren Gesichtern lesen. Sie waren der Rede mit offenen Mündern und faszinierten Blicken gefolgt. Keiner schien mehr daran zu denken, dass Mitchell keinen Beweis für sein Alibi hatte. Auch die tränenreiche Aussage der Mitbewohnerin von Glazier spielte offensichtlich keine Rolle mehr. Stephanie Glazier hatte keinen anderen Liebhaber, hatte die Freundin ausgesagt, und sie wollte die Beziehung mit dem Senator auf keinen Fall lösen, da sie von ihm schwanger war. Wenige Tage vor ihrem Tod hatte die Freundin ein Telefongespräch mitgehört, in dem Glazier dem Senator ein Ultimatum gestellt hatte – entweder er würde sie heiraten oder sie würde an die Öffentlichkeit gehen. Sie hatte nicht erwartet, dass ihr Geliebter noch eine dritte Möglichkeit sah.

Ich war mir ganz sicher, dass Mitchell seine Geliebte ermordet hatte. Das sagten mir alle Instinkte und alle professionellen Beobachtungen. Er wirkte auf den ersten Blick charmant und ehrbar, aber einiges an ihm passte nicht ins Bild. Als Erstes fiel auf, dass der Mann braun gebrannt war. Seine Handrücken waren etliche Töne dunkler als seine Handflächen. Das sprach nicht für einen Menschen, der zehn Stunden täglich zum Wohl seines Volkes im Büro verbringt. Seine Hände waren zart und gepflegt, die Fingernägel sorgfältig manikürt. Daraus schloss ich, dass ihn nicht die vielen Besuche bei der ländlichen Wählerschaft so braun hatten werden lassen, sondern dass er die Dienste von Schönheitssalons in Anspruch nahm. Er achtete sehr auf sein Ansehen in der Öffentlichkeit und war sehr eitel.

Auch die Wahl seiner Kleidung unterstützte meine Einschätzung. Wann immer der Senator vor Gericht erschien, war er perfekt gekleidet, selbst nach Feierabend in der Anwaltskanzlei passte seine Krawatte genau zu dem kleinen Tuch in der Brusttasche seines Jacketts. Er trug eine Rolex-Uhr, seine Schuhe kamen aus Italien. Er sprach gewählt und flüssig, dazu hatte er einen leichten britischen Akzent, als habe er die Semesterferien stets in Oxford verbracht. Alle waren seinem Charme erlegen, nicht nur die weiblichen Geschworenen, auch die Presse und die Öffentlichkeit.

Seit sechs Monaten kämpfte ich mich Morgen für Morgen durch die wartenden Journalisten, nahm den für mich reservierten Platz im Gerichtssaal ein und stieg abends in ein Taxi, das mich in die Anwaltskanzlei brachte. Dort besprachen wir die Ereignisse des Tages. Ich musste Colby einen lückenlosen Bericht über jeden einzelnen Geschworenen vorlegen. Was hatten sie an, wie hatte sich ihr Gesichtsausdruck verändert, wann hatte ihre Aufmerksamkeit nachgelassen? Er stellte viele Fragen, ich zitierte aus meinen Notizen und lehnte mich erleichtert zurück, wenn er mit mir fertig war und sich über die Fehler seiner Anwaltskollegen hermachte, die voller Unbehagen auf diesen Moment gewartet hatten.

In all den Monaten hatte Colby mich nie nach meiner Einschätzung des Senators gefragt. Meine Antwort auf diese Frage wäre eindeutig gewesen: Der Senator hatte Stephanie Glazier ermordet und er wurde von Tag zu Tag sicherer, dass er den Gerichtssaal mit einem Freispruch verlassen würde. Als ich dem Senator zum ersten Mal in den Räumen der Anwaltskanzlei begegnet war, war er sichtlich nervös gewesen. Er schnippte unsichtbare Fussel von seinem Jackett, spielte mit seinem Füller und rieb sich sogar die Hände – als würde er sich mit unsichtbarer Seife waschen, ein klares Zeichen, dass er sich unwohl oder schuldig fühlte. Heute dagegen saß er aufrecht an seinem Platz, ein Lächeln umspielte seine Lippen, er blickte offen und direkt geradeaus, seine Hände waren ruhig, eine lag auf seinem Gürtel, die andere auf dem Tisch. Hätte er noch mehr Selbstsicherheit ausstrahlen wollen, hätte er die Beine auf den Tisch legen und den Richter angrinsen müssen. Die Hand am Gürtel war ein angedeutetes Zeichen der Werbung, auf das alle Frauen auf der Geschworenenbank reagierten, als hätten sie spezielle Antennen dafür.

Egal, sagte ich mir selbst und sah entschlossen vor mich hin, *jeder amerikanische Staatsbürger hat das Recht auf eine gute, fähige Verteidigung.*

Colby kam zum Ende. Er baute sich vor den Geschworenen auf, stützte sich auf das Geländer vor ihnen und beugte sich darüber, als wolle er mit jedem Einzelnen von Angesicht zu Angesicht sprechen. „Ich möchte Sie abschließend daran erinnern, meine lieben Freunde, dass mein Mandant so lange als unschuldig gelten muss, bis das Gegenteil bewiesen ist. Der Staatsanwalt muss *zweifelsfrei* nachweisen, dass unser hochverehrter Herr Senator eine junge, schwangere Frau kaltblütig ermordet hat." Er schüttelte sich voller Abscheu angesichts dieser verwegenen Idee. „Mich konnte der Staatsanwalt nicht davon überzeugen. Ich weiß, dass Sie ihm ebenso wenig Glauben schenken."

Mein Handy vibrierte leicht. Auf der Anzeige erschien die Nummer meines Büros. Hoffentlich hatte mein Assistent gute Nachrichten. Um an diesem Prozess teilnehmen zu können, hatte ich für Monate alle Termine abgesagt. Jetzt, wo dieser Auftrag für mich zu Ende ging, erwartete mich für die nächsten Wochen eine gähnende Leere im Terminkalender.

Der Vertreter des Staates New York erhob sich, wandte sich an den Richter und fasste in kurzen, nüchternen Worten die erdrückende Beweislast gegen den Angeklagten zusammen. Die Fingerabdrücke des Senators waren überall in der Wohnung des Opfers gefunden worden. Ein Nachbar hatte beobachtet, wie er abends um neun Uhr die Wohnung der jungen Frau betreten hatte. Der Senator behauptete, zu diesem Zeitpunkt in seinem Büro in Manhattan gewesen zu sein, doch dafür gab es keinen Beweis, niemand hatte ihn dort gesehen und er konnte nichts vorlegen, was er in der Zeit gemacht hatte. Die Obduktion hatte ergeben, dass Stephanie Glazier gegen 21:15 Uhr erdrosselt worden war. Die Überwachungskamera im Treppenhaus hatte gegen 21:20 Uhr einen Mann aufgenommen, der dem Senator ähnlich sah.

Der Staatsanwalt kam bald zum Ende und kehrte zurück an seinen Platz. Ich beugte mich nach vorn, um die Gesichter der Geschworenen besser sehen zu können, während der Richter ihnen letzte Anweisungen gab. Meine Einschätzung schien sich zu bestätigen. Sie würden vielleicht ein paar Tage Zeit brauchen, um Laurie Dorset zu überzeugen, aber am Ende würden sie Senator Mitchell freisprechen.

Von dieser Entscheidung hing meine ganze Karriere ab.

Als die Geschworenen den Raum verließen, eilte ich zum Besucherausgang. Ich wollte verschwunden sein, bevor Colby mich zu sich rufen und um weiteres Lob für seine Rede bitten konnte.

*

Ich drängte mich an den Journalisten vorbei, eilte durch die mit Marmorplatten verkleidete Halle und verschwand in der Damentoilette. Schnell überzeugte ich mich davon, dass niemand außer mir sich hier aufhielt. Dann rief ich mein Büro an.

Mein Assistent Rory Metcalf war sofort am Apparat: „Beratungsbüro Fischer".

„Ich bin's. Haben Sie mich angerufen?"

Rory wusste schon, dass er sich kurz fassen musste, wenn ich ihn von einer Verhandlung aus anrief. Selbst auf der Toilette musste ich immer damit rechnen, dass jemand von der gegnerischen Partei auftauchte und mein Gespräch mithörte.

„Es ist nichts Dringendes dabei, aber ich dachte, Sie wollen vielleicht wissen, wer anrief,", begann Rory.

„Legen Sie los", nickte ich.

„Floyd Wilkerson möchte umgehend mit Ihnen persönlich sprechen."

Ich knurrte. Wilkerson war ein Bankangestellter. Vor zwei Jahren hatte ich von seiner Bank einen kleinen Kredit bekommen, um mein Beratungsbüro aufzubauen. Nun war ich um einige Raten im Rückstand.

Wilkerson musste warten. Wenn die Geschworenen den Senator für schuldig befinden würden, konnte ich ohnehin Konkurs anmelden.

„Und weiter?"

„Ihre Schwester rief an und fragte, ob es dabei bleibt, dass Sie dieses Wochenende vorbeikommen?"

„Bitte sagen Sie ihr, ich komme, wenn wir den Fall gewinnen. Verlieren wir, werde ich mich in meiner Wohnung einschließen und mich in Sack und Asche kleiden."

Rory ging auf meine melodramatische Bemerkung nicht ein. „Kurt fragte, ob die Verabredung für heute Abend noch gilt? Er wollte Sie zum Essen einladen."

Geistesabwesend drehte ich meine linke Hand und ließ den Diamanten an meinem Verlobungsring im Neonlicht funkeln. „Natürlich. Sagen Sie ihm, ich bin um acht Uhr im Restaurant."

„Gerade eben rief noch Elaine Dawson an. Sie hat den Prozessbericht im Fernsehen gesehen und übermittelt Ihnen vorab ihre Glückwünsche für die gute Arbeit."

Ein warmes Gefühl durchströmte mich. Für einen Moment hatte ich fast vergessen, dass sich unsere ehemals herzliche Freundschaft in den letzten beiden Jahren zur erbitterten Konkurrenz entwickelt hatte. Elaine war mein Vorbild und meine ehemalige Chefin und ihre Meinung hatte für mich immer noch großes Gewicht. Oder wollte sie mich nur in Sicherheit wiegen, obwohl sie es besser wusste? Würden wir diesen Fall verlieren, würde sie anrufen und mir ihr Bedauern mitteilen. Gleichzeitig würde sie froh sein, wieder die unumstritten beste Prozessbeobachterin Amerikas zu sein.

„Schön, dass sie an uns gedacht hat." Ich sah mich um und stellte erleichtert fest, dass ich immer noch allein war. „Noch was?"

„Nein, das war alles. Ich werde Ihre Schwester und Kurt zurückrufen." Er zögerte und ich hörte das Lächeln in seiner Stimme, als er fortfuhr: „Ich habe auch die Übertragung im Fernsehen verfolgt und muss Elaine Recht geben. Die Geschworenen fressen Colby aus der Hand."

„Hoffentlich –" In dem Moment öffnete sich die Tür und eine kleine Blondine kam herein. Ich kannte sie nicht, wollte aber kein Risiko eingehen. „Ich muss jetzt Schluss machen. Bis später."

Während ich mir die Hände wusch und mich nachdenklich im Spiegel betrachtete, lauschte ich gleichzeitig auf die Geräusche aus der Toilette, in der die Frau verschwunden war. Der Staatsanwalt hatte sich in den letzten Monaten einiges einfallen lassen und ich wäre nicht überrascht gewesen, wenn er eine Sekretärin hinter mir hergeschickt hätte. Andererseits, so sagte ich mir, was sollte das jetzt noch? Das Schicksal von Senator Mitchell lag in den Händen von zwölf Personen, die wir sorgfältig ausgewählt hatten.

Wieder in der Marmorhalle hörte ich plötzlich, wie meine Schritte ein Echo bekamen. Erschrocken ging ich zur Wand und lehnte mich an die kühlen Platten, als würde ich auf jemanden warten. Etwa drei Meter hinter mir blieb ein Mann stehen. Als unsere Blicke sich trafen, hob er leicht die Augenbrauen. Mit einem einzigen Blick erfasste ich seine Glatze, den gedrungenen Körper und sein Alter – er war etwa fünfzig. Der Anflug eines Lächelns huschte über sein Gesicht, ein angedeutetes Schulterzucken folgte, dann bewegte er sich auf die gegenüberliegende Wand zu, legte die Hände ineinander und schien ebenfalls zu warten.

Niemand außer uns war in dieser großen Halle. Schnell analysierte ich die Lage. Wer länger als eine Woche in Manhattan lebt, hat gelernt, sich sehr vorsichtig zu verhalten. Ohne ihn noch einmal anzusehen, steckte ich die Hände in die Hosentaschen und ging zu dem Flur zurück, auf dem die Journalisten warteten. Dort fühlte ich mich sicherer.

*

Zwei Stunden später saß ich in einem russischen Café namens *Pravda*, das dem Gerichtsgebäude am nächsten lag. Hier wimmelte es von Reportern und ich mischte mich gerne unter sie. Schon vor Jahren hatte ich entdeckt, dass der Umgang mit ihnen für mich ein Schlüssel zum Erfolg sein konnte. Ähnlich wie ich lebten sie davon, andere Menschen zu beobachten. Ihre Kommentare waren oft hilfreich für meine eigene Einschätzung der Tagesereignisse. Sie hätten mich eigentlich leicht erkennen können, aber niemand rechnete damit, dass sich ein Mitglied der Verteidigung bei der Presse aufhielt. So konnte ich ganz ruhig an der Bar sitzen, meine Cola trinken, den Gesprächen um mich her zuhören und meine eigenen Gedanken mit den Kommentaren der Journalisten vergleichen.

Das Paar rechts von mir war gerade beim Thema: „Der Senator wird dieses Wochenende zu Hause verbringen, darauf wette ich", sagte der Mann, dem eine volle braune Haarlocke ins Gesicht fiel. Er trug Anzug und Krawatte – *Fernsehreporter*. Im Gegensatz dazu zogen sich die Zeitungsleute immer leger an, zumal, wenn ihnen ein langer Tag wie dieser bevorstand.

„Ich wäre mir da nicht so sicher", meinte die Frau an seiner Seite zögernd. Sie war blond, mit stumpfem, ausgefranstem Haar, das unter Dauerwelle und Färben gelitten hatte. Ich war mir ziemlich sicher, dass sie ihn früher oder später auf ein gemeinsames Abendessen ansprechen würde. Sie *mochte* ihren Gesprächspartner, das sah ich auf den ersten Blick.

„Sie meinen, er könnte schuldig gesprochen werden?" Er lächelte die Blondine breit an. „Das glaube ich nicht. Auch wenn die Beweise alle gegen ihn sprechen, er ist Senator und hat viel Macht."

Sein Lächeln verriet, dass er gerade dabei war, sich in die Frau zu verlieben. Es gibt drei Arten von Lächeln. Beim einfachen Lächeln ziehen sich die Mundwinkel nach oben, ohne dass dabei die Zähne sichtbar werden. Dann gibt es das mittlere Lächeln, bei dem die Zähne des Oberkiefers zu sehen sind, während man beim vollen Lächeln die Backenzähne des anderen zählen kann. Natürlich gibt es alle drei Sorten in schwacher oder in ausgeprägter Form und jeder Mensch hat wieder seine ganz eigene Art zu lächeln. Trotzdem war das Lächeln dieses Mannes ein klares Zeichen: Er wollte diese Frau erobern. Was er wahrscheinlich noch nicht wusste, war, dass ihr Interesse an ihm genauso ausgeprägt war.

Ich wandte mich ab; die Szene langweilte mich. Der Typ wurde vermutlich von irgendeinem Fernsehsender dafür bezahlt, dass er gut aussah und die Zeitung las. Sollte er doch die Blondine haben.

Ich nahm mein Glas in die Hand, stützte mich mit dem Ellbogen auf die Theke und sah mich um. Es war recht voll geworden. Ein paar Männer an einem runden Tisch neben dem Eingang lachten laut, in der Ecke waren einige Frauen in ein ruhiges Gespräch vertieft – um wen es wohl ging? Den Senator oder die Ermordete?

Ich trank einen kleinen Schluck und wandte mich der anderen Seite des Raumes zu. Als ich die gedrungene Gestalt an der Wand sah, traf mich die Angst wie ein Messerstich. Da stand wieder der Mann mit der Glatze. Seine Hände steckten in den Manteltaschen, sein Blick war starr auf mich gerichtet. Unwillkürlich senkte ich den Blick und ärgerte mich im selben Moment darüber. In einem wortlosen Machtspiel dieser Art darf man nur geradeaus oder zur Seite, aber niemals zu Boden sehen. Nun wusste er, dass ich mich fürchtete und er mir überlegen war.

Verärgert über meine eigene Dummheit ballte ich die Faust. Ich verhielt mich wie eine ängstliche, hilflose Frau gegenüber einem Mann, der wahrscheinlich überhaupt nichts von mir wollte. Vielleicht wohnte er im gleichen Hochhaus wie ich oder er war ein Freund von Kurt, möglicherweise hatte er den Artikel über mich gelesen und erkannte mich von den Fotos. Als ich ihn im Gerichtsgebäude sah, war er meinem Blick nicht ausgewichen. Er glaubte wohl, mich zu kennen.

„Verzeihen Sie, Miss Fischer –“

Ich hob erschrocken den Blick. Der höfliche Ton überraschte mich ebenso wie die Tatsache, dass mich hier jemand kannte. Neben mir stand ein schlanker Mann mit weißem Hemd, Armeehosen, einem leichten Mantel und einer Krawatte voller Kaffeeflecken – der klassische Zeitungsreporter.

„Kennen wir uns?"

Er zog eine Visitenkarte aus der Tasche und legte sie mit einer geübten Bewegung vor mir auf die Theke. „Tom Brown von der *Times*."

Nach einem Blick auf die Karte sah ich ihn ratlos an: „Was kann ich für Sie tun, Mr. Brown?"

Plötzlich lagen Notizblock und Aufnahmegerät zwischen uns. „Welche Entscheidung der Geschworenen erwarten Sie?"

„Kein Kommentar."

Sein Kinn legte sich in entschlossene Falten. „Stimmt es, dass Sie für die Anwaltskanzlei von Ross Colby arbeiten?"

„Kein Kommentar."

„Bitte, Claudia." Er lächelte mich an, doch ohne dass die Zähne sichtbar wurden. *Freundlich, aber unsicher*. „Wir wissen doch alle, was Sie Tag für Tag in diesem Gerichtssaal gemacht haben. Würden Sie es bitte noch einmal für mich bestätigen?"

Ich stützte meinen Ellbogen auf die Theke und legte mein Kinn auf die Hand: „Ich rede niemals über meine Klienten."

Brown ließ Notizblock und Aufnahmegerät wieder verschwinden, lächelte mich gewinnend an und deutete auf den Barkeeper: „Darf ich Ihnen ein Getränk bestellen?"

Ich zeigte auf mein Glas: „Nein danke, ich habe schon eins."

„Können wir uns zwanglos unterhalten?"

„Nicht über meinen Klienten."

„Einverstanden. Ich möchte am liebsten über Sie selbst und Ihre Arbeit sprechen. Ich habe da einen faszinierenden Artikel über Sie gelesen."

Ich nippte an meiner Cola und Brown bestellte sich etwas zu trinken. Erst vor wenigen Tagen hatten Rory und ich uns überlegt, dass Rechtsanwälte wahrscheinlich die Zeitschrift „People" gar nicht lasen. Aber dieser Reporter der angesehenen *New York Times* hatte von mir gelesen. So ein Artikel konnte also doch einiges bewirken. Es kam aber auch auf den richtigen Zeitpunkt an. Würde der Artikel von diesem Typen unmittelbar nach dem Schuldspruch des Senators erscheinen, wäre ich die berühmte Prozessbeobachterin, die einem Klienten auf keinen Fall helfen kann.

Jedenfalls war ich gespannt darauf, was Mr. Brown zu sagen hatte.
„Was erwarten Sie von mir?" Ich bemühte mich um einen leichtfertigen Tonfall: „Ich bin eine ganz gewöhnliche Frau, die versucht, sich ihren Lebensunterhalt zu verdienen, indem sie anderen eine Dienstleistung anbietet."

„Nein, eine Prozessbeobachterin ist keine ganz gewöhnliche Frau", widersprach er mir. Er nahm ein Glas Whiskey mit Soda in Empfang und sah mich direkt an: „Ich habe in den letzten drei Wochen jede freie Minute darauf verwandt, mehr über Sie herauszufinden. Ich bin fasziniert von dem, was ich in Erfahrung bringen konnte."

Ich lachte verkrampft. „Sparen Sie sich Ihre Worte, Mr. Brown, so leicht lasse ich mich nicht um den Finger wickeln."

Er nahm einen Schluck, lehnte sich mit dem Rücken an die Theke und musterte mich lange. „Ich bin kein Schmeichler, Claudia Fischer", sagte er ernst, „eher ein Forscher. Ich habe alles, was ich über Sie erfahren konnte, sorgfältig geprüft."

„Nämlich?"

Er setzte sein Glas ab und nahm wieder den Notizblock aus der Tasche. Nach kurzem Blättern begann er zu zitieren: „Sie haben in San Diego Kommunikationswissenschaften mit dem Schwerpunkt Juristische Kommunikation studiert. Vor sechs Jahren begannen Sie Ihre Laufbahn in Los Angeles bei Elaine Dawson. Sie waren an einigen erfolgreichen Fällen beteiligt, verließen Dawson aber kurz nachdem die beiden Hernandez-Brüder des Mordes für schuldig befunden wurden." Er unterbrach sich kurz und sah mich fragend an: „Die Sekretärin deutete an, dass es an Ihrer schlechten Arbeit lag, dass dieser Fall verloren wurde."

Ich holte tief Luft, verschränkte die Arme und wartete, bis das Verlangen, einer gewissen Sekretärin den Hals umzudrehen, wieder nachließ. „Ich dachte, Sie hätten Ihre Informationen geprüft. Dann hätte Ihnen auffallen müssen, dass die Dinge damals ganz anders lagen."

„Sagen Sie mir, wie es wirklich war, damit ich meine Informationen korrigieren kann."

„Das habe ich nicht nötig."

„Claudia" – seine Stimme wurde ein paar Töne tiefer und duldete keinen Widerspruch, „in wenigen Tagen wird Senator Mitchells Verhandlung vorbei sein. Dann werden viele wissen wollen, wer die Person war, die die Geschworenen ausgewählt hat. Wollen Sie, dass die Welt die Wahrheit über Sie erfährt? Oder sollen wir den Lebenslauf von Ihnen abdrucken, den uns Elaine Dawson zur Verfügung stellen wird?"

Ich knirschte mit den Zähnen. Reporter konnten so nervig sein wie Zahnschmerzen, aber er hatte Recht. Ich hatte damals kaum etwas zu tun mit dem Hernandez-Verfahren, aber da ich kurz danach Elaine Dawson verließ, war ich ein willkommener Sündenbock für den verlorenen Fall.

„Also, was war damals wirklich los mit Ihnen und Elaine Dawson?", fragte er lächelnd und hatte das Aufnahmegerät wieder zwischen uns gestellt.

Ich seufzte, dann winkte ich dem Barkeeper und deutete auf mein leeres Glas: „Sie schulden mir eine Cola light", sagte ich zu Brown.

„Das kann sich die *Times* leisten", grinste er.

Mein neues Glas kam, ich nahm einen Schluck und wandte mich wieder Brown zu. „Tut mir Leid, dass ich Sie enttäuschen muss, aber es gab keinen Skandal. Ich wollte nur mehr eigene Verantwortung. Nach sechs Jahren traute ich mir mehr zu, als Elaine mich machen ließ. Sie war am liebsten immer persönlich bei Gericht und ich musste die Zuarbeit im Hintergrund erledigen. So entschloss ich mich zur Selbstständigkeit. Dawson hatte die meisten Kunden aus Kalifornien, also ging ich nach New York."

„Haben Sie noch Kontakt mir ihr?"

„Natürlich. Erst heute Morgen hat sie mich angerufen."

Brown versuchte, unbeteiligt auszusehen: „Ging es um das Mitchell-Verfahren?"

„Kein Kommentar."

Brown lächelte schuldbewusst. „Schön, alles klar. Erzählen Sie mir etwas über die Arbeit einer Prozessbeobachterin. Soweit ich weiß, kann man an der Universität keinen Kurs über Intuition belegen."

„Intuition hat nichts mit meiner Arbeit zu tun." Ich stockte und suchte nach Worten. Prozessberatungsbüros unterstützen Rechtsanwälte bei der Vorbereitung der Zeugen, bei der Glaubwürdigkeitsprüfung, bei der Analyse nonverbaler Kommunikation, bei der Beurteilung des Tatortes und bei der Entwicklung einer Verteidigungsstrategie. Zusammenfassend könnte man sagen, es geht immer darum, Statistiken über Bevölkerungsstrukturen zu lesen und Körpersprache zu deuten. Meine Hauptarbeit liegt darin, viele Tausend kleine hörbare oder sichtbare Signale wahrzunehmen und zu verstehen. Das habe ich im Laufe der Jahre geübt und gelernt. Aber ich könnte keine Liste solcher Signale aufzählen. Sie sind immer nur im jeweiligen Zusammenhang aussagekräftig.

„Meine Arbeit hat nichts Geheimnisvolles", versuchte ich es schließlich, „ich muss mich mit Statistiken beschäftigen und Menschen beobachten; das kann jeder lernen. Ich möchte die Menschen verstehen und ihre Reaktionsmuster nachvollziehen. Ich lese und ergründe ihr Denken und Verhalten."

„Aber wie lesen Sie die Menschen? Geht es dabei vor allem um Körpersprache?"

„Körpersprache gehört dazu, ist aber nicht alles. Zunächst beschäftige ich mich mit Bevölkerungsstatistiken, um so viel wie möglich über die Menschen zu erfahren, die in der Nähe des Gerichts leben und die mir als mögliche Geschworene gegenübertreten werden. Dann sammle ich Informationen über die einzelnen Personen, soweit sie öffentlich zugänglich sind. Während die Anwälte beider Seiten die Einzelnen befragen, mache ich mir Notizen und achte sehr genau auf alles, was sie sagen und wo sie ausweichen."

Unwillig sah der Reporter mich an. „Haben Sie dabei kein schlechtes Gewissen? Elaine Dawson hat es zu verantworten, dass Marvin Maxwell freigesprochen wurde, obwohl neun von zehn Amerikanern denken, dass er seine Frau und den anderen Kerl umgebracht hat."

Seine Frage ärgerte mich. „Das amerikanische Justizwesen gründet sich nicht auf die Meinung der Mehrheit, Mr. Brown. Jeder Angeklagte ist so lange nicht schuldig, bis ihm das Gegenteil zweifelsfrei nachgewiesen werden kann. Jeder Angeklagte hat das Recht auf die bestmögliche Verteidigung."

„– soweit er sich das leisten kann." Brown lächelte zynisch und sah mich erstaunt an: „Wieso stellen Sie sich in den Dienst reicher Verbrecher?" Eindringlich fuhr er fort: „Sie wissen so gut wie ich, dass der Senator diese Frau umgebracht hat. Er hat sich eines Tages hingesetzt und überlegt, was für seine Karriere schlimmer ist – ein uneheliches Kind und eine Scheidung oder ein Mordverdacht, von dem er freigesprochen werden wird." Seine Augen funkelten erregt, als er fortfuhr:

„Wissen Sie, dass seine Frau sehr vermögend ist? Würde sie sich von ihm scheiden lassen, hätte er kein Geld mehr für seinen privaten Luxus, die Geliebten, die Wahlkämpfe und gesellschaftlichen Verpflichtungen. Er würde seinen Lebensstil komplett ändern müssen."

Ich sah zur Seite. „Sie wird sich auf jeden Fall von ihm scheiden lassen, nachdem sie jetzt von seiner Affäre weiß."

„Mir geht es um etwas anderes", unterbrach mich Brown und griff wieder nach seinem Glas. „Ich mache mir Sorgen um das Wohlergehen von Ms. Mitchell. Wenn der Senator dank Ihrer hervorragenden Arbeit freigesprochen werden wird, wovon ich ausgehe, wird seine Frau die Scheidung einreichen. Sollte der Frau etwas zustoßen, bevor sie geschieden ist, werde ich es Sie wissen lassen, Miss Fischer. Dann möchte ich nicht in Ihrer Haut stecken."

Seine Worte hatten die beabsichtigte Wirkung. Ich schwieg, während Brown sein Glas leerte, das Aufnahmegerät einpackte und sich zur Tür wandte. „Guten Abend", sagte er zu mir gewandt und lächelte kalt, „ich melde mich dann, wenn es so weit ist."

Ich starrte ihn empört an: „Augenblick, Mr. Brown . . ."

Da flog die schwere Doppeltür auf und der rote Kopf eines Kameramannes erschien: „Sie kommen! Die Geschworenen sind zurück!"

Ich sah auf meine Uhr. Drei Stunden hatten sie nur beraten.

Vielleicht hatte ich die Geschworenen falsch eingeschätzt? Da die Beratung nur so kurz war, musste eine große Übereinstimmung geherrscht haben. Die Geschworenen im Verfahren gegen Marvin Maxwell hatten vier Stunden gebraucht, um den Angeklagten vom Verdacht des zweifachen Mordes freizusprechen. Vielleicht hatten in unserem Fall drei Stunden gereicht, da es nur ein einfacher Mord war?

Oder sie hatten sich doch an den Indizien orientiert und seine Schuld klar erkannt?

Wieder konsultierte ich mein Notizbuch. Laurie Dorset war möglicherweise unsicher, aber sie war nicht der Typ, der andere umstimmen konnte. Elizabeth Mattingly war eine Führungspersönlichkeit, doch sie interessierte sich nur für sich selbst. Alan Armstrong war mit Leib und Seele Demokrat und hegte Sympathien für Mitchell. Andererseits war er als Familienvater vielleicht diesem Mann gegenüber kritisch eingestellt, der es mit der ehelichen Treue nicht so genau nahm. Ob ich mich in ihm getäuscht hatte?

Es war zu spät für solche Überlegungen. Ich schloss mein Buch und versuchte, ruhig zu bleiben. Der Fall war entschieden. Die Geschworenen hatten sich für sechzehn Uhr zurückgemeldet und der Richter hatte den späten Termin angesetzt, um dieses lange Verfahren endlich zum Abschluss zu bringen.

Der Richter saß aufrecht an seinem Platz und starrte auf die noch leere Geschworenenbank. Staatsanwalt und Verteidiger warteten reglos. Rechts vor mir saß Chad Mitchell. Er hatte die Beine übereinander geschlagen und demonstrierte Gelassenheit, doch auf seiner Oberlippe glänzte eine Schweißperle. Selbst er war sich seiner Sache nicht absolut sicher.

Irgendwo hinter der Eichentür packten die Geschworenen gerade ihre Taschen. Vielleicht tauschten sie Adressen aus. Sechs Monate sind eine lange Zeit, in der lebenslange Freundschaften entstehen können. Angesichts der wartenden Kameras würden die Frauen vermutlich jetzt ihren Lippenstift nachziehen, die Männer die Krawatten zurechtrücken.

Endlich öffnete der Gerichtsdiener die Tür. Der Geschworene Nummer 12, Thomas Orr, betrat als Erster den Saal. Mit gesenktem Blick steuerte er auf seinen Platz zu. Die anderen folgten, fast alle sahen zu Boden.

Mein Herz begann wie wild zu schlagen. Es ging hier nicht nur um die Existenz von Chad Mitchell. Wenn er ins Gefängnis wanderte, würde mich fortan jeder Rechtsanwalt meiden, der die Kanzlei *Wilt, Kremkau, Colby & Stock* kannte. Wenn Tom Brown einen Artikel in der *Times* bringen und mich für die Verurteilung des Senators mitverantwortlich machen würde, dann wäre es das Beste, ich würde New York verlassen. Ohnehin würden Mitchells Anhänger mich bis an mein Lebensende hassen, egal, wo ich wohnen würde.

Ich fröstelte und rieb meine kalten Hände an meinen Unterarmen. Letztendlich war der Senator selbst schuld, wenn er verurteilt würde, versuchte ich mich zu trösten. Die Beweise waren zu offensichtlich. Auch wenn wir andere berühmte Mordfälle gewonnen hatten, hier sprachen die Indizien eine zu deutliche Sprache. Ich hatte getan, was ich konnte. Wenn die Geschworenen sich lieber nach ihrem Gewissen richteten als nach ihrer politischen Meinung oder ihrer menschlichen Sympathie, dann musste Colby das akzeptieren. Schließlich wurden immer wieder Verfahren verloren, auch wenn Staranwälte und Prominente beteiligt waren.

Alle Geschworenen hatten Platz genommen und der Richter ergriff das Wort: „Sehr geehrte Frau Vorsitzende", begann er und sah Elizabeth Mattingly an, „sind Sie zu einer Entscheidung gekommen?"

„Ja, euer Ehren."

„Der Angeklagte möge sich erheben."

Senator Mitchell und Ross Colby standen auf. Ms. Mattingly reichte dem Gerichtsdiener ein Blatt, das dieser dem Richter gab. Ich versuchte, dem Mann eine Regung anzusehen, während er das Papier überflog. Aber er hatte sich völlig unter Kontrolle. „Bitte verlesen Sie die Entscheidung."

Ich studierte das Gesicht des Richters mit höchster Aufmerksamkeit, während er dem Gerichtsdiener das Blatt zurückgab, aber ich konnte nicht die leiseste Andeutung von Zufriedenheit oder Enttäuschung entdecken.

Elizabeth Mattingly richtete sich auf und warf dem Angeklagten einen bedeutungsvollen Blick zu. Da wusste ich, was kommen würde.

„Verfahren des Staates New York gegen Mitchell", begann der Gerichtsdiener vorzulesen, „Anklage auf Mord. Wir erklären den Angeklagten, Chad Mitchell, in allen Punkten für nicht schuldig."

Ein Tumult brach los. Die weinenden Eltern von Stephanie Glazier hielten sich aneinander fest, der Senator umarmte den Verteidiger, die Geschworenen applaudierten und ein Knäuel von Reportern stürmte nach vorne.

Der Richter schwang den Hammer und augenblicklich trat wieder Ruhe ein.

Ich beobachtete den Staatsanwalt. Würde er Revision einreichen? Doch er rührte sich nicht.

Nach einem Blick auf den schweigenden Staatsanwalt wandte sich der Richter an die Geschworenen: „Sehr geehrte Damen und Herren Geschworenen, ich danke Ihnen für die Monate, die Sie in dieses Verfahren investiert haben. Sie haben sich als gute Staatsbürger erwiesen, dafür danken wir Ihnen. Ihre Aufgabe ist hiermit erfüllt."

Die Geschworenen verließen den Raum. Dabei entging mir nicht, wie fast alle dem Senator zulächelten. Ein Zahnarzt hätte an den vielen Zähnen, die da aufblitzten, seine Freude gehabt.

Meine Erleichterung war grenzenlos. Die abschließenden Worte des Richters rauschten an mir vorbei, dann stürzten sich die Journalisten auf Colby und Mitchell und ich erkannte, dass jetzt nicht der Moment war, um meinem Klienten zu gratulieren.

Ich wollte gerade gehen, da übertönte ein Reporter alle anderen Stimmen: „Senator Mitchell, wem verdanken Sie diesen Erfolg?"

Mitchell würde etwas von Gerechtigkeit und seinem Glauben an das amerikanische Rechtssystem sagen, dachte ich. Aber dass er sich über das Geländer streckte, mich unter den Achseln packte, hochhob und mit seinen bärigen Armen zu einer großen Umarmung an sich drückte, damit hatte ich *nicht* gerechnet. „Mein Dank gilt meinem hervorragenden Verteidiger und dieser begabten jungen Frau. Ross Colby und Claudia Fischer haben an mich geglaubt. Sie glaubten an Gerechtigkeit und an die amerikanische Justiz. Ihnen verdanke ich es, dass ich meine Unschuld beweisen konnte und heute ein freier Mann bin."

Ich versuchte, in die Kameras zu lächeln, aber mein Unbehagen ließ sich kaum verbergen. Für ein paar lange Augenblicke ertrug ich das Gewicht seines Armes auf meinen Schultern, dann duckte ich mich und ließ den Senator samt seinem Anwalt mit der Presse allein.

Niemand versuchte mich aufzuhalten, aber ich sah den Blick von Tom Brown.

„Herzlichen Glückwunsch", formten seine Lippen, doch sein Blick sagte etwas anderes.

Ich schüttelte alle Schuldgefühle ab und verließ eilig den Saal. Auch draußen herrschte großer Jubel. Ich holte meinen Mantel und sah auf die Uhr: 18.30 Uhr. Ich würde gerade noch Zeit haben, mit dem Taxi nach Hause zu fahren und mich umzuziehen, dann war ich schon mit Kurt verabredet.

„Miss Fischer!"

Ich drehte mich um und sah den seltsamen, kahlen Mann, der mich schon seit dem Vormittag verfolgte, wie er sich einen Weg durch die Menge bahnte und mit erhobenen Händen hinter mir hereilte.

Ich tat, als hätte ich ihn nicht bemerkt, und eilte zum Taxistand.

2

„Auf dich, mein Liebling!" Kurt hob das Glas und prostete mir zu. „Herzlichen Glückwunsch zu deiner erfolgreichen Arbeit. Deine Verhandlung war heute auf allen Sendern zu sehen. Sogar CNN hat darüber berichtet, damit bist du jetzt auch im Ausland berühmt."

Ich spürte, wie sich meine Wangen röteten. „Nun, es war nicht *meine* Verhandlung. Und wäre der Angeklagte nicht Senator, hätte sich bestimmt kein Mensch für uns interessiert."

„Aber er *war* Senator." Kurt sah mich mit einem zufriedenen, stolzen und etwas besitzergreifenden Blick an. „Ab morgen weiß jeder Rechtsanwalt an der amerikanischen Ostküste, dass Claudia Fischer *die* Spezialistin ist, die man sich für wichtige Fälle engagieren sollte."

Zugegeben, es wäre leicht gewesen, mich dieser unverhohlenen Bewunderung hinzugeben. Aber das war nicht meine Art und ich erwiderte nüchtern: „Ich hoffe, du hast Recht."

Kurt beugte sich über den Tisch und fragte leise: „Steht dir immer noch der Gerichtsvollzieher ins Haus?"

„Der nächste Monat ist gesichert." Ich bemühte mich um einen leichtfertigen Tonfall: „Colby hat mir einen Zuschlag versprochen, falls wir den Fall gewinnen. Damit kann ich die ausstehenden Raten an die Bank zahlen. Aber zu mehr wird es nicht reichen, weil der Prozess so lange gedauert hat. In einem Monat werden wir schon wieder rote Zahlen schreiben."

Kurts Augen funkelten im Kerzenlicht wie blaue Sterne, als er mich nachdenklich musterte. „Du weißt, dass ich dich ohne Probleme entschulden könnte", sagte er endlich. „Wir können auch einen ganz formalen Vertrag aufsetzen. Meine Praxis gibt dir ein langfristiges Darlehen zu sehr guten Konditionen –"

„Danke Kurt, aber das kommt für mich nicht in Frage. Ich werde es alleine schaffen."

„Mach es dir doch nicht unnötig schwer." Seine Lippen wurden schmal. „In weniger als einem Jahr sind wir ein Ehepaar, dann gehört uns doch sowieso alles zusammen."

„Stimmt nicht ganz. Deine Praxis und mein Büro werden uns niemals gemeinsam gehören."

Er zuckte mit den Schultern. „Dann musst du dir einfach den nächsten Kunden an Land ziehen, möglichst wieder so einen dicken Fisch, der ein gutes Honorar zahlen kann."

„Möglicherweise habe ich schon einen", sagte ich bedeutungsvoll. „Bevor ich herkam, habe ich noch schnell meine E-Mails empfangen. Rory teilte mir mit, ich hätte morgen Nachmittag einen Termin mit einem Vertreter von *Global Union*. Er heißt Darien Synn."

„Global Union?" Seine Augenbrauen schoben sich zusammen, während er überlegte. „Davon habe ich schon gehört. Aber wer ist Darien Synn?"

„Rory schrieb, die Organisation hätte ihren Hauptsitz in Rom. Ich weiß nicht viel darüber, aber unser Termin ist erst um elf Uhr. Bis dahin kann ich im Internet bestimmt noch einiges herausfinden."

Kurts Blick ging in die Ferne. Endlich schüttelte er den Kopf und sah mich wieder an: „Es scheint jedenfalls keine Anwaltskanzlei zu sein."

„Keine Ahnung. Aber wenn Sie mir einen Job anbieten, werde ich mir die Sache überlegen. Solche Verfahren wie gegen den Senator gibt es nicht alle Tage. Ich kann nicht auf den nächsten mordverdächtigen Prominenten warten."

„Eine andere Frage", grinste Kurt plötzlich und seine Augen wurden hell vor Aufregung, „ich habe mir überlegt, wir könnten den Senator zum Essen einladen. Vielleicht ein Festessen anlässlich des günstigen Ausgangs eurer Zusammenarbeit oder so ähnlich. Bei der Gelegenheit würdest du mich mit ihm bekannt machen ..."

„Kurt Welton!" Ungläubig starrte ich ihn an. Ich ahnte, worauf er hinauswollte. „Du erwartest doch nicht im Ernst, dass ich dir den Senator als Patienten zuspiele?"

„Warum nicht?", entgegnete er begeistert. Seine Augenbrauen schnellten fast bis zum Haaransatz nach oben. „Wer so ein Verfahren hinter sich hat, braucht psychologischen Beistand. Immerhin wurde der Mann des Mordes verdächtigt, hat sich von seiner Frau entfremdet, seine Kinder wollen nichts mehr mit ihm zu tun haben und seine berufliche Laufbahn ist gefährdet. Es ist eher zu befürchten, dass er bereits in psychologischer Betreuung ist."

„Ich werde dir auf keinen Fall meine Klienten vermitteln!" Kaum zu glauben, dass er zu solchen Gedanken fähig war. „Wenn Mitchell Hilfe braucht, dann kann er sich selbst darum kümmern. Außerdem hat Colby im Laufe des Verfahrens zwei psychologische Gutachten erstellen lassen. Beide stellten fest, dass Mitchell psychisch gesund und völlig stabil ist."

„Aber das waren doch Gerichtsgutachter, die immer das sagen, was der Anwalt ihnen vorgibt."

„Es waren anerkannte Psychologen, die bestimmt nicht lügen würden." Verärgert wechselte ich das Thema. „Genug davon, Kurt. Ich werde keine Party zu Ehren von Mitchell geben. Am liebsten möchte ich den Kerl nie wieder sehen. Wenn er mich weiterempfiehlt, ist das etwas anderes. Aber mit ihm selbst möchte ich nichts mehr zu tun haben."

„Er braucht unbedingt einen Psychologen", beharrte Kurt. „Denke auch mal daran, dass du einer anderen Frau vielleicht das Leben rettest, wenn du ihn an mich verweist."

Das war heute schon das zweite Mal, dass mich jemand auf die Gefahr ansprach, die möglicherweise von Mitchell ausging. Aber dafür war ich nicht verantwortlich!

Kurt intensivierte sein Lächeln. „Komm schon, Claudia, nicht böse sein."

„Ich bin nicht böse."

„O doch. Man muss kein Seher sein, um deine Gefühle in deinem Gesicht lesen zu können."

„Sehr witzig."

In dem Moment wurde das Essen serviert. Kurt machte sich genießerisch darüber her und ich war dankbar für die Unterbrechung unseres schwierigen Gesprächs. Eine unbeschreibliche Müdigkeit legte sich auf mich.

*

Nach all den Anstrengungen dieses Tages hätte ich erwartet, sofort in Tiefschlaf zu fallen, sobald ich endlich im Bett sein würde. Aber weder das leise Rauschen des Verkehrs auf der Straße noch das Rascheln der Eiche vor meinem Fenster halfen mir in den Schlaf.

Als ich nach einer Stunde immer noch wach lag, warf ich ärgerlich die Decke zurück, griff nach meinem Morgenmantel und stand auf. Gähnend ging ich zu meinem Computer. Während das Gerät sich mit leisem Geratter in Gang setzte, überflog ich noch einmal den Ausdruck von Rorys E-Mail. Darien Synn, ein Vertreter von Global Union, wollte mich gleich morgen sprechen, da er nur für kurze Zeit in New York war.

„Ich bin mir nicht sicher, was ich von ihm halten soll", hatte Rory noch ergänzt. „Er war höflich am Telefon, verriet aber nicht einmal andeutungsweise, worum es sich bei seinem Angebot handelte. Das müssen Sie wohl selbst herausfinden."

Zumal Sie kein anderes Angebot haben – hätte Rory noch hinzufügen können.

Endlich war der Computer startklar. Ich ging ins Internet und gab der Suchmaschine den Auftrag, die beiden Begriffe „Global Union" und „Darien Synn" zu suchen.

Augenblicke später kamen die Ergebnisse. Global Union hieß auf Italienisch *Unione Globale* und verfügte über eine eigene Homepage. Ich klickte die Adresse an und hatte wenig später eine gut gestaltete Seite vor mir. Über einer sich drehenden Weltkugel wehte die blaue Europafahne und ein ausgesprochen gut aussehender Mann mit dunklem Haar und schwarzen Augen lächelte daneben. Unter dem Bild stand: „Justus D. Santos, Präsident und Gründer von Global Union, heißt Sie herzlich willkommen."

Dann stellte sich die Organisation mit folgenden Worten vor:

Global Union, mit der Zentrale im Herzen Roms, ist die Verwirklichung eines Traumes. Justus D. Santos, der italienische Botschafter bei der Europäischen Gemeinschaft, hat lange nach diesem Weg gesucht, der alle Völker der Erde in Frieden vereinigen wird.

Der Artikel endete mit einem Zitat von Santos:

„Politiker vieler Länder versuchen mit Hilfe der Vereinten Nationen und anderer weltumspannender Organisationen, Konflikte zwischen den Na-

tionen zu lösen. Aber wahre Veränderung wird im Denken der einfachen Leute ihren Anfang nehmen. Diese einfachen Leute – reiche und arme, junge und alte – haben eines gemeinsam: den Traum vom Frieden in der Welt. Aus ihrem Traum ist Global Union entstanden."

Die einfachen Leute? Meine Finger trommelten auf der Tastatur, während ich über diese Formulierung nachdachte. Was verstand Global Union unter einfachen Leuten? Was auch immer damit gemeint war, die einfachen Leute würden allein nie eine Veränderung bewirken können. Sie brauchten Repräsentanten, um ihr Anliegen in der Öffentlichkeit zu vertreten. Diese Rolle hatte Justus D. Santos übernommen, vermutlich ein in Italien angesehener Mann. Wenn man seinen Worten Glauben schenken konnte, war er der Sprecher einer Volksbewegung.

Ich überflog die restlichen Seiten und entdeckte den Namen Darien Synn unter den Direktoren der Organisation. Der weitere Text sprach in wohlklingenden Phrasen vom Frieden in der Welt, dem einzigen Weg zu beständigem Glück.

Doch so gründlich ich die Homepage auch studierte, ich konnte nicht herausfinden, wozu Global Union eine Prozessbeobachterin benötigte.

Der Text langweilte mich und ich gab in der Suchmaschine „Justus Santos" ein. Mehrere Ergebnisse erschienen auf dem Bildschirm. Alle standen im Zusammenhang mit der Europäischen Gemeinschaft oder der Westeuropäischen Union, abgekürzt WEU. Ich hatte keine genaue Vorstellung, wofür die WEU stand.

Zehn Minuten später hatte ich mich durch einige trockene, schwer verständliche Texte gearbeitet und gelernt, dass die WEU 1955 gegründet worden war und die zehn Länder Frankreich, Deutschland, Großbritannien, Italien, Spanien, Belgien, die Niederlande und Luxemburg, Portugal und Griechenland umfasste. Ursprünglich sollte dieser Staatenbund der wirtschaftlichen, sozialen, kulturellen und militärischen Zusammenarbeit dienen. Doch tatsächlich war die WEU in erster Linie ein Verteidigungsbündnis ähnlich dem der NATO. Erst im Sommer 1999 hatten verschiedene Vertreter der Europäischen Gemeinschaft und der WEU vorgeschlagen, die beiden Bündnisse zu vereinen. Aber nicht alle betroffenen Nationen waren damit einverstanden.

Ich notierte mir ein paar Stichworte zu diesem Konflikt. Welche Rolle könnten Synn oder Santos dabei spielen?

Mittlerweile stellte sich doch die ersehnte Müdigkeit ein. Ich schaltete den Computer aus, löschte das Licht und kroch zurück in mein Bett.

Was für ein langer Tag war das gewesen! Und was für eine lange Gerichtsverhandlung! Eigentlich hätte ich mir ein paar Tage Urlaub verdient gehabt, aber solange ich nicht über ein Finanzpolster für mindestens sechs Monate verfügte, wollte ich nicht einen einzigen Tag freinehmen. Vielleicht würde ich ja morgen schon meinen neuen Auftrag unterschreiben.

3

Asher Genzano war allein in seiner Wohnung. Er saß auf der Bettkante, die Ellbogen auf die Knie gestützt. Der kleine Fernsehapparat warf ein grünes Licht über die spärlichen Möbel. Draußen dämmerte der Morgen über der ewigen Stadt herauf.

Asher beugte sich vor, um das Bild, das jetzt auf seinem Fernsehschirm erschien, besser sehen zu können. Eine Gruppe von Politikern posierte auf einer Bühne, ein Kameraschwenk zeigte die Zentrale der Europäischen Gemeinschaft in Brüssel, dann fokussierte die Kamera einen dunkelhaarigen Mann, der vortrat und der Menge winkte.

„Bonjour, Guten Morgen!", rief er, während seine Hände das Rednerpult umfassten. „Meine sehr verehrten Damen und Herren", begann er seine Rede und wählte dafür die englische Sprache, „mit großer Demut trete ich im Namen meines geliebten italienischen Volkes das Amt des Vorsitzenden der Europäischen Union an. Es ist mir eine große Freude, Ihnen den Beginn der Verhandlungen über die Vereinigung der Mitgliedsstaaten der WEU und der EU bekannt zu geben. Wir werden alles Notwendige tun, um den Frieden für Europa und das friedliche Zusammenleben mit allen Menschen dieser Erde zu sichern."

Applaus brandete auf und zwang den Redner zu einer Pause, die der italienische Moderator nutzte, um den Fernsehzuschauern die eben gesagten Worte zu übersetzen.

Damit war der Spot aus Brüssel zu Ende. In der Überleitung zu den lokalen römischen Nachrichten stellte der Moderator die Frage, ob dem neuen Präsidenten Justus Santos sein Vorhaben gelingen würde – ein Ziel, das so viele seiner Vorgänger nicht erreicht hatten. Seufzend erhob sich Asher, setzte sich an den kleinen Schreibtisch in seinem Wohnzimmer, nahm den Füller zur Hand und schlug ein in Leder gebundenes Tagebuch auf. Nachdenklich begann er zu schreiben:

Ist dies der Gesuchte? Er redet von Einheit und Frieden. Die Menge verehrt ihn, er verfügt über großes Charisma . . . ähnlich wie die anderen. Dazu kommt, dass er Römer ist, ein Angehöriger des Volkes, das den Tempel zerstörte, genau wie es der Prophet Daniel vorhergesagt hatte.

Asher unterbrach sich. Er spürte, wie die Angst ihn zu lähmen drohte. War er dieses Mal auf der richtigen Spur? Er war schon oft in das Lager des Feindes eingedrungen. Jedes Mal war er sich sicher gewesen, *den Richtigen* gefunden zu haben.

Sein Herz verkrampfte sich. Er kannte diesen Schmerz, seine Reue verjährte nicht. Die Unentschlossenheit quälte ihn. Was wäre, wenn . . .? Vielleicht war auch dieser nicht der Mann, für den er ihn hielt? Sollte er auf weitere Zeichen warten? Wartete er jedoch zu lange, konnte es auch zu spät sein.

Allmächtiger Gott, schrieb er weiter, und jetzt schienen die Worte rascher aus seiner Feder zu fließen, *hilf mir, Licht und Finsternis zu unterscheiden.*

Zeige mir, was ich tun soll und leite mein Handeln. Ich bin zu allem bereit, Heiliger Gott, auch wenn ich mein Leben wieder hinlegen muss – ich bin bereit. Zeig mir den Weg zur Vergebung, die mich auf ewig freisprechen wird. Öffne die Türen für mich, Herr, und hilf mir, sie zu durchschreiten.

Asher steckte die Kappe auf seinen Füller, schlug das Tagebuch zu und schob es vorsichtig zwischen die vielen anderen Bände ins Regal zurück. Er zog sich eine leichte Jacke über, schaltete den Fernseher aus und verließ eilig die Wohnung.

4

Als Darien Synn am nächsten Morgen pünktlich um 11 Uhr mein Büro betrat, war ich zunächst einmal enttäuscht. Er sah nicht annähernd so gut aus wie sein Chef. Im nächsten Augenblick begriff ich etwas anderes: Vor mir stand der kahlköpfige Fremde, der mich gestern verfolgt hatte.

„Wie schön, Ihnen endlich zu begegnen, Miss Fischer", begann er mit einer tiefen Verbeugung und reichte mir die Hand. „Ich muss mich für mein gestriges Verhalten entschuldigen. Ich fürchte, ich habe Ihnen Angst eingejagt, als ich in den Fluren des Gerichts versuchte, mit Ihnen zu reden. Später, als ich Sie im Café ansprechen wollte, war es ebenfalls unpassend. Und am Abend, als Sie das Gebäude verließen, hörten Sie mein Rufen anscheinend nicht."

Nur mühsam bekam ich meine Angst unter Kontrolle. Sein Handschlag war höflich und fest und er war insgesamt auffallend natürlich. Vielleicht war meine Panik übertrieben? Ich lächelte verkrampft und bot ihm den Sessel vor meinem Schreibtisch an. „Bitte entschuldigen Sie, Mr. Synn, wenn ich mich gestern seltsam verhalten habe. Bei solchen Verhandlungen bin ich immer sehr angespannt, und wenn Prominente vor Gericht stehen, zieht das mitunter die ungewöhnlichsten Menschen an."

„Das verstehe ich vollkommen." Dankbar sank Synn in den Sessel. Seine blauen Augen funkelten vor Vergnügen, als ich mich ihm gegenüber niederließ und unsere Blicke sich begegneten. „Sie sind bestimmt gespannt, warum ich Ihnen so auf den Fersen bin."

„Allerdings", erwiderte ich und beugte mich vor, um noch genauer hinhören zu können. Er sprach ein klares, gewähltes Englisch ohne erkennbaren Akzent. Damit konnte ich schon so gut wie sicher sein, dass er nicht aus unserer Gegend kam. Fast jeder in New York sprach irgendeinen Akzent.

„Ich bin gespannt zu hören, wozu Global Union eine Prozessbeobachterin braucht." Das Lächeln verschwand aus meinem Gesicht, als ich hinzufügte: „Oder hat Sie jemand anderes zu mir geschickt?"

„Nein, nein. Ich bin hier als Vertreter von Global Union und im Auftrag meines Vorgesetzten, Justus Santos." Er nickte und mir fiel auf, wie das Neonlicht sich auf seiner Glatze spiegelte. „Wir brauchen Sie nicht als Prozessbeobachterin. Wir benötigen Ihre Hilfe in einem ganz anderen Zusammenhang."

Meine Augenbrauen schnellten hoch: „Nämlich?", fragte ich skeptisch und konnte mir nicht vorstellen, was er meinte.

Synn lachte leise. „Eine Frau mit Ihren Fähigkeiten könnten wir in vielen Bereichen einsetzen. Aber bevor ich darauf eingehe, möchte ich Sie fragen, was Ihnen über unsere Organisation bekannt ist?"

Gut, dass ich mich auf diese Frage vorbereitet hatte. „Global Union hat ihren Hauptsitz in Rom. Sie, Mr. Synn, gehören dem Direktorium an, Justus Santos ist Gründer und Präsident der Vereinigung. Sie engagieren sich für den Frieden in der Welt. Ihre Zielgruppe ist das einfache Volk, das Sie mit Ihren Ideen erreichen und repräsentieren wollen. Politisches Vorgehen ist für Sie zur Erreichung Ihrer Ziele zweitrangig." Ich schwang mich in meinem Drehstuhl etwas zur Seite. „Stimmt das so?"

Synn strich sich über die Oberlippe, eine Geste des Nachdenkens, die in allen Kulturen zu Hause ist. Er überlegte lange, bevor er weitersprach.

„Es ist alles richtig, was Sie sagten, Miss Fischer. Vielleicht darf ich Ihnen darüber hinaus noch einige ergänzende Informationen über uns geben, die für Sie von Interesse sein könnten." Er wartete mein Nicken ab, bevor er fortfuhr. „Zunächst zum Führungskreis der Organisation: Neben Santos und mir gehören noch elf weitere Männer und Frauen dazu. Die meisten von ihnen sind Europäer. Vor zwei Jahren hatten wir unsere Gründungsversammlung. Seither war Global Union kaum mehr als eine Idee. Bis vor einem Monat war ein Postfach unsere Adresse und eine Homepage unsere ganze Öffentlichkeitsarbeit."

Worauf wollte er hinaus? Ich lächelte fragend: „Und jetzt?"

„Im vergangenen Monat verstarb einer unserer Direktoren und hinterließ der Organisation ein beträchtliches Vermögen. Erst dadurch wurden wir in die Lage versetzt, unsere eigentliche Arbeit aufzunehmen. Wir haben uns ein Gebäude in Rom gekauft und wollen nun ein

Team von Mitarbeitern zusammenstellen. Für uns wird jetzt ein großer Traum greifbar, Miss Fischer, und Justus Santos wird in dieser Phase kein Risiko eingehen. Von daher wollen wir nicht auf Ihre besonderen Kenntnisse verzichten."

Ich ließ meine gefalteten Hände auf die Schreibtischplatte sinken und versuchte, höflich und geduldig zu bleiben, obwohl mich seine geheimnisvolle Art allmählich verärgerte. „Bitte werden Sie deutlicher. Was soll ich für Sie tun?"

Synn beugte sich vor, die rechte Hand lag auf seinem Knie, ein Ausdruck größter Entschlossenheit. „Wir haben eine sehr begabte Personalleiterin eingestellt, Laura Casale. Sie kann die Bewerber vor allem nach deren jeweiliger Qualifikation beurteilen. Unser Wunsch ist, dass Sie für eine begrenzte Zeit von vier bis sechs Monaten zu unserem Team stoßen und die Stellenanwärter auf deren Persönlichkeit hin begutachten. Wir verfolgen ein großes Ziel. Um das zu erreichen, brauchen wir die besten verfügbaren Leute. Jeder Einzelne muss absolut zuverlässig sein."

„Mr. Synn", sagte ich und versuchte, entschieden und freundlich zu klingen, „Ihr Vertrauen ehrt mich, aber ich fürchte, ich kann Ihnen nicht weiterhelfen. Ich kann die Persönlichkeit oder Vertrauenswürdigkeit eines Menschen nicht in einem zehnminütigen Gespräch erkennen. Manchmal brauche ich mehrere Tage, ehe ich mir ein halbwegs realistisches Bild über eine Person machen kann. Bei der Auswahl der Geschworenen wurden die Kandidaten stundenlang befragt. Die ganze Zeit über konnte ich die Leute beobachten, während sie auf Fragen zu allen erdenklichen Themen Stellung beziehen mussten."

„Sie haben so viel Zeit, wie Sie benötigen", nickte Synn. „Jeder Kandidat wird mindestens eine Woche lang geprüft. Außerdem stellen wir die Leute zunächst grundsätzlich nur befristet ein. Während der mehrmonatigen Probezeit arbeiten Sie unauffällig unter den Leuten, reden mit den Bewerbern und mit den Angestellten, lernen sie kennen und informieren uns, wenn Sie eine schwierige Persönlichkeit erahnen."

„Meine Arbeit beruht nicht auf Ahnungen", versuchte ich zu protestieren, „ich glaube an die sichtbare Welt, Mr. Synn, und meine Folgerungen beruhen ausschließlich auf realen Fakten. Was wäre Ihrer Meinung nach eine schwierige Persönlichkeit?"

Synn sah mich mit seinen klaren, blauen Augen direkt an: „Lüge,

Diebstahl, Untreue, Pessimismus. All die Verhaltensweisen, für die auch Sie Ihre Angestellten entlassen würden, Miss Fischer."

Würde ich jemanden entlassen, weil er pessimistisch ist? Da hätte ich mich selbst schon oft entlassen müssen!

Ich atmete tief durch. „Mr. Synn, Ihr Ansinnen ehrt mich, aber ich beabsichtige nicht, im Ausland zu arbeiten. Ich habe mich sehr bemüht, mir hier an der Ostküste der Vereinigten Staaten einen Namen zu machen."

„Das ist Ihnen in der Tat gelungen."

Ich fixierte ihn. Er sollte meine Antwort klar und deutlich hören. „Ich muss an meine Firma denken. Ich kann mein Büro nicht einfach für sechs Monate schließen."

„Natürlich nicht. Sie beschäftigen Ihren Büromanager weiter. Sie werden ihn brauchen. Die Welt ist klein geworden, und Sie können sich darauf verlassen, dass Santos Ihnen in den kommenden Monaten genügend Kunden vermitteln wird. Man hört in Europa auf ihn, und wenn er Sie lobend erwähnt, dann wird das Folgen haben."

„Ich spreche kein Italienisch, Mr. Synn. Wie soll ich Menschen beurteilen, deren Sprache ich nicht verstehe?"

„Unsere Mitarbeiter sprechen in aller Regel englisch ebenso gut wie italienisch, einige können auch französisch", antwortete Synn. „Die Europäische Gemeinschaft bringt die Völker immer enger zusammen und Englisch und Französisch sind die führenden Sprachen. Ich garantiere Ihnen, dass Sie kein sprachliches Problem haben werden. Darüber hinaus" – er versuchte ein charmantes Lächeln – „ist Italienisch keine schwierige Sprache."

Plötzlich meinte ich, den Haken an der Geschichte erkannt zu haben. Er hatte nicht gespart mit Komplimenten und freundlichen Worten, hatte dabei aber kein Wort über die finanzielle Seite des Ganzen verloren. Sein Angebot schmeichelte mir und es klang auch verlockend, sechs Monate in Rom zu verbringen, aber wenn dieser Santos außer einer Erbschaft keine Einkünfte hatte, wie wollte er mir dann genug zahlen, um in meiner Abwesenheit mein Büro zu unterhalten?

„Das Honorar", sagte Synn und ich fragte mich, ob er Gedanken lesen konnte, „wird großzügig bemessen sein." Er zog eine Visitenkarte aus seiner Tasche, schrieb eine Zahl auf die Rückseite und reichte sie mir.

Mir wurde schwindlig. „Neun *Millionen*?"

Seine Lippen verzogen sich zu einem amüsierten Lächeln. „Neun Millionen *Lire,* versteht sich. Nach dem augenblicklichen Umrechnungskurs macht das" – er hatte einen Taschenrechner parat – „4.882,83 US-Dollar."

„Pro Woche?"

Synn nickte. „Außerdem übernehmen wir Ihre Lebenshaltungskosten in Rom." Er sah mich entschuldigend an. „Vielleicht entspricht das nicht Ihrem gegenwärtigen Gehalt, aber wir sind kein gewinnorientiertes Unternehmen."

Ich senkte den Blick und begann zu rechnen. Fast fünftausend Dollar pro Woche, damit hätte ich in einem halben Jahr 130.000 Dollar verdient. Wenn mir zusätzlich meine Auslagen in Rom erstattet würden, könnte ich das meiste Geld an Rory schicken. Der würde damit die Rechnungen bezahlen, die neuen Klienten vorsprechen lassen und die viel versprechenden Fälle für das restliche Jahr vormerken. Natürlich wäre ich weit weg von den Menschen, die mir lieb waren, aber zur Not konnte ich immer noch zurückfliegen. Was Kurt betraf, wäre es für ihn auch kein großes finanzielles Problem, mich in Italien anzurufen . . .

Kurt! Schuldgefühle packten mich. Ich versuchte erschrocken, sie niederzuringen. Konnte ich jetzt für sechs Monate verschwinden, wo wir doch nächstes Jahr heiraten wollten? Würde er verstehen, dass ich mit diesem Job meine Existenz aufbauen konnte? Oder würde es Kurt sogar gefallen, einen Grund für eine Italienreise zu haben?

Ich nahm die Karte und lehnte sie gegen mein Schreibset. „Ich werde darüber nachdenken, Mr. Synn. Wie lange habe ich Zeit?"

Zuversicht machte sich in Synns Gesicht breit. Freundlich, aber zurückhaltend antwortete er: „Es wäre gut, wenn Sie mir bis Montag Bescheid geben könnten. So lange werde ich in New York sein. Am späten Montagnachmittag geht mein Flug zurück nach Rom."

„Kann ich Sie in Ihrem Hotel anrufen?"

„Selbstverständlich. Ich wohne im Hotel Ameritania, direkt am Broadway."

Wir erhoben uns, gaben uns die Hand und Synn ging. Lange saß ich reglos an meinem Tisch und starrte auf die Zahl 9.000.000.

Dann erst drehte ich die Karte um. *Curato Darien Synn (Rev.),* las ich, *Vice Presidente, Unione Globale. 4 Via della Botteghe Oscure, Roma.*

Reverend? Er war Geistlicher? Er hatte mit keiner Silbe auf seine Nähe zur Kirche hingewiesen. Aber vermutlich war es nicht ungewöhnlich, dass ein Geistlicher sich für Weltfrieden und Bruderliebe einsetzte.

Es würde mir gefallen, ein paar Monate für den Frieden in der Welt zu arbeiten. Kein Reporter könnte mir dann noch vorwerfen, ich würde um des Geldes willen einen Mörder decken.

*

Ich versuchte, Kurt anzurufen, doch er hatte gerade einen Patienten und war nicht zu sprechen. Seine Sekretärin notierte meine Bitte um einen Rückruf und ich legte auf.

Was sollte ich von Synns Angebot halten?

Ich musste mit jemandem darüber sprechen. In meinem Vorzimmer war Rory gerade am Telefon, so setzte ich mich ihm gegenüber und wartete. Mit einem Nicken bedeutete ich ihm, dass er in Ruhe zu Ende telefonieren sollte.

„Selbstverständlich werde ich mir Ihren Namen und Ihre Telefonnummer notieren, aber Ms. Fischer übernimmt in der Regel keine Versicherungsfälle", sagte er mit seiner warmen Stimme. „Ich werde Ihre Anfrage weiterleiten, doch ich empfehle Ihnen, sich einen guten Anwalt zu suchen, der sich auf solche Fälle spezialisiert hat. Vielen Dank für Ihren Anruf."

Er legte auf und warf den Notizzettel in den Papierkorb. Wir erhielten dauernd Anrufe von Leuten, die sich mit meiner Hilfe Respekt gegenüber ihrer Versicherung, dem Anwalt ihres Arztes oder ihren Hausbesitzern verschaffen wollten. Ich hätte meinen ganzen Terminkalender mit solchen schlecht bezahlten Bagatellfällen füllen können. Doch mich interessierten die großen Verfahren, die durch die Presse gingen und gut bezahlt wurden. Das war einerseits den kleinen Fischen gegenüber unbarmherzig, andererseits missfiel mir die Tendenz der kleinen Leute, wegen jedem Streit vor Gericht zu ziehen. Es ist nun einmal nicht Aufgabe der Justiz zu entscheiden, ob der Kaffee bei McDonalds heiß genug oder zu heiß ist.

„Wie viel zahlt uns Colby im Mitchell-Fall?", fragte ich Rory und schob ihm Synns Visitenkarte über den Tisch.

„Etwa 85 Dollar pro Stunde zuzüglich Spesen. Ich bin gerade dabei, die Rechnung zu schreiben." Er nahm die Visitenkarte und studierte den Namen. Dann drehte er sie um und schnappte nach Luft. „Das soll wohl ein Witz sein?"

„Wissen Sie was? Darien Synn will mir 125 Dollar pro Stunde bezahlen, sechs Monate lang. Und ich würde im sonnigen Rom arbeiten."

Rory legte die Karte ehrfürchtig auf den Tisch und faltete die Hände. „Arbeitet Reverend Synn für den Vatikan?"

„Er ist der Vizepräsident von Global Union, der Präsident heißt Justus Santos. Ich soll die Leute dort bei Neueinstellungen beraten und die Mitarbeiter beurteilen, sechs Monate lang. Es ist ein neues Team und sie wollen sichergehen, dass sie die richtigen Leute haben."

Rory pfiff durch die Zähne. „Die lassen sich das ja ganz schön was kosten. Man holt sich normalerweise keine Seherin für ein Einstellungsgespräch. Für die scheint eine Menge auf dem Spiel zu stehen."

Verärgert sah ich ihn an: „Ich verbitte mir solche Bezeichnungen."

„Sorry. Wann reisen Sie ab?"

„Ich weiß noch nicht, ob ich das Angebot annehmen soll." Ich stützte meine Ellbogen auf den Tisch und legte mein Kinn in die Hände. „Da gibt es eine Menge zu bedenken. Ich bin zum Beispiel mit Kurt verlobt."

Rory grinste mich an: „Ist Ihnen die Concorde ein Begriff? New York – London – Rom . . . in ein paar Stunden ist er bei Ihnen. Das Geld spielt für Kurt doch keine Rolle."

Kommentarlos ging ich zum nächsten Einwand über. „Meine Schwester erwartet in vier Monaten ein Baby. Ich habe ihr versprochen, bei ihr zu sein, wenn es so weit ist, und mich um den kleinen Travis zu kümmern. Sie wird mit dem neuen Baby genug zu tun haben."

„Ihre Schwester ist mit einem Kinderarzt verheiratet, der seiner Frau bestimmt ein Kindermädchen finanzieren kann. Dem Baby ist es auch egal, ob sie es am ersten Tag begrüßen oder erst zwei Monate später."

„Darum geht es nicht. Die meisten Frauen haben ihre Mutter bei sich, wenn sie ein Baby bekommen. Da unsere Mutter nicht mehr lebt, übernehme ich die Rolle. Meine Schwester würde das für mich ebenso machen."

„Aber sie wird auch Ihre Situation verstehen." Rorys Stimme war jetzt ernst. „Sie können und müssen Ihre Mutter nicht ersetzen. Ihre Schwester weiß, dass Sie dabei sind, sich Ihre Existenz aufzubauen. Wollten Sie nicht dieses Wochenende zu Ihrer Schwester fahren? Fragen Sie sie doch einfach! Ich wette um einen ganzen Wochenlohn, dass Ihre Schwester Sie nach Rom schicken wird."

„So leichtfertig würde ich mein Geld nicht verspielen, Rory!" Ich kaute auf meiner Unterlippe. Rory arbeitete nun seit zwei Jahren für mich und manchmal dachte ich, er kannte mich besser als Kurt. Wahrscheinlich hatte er Recht, was meine Schwester betraf. Vielleicht würde es für sie und ihren Mann sogar gut sein, diese Zeit zu zweit zu erleben.

„Aber ich habe noch einen anderen Einwand, den ich für sehr wichtig halte", fuhr ich endlich fort. Ich schob einen Stapel Akten zur Seite und beugte mich über den Tisch, als ob Rory mich dadurch besser verstehen könnte. „Wenn ich für diesen Santos arbeite, bin ich mitten in der internationalen Politik. Ich werde mit den Mächtigen Europas zusammentreffen. Wenn ich meine Sache gut mache, werden mir viele Türen offen stehen."

Rory strahlte: „Elaine Dawson wird sich schwarz ärgern."

„Einerseits. Aber wenn ich schlechte Arbeit mache, wird das auch in aller Öffentlichkeit stattfinden. Santos wird in Zukunft eine Menge internationaler Aufmerksamkeit erhalten. Ich werde gemeinsam mit ihm im Rampenlicht stehen. Wenn dieser Typ nicht mit mir zufrieden sein wird, dann kann ich meine Firma dicht machen. Dieselben Journalisten, die uns heute anpreisen, können uns schon morgen auslöschen. Ich weiß nicht, ob ich meine ganze Karriere so aufs Spiel setzen sollte."

„Die Trennung von Elaine war viel riskanter", warf Rory ein. Sein Blick war voller Zuversicht. „Damals hatten Sie viel weniger Erfahrung als heute und trotzdem haben Sie Ihre Firma schnell zu Ansehen gebracht."

„Ich hatte nicht viel Erfahrung, aber dafür hatte ich Sie."

Seine Nasenspitze färbte sich rot. „Die Auswahl eines Geschworenenteams ist viel schwieriger, als eine gute Personalentscheidungen zu treffen. Nachdem Sie die New Yorker Bevölkerung so gut einschätzen können, werden Sie mit den Italienern auch klarkommen. Ich denke, Sie sollten das Angebot annehmen."

Ich lehnte mich in meinem Stuhl zurück und sah mich in Rorys Büro um. „Sie müssten hier alles allein managen. Sie müssten die interessanten Klienten auswählen, die Hintergründe recherchieren, mit Anwälten und Richtern verhandeln und einen Terminplan für die Zeit nach meiner Rückkehr zusammenstellen."

Rory schlug die Beine übereinander. „Ich kenne die Vorgänge, Miss Fischer, und ich traue sie mir zu. Wir sind jetzt so in den Schlagzeilen, dass wir bestimmt genügend Angebote bekommen werden."

„Aber möglicherweise müssen wir auch interessante Fälle ablehnen, weil ich in Italien bin."

Rory sah mich tadelnd an. „Es dauert Monate, bis die großen Fälle vor Gericht kommen. Bis dahin sind Sie längst wieder zurück und ich habe Ihren Terminkalender gefüllt und die Hintergrundarbeit gemacht."

„Da kommt mir eine Idee" – ich erhob mich – „gehen Sie doch mit Ihrer Frau essen auf Kosten des Hauses. Sprechen Sie mit ihr über die Arbeit, dann können wir es als Spesen abrechnen. Aber sorgen Sie dafür, dass es ein schöner Abend für Ihre Frau wird. Ich will nicht, dass Sie Ihnen am Ende zu einer anderen Stelle rät."

„Macht sie bestimmt nicht!", rief er hinter mir her, als ich wieder in mein Büro ging. Im nächsten Moment klingelte das Telefon. Rory stellte durch. Zum zweiten Mal innerhalb von zwei Tagen rief Elaine Dawson mich an.

*

„Elaine?"

„Claudia, Liebes, wie geht es dir? Herzlichen Glückwunsch übrigens noch zu deinem großen Erfolg im Mitchell-Verfahren. Du bist hier in aller Munde, ähnlich wie ich unlängst im Ambrose-Zoya-Fall."

Das konnte ich mir kaum vorstellen. Ambrose Zoya, der Besitzer einer Kette von Bekleidungshäusern, hatte einen beträchtlichen Teil seines Vermögens für die berühmtesten Anwälte an der Westküste ausgegeben, die ihn gegen seine Exfrau und deren Tochter verteidigten. Die Medien schürten die Erwartung auf den großen Prozess, doch schließlich gelang den Anwälten Zoyas eine außergerichtliche Einigung, noch bevor der erste Zeuge gehört wurde. Damit war auch Elaines Arbeit über Nacht erledigt, während ich mit Mitchell Monate im Gerichtssaal verbracht hatte.

„Mitchell kann froh sein, dass wir ihn verteidigt haben", meinte ich betont leichtfertig.

„Meinst du?" Ich hätte viel darum gegeben, wenn ich Elaines Gesicht jetzt hätte sehen können. Ob ihr die angedeutete Distanzierung zu meinem Ex-Klienten aufgefallen war?

„Claudia", begann Elaine mit sachlicher Stimme, „ich rufe dich an, weil ich dich über einen Typen informieren will, der sich zurzeit in unserer Branche herumtreibt. Letzte Woche war er bei uns und ich würde mich nicht wundern, wenn er in den nächsten Tagen bei dir auftauchen würde."

„Was ist mit ihm?"

Sie lachte ein wohl dosiertes, unangenehmes „Ha-ha-ha".

„Er ist ein harmloser Spinner, der dachte, ich würde für sechs Monate nach Europa gehen. Ideen haben die Leute! Er wollte mich zum Personalchef einer komischen politischen Gruppierung machen, ‚Weltfrieden jetzt' oder so ähnlich heißt die Partei. Jedenfalls habe ich ihn wieder weggeschickt und dachte, ich informiere dich schon mal vorab, weil es sehr wahrscheinlich ist, dass er dich als Nächstes aufsuchen wird."

All die Bedenken und Zweifel, die ich in mein Unterbewusstsein verdrängt hatte, brachen jetzt über mich herein. War ich so naiv? Elaine hatte bestimmt Recht. Wer war Darien Synn? Global Union war nichts weiter als eine Hand voll Träumer mit einer Homepage. Dafür hätte ich fast mein Büro verlassen, jetzt, wo ich zum ersten Mal richtig erfolgreich war.

„Vielen Dank für diese Information, Elaine." Ich lächelte ins Telefon, weil ich wusste, sie würde das Lächeln in meiner Stimme hören.

„Hast du . . ." – jetzt hätte sie gerne mein Gesicht gesehen, das merkte ich ihr an – „er war noch nicht bei dir, oder? Er ist gedrungen, hat eine Glatze, ist Mitte vierzig, hat pickelige Haut . . ."

„Elaine", lachte ich gezwungen, „allein in den letzten 24 Stunden habe ich etwa ein Dutzend Männer gesehen, auf die deine Beschreibung passt. Aber wenn er auftaucht, werde ich mich auf deinen Hinweis besinnen."

„Gut. Wie geht es dir privat? Und deiner Schwester?"

„Kirsten geht es gut, danke für die Nachfrage. Sie ist wieder schwanger, Ende Dezember soll das Baby kommen. Sie und ihr Mann freuen sich darüber und Travis kann es auch kaum erwarten."

„Na prima! Oh, bei mir ist ein Anruf in der Leitung."

Ich grinste. Elaine interessierte sich nicht für Babys, das wusste ich. „Danke für deinen Anruf."

Ich schwang meinen Stuhl zum Fenster. Der Himmel war trübe, als ob es schon Herbst werden wollte. Warum hatte Elaine Dawson mich angerufen? Sie hatte Synns Namen nicht erwähnt und versucht, möglichst unbefangen zu klingen. Wollte sie mir wirklich nur einen guten Tipp geben? Oder wollte sie verhindern, dass ich nach Rom ging?

Ich konnte die Auseinandersetzung nicht vergessen, die wir vor meinem Ausscheiden geführt hatten. Ich hatte um mehr Verantwortung gebeten. Sie hatte mich machthungrig und egozentrisch genannt. Vermutlich hatte sie meine Pläne, mich selbstständig zu machen, vorausgeahnt. Doch bestimmt hatte sie gedacht, ich würde in Los Angeles bleiben. Dort hätte sie mich nie hochkommen lassen.

Aber hier in New York hatte ich mir nun einen guten Ruf erworben. Wollte sie mit ihrem Anruf verhindern, dass ich sie auf der internationalen Bühne überholte?

Ich drehte mich wieder zu meinem Schreibtisch um, doch meine Gedanken kreisten weiter um unser Gespräch. Hatte sie Angst, dass ich auf dieses Angebot einging und mich damit endgültig von ihrem Schatten löste? Oder war ihr etwas an diesem Synn aufgefallen, das tatsächlich nicht in Ordnung war?

Ich hätte zu gern mit Kurt über alles geredet. Aber er arbeitete bis in die späten Abendstunden. Anschließend würde er mir dann nicht mehr richtig zuhören können. Er prahlte immer damit, alle meine Probleme zu verstehen. Doch meine gegenwärtigen Überlegungen waren vermutlich zu weiblich und zu unsortiert, als dass seine analytische Logik damit etwas hätte anfangen können.

Mein Blick ruhte auf meinem leeren Terminkalender. Dann steckte ich die Global-Union-Akte in meine Tasche und ging. „Bis Montag", verabschiedete ich mich von Rory. „Wenn irgendetwas ist, bin ich per Handy zu erreichen."

Rory sah mich augenzwinkernd an: „Und – werden Sie die Koffer packen?"

„Die Geschworenen beraten noch", grinste ich und ging zur Tür. „Montag werde ich Ihnen die Entscheidung mitteilen."

5

Ich war schon so oft mit dem Zug in die Hamptons gefahren, dass ich den Fahrplan auswendig konnte. Wenn ich den Zug um 16:19 Uhr an der Penn Station erwischte, musste ich an der Jamaica Station umsteigen. Es klappte und ich kam um 19:20 Uhr in Easthampton an. Während der Zug nach Westhampton weiterfuhr, holte ich mein Handy aus der Tasche und sagte Kirsten, dass sie mich abholen könnte.

Seit unser Elternhaus verkauft worden war, hatte ich bei Kirsten am ehesten noch ein Zuhause. In meiner eigenen Wohnung hielt ich mich fast nur zum Schlafen auf. Den Rest des Tages verbrachte ich in meinem Büro, dem Gericht und der Kanzlei von *Wilt, Kremkau, Colby & Stock*.

Nur am Wochenende, da war ich bei meiner Familie, bei Kirsten, Sean und dem dreijährigen Travis . . . und natürlich traf ich mich mit Kurt, soweit er Zeit hatte. Etwa zweimal im Monat kam er mit mir in die Hamptons und Kirsten empfing ihn immer mit der für sie typischen, herzlichen Gastfreundschaft.

Als ich aus dem Bahnhofsgebäude trat, stand Kirsten bereits neben ihrem Auto und erwartete mich. Ich umarmte sie, streichelte ihren kugeligen Bauch und beugte mich ins Auto, um Travis zu begrüßen. Doch er schlief selig in seinem Kindersitz.

„Der kleine Schatz", flüsterte ich und betrachtete ihn fasziniert.

Kirsten zog eine Grimasse: „Ja, wenn er schläft, ist er ein Schatz." Eilig ging sie ums Auto herum und stieg ein: „Komm, lass uns fahren. Ich habe eine Lasagne im Ofen."

Als erfolgreicher Kinderarzt konnte Sean seiner Familie ein gemütliches Haus mit Garten bieten. Aber während ich das Gesicht meiner Schwester aus den Augenwinkeln studierte, fragte ich mich, was wohl mit den beiden los war. Kirsten freute sich sehr auf ihr zweites Baby; trotzdem hatte ihre Stimme in letzter Zeit oft einen bitteren Unterton, und um ihre Mundwinkel bildeten sich harte Falten, wann immer ich Sean erwähnte. Angesprochen hatte sie bislang nichts – wahrscheinlich war sie noch nicht bereit, über die Situation zu reden, aber es war nicht zu übersehen, dass es Probleme gab.

Ich drehte mich zu ihr um und fragte direkt: „Ist Sean zu Hause oder hat er noch in Manhattan zu tun?"

Kirsten ignorierte meine Frage und sagte stattdessen: „Ich habe den Bericht von deiner Gerichtsverhandlung gehört, herzlichen Glückwunsch! Du bist bestimmt froh, dass alles vorüber ist."

Wir gingen für einige Minuten auf das Thema ein. Ich berichtete von Colbys Einfluss auf die Geschworenen, die ihm praktisch jedes Wort glaubten, und schilderte die unerwartete Umarmung Mitchells nach dem Freispruch. Dann legte ich nachdenklich meinen Ellbogen ins offene Fenster und ließ den Fahrtwind durch mein Haar wehen. „Kirsten, was mache ich, wenn er es noch einmal tut? Wäre ich nicht mitverantwortlich am Tod der nächsten Frau?"

Sie sah mich überrascht an. „Zerbrichst du dir wirklich darüber den Kopf?"

„Natürlich!"

„Komisch. Ich hätte gedacht, für dich ist das so wie für einen Rechtsanwalt, dem es nichts ausmacht, auch einen Verbrecher zu verteidigen. Schließlich sind doch viele Klienten wirklich schuldig. Trotzdem werden sie verteidigt. Und besonders gute Anwälte vertreten besonders schlimme Verbrecher und sorgen dafür, dass diese nie bestraft werden."

Ich bemerkte einen zynischen Ausdruck in ihrem Gesicht, als sie fortfuhr: „Ich nehme an, dass man lernen kann, mit Schuld zu leben. Jeder Mensch muss sich an schlimme Dinge gewöhnen. Jeder muss lernen, mit Sachen fertig zu werden, die . . . nicht so angenehm sind."

Würde sie mir jetzt von dem Kummer erzählen, der diesen Schatten auf ihr Gesicht warf? Doch während wir in die Einfahrt zu ihrem Grundstück einbogen, wurde Travis wach und begann zu weinen: „Mama!"

„Wir sind gleich zu Hause, Travis."

Ich drehte mich zu ihm um, fasste nach seinen Füßchen und zwickte ihn in die kleinen Zehen. „Hallo, mein Schatz!" Er blinzelte verschlafen, dann öffnete er den Mund: „Hallo, Tante Claudi!"

„Hast du Hunger? Ich kann es kaum erwarten, bis wir die Lasagne von deiner Mama bekommen!"

„Travis auch!"

Ich stieg aus, öffnete den Sicherheitsgurt des Kindersitzes und nahm Travis auf den Arm. Mit dem Jungen auf meiner Hüfte folgte ich meiner Schwester in das helle, leere Haus.

*

„Na gut", sagte Kirsten und schob ihren halb vollen Teller mit Salat und Lasagne von sich, „dann sage ich dir jetzt den neununddreißigsten Grund, warum du nicht nach Rom gehen sollst. Stell dir vor, du triffst dort einen temperamentvollen Italiener mit Glutaugen und dunklen Locken, der dich im Sturm erobert und dir das Herz bricht . . ."

„Kirsten!" Ich warf meine Serviette nach ihr. „Du weißt genau, dass ich nicht auf Männersuche bin. Gut, dass Kurt das jetzt nicht gehört hat!"

„Was sollen die prominenten Verbrecher in New York ohne dich machen?", warf Sean dazwischen und grinste mich an. Kirsten warf ihm einen empörten Blick zu. Ich beobachtete die beiden einen Augenblick lang und konzentrierte mich dann wieder auf mein Essen. Es war schwer zu verstehen, was zwischen ihnen vor sich ging.

Sean war kurz vor acht Uhr nach Hause gekommen, hatte Kirsten auf die Wange geküsst, Travis kurz umarmt und sich dann in sein Arbeitszimmer zurückgezogen, um einige Telefonate zu führen. Wenig später gesellte er sich zu uns an den Tisch. Er verhielt sich denkbar unauffällig, erkundigte sich nach Kurt, gratulierte mir zu dem Freispruch im Mitchell-Verfahren und hörte aufmerksam zu, als ich von Darien Synn und seinem Angebot berichtete.

Wie ich befürchtet hatte, war Kirsten sofort dagegen. Ich hatte ihr versprochen, mich um Travis zu kümmern, wenn das Baby kam, und darauf wollte sie nicht verzichten. Aber sie hatte auch eine Menge weiterer Gegenargumente. Nach und nach brachte sie all die Zweifel zur Sprache, die mir selbst auch schon gekommen waren. Doch während ich ihr antwortete, wurde mir immer klarer, dass ich gehen wollte.

Plötzlich sah sie mich erschrocken an, lehnte sich über den Tisch und sagte leise: „Wenn du nach Rom willst, musst du über den Atlantik fliegen." Sie setzte sich zurück, legte die Stirn in Falten und sah mich an, als wären meine Pläne damit zunichte.

Unbeeindruckt sah ich sie an. „Ja, und?"

„Bitte, Claudia!" Sie warf einen Seitenblick auf Travis, der mit seinem Essen beschäftigt war. „Kannst du dir wirklich vorstellen, über den Atlantik zu fliegen, ohne an . . . an das Unglück zu denken?"

„Was für ein Unglück?", fragte Travis sofort.

„Nichts, Kumpel, komm, iss deine Nudeln!" Ich sah auf meinen Teller und versuchte, ein Stück Lasagne aufzuspießen. Über dem Atlantik waren unsere Eltern bei einem Flugzeugabsturz ums Leben gekommen, Jahre bevor Travis geboren wurde. Ich dachte kaum noch daran, allerdings war ich seither auch nicht über den Atlantik geflogen.

„Du würdest exakt die gleiche Strecke fliegen!" Verzweiflung schwang in ihrer Stimme mit. „Flug Nr. 800 ging von New York über Paris nach Rom."

Mit einem lauten Klirren landete meine Gabel auf dem Teller. „Meine Güte, Kirsten", erwiderte ich mit vor Erregung rauer Stimme, „ich hätte erwartet, dass du dich für mich freust, wenn ich so ein fantastisches Angebot bekomme. Stattdessen versuchst du schon den ganzen Abend, mich davon abzubringen."

Schmerz stand in ihren Augen. „Ich denke dabei doch nur an dich. Du hattest gerade deinen ersten großen Erfolg. Wenn du jetzt gehst, verpasst du bestimmt eine Menge toller Angebote."

„Andererseits", mischte Sean sich plötzlich in unser Gespräch ein, „wird es für dich bestimmt eine willkommene Abwechslung sein, einmal für die Guten zu arbeiten. Ich stelle es mir nicht so einfach vor, in dem Bewusstsein zu leben und zu arbeiten, dass dank deiner Bemühungen ein Mörder freigesprochen wurde."

Plötzlich war es ganz still an unserem Tisch. Kirstens blaue Augen loderten vor Wut, als sie sich jetzt in Seans Gesicht bohrten. Dann sah sie mich entschuldigend an: „Er hat das nicht so gemeint, Claudi. Du tust nur deine Pflicht, das wissen wir."

Ich versuchte zu lächeln. „Schon gut. Mein Job ist genauso gut wie jeder andere auch. Es ist nicht meine Aufgabe, über Schuld oder Unschuld der Klienten zu urteilen."

Sean ignorierte Kirstens Blick und richtete seine Gabel auf mich. „Trotzdem, Claudia, als unser Rechtssystem entwickelt wurde, ging keiner davon aus, dass die Geschworenen einmal daraufhin ausgesucht würden, ob sie den Angeklagten voraussichtlich freisprechen werden oder nicht. Sie sollten nichts weiter sein als eine zufällig zusammengestellte Gruppe , möglichst repräsentativ für die Gesellschaft, unabhängig davon, auf wessen Seite sie am Ende stehen würden. Als unsere Gesetze geschrieben wurden, konnte sich niemand vorstellen, dass es einmal professionelle Prozessbeobachter und Computerprogramme geben würde, die den Ausgang eines Verfahrens vorhersagen könnten."

„Was willst du damit sagen?", fragte Kirsten mit eiskalter Stimme.

Sean zuckte nur mit den Schultern und lächelte mich an. „Ich meine, Claudia wird froh sein, zur Abwechslung einmal für eine gute Sache zu arbeiten und Menschen zu unterstützen, die nicht nur an den Erhalt ihrer eigenen Macht denken. Nach allem, was ich von Justus Santos gehört habe, ist er ein Mann mit uneigennützigen Zielen, der sich für das Wohl der Allgemeinheit einsetzt."

„Mama!" Travis schlug auf den Tisch: „Ich will Brot!"

„Frag deinen Vater", war Kirstens schroffe Antwort.

Obwohl Kirsten sich augenscheinlich immer unwohler fühlte, setzte ich das Gespräch mit meinem Schwager fort. „Was hast du über ihn gehört?"

„Nicht viel." Sean brach ein Stückchen von seinem Knoblauchbrot ab und reichte es seinem Sohn. „Letzte Woche kam in *Newsweek* ein Artikel über diese Gruppe. Weltweite Einheit oder so ähnlich heißen sie."

„Global Union?"

Sean nickte: „Genau. Dieser Santos wurde als ein Politiker geschildert, den die Gunst der Stunde nach oben brachte. Er saß für eine einzige Legislaturperiode im italienischen Parlament, seither ist er der Vertreter Italiens bei der WEU."

Das war mir neu. Ich musste unbedingt noch mehr über Global Union herausfinden. Außerdem hatte Sean Recht mit dem, was er sagte. Ich stellte es mir sehr schön vor, für ehrbare Leute mit guten Zielen zu arbeiten. Hoffentlich waren Darien Synn und Justus Santos wirklich so edle Charaktere, wie sie zu sein vorgaben. Dann könnte mir die Arbeit mit ihnen vielleicht auch über die Schuldgefühle hinweghelfen, die ich immer hatte, wenn ich an Mitchells Triumph dachte.

„Vielen Dank für alles, was du mir gesagt hast", wandte ich mich an Sean und sah gerade noch, wie Kirsten ihm wieder einen verärgerten Blick zuwarf. Schnell wandte ich mich ab. Ich wollte nicht in diesen wortlosen Krieg der bösen Blicke und schneidenden Stimmen verwickelt werden. Nachdenklich fügte ich noch hinzu: „Ich werde darüber nachdenken."

*

Nachdem ich Kirsten in der Küche geholfen hatte, setzte ich mich in ihren Schaukelstuhl auf die Veranda, schlug eine Wolldecke um meine Schultern und genoss den Abend. Das Salz des Meerwassers würzte die Luft und vermischte sich mit dem fernen Rauch einiger Strandfeuer. Hinter den Dünen rollten die Wellen an den Strand und erzeugten ein gleichmäßiges Grollen.

Zwischen Sean und Kirsten gab es nach dem Essen eine Gefechtspause. Er zog sich in sein Arbeitszimmer zurück, sie ging nach oben und brachte Travis zu Bett. Die Stille war mir willkommen, doch ich musste nicht lange nachdenken. Schon nach zehn Minuten wusste ich, dass meine Entscheidung feststand.

Ich wollte nach Rom. Auch wenn ich mir das vor wenigen Tagen noch nicht hätte vorstellen können, jetzt schien Rom der Ausweg aus der Enge und Dumpfheit meines Lebens zu sein. Seans Vermutungen trafen ins Schwarze, die Aussicht, mich für eine gute Sache zu engagieren, war verlockend. Und auch Rory hatte Recht; ich musste mich von Elaine Dawsons Einfluss absetzen. Selbst wenn ich an die geplante Heirat mit Kurt dachte, schien mir dieser Auslandsaufenthalt von Vorteil zu sein. War es nicht ideal, noch einmal etwas ganz Eigenes, Selbstständiges zu unternehmen, bevor ich verheiratet war? Wie auch immer, ich wollte nach Rom, das wurde mir immer klarer.

Im Gegensatz zu anderen jungen Frauen meines Alters war es mir nie unheimlich wichtig gewesen zu heiraten. Während meine Schulkameradinnen schon von ihren Ehemännern träumten, wollte ich studieren. Auch an der Uni träumte ich von einer Stelle bei Elaine Dawson, während die anderen Mädchen mit den Hochzeitsvorbereitungen beschäftigt waren. Meine Zimmerkollegin heiratete am Tag nach dem Examen und ich war ihre Trauzeugin. Doch kaum war das Fest zu

Ende, packte ich meine Koffer und zwei Tage später saß ich bereits in Elaine Dawsons Büro, nahm ihre Telefonate entgegen und las Bücher über Körpersprache.

Zwei Jahre später, ich war inzwischen Büroleiterin, kam das Telegramm, in dem ich über den Tod meiner Eltern informiert wurde. Ihre Maschine war über dem Atlantik explodiert, alle 212 Passagiere und 17 Besatzungsmitglieder waren tot. Meine Eltern waren auf dem Weg nach Rom gewesen, um dort ihren 30. Hochzeitstag zu feiern.

„Vielleicht muss ich deshalb nach Rom", flüsterte ich in den Abendwind. Ich wollte feststellen, ob Rom es wert war, dass unserer Familie solches Leid widerfahren musste.

Die Verandatür schwang quietschend auf und das Zirpen und Summen der Insekten verstummte. Kirsten war gekommen. Einen Moment lang stand sie reglos hinter mir, dann ließ sie sich schwer in den Sessel an meiner Seite fallen. „Endlich ist der Kleine eingeschlafen", stöhnte sie.

Eine Weile saßen wir schweigend nebeneinander und lauschten den Wellen.

„Ich möchte nicht von dir verlangen, dass du bei mir bist, wenn das Baby kommt. Das wäre zu egoistisch. Du sollst nach Rom gehen, wenn du das möchtest."

„Ich könnte trotzdem herkommen", sagte ich und beobachtete sie aufmerksam. „Sean würde mich anrufen, wenn das Baby da ist, ich würde ein paar Tage Urlaub nehmen und nach New York fliegen. Natürlich weiß ich nicht, wie viel ich in Rom zu tun haben werde, aber ein paar freie Tage dürften normalerweise kein Problem sein."

Sie lächelte zögernd: „Ich würde mich sehr freuen, wenn du kommen könntest. Aber es muss nicht sein, wirklich nicht. Seans Mutter hat mir auch schon ihre Hilfe angeboten. Ich kann sie zwar nicht besonders gut leiden, aber Travis liebt sie heiß und innig."

Die Insektenwelt hatte ihr Abendkonzert wieder aufgenommen. Ich streichelte Kirstens Arm: „Du weißt doch, dass ich immer für dich da bin, wenn du mich brauchst."

„Ja, das weiß ich."

„Ich weiß nicht, was zwischen dir und Sean los ist", begann ich vorsichtig und beugte mich über meine Armlehne zu meiner Schwester, „aber wenn ich euch irgendwie helfen könnte . . ."

„Es ist nur das verflixte siebte Jahr." Ächzend verlagerte sie ihr Gewicht und schlug die Beine übereinander. „Wir haben einfach keine Zeit füreinander. Er arbeitet zu viel und ich bin ausgelastet mit Travis, der Schwangerschaft und dem Haus. Eigentlich müssten wir mal ein bisschen Zeit zu zweit verbringen."

Ich nickte und war froh, dass sie die Probleme, die so offensichtlich zwischen ihnen bestanden, nicht leugnete.

„Mach dir keine Sorgen meinetwegen", sagte sie sanft und legte ihre Hand auf meine. „Rom ist ein großartiges Angebot, und auch unsere Eltern würden wollen, dass du es annimmst. Du weißt doch selbst, wie Mutter immer von Rom geschwärmt hat."

Ich erwiderte ihren Händedruck: „Danke, Kirsten."

Sie kramte in ihrer Hosentasche. „Ich habe etwas für dich. Mutter hat es mir vor langer Zeit gegeben, aber ich habe kaum eine Gelegenheit, es zu tragen. Du hast viel eher Verwendung dafür."

Im schwachen Licht, das aus dem Wohnzimmerfenster schien, funkelte ein herrliches Schmuckstück in Kirstens Händen, eine zarte Kette mit einem runden, goldenen Anhänger. Ich kannte es von früher. Es war eine zierliche Damentaschenuhr, die als Kettenanhänger gearbeitet war.

„Daran hatte ich gar nicht mehr gedacht", sagte ich erstaunt und nahm die Kette aus Kirstens Hand. Vorsichtig fuhr ich an dem Anhänger entlang, bis ich den kleinen Knopf fand und der Deckel aufsprang. Eine feine, alte Uhr wurde sichtbar, auf der Innenseite des Deckels sah ich eine Gravur. „Was steht da?"

„Es ist ein Zitat von Benjamin Franklin: *Vergeude deine Zeit nicht, denn daraus ist dein Leben gemacht.* Papa hat es Mama zum zehnten Hochzeitstag geschenkt." Jetzt hatte Kirsten Tränen in den Augen: „Du musst unbedingt nach Rom gehen, Claudi, und alles nachholen, was die Eltern nicht mehr geschafft haben. Dann kommst du wieder und erzählst mir davon."

„Danke." Wir umarmten uns. Dann saßen wir lange schweigend nebeneinander, bis die Kühle des Abends uns ins Haus trieb.

6

Mühsam kämpfte sich die aufgehende Sonne durch den wolkenverhangenen Himmel. Asher stand lange am Fenster und starrte in den grauen Morgen. Endlich zog er sich einen leichten Mantel über, verließ sein *Appartamento* und ging durch die langsam erwachenden Straßen. Es schien, als hätte die große Stadt ähnliche Mühe, sich dem neuen Tag zu stellen wie Asher selbst. Gähnend bauten die Obsthändler ihre Auslagen auf, genervt hupten die Autofahrer einander an, aus offenen Fenstern hörte man das Frühstücksfernsehen.

Unter einer Baumgruppe versuchten die Männer von der Stadtreinigung mit einem Wasserschlauch, den Vogeldreck wegzuspülen. Asher hörte ihr Fluchen und lächelte. Es war Herbst. Seit Asher sich erinnern konnte, kamen die Stare im Herbst scharenweise aus dem Norden des Landes, besiedelten die Bäume Roms und verunreinigten die Straßen und Parkbänke.

Asher freute sich über die Vögel, auch wenn man ihretwegen am Abend nur mit einem Schirm unter den Bäumen entlanggehen konnte. Er bewunderte sie, wie sie in großen Gruppen ihre hohen Kreise über den Dächern und Türmen der Stadt zogen, abrupt die Richtung änderten und dabei immer in geordneten Formationen flogen. Wie konnten sie so mühelos in dieser Einheit fliegen? Der Gott, der die Sonne geschaffen hatte, um die Stunden des Tages zu zählen, und den Mond, um die Monate zu kennzeichnen, hatte dem Menschen die Jahreszeiten und mit ihnen die Stare gegeben, um den Ablauf des Jahres zu markieren. Asher hatte die Stare viel häufiger kommen und gehen sehen, als ihm lieb war.

Als Asher die *Via degli Uffici del Vicario* entlangging, kam er an dem beliebten Eiscafé *Giolitti* vorbei. Die meisten Tische, die auf der Piazza vor dem Café standen, waren bereits besetzt. Viele der *Onorevoli*, die sowohl der rechten wie der linken Partei angehörten, saßen hier bunt durcheinander, blätterten in ihrem *Corriere della Sera* und nippten an einem Espresso. Später am Tag würden diese Abgeordneten sich heftige Debatten liefern, aber jetzt saßen sie still und friedlich beieinander.

Der *Palazzo Montecitorio* lag gleich hinter dem *Giolitti* und beherbergte das italienische Parlament. Asher verlangsamte seinen Schritt, während er sich dem prächtigen Bauwerk näherte. Hinter dunklen Brillengläsern verbarg er seine Augen, die sorgfältig die parkenden Autos absuchten. Nur wenige Fahrzeughalter hatten den erforderlichen Ausweis, um hier parken zu dürfen, doch der Mann, den er suchte, verfügte garantiert darüber.

Dies war ein schöner Teil der Stadt. Seit über 300 Jahren reckte sich die geschwungene Fassade des *Palazzo Montecitorio* in den Himmel. Das elegante Gebäude in seinem cremefarbenen Anstrich hatte in all den Jahren nichts von seiner Erhabenheit und Schönheit verloren.

Asher fürchtete schon, den Weg vergeblich gemacht zu haben, als ein blauer Alfa Romeo seinen Weg durch den Verkehr bahnte und genau vor dem Parlament zum Stehen kam. Der Fahrer war ein dunkelhaariger junger Mann, der leichtfüßig aus dem Wagen sprang, um das Auto herumging und die hintere Tür öffnete.

Tatsächlich, der Erwartete stieg aus. Asher hielt den Atem an. Der Mann sah sich schnell in alle Richtungen um, schloss seinen Mantel und ging eilig an den Menschen vorbei, die sich vor dem Eingang des Parlamentsgebäudes aufhielten. Der Chauffeur sah ihm hinterher, bis sein Chef im Innern des *Palazzo* verschwunden war, dann schloss er das Auto ab und schlenderte gemächlich zum *Giolitti.*

Asher stellte sich etwas hinter dem jungen Mann in die Schlange, hörte, wie der andere *Caffè Ristretto* bestellte und holte sich selbst einen Espresso. Der Fahrer setzte sich an einen freien Tisch und Asher folgte ihm Sekunden später. Erstaunt sah der junge Mann auf, als der Fremde sich zu ihm setzte.

„Buon giorno." Asher hob seine Tasse zum Gruß, nahm einen Schluck Espresso und ließ seine Augen über die Piazza schweifen. Der junge Mann grüßte zurück und nahm anschließend keine weitere Notiz mehr von Asher. Es war voll an diesem Morgen, da kam es durchaus einmal vor, dass man sich einen Tisch teilen musste.

Nach einigen Augenblicken wandte Asher seinen Blick von der

Straße ab und sprach sein Gegenüber auf Italienisch an: „Können Sie mir verraten, wer Ihr Arbeitgeber ist? Bitte verzeihen Sie meine Neugier, ich sah den Mann vorhin aus Ihrem Wagen steigen und sein Gesicht kommt mir bekannt vor."

Ein Strahlen erhellte das junge Gesicht. „Signor Santos? Der Wagen gehört ihm, ich bin sein Fahrer. Er ist sehr angesehen und man kennt ihn nicht nur in Rom und Italien, sondern in der ganzen Welt."

„Ach so, es war Signor Santos. Also kenne ich ihn aus den Nachrichten." Asher nahm einen Schluck Espresso und fuhr fort: „Ich habe gehört, er sei ein überzeugter *Romanista*. Stimmt das?"

Für einen Moment verengten sich die dunklen Augen des Chauffeurs. „Sind Sie *Romanista* oder *Laziale*?"

Asher zog einen Schal aus seiner Manteltasche, der das gelb-violette Abzeichen des römischen Fußballklubs trug. „Ich bin schon länger *Romanista*, als Sie sich vorstellen können, junger Mann!"

Der reservierte Ausdruck im Gesicht des jungen Mannes machte Erleichterung und Freude Platz. „Mein Name ist Angelo Mazzone", sagte er und griff nach Ashers Hand, „ich freue mich, einen weiteren *Romanista* kennen zu lernen!"

„Asher Genzano." Asher lächelte. Gut, dass er nach dem richtigen Team gefragt hatte. Er hatte vermutet, dass der junge Mann ein *Tifoso*, ein Fußballfan war. Von Justus D. Santos hatte er vermutet, dass er ein *Romanista* wäre, denn bei dem Endspiel im letzten Jahr trug er einen gelben Schal. Ein *Lazio*-Fan hätte sich einen blauen oder weißen Schal umgelegt.

„Entschuldigen Sie, Angelo", begann Asher höflich und faltete seine Hände auf dem Cafétisch, „stimmt es, was man so hört?"

„Was meinen Sie?" Der junge Mann sah erschrocken aus. „Wenn Sie etwas Schlechtes gehört haben, dann stimmt es nicht. Justus Santos ist der beste ..."

„Nein, nein, ich habe nichts Schlechtes gehört", beruhigte Asher ihn mit väterlichem Lächeln, „aber ich habe vernommen, dass Global Union noch Mitarbeiter sucht. Stimmt das?"

Der Chauffeur errötete vor Überraschung: „Sie sehen nicht so aus, als ob Sie Arbeit nötig hätten."

Asher betrachtete ihn amüsiert. „Ein Mann braucht Arbeit, Angelo. Unser Leben ist wertlos, wenn es nicht ein Ziel hat."

Angelo hob leicht die Schultern. „Unione Globale hat wirklich noch Stellen frei, aber sie suchen vor allem studierte Leute . . ."

„Welche Fachrichtungen kommen denn da in Frage?"

Der junge Römer zupfte nachdenklich an seinem noch spärlichen Bartwuchs. „Na ja, Gebildete eben. Letzte Woche hat *Il Presidente* zwei Professoren von der Universität eingestellt."

Asher senkte den Blick, um seine Freude zu verbergen. „Wozu braucht so ein kluger Mann noch Professoren?"

„Signor Santos sagte, es seien Historiker. Sie sollen Bücher sortieren. Ich glaube, er braucht sie für die neue Bibliothek."

Asher hüstelte ungeduldig: „Glauben Sie, Signor Santos braucht auch Übersetzer oder Dolmetscher? In dem Bereich hätte ich einige Erfahrung."

Der Chauffeur strahlte: „Ja, ich glaube, Übersetzer sucht er auch. Neulich hörte ich, wie er mit *Il Direttore* darüber sprach, dass jetzt eine Amerikanerin kommen soll, die für Unione Globale arbeiten wird. Sie kann kein Italienisch und hat auch keine Zeit, es vorher noch zu lernen."

Asher reichte ihm die Hand, zufrieden über diese Auskunft. „Ich denke, ich werde Signor Santos in seinem Büro anrufen."

„Sie können ruhig sagen, dass Angelo Sie empfiehlt." Der junge Mann schüttelte Ashers Hand und fügte freundlich hinzu: „Es würde bestimmt auch nichts schaden, wenn Sie erwähnen, dass Sie ein *Romanista* sind."

„Danke. Eine sehr gute Idee." Asher hatte sich erhoben und klopfte dem Jungen auf die Schultern. „So Gott will, werden wir uns bald wieder sehen, Signor Mazzone."

Der Chauffeur lächelte ihn an: „*Arrivederci*, Asher Genzano."

7

Meinetwegen hätte Kurt mich ruhig am Eingang des Terminals absetzen können, doch er bestand darauf, einen Parkplatz zu suchen und mich bis zum Abflug zu begleiten. So saßen wir dann in den Plastikstühlen, beobachteten die anderen Passagiere und versuchten, uns zu unterhalten.

In diesen Minuten, während wir auf meinen Flug warteten, fiel mir auf, dass etwas nicht stimmte. Vielleicht war ich für diese Wahrnehmung offen, weil ich mich innerlich schon von Kurt gelöst hatte. Während wir in der Flughafenhalle saßen und den vorübereilenden Stewardessen und Fluggästen hinterherschauten, bemerkte ich, dass Kurt nicht einfach nur mit mir dasaß. Jedes Mal, wenn eine hübsche Frau vorbeikam, reagierte er.

Ich hoffte, ich würde mir das nur einbilden. Dann kam eine besonders langbeinige Blondine vorbei und Kurt legte seinen Arm über die Lehne des freien Platzes neben ihm, als wollte er der Frau bedeuten, sich zu ihm zu setzen. Die Bewegung war unbewusst, aber eindeutig und signalisierte, dass sie neben ihm willkommen war. Zum Glück sah die Frau ihn nicht, sonst wäre ich vermutlich auch noch Zeuge des Hinstarren-Lächeln-Anschauen-Wegschauen-Zurückstarren-Lächeln-Rituals geworden.

„Kurt Welton", sagte ich vorwurfsvoll, „was schaust du so hinter der Frau her?"

Er drehte sich schnell zu mir um und griff nach meiner Hand. „Mache ich doch gar nicht. Und du, bist du sicher, dass du alles hast?"

Ärger stieg in mir auf, doch was sollte ich machen? Er war ein Mann, dessen Frau für längere Zeit ins Ausland ging. So deutete ich auf meine Aktentasche und zählte auf: „Reisepass, Visum, Timer, Walkman. Dazu etwa hundert Artikel über Global Union. Mein Kühlschrank ist leer und Rory managt das Büro."

Kurt rutschte näher, hauchte einen Kuss auf meine Wange und flüsterte: „Ich werde dich vermissen."

„Ich dich auch." Meinen Entschluss, nach Rom zu fliegen, bedauerte ich jedoch keine Sekunde. In der vergangenen Woche hatte ich so viele Reisevorbereitungen zu treffen gehabt, dass ich überhaupt nicht an Kurt gedacht hatte.

Plötzlich kamen mir Schuldgefühle. Ich legte schnell meinen Arm um seinen Nacken und küsste ihn. „Wir können jederzeit telefonieren und uns E-Mails schicken. Du musst nur daran denken, dass es in Rom sechs Stunden früher ist als in New York. Wenn du mich abends anrufst, bin ich im Tiefschlaf."

„Oder ich rufe dich um Mitternacht an, dann ist meine Stimme das Erste, was du am Morgen hörst." Leider schwang in seinem Tonfall dabei so viel Ironie mit, dass sich trotz dieser netten Bemerkung keine romantischen Gefühle zwischen uns einstellen konnten.

„Nach allem, was ich gehört habe, ist das Leben in Rom eher geruhsam. Also wage es nicht, mich vor sieben Uhr römischer Zeit zu wecken", sagte ich und rutschte wieder etwas weg von ihm. „Ich habe vor, morgens auszuschlafen, in der Mittagszeit Siesta zu halten und bei Sonnenuntergang ins Bett zu gehen. Mein Schlafdefizit aus der Mitchell-Zeit ist beträchtlich."

Dann kam die Durchsage, dass meine Maschine jetzt startklar wäre und die Passagiere einsteigen könnten. Darien Synn hatte mir ein Business-Class-Ticket besorgt, also musste ich vor den meisten anderen einsteigen.

Wir erhoben uns und Kurt umarmte mich. Als wir so standen, schloss ich meine Augen und sagte mir, ich würde ihn bestimmt schrecklich vermissen. Selbst wenn ich jetzt nicht so viele Abschiedsgefühle hatte, ich würde auf jeden Fall Zeiten erleben, in denen ich mich nach seinem freundlichen, vertrauten Lächeln sehnen würde.

„Ich werde dich vermissen", sagte er noch einmal.

Ich trat ein wenig zurück und studierte sein Gesicht. In seinen Augen stand keine Empörung über mein Gehen, auch nicht das verzweifelte Verlangen, mich bei sich zu behalten. Alles, was ich sehen konnte, war Eifersucht. Vermutlich hätte er alles darum gegeben, wenn die Leute, mit denen ich in den nächsten Monaten voraussichtlich zu tun haben würde, zu seinen Patienten zählten.

„Wer weiß", sagte ich mit leichtem Spott in der Stimme und streichelte seine Wange, „vielleicht entdecke ich ja, dass Justus Santos eine verborgene Persönlichkeitsstörung hat. Wenn sie dann einen guten Psychologen für Global Union suchen, werde ich dich empfehlen."

Sein sprödes Lachen bestätigte meinen Verdacht. Statt einer Antwort drückte er mir einen Kuss auf den Handrücken und ließ mich gehen. „Ich werde dich anrufen", sagte er, während er zurücktrat, „und ich werde dich an jedem einzelnen Tag vermissen."

Ich winkte, nahm mein Handgepäck und ging zum Schalter. Während ich meine Bordkarte abgab, fiel mir auf, dass Kurt mir zwar wiederholt versprochen hatte, mich zu vermissen, doch das Wort Liebe war nicht zwischen uns gefallen.

*

Als ich achteinhalb Stunden später aus dem Flugzeug stieg, befand ich mich im *Fiumicino*-Flughafen in Rom. Auf etwas steifen Beinen folgte ich den anderen Passagieren durch das Gebäude und stellte fest, dass ich den ganzen Flug über nur an meine zukünftige Arbeit gedacht hatte. Kirstens Sorgen waren unbegründet gewesen, ich hatte überhaupt nicht an meine Eltern gedacht. Nur als die Maschine in New York startete und sich über das Meer erhob, stellte ich mir einen Augenblick lang vor, wie sie damals wohl ihre Reise angetreten hatten. Im nächsten Moment nahm ich die Unterlagen über Global Union zur Hand, schob die traurigen Gedanken beiseite und begann zu lesen. Ich würde meine Eltern immer vermissen, doch der Schmerz über ihren Verlust war nicht mehr akut.

Niemand schien mich abzuholen, so ging ich zur Gepäckausgabe und stellte mich in die lange Schlange vor der Zollkontrolle. Erst in der Ankunftshalle sah ich eine Tafel mit meinem Namen. Ein junger Mann mit dunklen Locken hielt sie den Ankommenden entgegen.

Ich ging auf ihn zu und bemühte mich, trotz meiner Müdigkeit zu lächeln: „Ich bin Claudia Fischer."

Ein Strahlen erhellte sein Gesicht: „Sie sind Claudia Fischer? Keiner hat mir gesagt, dass ich so eine *hübsche* Frau abholen sollte!"

Leider wurde ich rot. „Danke. Sie sind von Global Union?"

„Si. Ich bin Angelo, Ihr Chauffeur. Ich soll Sie zu Ihrer *Residenza* bringen. Sie werden in Vittoria in einem sehr schönen Häuschen wohnen." Damit bückte er sich nach meinem Koffer. „Darf ich Ihnen das abnehmen?"

Ich ging neben ihm her, froh, dass er meinen schweren Koffer trug. „Eine *Residenza*?"

„*Residenze* sind Wohnungen mit Hotelservice. Es wird Ihnen gefallen."

„Bestimmt."

Ich war so müde, ein kahler Raum mit einer Matratze hätte mir auch genügt. Mein Zeitgefühl stimmte nicht mehr. Um vier Uhr nachmittags war ich in New York losgeflogen, während des gesamten Flugs war es dunkel gewesen, trotzdem hatte ich kaum ein Auge zugetan, und jetzt war es plötzlich früher Morgen des folgenden Tages. In dem Flughafen wimmelte es von ausgeschlafenen, quicklebendigen Menschen und auf dem Parkplatz kämpften die Autos um frei werdende Plätze. Benommen stolperte ich neben Angelo her, hinaus in die helle Morgensonne, als neben mir plötzlich Bremsen quietschten. Fast hätte mich ein Motorroller erfasst.

Angelo grinste mich von der Seite an: „Hat er Sie erschreckt? Sie dürfen sich nicht um die *Vespista* kümmern. Sie sind wie Fliegen, die überall herumschwirren."

Ich verstand nicht ganz, was er meinte, bis ich den nächsten Motorroller sah, der am Straßenrand parkte und die Aufschrift *Vespa* trug. Es schien der Firmenname zu sein, also waren *Vespista* vermutlich die jungen Leute, die diese Roller fuhren.

Endlich blieb Angelo neben einem blauen Mittelklasse-Wagen stehen. Mit einem Druck auf den Schlüsselbund öffnete sich die Türverriegelung. Angelo nickte zufrieden und ging zum Kofferraum.

„Sie sprechen sehr gutes Englisch, Angelo", sagte ich betont freundlich. Wahrscheinlich würde ich gleich vor Erschöpfung einschlafen und wollte vorher noch etwas Nettes gesagt haben. „Wo haben Sie das gelernt?"

Er öffnete mir die hintere Tür und antwortete: „Im Fernsehen. Heutzutage wollen viele Italiener Englisch lernen, aber in den Schulen bieten sie vor allem Französisch, Deutsch und Spanisch an."

Ich nickte, sank in den Rücksitz und legte meine Aktentasche auf meine Knie. Angelo ging um das Auto herum, stieg ein, ließ den Motor aufheulen und preschte mit einer Geschwindigkeit aus dem Parkplatz, dass mir die Luft wegblieb.

Ich hatte mir vorgestellt, voller Freude und Aufregung meine ersten Eindrücke von Rom zu genießen. Doch mein Kopf war wie mit Watte gefüllt und das Hupen der Autos, die an meinem Fenster vorbeirasenden Fassaden und die zahlreichen Fußgänger drangen kaum noch in mein Bewusstsein. Ich schlief ein.

Im nächsten Moment spürte ich Angelos Hand auf meiner Schulter und hörte seine Stimme neben meinem Ohr: „Signorina Fischer, wir sind angekommen. Ihr Koffer ist auf Ihrem Zimmer. Ich habe der Vermieterin Bescheid gesagt, dass Sie schlafen wollen."

Verlegen hob ich meinen Kopf: „Danke, Angelo." Gähnend folgte ich meinem Fahrer in ein gelb gestrichenes Haus, durch eine gekachelte Eingangshalle und einen Flur entlang. Eine rundliche rothaarige Frau kam auf uns zu, musterte mich, nickte dann zufrieden und deutete auf eine offene Tür, die in meine Wohnung zu führen schien.

„Mein Name ist Benedetta Donatelli", sagte sie und drückte mir einen Schlüssel in die Hand. „Wenn Sie einen Wunsch haben, rufen Sie mich bitte."

Ich dankte ihr, verabschiedete mich von Angelino und lächelte so lange, bis sich die Tür schloss. Dann warf ich meine Tasche auf den Tisch und kickte meine Schuhe in die Ecke. Hinter dem Zimmer, das ich bisher gesehen hatte, befand sich noch ein zweiter Raum, das Schlafzimmer. Die Bettwäsche sah sauber aus. Nur einen Augenblick wollte ich mich hinlegen und fiel sofort in Tiefschlaf.

*

Der Wecker auf meinem Nachttisch zeigte zwei Uhr, als ich langsam wach wurde. Zwei Uhr? War es Tag oder Nacht?

Verwirrt sah ich mich um. Durch ein Fenster im Badezimmer drang heller Sonnenschein. Also war es früher Nachmittag.

Hatte ich etwa meinen ersten Arbeitstag verschlafen? Schnell sah ich nach dem Datum auf meiner Armbanduhr, die immer noch New Yorker Zeit zeigte. Es war der 19. September, der Tag meiner Ankunft in Rom. Also hatte ich nur einen halben Tag verschlafen. Bei Global Union musste ich erst morgen erscheinen.

Gähnend setzte ich mich auf die Bettkante. Der Fensterladen war zu, doch auch im Halbdunkeln war klar zu erkennen, dass es sich um ein einfaches, aber sauberes Zimmer handelte. Das Doppelbett füllte den größten Teil des Raumes. Auf dem Nachttisch lag eine schlichte kleine Decke, auf dem Tisch am anderen Ende des Raumes entdeckte ich eine Vase mit frischen Blumen und neben der Tür befand sich ein kleiner Fernseher.

Das Fenster war offen und ein kühler Wind wehte durch die Ritzen des Fensterladens. Ich erhob mich und schwang den Fensterladen nach außen auf. Meine Wohnung befand sich in einer mittelgroßen, von Steinhäusern gesäumten Straße. Die meisten Häuser waren in gelb, orange oder rot gestrichen. Auf beiden Seiten der Straße parkten die Autos Stoßstange an Stoßstange und drohten den Verkehr in der Mitte zu ersticken. Auf einem Autodach sonnte sich eine hellbraune Katze. Das Knattern der zahlreichen Motorräder störte ihre Mittagsruhe nicht.

Ich lehnte mich ans Fenster und sog die kühle, frische Luft tief ein. Auch wenn ich fast noch nichts von der Stadt gesehen hatte, Rom beeindruckte mich. Wie ein Bollwerk hatte es den verschiedenen Zeitaltern getrotzt und Stärke und Standfestigkeit bewiesen.

Nach einer Katzenwäsche ging es mir etwas besser. Ich verließ das Schlafzimmer und besichtigte das Wohnzimmer, das ich heute Morgen nur eilig durchquert hatte. Auch hier war alles sauber und freundlich, aber schlicht möbliert.

Auf dem Tisch entdeckte ich eine Notiz. Mit charaktervoller Handschrift stand da:

Willkommen in Rom, Miss Fischer!

Bitte erholen Sie sich heute von den Strapazen Ihrer Reise und machen Sie es sich in Ihrer neuen Unterkunft bequem. Morgen früh wird Sie ein Chauffeur abholen und zur Zentrale von Unione Globale bringen. Wenn Sie bis dahin etwas brauchen, rufen Sie bitte in meinem Büro an.

Dann folgte eine Telefonnummer und die Unterschrift: *Justus D. Santos.*

Ich pfiff durch die Zähne. Justus Santos hatte mir persönlich geschrieben. Offensichtlich hatte Synn nicht übertrieben, als er sagte, Santos läge viel daran, mich als seine Mitarbeiterin zu haben.

Zufrieden lehnte ich die Notiz gegen die Blumenvase, freute mich einen Moment lang an den Blumen und wandte mich dann meinem Koffer zu. Während ich auspackte, kam ich mir plötzlich so verloren vor. Was sollte ich mit den vor mir liegenden Stunden anfangen? Ich hatte keine Termine, keine Verabredungen, keine Verantwortung. Niemand wartete auf eine Nachricht von mir, es gab keine Freunde, die mit mir essen gehen wollten.

Bewusst konzentriert ich mich darauf, meine Jeans und T-Shirts ordentlich in den Schrank zu stapeln. Ich war nur müde und musste die Zeitumstellung verkraften, das war alles. Immerhin hatte ich zum ersten Mal seit zwei Jahren Manhattan verlassen. Kein Wunder, dass ich mich in der fremden Umgebung verloren fühlte.

Als mein Koffer leer und unten im Schrank verstaut war, zog es mich unwiderstehlich zum Telefon. Es war drei Uhr in Rom, also würde es in New York neun Uhr morgens sein. Kurt wäre gerade auf dem Weg ins Büro. Aber Kirsten könnte ich anrufen, sie wäre jetzt bestimmt zu Hause.

Ich wählte ihre Nummer und musste scheinbar eine Ewigkeit warten, bis ich endlich durchkam. Als sie abnahm, hörte ich sie keuchen.

„Kirsten, geht es dir gut?"

„Claudia! Mir geht es gut, außer dass Travis gerade eine Packung Cornflakes auf den Boden geschüttet hat." Sie kicherte: „Hast du schon Heimweh?"

Ich lachte. Wie gut mir diese vertraute Stimme tat! „Nein, nein, es ist alles bestens. Ich wollte nur sagen, dass ich gut angekommen bin. Es war früher Morgen, als ich hier landete. Ich habe ein paar Stunden geschlafen, nachher werde ich duschen und mal auf die Straße schauen."

„Hat dein neuer Chef dir für heute frei gegeben?"

„Ja, ich habe heute frei. Die wissen bestimmt, wie anstrengend es ist, die Zeitumstellung zu verkraften."

„Sei bitte vorsichtig, wenn du alleine auf die Straße gehst. Es soll viele Taschendiebe in Rom geben. Am besten du drehst deinen Verlobungsring um, sodass man den Diamanten nicht sehen kann . . ."

„Aber Kirsten, ich bin doch kein Landei, ich bin es gewohnt, mich in einer Großstadt zu bewegen."

„Gut, aber sei vorsichtig. Wenn du in Schwierigkeiten gerätst, kann ich nicht so einfach zu dir rüberkommen. Pass gut auf dich auf, Claudi. Ich hab dich lieb!"

„Ich dich auch, Schwesterherz. Grüß Travis und Sean."

„Mach ich."

Als ich den Hörer auflegte, standen mir die Tränen in den Augen. Was war nur mit mir los? Ich war freiwillig hierher gekommen und hatte mich auf die berufliche Herausforderung gefreut. Die Zeit bei Global Union würde für meine zukünftige Karriere sehr gut sein. Justus Santos würde nicht mehr von mir verlangen, als es Senator Mitchell getan hatte. Und es war auf jeden Fall schöner, hier in dieser alten Stadt zu leben, als sich den ganzen Tag in Gerichtssälen in Manhattan aufhalten zu müssen.

Trotzdem war ich in einer anderen, fremden Welt, zu der ich nicht gehörte.

Mein Magen krampfte sich zusammen und mir war nicht klar, ob es vor Angst oder vor Müdigkeit war. Plötzlich erinnerte ich mich an frühere Kindergottesdienste und flüsterte ein längst vergessen geglaubtes Gebet: „Gott im Himmel, schau auf mich, sieh dein Kind mit Liebe an. Leite durch den Tag du mich, schütze mich, wohin ich geh. Amen."

Als ich meine Augen öffnete, liefen mir die Tränen übers Gesicht. Gut dass mich Kurt jetzt nicht sah, er hätte mich bestimmt ausgelacht. Trotzdem ging es mir nach diesem Gebet besser. Kurt hätte gesagt, mein inneres Kind hat sich mit dem alten Vers getröstet.

Ich glaubte eigentlich weder an Gott noch an Wunder, trotzdem wiederholte ich das Gebet, während ich ins Bad ging und die Dusche einschaltete.

8

Am nächsten Morgen saß ich in meiner römischen Wohnung und wartete auf den Chauffeur, als mich ein plötzliches Getrampel vor meiner Tür erschreckte. Sollte das mein Fahrer sein? Schnell öffnete ich die Tür, doch niemand war zu sehen. Nur eine schrille Frauenstimme ertönte am Ende des Korridors. Dann erschien die rothaarige Frau, die mich gestern schon begrüßt hatte. Sie kam auf mich zu, an jedem Arm zerrte sie einen kleinen Jungen hinter sich her.

„Signorina Fischer", sagte sie und deutete eine Verbeugung an, während die beiden Jungs versuchten, sich loszureißen, „bitte entschuldigen Sie den Lärm. Ich möchte Ihnen meine Söhne vorstellen, und ich verspreche Ihnen, die beiden werden Sie nicht wieder stören."

Ich konnte nicht anders, als die beiden Jungs anzustrahlen. Sie waren offensichtlich Zwillinge und mochten fünf oder sechs Jahre alt sein, das Haar fiel ihnen in schwarzen Locken in die Stirn und die dunklen Augen, die mich misstrauisch beäugten, funkelten unternehmungslustig.

Schnell beugte ich mich zu ihnen hinunter. „Wie heißt ihr denn?", fragte ich ganz langsam, für den Fall, dass sie kein Englisch verstanden.

Ihre Mutter übersetzte: „*Come vi chiamate.*"

Der eine Junge steckte den Finger in den Mund und flüsterte „Mario", während er versuchte, sich hinter seiner Mutter zu verstecken.

Der andere war etwas mutiger. „Marco!", rief er und sah mich neugierig an.

Die Mama entschuldigte sich: „Tut mir Leid, Signorina, die beiden sind noch zu klein, um höflich zu sein. Ich werde nachher Ihre Wohnung sauber machen, nachdem ich die Post ausgetragen habe."

Ich lächelte alle drei noch einmal an und ging in meine Wohnung zurück. Den letzten Satz hatte ich nicht verstanden. Ihr Haus war nicht groß, ich hatte eher den Eindruck, die einzige Mieterin zu sein. Wem wollte sie da die Post bringen? Bevor ich weiter darüber nachdenken konnte, klopfte es erneut. Dieses Mal war es der Chauffeur. Er hob grinsend eine Augenbraue, als ich ihn schüchtern anlächelte: „Signorina Fischer, sind Sie fertig?"

„Ja, ich bin startklar." Ich nahm Jacke, Handtasche und Aktentasche und saß Augenblicke später wieder in dem großen blauen Wagen. Angelo drückte aufs Gas, der Wagen schoss aus der Parklücke und begann, sich durch den Verkehr zu kämpfen, während ich interessiert aus dem Fenster sah. Einige der Straßen hatte ich mir gestern schon angesehen. Es gab in meiner unmittelbaren Nachbarschaft eine Unmenge von Boutiquen, Restaurants und Sehenswürdigkeiten und mir war plötzlich der Gedanke gekommen, ich könnte mir hier vielleicht ein italienisches Designerbrautkleid kaufen. So würde ich meine Zeit in Rom nutzen, und Kurt könnte mir nicht vorwerfen, nicht an ihn gedacht zu haben . . .

„Wie gefällt es Ihnen in Rom?", fragte Angelo und sah mich durch den Rückspiegel an. „Ist es so ähnlich wie in Amerika?"

„Teilweise." Ich zupfte an meinem Rock, der über die Knie gerutscht war. Diese unverschämten, feurigen Blicke riefen in mir das Bedürfnis wach, mich zu bedecken. „Ich komme aus Manhattan, wo auch sehr viele Menschen leben und wo es viel Verkehr und Lärm gibt. Aber Rom ist in vielerlei Hinsicht ganz anders als New York."

Angelo nickte. „Ich möchte eines Tages auch nach New York, ich habe Verwandte dort. Wenn alle Frauen aus Amerika so hübsch sind wie Sie . . ." Als ich aufsah, flirteten seine Augen unverhohlen mit mir. „. . . dann möchte ich am liebsten gleich morgen abreisen."

„Danke", sagte ich nur und sah wieder aus dem Fenster, „mein Verlobter würde Sie sicher auch gern kennen lernen."

Angelo grinste und konzentrierte sich wieder auf die Straße. Bald darauf hielt er vor einem stattlichen Bauwerk aus roten Ziegeln. Ich hatte bislang noch keine Wolkenkratzer in Rom gesehen, aber dieses Gebäude überragte mit seinen sieben Etagen alle umstehenden Häuser.

Der Fahrer öffnete mir die Tür und grinste: „Der Rote Palast, Residenz des Presidente von Unione Globale."

Eine Tafel an der Front des Hauses bestätigte in Englisch, Französisch und Italienisch, dass Angelo Recht hatte. Ich dankte ihm und durchschritt das gläserne Portal, ging zur Rezeption und wurde, nachdem ich meinen Namen genannt hatte, sofort zu einem Raum nahe des Eingangs gebracht.

Eine dunkelhaarige Frau erhob sich hinter ihrem Schreibtisch und ergriff mit beiden Händen meine ausgestreckte Hand. „Signorina Fischer, wie ich mich freue, Sie zu sehen! Ich bin Laura Casale, Personalleiterin von Il Presidente."

Sie war Mitte vierzig, ihr dichtes, tiefschwarzes Haar floss in einen kleinen Pferdeschwanz, ihre Figur war weiblich und sportlich zugleich, ihre Kleidung zurückhaltend elegant. Sie bewegte sich wie eine Frau von Welt, und ich erkannte auf den ersten Blick, warum Santos sie eingestellt hatte.

Sie zeigte auf einen Stuhl, ich nahm Platz, dann murmelte sie etwas Italienisches ins Telefon und lächelte mich an. „Il Direttore hat darum gebeten, augenblicklich verständigt zu werden, wenn Sie eintreffen", erklärte sie. „Er wird sofort hier sein."

Ich konnte es kaum erwarten, den viel gepriesenen Justus D. Santos persönlich kennen zu lernen. Aber dann war es Synn, der kurz darauf in der Tür erschien. Damit hatte ich wieder etwas gelernt: *Il Presidente* und *Il Direttore* bezeichneten zwei verschiedene Personen.

„Signorina Fischer, welch eine Freude, Sie wieder zu sehen", sagte Synn mit aufrichtig klingender Herzlichkeit und schüttelte meine Hand ebenso begeistert wie zuvor die Personalleiterin. „Wir sind ausgesprochen froh, Sie hier in unserem Team zu haben. Wir haben viel für Sie zu tun."

„Ich freue mich ebenfalls, hier zu sein."

Während ich so im Raum stand und überlegte, was ich als Nächstes tun sollte, winkte Synn in meine Richtung und wandte sich zur Tür. „Ich lasse Sie jetzt mit Signora Casale allein. Sie wird Ihnen unser Einstellungsverfahren erläutern und Ihnen darstellen, welche Anforderungen wir an einen Mitarbeiter haben. Nochmals vielen Dank, Signorina, und bitte zögern Sie nicht, uns alles mitzuteilen, was wir für Sie tun können, um Ihren Aufenthalt in Rom so angenehm wie möglich zu gestalten."

Ich bedankte mich und wandte mich wieder der Frau zu. Ähnlich wie die meisten Römerinnen, die ich auf der Straße beobachtet hatte, trug sie eine taillierte Bluse, einen feinen, schwarzen Rock, dunkle Strümpfe und flache Lederschuhe. Auch ich hatte Rock und Bluse an, aber im Vergleich mit der lässigen Eleganz der Italienerin fühlte ich mich in meinem weinroten Outfit etwas zu protzig ausstaffiert.

„Als Erstes will ich Ihnen Ihr Büro zeigen", erklärte sie und ging mir voran. „Sie haben ein sehr schönes Büro im fünften Stock, etwas abseits von den anderen. Il Direttore legte Wert darauf, dass Sie ungestört arbeiten können."

„Mit Il Direttore meinen Sie Synn, ja?"

„Ja." Sie lächelte mich an. „Darien Synn ist der Direktor unserer Organisation, Justus Santos ist unser Präsident. Im Italienischen ist es üblich, wichtige Personen mit ihrem Titel anzusprechen. Auf diese Weise erweisen wir ihnen Respekt."

Ich versuchte, mir dieses Detail einzuprägen, zusammen mit den vielen anderen wichtigen Informationen über Rom, die mir laufend auffielen. Heute Morgen hatte ich schon beobachtet, dass die Körpersprache der Italiener viel ausgeprägter war als die der Amerikaner. Gestern bei meinem Spaziergang war mir außerdem aufgefallen, dass sich die Männer zur Begrüßung umarmten und küssten. Auch sah ich viele Frauen Arm in Arm gehen. Die Italiener schienen viel mehr Körperkontakt zu pflegen als wir Amerikaner.

Wir nahmen den Fahrstuhl zum fünften Stockwerk, wo Signora Casale mich in mein zukünftiges Büro brachte, das viel größer war als die gesamten Räumlichkeiten, die ich mir in New York mit Rory teilte. Weiche Sessel standen vor einem Mahagoni-Schreibtisch, an der Wand befand sich ein edles Sofa. Hinter dem Schreibtisch erwartete mich ein sehr komfortabel aussehender Sessel aus weichem, braunen Leder.

„Wie schön", rief ich, als ich mich in dem Raum umsah. Dann entdeckte ich das große Fenster, durch das in der Ferne die Kuppel der Peterskirche zu sehen war. „Was für eine herrliche Aussicht!", staunte ich.

„Il Direttore hat vermutet, dass Ihnen dieser Raum gefallen würde", lächelte Signora Casale zufrieden. „Wenn Sie sich etwas umgesehen haben, rufen Sie mich bitte an, dann komme ich zu Ihnen und erkläre Ihnen unsere Arbeitsweise."

„Von mir aus können wir sofort damit beginnen", widersprach ich und bedeutete ihr, sich auf das Sofa zu setzen. Sie verhielt sich mir gegenüber, als wäre ich ihre Vorgesetzte, doch das behagte mir nicht. Ich wollte sie lieber als Verbündete gewinnen. Jemand wie Laura Casale war genau die Person, die ich brauchte, um mich in dieser neuen Welt zurechtzufinden.

Ich setzte mich neben ihr auf das Sofa, um ihr auch damit zu zeigen, dass ich mich nicht als Überlegene fühlte, wie ich das von meinem neuen Schreibtischsessel aus sofort signalisiert hätte.

Sie lächelte zurückhaltend, ohne dass ihre Zähne dabei sichtbar wurden, und wartete darauf, dass ich das Wort ergriff.

Ich wollte, dass sie das Gespräch leitete und ermutigte sie mit meiner ersten Frage dazu: „Bitte, erzählen Sie mir doch, wie ich Ihnen und dem Team von Global Union dienen kann."

Ihre linke Augenbraue zog sich um Millimeter nach oben, dann intensivierte sich ihr Lächeln ein wenig. „Die Arbeitslosenrate ist in Italien sehr hoch", begann sie und legte ihre Hände in den Schoß, „so haben wir eine große Zahl von Bewerbern für jede ausgeschriebene Stelle. Ich weiß nicht, wie vertraut Sie mit diesen Vorgängen in Italien sind, aber hier ist es üblich, dass jeder Bewerber eine mehrstufige Eignungsprüfung durchläuft, die wir *Concorso* nennen."

„Ich kennen den Vorgang des Concorso nicht", antwortete ich. „Ist das so etwas wie ein *Assessment Center*?"

Sie nickte. „Der Concorso zieht sich über drei Tage hin. In der Zeit wird eine schriftliche Prüfung abgelegt und ein Gespräch geführt. Darüber hinaus untersuchen wir sehr sorgfältig den Hintergrund der Person und verhindern damit, dass jemand, der für eine Stelle nicht *raccomandati* ist, den Eignungstest besteht."

„Raccomandati?", fragte ich und versuchte, das Wort über meine Zunge rollen zu lassen.

Ihr Lächeln wurde etwas entspannter: „Geeignet oder empfehlenswert. Normalerweise ist das leicht festzustellen, wenn es sich um italienische Bewerber handelt. Ihre Herkunft können wir problemlos durchleuchten, da wir Zugang zu vielen Daten haben. Aber Il Presidente möchte Global Union als eine internationale Organisation aufbauen und stellt auch viele ausländische Kräfte ein. In diesen Fällen ist es schwer, etwas über Hintergrund und Vorgeschichte der Person in

Erfahrung zu bringen. Dafür hat Il Direttore Sie eingestellt." Sie schürzte zögernd ihre Lippen. „Nach allem, was ich über Sie gehört habe, können Sie Gedanken lesen?"

„Nein, ganz bestimmt nicht", widersprach ich heftig, „ich versuche, *Menschen* zu lesen, nicht ihre Gedanken. Durch die Körpersprache, durch Mimik und Gestik, selbst durch die Art, sich zu kleiden, verrät jeder Mensch etwas über sich selbst. Aus diesen Quellen schöpfe ich meine Information, aber Gedanken kann ich natürlich nicht lesen. Das kann niemand."

Ihr Lächeln mündete in ein erleichtertes Lachen: „Ein Glück!"

„Allerdings."

Wir lachten zusammen, dann atmete sie tief durch und setzte sich wieder zurecht. „Soweit ich verstanden habe, werden Sie mit den Bewerbern sprechen, nachdem diese aus meinem Büro kommen. Da sich die Bewerber ohnehin auf eine mehrtägige Vorstellungszeit eingestellt haben, werden Sie genügend Zeit für jeden Einzelnen zur Verfügung haben."

„Das kommt mir sehr entgegen. Im Normalfall kann ich jemanden schon nach wenigen Augenblicken einschätzen, aber hin und wieder muss ich eine Person auch mehrmals sehen." Ich versuchte, das zu erklären: „Bei manchen Leuten ist es schwer, sich ein Bild über ihre Persönlichkeit zu machen. Außerdem werde ich eine gewisse Zeit der Gewöhnung brauchen, um mich auf die italienische Mentalität einstellen zu können."

„Das verstehe ich."

Ihr Blick ging zur Tür und verriet den Wunsch, wieder zu ihrer Arbeit zurückzukehren. So erhob ich mich und deutete damit das Ende unseres Gespräches an. „Vielen Dank, Signora, Sie haben mir bereits viel geholfen."

Ein erleichtertes Lächeln überzog ihr Gesicht. „Bitte rufen Sie mich an, wenn Sie etwas brauchen", sagte sie und ging zur Tür, „ich stehe Ihnen jederzeit zur Verfügung."

Ich lächelte und sah zufrieden hinter ihr her. Zumindest eine Vertraute hatte ich schon in diesem Reich von Justus Santos.

*

Ich saß gerade zehn Minuten an meinem Schreibtisch und beschäftigte mich gerade mit der Frage, wo sich Stifte, Papier und Büroklammern befanden, als Il Direttore persönlich durch meine Tür spähte. „Kann ich Sie kurz sprechen?", fragte er und sah mich mit einem geheimnisvollen Gesichtsausdruck an.

„Selbstverständlich", erwiderte ich und erhob mich, als er den Raum betrat. Er bedeutete mir, sitzen zu bleiben, und nahm in einem der beiden Ledersessel vor meinem Schreibtisch Platz.

„Hat Signora Casale Ihnen unsere Vorgehensweise erklärt?"

„Ja."

„Sehr gut. Hat sie Ihnen auch gesagt, nach welchen Kriterien Sie die Gespräche führen sollen?"

„Nicht im Detail." Ich griff nach einem Kugelschreiber. „Vielleicht können Sie mir die Einzelheiten mitteilen, auf die es Ihnen besonders ankommt?"

Seine Lippen verengten sich zu einer schmalen Linie. „Italien ist ein instabiles Land", sagte er ernst und beugte sich über meinen Tisch. „Seit dem Ende des Zweiten Weltkriegs hatten wir 55 verschiedene Regierungen. Mit jeder neuen Wahl müssen wir damit rechnen, dass die Regierung wieder ausgetauscht wird. Global Union soll aber von längerer Dauer sein als diese Regierungen. Dabei sind wir in gewisser Weise von den Entwicklungen unseres Gastlandes abhängig. In der gegenwärtigen Regierung gibt es einige Köpfe, die sich mit den Zielen von Santos, mit Weltfrieden und weltweiter Zusammenarbeit nicht identifizieren können."

Er zögerte, als erwarte er eine Antwort von mir. „Wollen Sie damit sagen . . .", ich suchte nach dem richtigen Wort, „. . . dass wir mit . . . Opposition rechnen müssen?"

„Ja, wir haben innere und äußere Feinde, Signorina Fischer." Er lehnte sich zurück und verschränkte seine dicken Arme über der Brust. „Auch Spione. Genau das ist Ihre Aufgabe – die Verräter, die Lügner, Betrüger und Diebe herauszufiltern. Es sind Hunderte von Bewerbungen eingegangen, wir haben aber nur wenige freie Stellen. Wir wollen die besten und zuverlässigsten Leute. Wer mit seinem Denken, Reden oder Handeln auch nur den leisesten Hinweis auf einen zweifelhaften Charakter gibt, der hat bei Global Union nichts verloren."

Im Denken? Hatten hier alle diesen überzogenen Artikel aus der Zeit-

schrift „People" gelesen? Ich drückte meine Handflächen auf die Schreibtischplatte und lehnte mich über den Tisch. „Mr. Synn, ich versuche, den Charakter einer Person einzuschätzen, aber ich glaube nicht, dass irgendein Mensch in der Lage ist, die Gedanken eines anderen zu lesen."

Synn richtete sich auf und ich sah Zufriedenheit in seinen Augen. „Ich glaube, Sie sind der Aufgabe gewachsen, für die wir Sie eingestellt haben. Sie genießen unser vollstes Vertrauen."

Ich dankte ihm, aber nachdem er gegangen war, fragte ich mich, ob die Leute hier Wunder von mir erwarteten. Meine erste Aufgabe war nicht einfach. Bevor ich entscheiden konnte, wer geeignet war, für Global Union zu arbeiten, musste ich selbst verstehen, wofür die Organisation stand und worauf es Justus D. Santos ankam.

Rory hatte mir freundlicherweise viele Artikel herausgesucht und ausgedruckt, die sich mit Il Presidente beschäftigten. Darüber hinaus wollte ich in den Mittags- und Kaffeepausen so viel wie möglich von den Angestellten von Global Union erfahren, vorausgesetzt, sie waren bereit, mit mir zu reden.

In den Artikeln las ich, dass Justus D. Santos 1949 in Rom geboren wurde. Allerdings fand ich nirgendwo einen Hinweis auf seine Eltern oder Geschwister, was mir eigentümlich erschien. Entweder seine Herkunft war völlig uninteressant oder es gab da etwas zu verbergen. Vielleicht war er ein uneheliches Kind? Oder er wollte sein tatsächliches Alter nicht verraten? Viele Leute verändern ihren Lebenslauf jährlich und Politiker und Schauspieler sind dafür besonders berüchtigt.

Nach den Berichten stammte Santos aus der Region Latium, zu der Rom und der Vatikan zählen. Schon mit dreißig Jahren war er ins Parlament gewählt worden und innerhalb weniger Monate machte sich der bis dahin Unbekannte dort einen Namen. In mehreren Artikeln wurden sein ungewöhnliches Charisma und seine hervorragende Rhetorik ausdrücklich erwähnt.

„In einer Stadt der Redner und Rhetoriker", schrieb ein Journalist, „überragt Justus Santos alle seine Zeitgenossen. Seine Ansprachen sind eher philosophisch als pragmatisch, dennoch hat er die Aufmerksamkeit einer Generation auf sich gezogen, die sich sonst vor allem für Autos, Fußball und Computer interessiert."

In einem Bericht fand ich ein Foto von Santos während einer Audienz beim Papst. Ich hielt das kleine Foto unter meine Schreibtischlampe und studierte es aufmerksam. Er war deutlich größer als der alte, gebeugte Papst und sah unverschämt gut aus.

Ich las weiter. Nach fünf Jahren im Parlament wurde er in den Senat gewählt, wo er weitere fünf Jahre Mitglied war. In dieser Zeit trennte er sich nach sechsjähriger Ehe von seiner Frau, einer Römerin, die er unmittelbar vor seiner Wahl ins Parlament geheiratet hatte. Sie hatten keine gemeinsamen Kinder und wurden offiziell geschieden.

Francesca Solano, notierte ich, so hieß die geschiedene Frau. Vermutlich lebte sie in aller Stille als Frau eines anderen Mannes, aber es war sicherlich gut, ihren Namen zu kennen.

Nach zehn Jahren in der italienischen Politik richtete Santos sein Interesse mehr auf die internationalen Fragen. Seit 1989 war er der italienische Abgeordnete in der westeuropäischen Union. Nachdem Italien gegenwärtig die Präsidentschaft der WEU innehatte, war Justus D. Santos nun nicht nur Il Presidente von Global Union, sondern auch Präsident der Westeuropäischen Union.

Das wollte mir nicht einleuchten. Wie konnte ein Mann, der sich dem Weltfrieden verschrieben hatte, einem internationalen Verteidigungsbündnis vorstehen? Ich konnte ihn mir viel besser als Präsident der EU oder der UNO vorstellen.

Wieder fiel mein Blick auf das Foto von Santos. Er stand ganz aufrecht da, wie er dem Papst die Hand reichte, seine linke Hand steckte in der Hosentasche, nur der Daumen war zu sehen. Der Fotograf hatte Santos vielleicht als Gläubigen zeigen wollen, doch die Hand in der Tasche verriet eher das Gegenteil. Santos war nicht im Geringsten davon beeindruckt, dieser geistlichen Autorität gegenüberzustehen.

Ich dachte darüber nach und war froh über diese Beobachtung. Wenn Global Union die Welt zum Guten verändern wollte, dann war es besser, die Leiter verbanden sich nicht zu eng mit religiösen Führern. Es hatte im Namen Gottes schon zu viele Kriege gegeben.

Als ich mit meiner Lektüre am Ende war, starrte ich nachdenklich auf meinen Notizblock. Ich hatte viel über das Leben von Santos und seine Errungenschaften gelernt, aber wenig über ihn als Menschen erfahren. Wann würde ich ihn persönlich kennen lernen?

Fünf Minuten später klingelte das kleine, schwarze Telefon auf meinem Tisch. Darien Synn kam sofort auf den Punkt. *Il Presidente* hielt im Augenblick eine Ansprache vor dem Parlament und wollte zur Mittagszeit zurück sein. Ob ich mit ihm und Synn zum Essen gehen würde?

Natürlich sagte ich zu und *Il Direttore* wies mich an, in einer halben Stunde mit Signora Casale an der Rezeption auf ihn zu warten.

Ich legte auf, einerseits erleichtert darüber, dass diese Begegnung nun tatsächlich stattfinden sollte, andererseits aufgeregt angesichts der Tatsache, dass ich nun dem Mann gegenübertreten würde, der den Lauf der Weltgeschichte ändern wollte . . . und dem ich dabei helfen sollte.

9

Asher drückte sich gegen die Mauer, als das Trio aus dem Roten Palast trat. Darien Synn kannte er aus Zeitungsberichten, auch die dunkelhaarige Frau war ihm schon bei anderen Gelegenheiten aufgefallen. Aber die junge Blonde kannte er nicht. Asher löste sich von der Hauswand und folgte den dreien. Die Blonde war vermutlich die Amerikanerin, die sich dem Team von Santos unlängst angeschlossen hatte.

Synn ging links von der jungen Frau, die ältere Frau folgte den beiden. Der Direktor von Unione Globale redete fast ununterbrochen, dabei nahm er immer wieder die Hand aus der Tasche und zeigte auf die verschiedenen Gebäude, an denen sie vorbeikamen. Bestimmt gab er die üblichen Informationen zum Besten, wie man sie Touristen gewöhnlich erzählte. Die Blonde war ganz Ohr, nickte und folgte seinen Handbewegungen aufmerksam.

Die drei gingen zügig, überholten langsamere Fußgänger und rannten fast, wenn sie eine Straße überquerten. Vor einer überfüllten *Trattoria* in der Via de Cestari blieben sie stehen. Synn sprach kurz mit dem Besitzer und einen Augenblick später saßen die drei an einem runden Tisch auf der Terrasse.

Asher suchte sich auf der gegenüberliegenden Straßenseite einen geeigneten Beobachtungsposten und stellte fest, dass an dem runden Tisch noch ein Stuhl leer geblieben war. Wahrscheinlich war dieser Platz für Justus Santos vorgesehen, der heute um 10:00 Uhr im Parlament eine Rede gehalten hatte. Das Parlament tagte nur zwei Straßen entfernt von hier, darum hatte Synn vermutlich dieses Lokal ausgesucht.

Genau wie Asher vermutet hatte, hielt Augenblicke später ein blauer Alfa Romeo vor der Gaststätte. Asher beugte sich ein wenig nach vorn und erkannte am Steuer den jungen Mann, mit dem er neulich

Kaffee getrunken hatte. Noch bevor der Chauffeur aussteigen konnte, hatte Justus Santos schon die hintere Tür geöffnet, winkte seinem Fahrer und stieg aus. Er sah ausgesprochen vergnügt aus.

Im nächsten Moment verschwand der Wagen wieder im Gewühl des römischen Verkehrs und gab die Sicht frei auf den Tisch, den Santos jetzt ansteuerte. Augenblicklich erhob sich Synn und machte Santos mit der blonden Frau bekannt, die sich ebenfalls erhoben hatte und dem Politiker die Hand gab. Beide lächelten.

Asher ging ein paar Schritte weiter und lehnte sich an eine Laterne, um näher am Geschehen zu sein. Er ließ die kleine Gruppe keinen Moment aus den Augen. Santos setzte sich zwischen Synn und die Amerikanerin und sagte etwas zu der Dunkelhaarigen, was diese lächelnd beantwortete.

Welche Rolle spielte die Frau, die eigens aus Amerika eingeflogen worden war? Asher ging zu dem Imbiss, kaufte sich ein Sandwich und ein Getränk und stellte sich damit wieder an die Straße. Nachdenklich beobachtete er die vier Personen. Sie würden nicht über Geschäftliches reden – nicht beim Essen; das entsprach nicht der italienischen Mentalität. Aber auch wenn es nicht um die gemeinsame Arbeit ging, so waren die vier Personen doch dabei, sich eine Meinung übereinander zu bilden.

Langsam löste sich Asher von seinem Posten und ließ sich mit der Menge der Passanten weitertreiben. Manche Dinge änderten sich nie. Schon zur Zeit der römischen Kaiser war Rom eine pulsierende Stadt gewesen, auch wenn damals nur Tausende und nicht Millionen hier lebten. Doch auch damals kämpften die Stadtväter gegen verunreinigtes Wasser, Taschendiebe, Müll auf den Plätzen der Stadt und die allgegenwärtigen Bettler.

Asher hatte einmal den Ausspruch gehört, das Leben bestünde aus einer Abfolge verschiedener Ereignisse. Während er jetzt durch die Straßen schlenderte, kam er zu einem anderen Ergebnis. Das Leben war eine Wiederholung der gleichen Ereignisse, die immer und immer wieder aufeinander folgten. Das Böse war einmal mehr, einmal weniger sichtbar, je nachdem, welche Menschen gerade lebten, aber es hatte immer die gleiche Kraft. Der Vater alles Bösen hatte große Ausdauer.

Asher ebenfalls.

10

Genüsslich tauchte ich ein weiteres Stück knuspriges Ciabatta-Brot in das würzige Olivenöl und wandte mich wieder meinen Gastgebern zu. Die Sonne schien warm und es war herrlich, im Freien zu essen. Justus Santos war genau so, wie ich ihn mir vorgestellt hatte, obwohl die Zeitungsartikel und Fotos nicht das hatten wiedergeben können, was ihn tatsächlich ausmachte. Jeder Text, den ich über ihn gelesen hatte, war farblos und tot angesichts der Ausstrahlung dieses Mannes, an dessen Seite ich jetzt saß.

Es war vermutlich keiner Kamera möglich, die Kraft und Vitalität dieser Person festzuhalten. Er war ausgesprochen attraktiv und hätte einen guten Schauspieler abgegeben. In einem Land, in dem das Fernsehen aus jedem offenen Fenster plärrte, war ein schönes Gesicht bestimmt von großem Wert. Er lächelte viel und mit großer Offenheit, gleichzeitig funkelten seine dunklen Augen geheimnisvoll. Das dichte, dunkle Haar umrahmte eine hohe, glatte Stirn. Er trug einen maßgeschneiderten Anzug von Armani, der seine breiten Schultern ebenso dezent unterstrich wie seine schmalen Hüften. Seine Schuhe waren frisch poliert, die Fingernägel perfekt gepflegt. Dieser Mann legte ähnlich viel Wert auf seine äußere Erscheinung wie Senator Mitchell, aber er war dabei ausgesprochen sympathisch.

Ich fühlte mich auf Anhieb wohl neben ihm. Sein Wesen war ebenso gefällig wie sein Äußeres. Schon der erste Händedruck war warmherzig und fest. Er nahm sich bewusst viel Zeit, Laura Casale zu begrüßen. Dabei errötete sie so deutlich, dass ich annahm, sie war nicht allzu oft mit *Il Presidente* privat zusammen. Mir fiel auch auf, dass sie ihm nie direkt ins Gesicht sah, sondern ihm immer nur seitliche Blicke zuwarf. Dieses Verhalten kam in allen Kulturen vor und hatte immer die gleiche Bedeutung. Hegte Laura Casale geheime Gefühle für *Il Presidente*? In Gedanken notierte ich mir die Frage.

Eigentlich hatte ich erwartet, dass Santos mit mir über meine Arbeit sprechen wollte, doch solange wir aßen, achtete er darauf, die Gesprächsthemen fern der Arbeit zu halten. Stattdessen redete er über sein geliebtes Italien. Begeistert zählte er mir die Sehenswürdigkeiten auf, die ich unbedingt besuchen musste, und die Gerichte, die ich probieren sollte, solange ich hier war.

„Es gibt keine Stadt, die mit Rom mithalten kann, und kein Volk, das sich mit den Italienern messen könnte", erklärte er augenzwinkernd und fuhr fort: „In unserer Gesellschaft ist die Familie das Wichtigste, ähnlich wie jede Ortschaft einen Dorfplatz als zentralen Treffpunkt hat. Auch Rom besteht aus vielen solcher dorfähnlichen Gemeinschaften, die sich jeweils um eine *Piazza* gruppieren. Rund um die *Piazza* kennt jeder jeden." Der Kellner räumte den Tisch ab und Santos wartete kurz, bevor er fortfuhr. „Ich wünsche Ihnen von Herzen, dass Sie Ihren Aufenthalt in unserer Stadt genießen werden."

„Das tue ich bereits", erwiderte ich fröhlich und wischte mir die Finger an der Serviette ab. „Die Mitarbeiter in Ihrer Organisation waren bisher ausgesprochen hilfsbereit und freundlich. Signora Casale" – diese errötete bei der Erwähnung ihres Namens wieder – „hat sich sehr um mich bemüht und darauf geachtet, dass ich das bei Ihnen übliche Einstellungsverfahren genau verstehe, ähnlich wie Mr. Synn sich darum bemüht hat, mir eine ganz besonders angenehme Wohnung mit römischem Ambiente zu besorgen."

Santos nickte zufrieden, zog ein Päckchen Zigaretten aus seinem Jackett, bot uns allen davon an und schüttelte sich dann selbst eine heraus. „Ich freue mich, dass Ihnen Ihre Wohnung gefällt. Ihre Residenza befindet sich in einem der ältesten Teile der Stadt." Er zündete sich seine Zigarette an und fuhr fort: „Hat man Ihnen schon etwas über die Geschichte unserer Zentrale erzählt?"

Ich schüttelte verneinend den Kopf. Meist ist es sehr aufschlussreich, jemanden dabei zu beobachten, wie er eine Geschichte erzählt, zumal, wenn er die Geschichte mag.

Er zog kräftig an seiner Zigarette, dann begann er: „Die Einheimischen nennen unsere Zentrale den Roten Palast. Eigentlich sollte das Haus ein Bankgebäude werden." Santos sah mir lächelnd in die Augen. „Doch die Bank zog nie ein, stattdessen kaufte die Kommunistische Partei das ganze Anwesen kurz nach dem Zweiten Weltkrieg. Viele wunderten sich, woher die Kommunisten das Geld hatten. Einige sagten, Mussolini hätte bei seiner Verhaftung so viele Wertsachen bei sich gehabt, dass der Erlös für diesen Kauf ausgereicht hätte. Andere sagen, das Geld sei direkt aus Moskau gekommen. Wie auch immer, es war also über viele Jahre die kommunistische Zentrale und alles wurde streng bewacht. Selbstverständlich war das Haus für Touristen nicht zugänglich. Es wurde *Il Bottegone* genannt, der große Laden."

Als Santos innehielt, um an seiner Zigarette zu ziehen, warf ich eine Frage ein: „Was wurde aus den Kommunisten?"

Lächelnd atmete er den Rauch aus. „Der Kalte Krieg ging zu Ende und ihre Geldströme versiegten. Sie wollten das Ganze für 35 Millionen Dollar verkaufen, doch das gab der Immobilienmarkt in Rom nicht mehr her. Im vergangenen Jahr bekamen wir es für 20 Millionen Dollar. So bewohnen wir jetzt die Räume, in denen einst hart gesottene Kommunisten arbeiteten . . . und wir sind sehr dankbar für diese Entwicklung."

Ich bemühte mich, das ungläubige Erstaunen zu unterdrücken, das sich auf meinem Gesicht ausbreiten wollte. Synn hatte von einer Erbschaft gesprochen, die der Organisation auf die Beine geholfen hatte. Unwillkürlich hatte ich mir dazu eine friedliebende ältere Dame mit grauem Haar vorgestellt, die Global Union ein paar Hunderttausend Dollar vermacht hatte. Doch offensichtlich bewegte sich der Geldbetrag in ganz anderen Dimensionen.

„Ich kenne mich auf dem römischen Immobilienmarkt nicht aus", entschuldigte ich mich, „aber ich vermute, dass dies eine günstige Gelegenheit war, einen so schönen Palast zu erwerben."

„Sechstausend Quadratmeter Bürofläche in der besten Lage Roms", mischte sich Synn ein und hob sein Weinglas, „da waren uns die Götter wirklich gnädig gesonnen."

Ich stutzte. Was war das für ein Geistlicher, der von Gott im Plural sprach? Signora Casale legte ihre Hand auf meinen Arm: „Man sagt", ihre Stimme nahm einen leisen, vertraulichen Ton an, „die Räume im obersten Stockwerk sollen als Schlafzimmer und Badezimmer eingerichtet gewesen sein. Palmir Togliatti, ein internationaler kommunistischer Führer, nistete sich unter anderem dort mit seiner Freundin ein, nachdem seine Frau ihn vor die Tür gesetzt hatte." Ihre Augenwinkel kräuselten sich, als sie schelmisch lächelte: „Signora Togliatti war im

Parlament sehr beliebt, obwohl sie eine Kommunistin war, während ihr Gatte und seine Geliebte –"

„Signora Casale", unterbrach Synn sie mit vorwurfsvollem Tonfall, „ich glaube nicht, dass *Il Presidente* an diese Vorgänge erinnert werden möchte. Immerhin sprechen Sie von seinen Büroräumen."

Die Personalleiterin wurde glühend rot. Sie tat mir Leid, doch im nächsten Augenblick hatte Santos sich zu ihr gebeugt und berührte freundlich ihren Arm. „Signora Casale hat es nicht böse gemeint, Darien. Es ist doch eine spannende Geschichte, und ich kann gut verstehen, dass sie Signorina Fischer davon erzählen wollte."

Der Kellner räumte das letzte Geschirr ab und reichte Santos die Rechnung, der sie direkt an Synn weitergab.

„Schön", sagte Santos und zog ein letztes Mal an seiner Zigarette, „nachdem wir unsere Mahlzeit beendet haben, erlauben Sie mir, über das Geschäftliche zu reden?"

„Selbstverständlich."

Sein Lächeln war atemberaubend. „Wir brauchen Ihre Hilfe bei den Einstellungsgesprächen, davon wurden Sie ja bereits unterrichtet. Doch darüber hinaus benötige ich Ihre Kenntnisse noch in einem anderen Zusammenhang. Unsere Arbeit findet zunehmend auf internationaler Ebene statt, und da sind uns Ihre Fähigkeiten von unschätzbarem Wert. Könnten Sie sich vorstellen, ein oder zwei Versammlungen in Brüssel zu besuchen?"

Brüssel? Hauptsitz der Europäischen Union . . . Plötzlich pulsierte Adrenalin durch meinen Körper. Noch vor drei Wochen hatte ich mich so gefreut, weil ich an der Ostküste der Vereinigten Staaten für meine gute Arbeit bekannt geworden war. Dann wurde ich aus dem Nichts nach Rom eingeladen. Und nun kündigte Justus Santos mir an, beim Hauptsitz der EU zu arbeiten – so selbstverständlich, als würde er mir eine Zigarette anbieten.

Ich bemühte mich um ein unauffälliges Lächeln, während ich meinen Blick hob und bewusst zurückhaltend antwortete: „Wenn Sie meinen, dass ich Ihnen dort von Nutzen sein kann, warum nicht?"

Santos lehnte sich zufrieden zurück. „*Bene*. Ausgezeichnet. Ich werde Sie rechtzeitig über die Einzelheiten unterrichten."

Synn beugte sich zu seinem Vorgesetzten und zeigte auf die Uhr: „Haben Sie jetzt nicht einen Termin?"

„Ja, danke.“ *Il Presidente* erhob sich und verbeugte sich vor mir: „Vielen Dank für das gemeinsame Mahl. Ich freue mich, dass ich Sie ein wenig näher kennen lernen konnte.“

Dann lächelte er Signora Casale an und nahm einen Augenblick lang ihre Hand, bevor er in der Menge vor dem Restaurant verschwand.

„Ist er jetzt ganz allein zu Fuß in der Stadt unterwegs?“, fragte ich und verrenkte mir den Hals, um seiner sportlichen Gestalt noch ein paar Augenblicke mit den Augen folgen zu können. „Braucht er keinen Leibwächter?“

„Ich habe ihm immer wieder gesagt, dass er sich nicht so leichtsinnig in der Öffentlichkeit bewegen darf“, seufzte Synn, stand auf und kam um den Tisch herum, um meinen Stuhl zurückzuziehen, „aber er sagt, die Menschen mögen ihn.“

Ich wollte fragen, wie das zu den Feinden passt, von denen mir Synn erzählte, doch *Il Direttore* war schon auf dem Weg zu unserem Kellner, um ihm eine Hand voll Lire zu übergeben.

Dann kam er lächelnd zurück und winkte uns, ihm zu folgen. Ich beschloss, mich nicht weiter um die Sicherheit von Justus Santos zu scheren. Hoffentlich konnte ich mich darauf verlassen, dass die Feinde von Global Union sich eher durch scharfe Zungen als durch scharfe Waffen hervortaten.

*

Natürlich war die Aussicht faszinierend, auf der internationalen Bühne zu arbeiten. Trotzdem wollte ich mich erst mal ganz auf die Aufgaben konzentrieren, für die ich in erster Linie eingestellt worden war.

Vormittags wollte ich mir mehrere Stunden Zeit nehmen, um die Angestellten von Global Union kennen zu lernen. Mit Signora Casale hatte ich vereinbart, dass ich mich an den Nachmittagen mit den Bewerbern beschäftigte, die ihre Vorauswahl übrig gelassen hatte.

Am Donnerstagnachmittag, es war mein zweiter Arbeitstag in Rom, brachte Laura Casale mehrere leitende Angestellte in mein Büro. Sie sprach mit ihnen Italienisch, ich hörte vor allem viele „o“-Laute und „ini“-Silben, verstand aber kein Wort. Nach wenigen

Augenblicken wünschten mir alle einen schönen Nachmittag und ließen mich verwundert zurück.

Nach dem, was man mir gesagt hatte, war mein offizieller Titel *Ufficiale delle Risorse dell' Unione Globale,* aber tatsächlich wurde ich von den Angestellten nur *L'Americana* genannt. Es klang nicht freundlich. Aber was erwartete ich? Immerhin war ich eingestellt worden, um alle anderen zu beobachten und ihre Schwächen zu entlarven. So musste ich mich nicht wundern, dass die leitenden Angestellten mein Büro so schnell wie möglich wieder verlassen hatten.

Zunächst ging es mir darum, mich in das römische Denken und Arbeiten einzufühlen. Sehr schnell hatte ich herausgefunden, dass zwischen zwölf und vierzehn Uhr niemand arbeitete. Die meisten Angestellten schütteten ihren Frühstückskaffee in aller Eile hinunter und nahmen auch den zweiten Kaffee um elf Uhr samt einem Croissant in einer nur sehr kurzen Pause zu sich. Doch für ihre Pasta am Mittag nahmen sie sich zwei Stunden Zeit. Solange sie in ihrem Büro waren, arbeiteten sie fleißig. Hatten sie jedoch ihr Büro verlassen, existierte die Arbeit für sie nicht mehr. Das Mittagessen diente der Entspannung und Erholung und die anschließenden Spaziergänge im Park erfrischten die Seele. Gedanken an die Arbeit hatten dabei nichts verloren.

Doch zu dieser Erkenntnis gelangte ich auf eher unangenehme Weise. Am Donnerstagmittag hatte ich mich in der Cafeteria zu einigen anderen Frauen gesellt, um mit ihnen zusammen zu essen. Wie beiläufig erwähnte ich die lange Schlange von Bewerbern, die ich heute Morgen in der Eingangshalle beobachtet hatte. Eisiges Schweigen war die Antwort. Ich hatte sie mit meinem Verhalten vor den Kopf gestoßen, das wurde mir klar, sobald die Unterhaltung an unserem Tisch wieder in Gang kam. Niemand sprach beim Essen über Global Union.

Tatsächlich kam mir dieses unausgesprochene Verbot sehr entgegen. So entspannt und fern jedem Gedanken an die Arbeit gaben die Menschen viel mehr von sich preis als in ihrer angespannten Büroatmosphäre. Bald schon hatte ich herausgefunden, dass die Elf-Uhr-Kaffee-und-Croissant-Pause in der Cafeteria für mich ideale Arbeitsbedingungen bot. Hier konnte ich die Angestellten in aller Ruhe und Offenheit studieren.

Nach wenigen Tagen hatte ich mehr über die Italiener gelernt, als ich jemals aus Büchern hätte erfahren können. So war mir zum Beispiel aufgefallen, dass die in Amerika übliche individuelle Distanz hier nicht eingehalten wurde. Die Leute fassten sich ständig gegenseitig an und teilten ihre Gefühle offen mit. Auch wenn ich zum ersten Mal mit einer Person sprach, kam es häufig vor, dass sie sich über den Tisch beugte und mich am Arm berührte. Eines Nachmittags saß ich alleine an einem Tisch in der leeren Cafeteria, als ein Mann hereinkam, den ich noch nie gesehen hatte. Er holte sich einen Kaffee und setzte sich direkt neben mich. Nach amerikanischem Verständnis war er mir viel zu nahe gekommen und ich fühlte mich entsprechend unwohl. Doch als Italiener dachte er sich nichts dabei und hatte offensichtlich auch nichts weiter damit bezweckt.

Am Montag zu Beginn meiner zweiten Arbeitswoche unternahm ich mit der Erlaubnis von Signora Casale einen Rundgang durch das ganze Gebäude von Global Union. Ich wusste bereits, dass sich in der ersten Etage die Büros der Sachbearbeiterinnen befanden, während im dritten Stock die Cafeteria und der Aufenthaltsraum für die Bediensteten waren. Bei unserem gemeinsamen Mittagessen hatte ich ferner erfahren, dass der siebte Stock die Räume von Justus Santos beherbergte.

Also ließ ich mich vom Fahrstuhl zunächst in den zweiten Stock bringen, wo gerade eine umfangreiche Bibliothek eingerichtet wurde. Die Bibliothekare waren zwei Historiker, ein Ehepaar namens Dr. Millard Curvier und Dr. Patrice Curvier, wie mir Signora Casale schon verraten hatte. Als ich die Tür öffnete, sahen ein Mann und eine Frau von ihren Büchern auf. Ihr Erstaunen verriet mir, dass sich gewöhnlich nicht viele Angestellte hierher verirrten.

Er sah mich kurz an und lächelte zerstreut. Sie war klein von Statur, hatte ungewöhnlich rotes Haar und grüne Augen. „Bonjour, Mademoiselle“, sagte sie freundlich und wandte sich wieder ihrer Arbeit zu.

„Bonjour, Madame e Monsieur Curvier“, erwiderte ich und lächelte die beiden so herzlich an, wie es ging. „Signora Casale ermutigte mich, Sie aufzusuchen und mich Ihnen vorzustellen. Mein Name ist Claudia Fischer und ich werde für einige Monate im Auftrag von Il Presidente als *Ufficiale delle Risorse* tätig sein.“

Die Frau sah von ihrer Lektüre auf: „Ich freue mich, Sie kennen zu lernen", sagte sie mit charmantem französischem Akzent. Dann zupfte sie ihren Mann am Ärmel und sagte ihm etwas in Zeichensprache.

Offensichtlich war Doktor Curvier taub. Zwar gingen nun die Zeichen zwischen den beiden zügig hin und her, doch ich hatte keine Ahnung, um was es ging. Zwar kannte ich die offizielle Zeichensprache so einigermaßen, aber nachdem ich den beiden ein paar Augenblicke lang zugesehen hatte, kam mir der Verdacht, dass sie ihre ganz eigene Sprache hatten.

„Mein Mann und ich freuen uns sehr, Sie kennen zu lernen", sagte Madame Curvier dann zu mir gewandt, „womit können wir Ihnen dienen?"

Ich verschränkte meine Arme vor der Brust. „Ich möchte mir einen Überblick über die verschiedenen Arbeitsbereiche aller Angestellten von Global Union verschaffen. Ich nehme an, Sie gehen hier stapelweise alte Dokumente durch . . ."

Die Frau unterbrach mich mit einem abfälligen *Tsts*-Laut. „Das ist die Arbeit meines Mannes, ich habe damit nichts zu tun. Ich vertrage keinen Staub." Sie rümpfte die Nase, um ihren Worten noch mehr Ausdruck zu verleihen. In ihren grünen Augen entdeckte ich ein glückliches Lächeln. „Ich habe von Il Presidente eine andere Aufgabe erhalten: Die Auswertung von Biografien."

„Tatsächlich?" Ich trat einen Schritt nach vorne, um einen Blick auf ihr Buch werfen zu können. „Mit wem beschäftigen Sie sich im Augenblick?"

Sie winkte ab. „Mit vielen verschiedenen Personen gleichzeitig. Il Presidente will eine Rede über die großen Friedensstifter der Geschichte halten. Also sammle ich Fakten über Edward den Siebten von England, John of Gaunt, Jesus, den heiligen Kasimir von Polen, Papst Clemens den Sechsten . . ." Ihre Stimme verklang, sie strich sich übers Haar, dann sah sie mich wieder an. „Fällt Ihnen noch jemand ein? Gibt es einen berühmten amerikanischen Friedensstifter?"

Nachdenklich kaute ich auf meiner Unterlippe. „Vielleicht George Washington?"

Sie legte den Kopf zurück, dachte einen Moment lang über diesen Vorschlag nach und runzelte dann die Stirn: „Er ist zu umstritten. Auch ist es besser, sich an Personen viel früherer Jahrhunderte zu halten."

Ich lächelte, dankte ihr für die Zeit, die sie sich genommen hatte, ging zurück zum Fahrstuhl und war froh, dem stickigen Raum entkommen zu sein. Die Curviers waren etwas eigentümliche Leute, aber ich konnte nichts Feindseliges oder Verräterisches an ihnen wahrnehmen. Sie waren typische Gelehrte, introvertiert, sehr französisch und sehr intelligent. Ich hätte wetten können, dass sie auf einer Party entsetzlich langweilig waren.

Den dritten Stock mit der Cafeteria ließ ich aus und hielt erst wieder auf der vierten Etage. Hier sollte die Öffentlichkeitsarbeit gemacht werden. Etliche neue Möbel stapelten sich im Eingangsbereich, Maler strichen die Wände und Teppichrollen lagen herum. Die meisten Räume waren noch nicht eingerichtet. Schnell entschuldigte ich mich und fuhr weiter in den sechsten Stock. Die fünfte Etage kannte ich bereits. Außer meinem Büro hatte dort nur noch ein gewisser Rico Triccoli seine Räume, doch ihn hatte ich noch nie zu Gesicht bekommen. Er war für die ausländischen Vertretungen von Global Union verantwortlich und befand sich meist auf Reisen.

Auch im sechsten Stock fand ich nichts Spannendes. Hier hatte Synn sein Büro, außerdem gab es die Rechenzentrale mit einigen Damen an Computerarbeitsplätzen und die Finanzabteilung, die sich hinter verschlossenen Türen verbarg. Ich lächelte die Damen an den Computern an, während ich durch ihr Großraumbüro schlenderte. Dabei hörte ich, wie sie miteinander flüsterten. Ich verstand nur „*L'Americana*". Hätte ich doch vor meiner Abreise aus New York einen Italienischkurs besucht!

Zurück im Fahrstuhl überlegte ich, warum mich Santos eigentlich eingestellt hatte. Seine Mitarbeiter machten alle einen sehr soliden, loyalen Eindruck. Die Personalleiterin hatte bis jetzt ihre Aufgabe sehr gut gemacht, ganz ohne mein Zutun.

Warum lag ihnen so viel daran, mich einzustellen?

11

Asher warf das feuchte Handtuch über den Rand der Badewanne und betrachtete sich kritisch im Spiegel. Keine Bartstoppel war mehr zu sehen, seine Haare lagen gut, ordentlich, aber nicht zu streng. Er wollte gepflegt aussehen, dabei aber nicht zu ambitioniert wirken.

Im Schlafzimmer hing das neue Hemd, das er zusammen mit einem Designer-Anzug eigens für diesen Anlass gekauft hatte. Auf seinem Bankkonto würde diese Abbuchung kaum auffallen, aber wenn er sich vorstellte, zwei durchschnittliche Monatsgehälter dafür ausgegeben zu haben, ärgerte er sich doch. Er gab nicht gern Geld für Kleidung aus, doch in diesem Fall musste er eine Ausnahme machen.

Er schlüpfte in das Hemd, knöpfte es zu und schob ein Paar goldener Manschettenknöpfe durch die Löcher an den Ärmelaufschlägen. Die kühle Seide fühlte sich fantastisch an und der Anzug saß perfekt.

Skeptisch betrachtete er sein Spiegelbild. Es gab heute moderne Stoffe mit erstaunlichen Eigenschaften; trotzdem waren sie nicht mit der Qualität früherer Jahrzehnte vergleichbar. Würde er diesen Anzug regelmäßig anziehen, wäre er in wenigen Jahren abgetragen. Dagegen hatte er andere Anzüge im Schrank, die er seit Jahrzehnten in Gebrauch hatte und die immer noch wie neu aussahen. Natürlich waren sie im Schnitt veraltet, aber davon abgesehen schienen sie ewig zu halten.

Er zog die polierten Schuhe an, band sich eine seidene Krawatte um und strich mit den Fingern durch sein kurz geschnittenes Haar. Noch vor einer Generation hatte er es viel länger getragen, aber so kurz gefiel es ihm besser. Vielleicht stammte seine Vorliebe für Kurzhaarfrisuren noch aus seiner Jugendzeit. Die Römer damals hatten ihre Haare sehr kurz getragen, weil langes Haar in einem Kampf gefährlich werden konnte.

Asher straffte die Schultern, strich ein paar unsichtbare Fusseln von seinem Jackett und lächelte sein Spiegelbild an. Vor allen Dingen musste er den Eindruck erwecken, hinter der Sache zu stehen.

Entschlossen ging er zu seinem Schreibtisch, holte das in Leder gebundene Tagebuch heraus und griff nach dem Füllfederhalter. Er zögerte nur kurz, dann begann er zu schreiben:

Herr, ich unternehme heute einen neuen Versuch. Möge ich noch genug Zeit haben, mein Ziel zu erreichen. Nie war ich mir so sicher wie jetzt, nie zuvor deuteten so viele Zeichen auf einen bestimmten Mann. Dennoch frage ich mich, ob ich auf dem richtigen Weg bin. Wenn nicht, dann zeige mir einen besseren Weg, mein Gott. Ist es jedoch dein Wille, die Seele dieses Mannes zu erretten, dann hilf mir, ihn zu sprechen, bevor der Feind ihn übernimmt.

Wenn Justus Santos der Erwartete ist, dann führe du mich zu ihm, heiliger Gott und gib mir eine Gelegenheit zum persönlichen Gespräch. Ebne meinen Pfad. Gib mir die Kraft, die List und die Weisheit, die nötig sind, um alle Widersacher zu überwinden, die sich mir in den Weg stellen werden. Schenke mir den Mut, der erforderlich ist, um diese Aufgabe auszuführen.

Ich erbitte das alles in dem Namen, der über alle Namen ist, in der Kraft, die niemals versagt. Wie du mich einst verflucht hast, so sende mich jetzt, deinen Willen zu tun. Ich bin dein Diener, gebrauche mich, wie es dir gefällt.

Er legte den Füller zur Seite und betete halblaut die Worte, die er geschrieben hatte. Dann nahm er die Haltung eines römischen Soldaten unter Kaiser Tiberius ein, straffte die Schultern, hob das Kinn und ging zur Tür.

12

Schon nach wenigen Tagen hatten Laura Casale und ich uns gut eingespielt. Vormittags machte ich mir Notizen über die Personen, die bereits für Global Union arbeiteten, und suchte sie zum Teil auch persönlich auf. Nach der Mittagspause, exakt um 14:30 Uhr, begann ein Strom von Bewerbern durch mein Büro zu ziehen. Wer zu mir kam, brachte eine Bewerbungsmappe und eine farbige Marke mit. Die Bewerbungsmappe war auf Italienisch und damit für mich wertlos, aber die farbigen Marken gaben mir einen kleinen Hinweis, der nach Ansicht von Signora Casale für mich ausreichend war. Die Farbe blau stand für einen Arbeitsplatz, an dem man nicht mit wichtigen Daten oder Personen in Berührung kam. Wer mit orange gekennzeichnet worden war, würde mit vertraulichen Unterlagen zu tun haben. Wer jedoch später mit Justus Santos persönlich in Kontakt käme, trug eine rote Marke. Diese Kandidaten sollte ich besonders sorgfältig prüfen.

Meine Arbeit war viel schwieriger als alles, was ich bis dahin gemacht hatte, zumal die meisten Bewerber ebenso wenig Englisch sprachen wie die bereits Angestellten. Außerdem spiegelte diese bunte Schar die ganze Vielfalt Roms wieder.

Es war mein zweiter Mittwoch bei Global Union. Die erste Person, die an diesem Nachmittag zu mir kam, war eine Japanerin, die *weder* Englisch *noch* Italienisch sprach. Sie hatte eine blaue Marke in der Hand und wollte in der Cafeteria arbeiten. Wir versuchten vergeblich, uns zu verständigen und lächelten viel, aber in der ganzen Verwirrung konnte ich doch einige positive Zeichen aufnehmen. Sie war konservativ gekleidet und wies mit ihrem Äußeren auf eine zurückhaltende, taktvolle Persönlichkeit hin. Ihr einziger Schmuck waren ein Ehering und eine goldene Uhr. Daraus entnahm ich ihre Vorliebe fürs Praktische. Meinen Blick erwiderte sie offen und ohne Hemmungen, ein Zeichen für Ehrlichkeit und Geradlinigkeit. Beim Lachen legte sie wie viele Asiaten die Hand vor den Mund, was auf Bescheidenheit schließen lässt. Ich unterschrieb ihre Akte und sie verließ lächelnd mein Büro.

Der zweite Bewerber dieses Tages war im roten Bereich eingestuft worden. Hier musste ich also besondere Sorgfalt aufwenden. Der junge Mann war Italiener und sprach einigermaßen Englisch. Er erklärte mir, dass er sich als Chauffeur beworben habe und es kaum erwarten könne, die *Macchine blu* zu fahren. Er sprach von der großen blauen Limousine, die alle italienischen Politiker einschließlich Justus Santos benutzten. Ich stellte ihm einige belanglose Fragen und registrierte gleichzeitig, dass er ein sauberes, aber ungebügeltes Hemd trug, dazu Hosen mit Aufschlag, wie sie schon seit Jahren nicht mehr modern waren, und ausgetretene Schuhe, die ein Loch an der Seite hatten.

Ich unterschrieb seine Akte und notierte seinen Namen auf einer besonderen Liste. Ich konnte ihn nicht für die angestrebte Stelle empfehlen. Möglicherweise rührte seine nachlässige Kleidung von unverschuldeter Armut her. Aber häufig waren unkonzentrierte, zerstreute Menschen auch schlampig gekleidet. In diesem Fall wäre er als Chauffeur für Santos gänzlich ungeeignet gewesen. Ich notierte, dass er möglicherweise zu den Curviers in die Bibliothek passen würde.

Es klopfte wieder, und noch ehe ich antworten konnte, stand der nächste Kandidat bereits in meinem Büro. Ein nervöser Mann mittleren Alters mit schütterem Haar ließ sich in den Sessel vor meinem Schreibtisch fallen. Seine Marke war orange. Mit einem knappen Gruß reichte er mir seine Akte.

Ich blätterte in den Unterlagen und fand heraus, dass er sich für eine Stelle in der Öffentlichkeitsarbeit bewarb. Während ich ihn über seine Kindheit befragte, achtete ich sorgfältig darauf, mir meinen anfänglichen Unmut über seine Unhöflichkeit nicht anmerken zu lassen. Er rang um die erforderlichen englischen Vokabeln und ich lehnte mich zurück, hörte zu und beobachtete ihn. Sein Tonfall war monoton, was für diese Situation ungewöhnlich war, zumal für einen Italiener. Sein Blick haftete die meiste Zeit über auf dem Boden, sein Körper war halb von mir abgewandt, die Hände verbarg er in seinen Hosentaschen.

Als er zum Ende gekommen war, erzählte ich irgendetwas aus meiner Kindheit und stellte fest, dass er seine Lippen fest zusammenpresste, den Blick gesenkt hielt und die Hände nicht aus den Taschen nahm.

Sollte Global Union jemals einen Spion brauchen, dann würde ich diesen Kandidaten empfehlen. Aber in der Abteilung Öffentlichkeitsarbeit waren aufgeschlossene, freundliche Menschen gefragt. Er kam auf meine Negativliste.

Ihm folgte eine Inderin, die die ganze Zeit, die sie mir gegenübersaß, so breit lächelte, dass ich beide Zahnreihen sehen konnte. Freundlichkeit ist grundsätzlich etwas Schönes, aber das war ein bisschen zu viel des Guten. Auch sie konnte ich nicht empfehlen.

Als Nächstes kam ein junger Engländer zu mir, der während unseres gesamten Gesprächs an seinen Fingernägeln kaute. Er war furchtbar aufgeregt. Als ich erfuhr, dass er in der Cafeteria arbeiten wollte, schickte ich ihn freundlich weiter und notierte auch seinen Namen auf der schwarzen Liste. Auf keinen Fall wollte ich diese unappetitlichen Finger in der Nähe meines Essens wissen.

Der folgende Bewerber hatte eine rote Marke. Äußerlich ein typischer Italiener, sprach er mich in akzentfreiem Amerikanisch an: „Miss Fischer? Mir wurde gesagt, dass ich mich bei Ihnen vorstellen soll.“ Taktvoll ignorierte er meine aufgerissenen Augen und meinen offen stehenden Mund. „Mein Name ist Asher Genzano.“

Ich starrte ihn immer noch wortlos an, während er seine Akte vorsichtig auf meinen Tisch legte. „Darf ich mich setzen?“

„Selbstverständlich. Bitte entschuldigen Sie, ich war nur . . .“ – ich konnte nicht verhindern, dass ein Strahlen über mein Gesicht zog – „. . . überrascht, weil Sie offensichtlich in den Staaten aufgewachsen sind. Woher kommen Sie? Vielleicht aus dem mittleren Westen?“

Er senkte kurz den Blick und verbarg das vergnügte Funkeln seiner Augen hinter langen schwarzen Wimpern. „Nein, ich bin durch und durch Römer. Ich habe nur eine gewisse Begabung für Sprachen und Englisch liegt mir besonders, das ist alles. Trotz manch eigenwilliger Redewendungen halte ich Englisch für eine sehr ausdrucksstarke Sprache.“ Er hob den Blick und sah mich an. „Ich bewerbe mich um eine Stelle als Dolmetscher und Übersetzer.“

Ich blätterte in seiner Akte, doch das italienische Gekritzel von Signora Casale half mir nicht weiter. „Erzählen Sie mir etwas von sich, Signor Genzano.“

„Ich wurde in Rom geboren“, begann er mit tiefer, weicher Stimme, „und bin über etliche Jahre viel gereist. Die Länder des Nahen Ostens sind mir ebenso vertraut wie der afrikanische Kontinent, Asien und Amerika. Auch in Europa habe ich mich in verschiedenen Ländern aufgehalten. Auf meinen Reisen habe ich unter anderem auch viele Sprachen gelernt."

„Wie viele?", fragte ich vorsichtig. Ich griff nach einem Stift und machte mir Notizen, obwohl ich viel mehr auf die Art seines Redens achtete als auf die Worte selbst. Er war sehr gut gekleidet, sein Anzug hatte einen ausgezeichneten Schnitt und sah teuer aus, seine Lederschuhe waren frisch poliert und sein Haarschnitt saß perfekt.

Er stützte sein Kinn auf die Hand – eine Geste des Vertrauens –, und ein entspanntes Lächeln huschte über sein Gesicht. „Wie viele Sprachen brauchen Sie?"

Verwirrt starrte ich auf seine Akte, als könnte ich dort die Antwort finden. „Il Presidente sucht einen Dolmetscher, der Französisch kann . . ."

„Das kann ich."

„. . . und Deutsch, Holländisch und natürlich Englisch."

„Ich bin nicht in allen Sprachen perfekt, aber die von Ihnen genannten Sprachen beherrsche ich fließend."

Ratlos sah ich ihn an. Hier saß ein Mann vor mir, der den Charme und das Selbstvertrauen von James Bond ausstrahlte, dabei aber überhaupt nicht arrogant war. Seine Gestik war zurückhaltend, und er versuchte auch nicht, sich in den Mittelpunkt zu stellen. Stattdessen hatte ich den Eindruck, dass er sich für *mich* interessierte – was bei einem gewöhnlichen, nervösen Bewerber undenkbar war.

„Entschuldigen Sie die Frage, Signor Genzano, wie alt sind Sie?" Ich suchte in seinen Unterlagen vergeblich nach etwas, das wie ein Geburtsdatum aussah. Er sah aus wie Mitte dreißig, doch man konnte oft nicht nach dem Aussehen gehen. Jemand, der so viele Sprachen fließend beherrschte, mochte auch älter sein.

„Leider weiß ich nicht genau, wie alt ich bin, da ich keine Geburtsurkunde besitze."

Ich forschte in seinem Gesicht nach einem Hinweis darauf, dass er mich jetzt belogen hatte, aber er saß ruhig und gelassen vor mir. War da in seinen tiefen, dunklen Augen ein Schimmer des Unbehagens zu sehen, oder hatte sich nur das Licht des Fensters darin gespiegelt?

„Ja, aber . . . wie . . .", stammelte ich höchst unprofessionell.

„Ich kam in einem kleinen, einfachen Dorf zur Welt. Meine Eltern starben, als ich noch jung war. Erst viel später konnte ich eine Schule besuchen."

Das wollte mir nicht in den Sinn. „Aber es muss doch irgendeine Spur geben, vielleicht in den Unterlagen des Krankenhauses oder in den Kirchenbüchern. Die meisten Kirchen führen doch Buch über die Kinder, die getauft wurden. Wenn Ihre Eltern Katholiken waren, dann muss Ihr Name irgendwo zu finden sein ..."

„Sie waren keine Katholiken."

Ich hob eine Augenbraue: „Protestanten?"

„Heiden."

Ruhig und ausgeglichen saß er mir gegenüber, sein Gesichtsausdruck veränderte sich nicht. Er sah mir gelassen in die Augen und sein Körper verriet mit keiner Bewegung, dass er scherzte oder mich anlog.

Ich stützte meine Ellbogen auf den Tisch, faltete die Hände und legte mein Kinn darauf. Was sollte ich mit diesem Mann anfangen? Sein Verhalten passte nicht zu seinen Worten. Mitunter war es schwer, Lügner an ihrer Körpersprache zu erkennen, aber meist gab es doch einige verräterische Zeichen. Oft waren die Handbewegungen verkrampft, die Hände versteckt, das Gesicht wurde häufig berührt oder der Nacken massiert. Auch wer an seinem Kragen oder der Krawatte zupfte, fühlte sich häufig durch seine eigenen Unwahrheiten eingeengt. Einmal hatte ich einen potenziellen Geschworenen befragt, der unter Eid log. Er rieb sich die ganze Zeit die Nase. Je schlimmer seine Lügen wurden, desto heftiger bearbeitete er seine Nase.

Anders Asher Genzano. Er saß völlig entspannt in seinem Sessel, ein ruhiges Lächeln im Gesicht. Beide Hände waren zu sehen. Offensichtlich hatte er nicht das Bedürfnis, etwas vor mir zu verbergen.

Am Ende stimmte alles, was er mir sagte? Italien war nicht Amerika, wo jedes Neugeborene registriert wurde. Vielleicht war vor dreißig Jahren tatsächlich irgendwo auf dem Land ein Waisenjunge aufgewachsen, von dem es keine Geburtsurkunde gab ...

Ich würde Laura Casale fragen, ob sie so etwas für möglich hielt. „Haben Sie Angehörige, Signore?", fragte ich höflich. „Sind Sie verheiratet?"

„Ich bin verwitwet", erwiderte er ernst, doch ohne akuten Schmerz in den Augen. Obwohl er noch relativ jung war, musste die Zeit der

Trauer schon länger zurückliegen. Vielleicht hatte er sehr jung geheiratet, vielleicht hatte ihm die Frau auch nicht viel bedeutet.

Ich bemühte mich, meiner Stimme einen warmen Klang zu verleihen: „Das tut mir Leid. Waren Sie lange verheiratet?"

Er sah zur Seite und schürzte seine Lippen. Diese Bewegung alarmierte mich. Er wusste die Antwort sehr genau, aber er wollte sie nicht verraten. Warum nicht?

„Sehr lange", antwortete er schließlich, „doch das liegt eine Ewigkeit zurück."

Eine poetische Übertreibung. Ich sah auf meinen Tisch und unterdrückte das Bedürfnis, mit den Augen zu rollen. Was sollte ich tun? Global Union suchte dringend einen guten Übersetzer und dieser Kandidat war sprachlich hervorragend. Ich selbst brauchte unbedingt einen Dolmetscher und hätte viel darum gegeben, wenn dieser Mann mir bei den Bewerbungsgesprächen geholfen hätte.

Doch wie sollte ich seine Verschlossenheit einschätzen? Dieser Bewerber gab mir zu viele Rätsel auf und war damit für einen Arbeitsplatz im höchsten Sicherheitsbereich nicht geeignet.

Nachdenklich schloss ich seine Akte und schob sie ihm zu. „Als Dolmetscher haben Sie sehr große Verantwortung, und es gibt zahlreiche Sicherheitsaspekte, die beachtet werden müssen", erklärte ich ihm vorsichtig. „Ich kann die Entscheidung über Ihre Eignung nicht leichtfertig treffen. Soweit ich weiß, müssen Sie im Verlauf des *Concorso* noch andere Tests durchlaufen?"

Meine Worte behagten ihm nicht, das zeigte sein Stirnrunzeln nur zu deutlich, aber er nickte, ohne dabei ärgerlich oder böse zu wirken.

„Ich kann mich in Bezug auf Ihre Einstellung momentan noch nicht festlegen, Signor Genzano. Wir müssen uns noch einmal unterhalten."

Er rieb sich mit einer Hand übers Gesicht, atmete lange aus und erhob sich. Auch ich stand auf und streckte ihm meine Hand entgegen. Er drückte sie mit einem festen, warmen Griff. „Vielen Dank für Ihre Zeit", sagte er einfach und sah mich mit einem rätselhaften Blick an. „Ich freue mich auf unsere nächste Begegnung. Auf Wiedersehen!"

„*Ciao*", rief ich hinter ihm her.

Er blieb stehen, sah über seine Schulter zurück und sagte mit erhobenem Zeigefinger: „Nein, Signorina, *ciao* sagt man zu guten Freunden. Am Ende einer geschäftlichen Begegnung sagt man *arrivederci*."

Ich wurde rot vor Verlegenheit und senkte entschuldigend den Kopf. „Danke für diesen Hinweis, ich werde es mir merken."

„Sie werden noch viel lernen . . . alles zu seiner Zeit", lächelte er mich charmant an. „*Arrivederci*", sagte er dann und trat durch die Tür auf den Flur.

Ich wartete, bis er um die Ecke verschwunden war, dann setzte ich mich und notierte seinen Namen in meinem Terminkalender. Seine sprachlichen Fähigkeiten musste ich nicht prüfen, das war die Aufgabe von Laura Casale. Ich musste seinen Charakter beurteilen und war mir so gut wie sicher, dass Asher Genzano ein ehrlicher, bescheidener und ehrenwerter Mann war.

Warum hatte ich seine Bewerbung nicht sofort befürwortet? Auch die Frage nach seiner fehlenden Geburtsurkunde hatte er eigentlich zufrieden stellend beantwortet. Aber er war meiner Frage nach seiner verstorbenen Frau ausgewichen. Vielleicht war seine Heirat von den Eltern verlangt worden, schnell gescheitert und damit ein unerfreuliches Gesprächsthema für ihn. Die Tatsache, dass er mindestens die von mir aufgezählten vier Sprachen fließend beherrschte, musste nicht bedeuten, dass er sehr alt war. Vielleicht hatte er einfach intensiv studiert und besaß ein feines Gefühl für sprachliche Nuancen. Hatte er nicht selbst auch von einer *gewissen Begabung* in diesem Bereich gesprochen?

Ich sah auf die kleine Taschenuhr, die ich um den Hals trug. Erleichtert stellte ich fest, dass es fast vier Uhr war. Ein langer Arbeitstag und das Bemühen, mich in einer fremden Kultur zurechtzufinden, hatten mich ausgelaugt.

Morgen würde ich alles klarer sehen.

13

Nachdenklich ging Asher den Flur entlang zum Fahrstuhl. Als sich die glänzenden Türen gerade hinter ihm schließen wollten, rief eine atemlose Frau: „*Si fermi! Per favore*!"

Er hielt die Türen offen und eine kleine Person mit knallrotem Haar stürmte herein. Keuchend bedankte sie sich: „*Merci beaucoup*!" und lehnte sich lächelnd gegen die Messingwand.

Asher registrierte erstaunt den schnellen Wechsel von Italienisch zu Französisch. War sie Französin? Er verschränkte die Arme und erwiderte ihr Lächeln, während sie auf den Knopf für die zweite Etage drückte. „Sie kommen aus Frankreich?", fragte er in akzentfreiem Französisch.

Überrascht starrte sie ihn an: „*Oui*!"

„Wie lange sind Sie schon in Rom?"

„Sechs Wochen." Ihr Lächeln wurde breiter. „Sie sind auch Franzose, stimmt's? Kommen Sie aus Paris?"

„Nein, ich bin Römer." Zögernd beobachtete Asher die sich schließenden Türen. „Ich habe lange in Frankreich gelebt."

„Fantastisch! Ihr Französisch klingt, als wären sie in Paris aufgewachsen!"

„Vielen Dank, Madame. Ich bewerbe mich hier für eine Stelle als Dolmetscher, aber es sieht nicht so aus, als würde ich genommen."

Sie starrte ihn an. „Wie ist denn das möglich? Es ist doch direkt ein Genuss, Ihr Französisch zu hören. Ich werde mit Il Presidente sprechen und dafür sorgen, dass Sie eingestellt werden . . . wenn Sie mir Ihren Namen verraten."

Asher sah sie dankbar an. „Asher Genzano", antwortete er und trat zur Seite, als die Fahrstuhltüren wieder aufglitten. „Ich wäre Ihnen sehr verbunden."

Sie drehte sich im Hinausgehen noch einmal um und nickte ihm ermutigend zu. Dankbar senkte er den Kopf und drückte den Knopf fürs Erdgeschoss.

Er musste diese Stelle bekommen! Niemand hatte bessere sprachliche Voraussetzungen als er. Als Dolmetscher würde er zum innersten Kreis von Justus Santos gehören. Die Personalleiterin hatte er schon für sich gewonnen, das wusste er. Vielleicht würde die Empfehlung der Französin auch hilfreich sein. Bloß die Amerikanerin machte ihm Sorgen, das Gespräch mit ihr war nicht gut verlaufen.

Wer war sie überhaupt? Warum war ihre Meinung so entscheidend? Als Signora Casale ihn aufforderte, als Nächstes die Amerikanerin aufzusuchen, hatte er versucht zu erfragen, welche Rolle sie in dem *Concorso* spielte, aber die Personalchefin hatte nur etwas von „*Ufficiale delle Risorse*" gemurmelt und „eine wichtige Station" hinzugefügt.

Die Fahrstuhltüren öffneten sich wieder und er stieß sich von der Wand ab. Wäre er doch bloß besser vorbereitet gewesen! Er hätte vorher herausfinden müssen, welche Rolle die Amerikanerin in dem ganzen Apparat spielte und in welcher Verbindung sie zu Justus Santos stand. Dann hätte er heute vielleicht den Grund ihres Zögerns verstehen und ihre Bedenken ausräumen können.

Er ging zur Rezeption und trug sich auf der Liste der Besucher aus. Dann suchte er den Blick des Pförtners. „Ich werde morgen noch einmal kommen", erklärte er auf Italienisch, „ich muss ein zweites Mal zu Signorina Fischer."

„*L'Americana?*"

„*Si.*" Asher schob die Gästeliste über den marmornen Tresen und setzte ein möglichst enttäuschtes Gesicht auf. „Vielleicht können Sie mir einen Tipp geben, wie ich diese Frau von mir überzeugen kann. Ich fürchte, sie mag mich nicht."

Der Pförtner nahm lachend die Besucherliste in Empfang. „Immerhin dürfen Sie wiederkommen. Die meisten Leute hat sie schon nach der ersten Begegnung weggeschickt."

Das gab Asher wieder Mut. „Sie ist eine hübsche Frau", sagte er und stützte einen Ellbogen auf die Marmorplatte, „es muss für einen Mann doch möglich sein, ihre Sympathie zu gewinnen."

„Das würde ich nicht versuchen", erwiderte der Pförtner und trat dicht an den Tresen. „Sie ist eine echte Expertin auf ihrem Gebiet. Mit einem Strauß Blumen können Sie bei ihr nicht landen."

„Eine Expertin? Im Fragenstellen?“

„Im Durchschauen von Menschen. Das wissen viele nicht, aber . . .“, er bedeutete Asher, noch näher zu kommen, „. . . Il Direttore hat gesagt, dass sie praktisch alles über einen Menschen weiß, sobald sie fünf Minuten mit ihm geredet hat. In Amerika hilft sie Mördern vor Gericht, dass sie freigesprochen werden.“

Asher bedankte sich und verließ eilig das Gebäude. Seine Gedanken wirbelten wild durcheinander.

14

Nachdenklich betrachtete ich meine Notizen dieses Nachmittags und stellte zufrieden fest, dass ich heute mehr Bewerbungen befürwortet als abgelehnt hatte, zumindest für den blauen Bereich. Eine Zeit lang hatte ich schon befürchtet, der Wechsel in eine andere Kultur hätte meine Wahrnehmung verwirrt und mich hinter jedem einfachen Arbeitssuchenden einen Spion vermuten lassen.

Noch einmal ging ich alle Namen durch und rief die Gesichter, die heute in meinem Büro gewesen waren, in meine Erinnerung zurück. Bei Asher Genzano blieben meine Gedanken hängen.

Was sollte ich mit ihm machen? Seine Vergangenheit kam mir sehr fragwürdig vor. Ich hatte Signora Casale angerufen, nachdem er mein Büro verlassen hatte, doch sie war restlos begeistert von ihm. Er beherrschte mehr Sprachen fließend in Wort und Schrift, als sie prüfen konnte. Sie war vollkommen überrascht darüber, dass ich ihre Begeisterung nicht so uneingeschränkt teilte. Schnell räumte ich ein, noch nichts entschieden zu haben und erzählte von unserem zweiten Termin am folgenden Tag. Ich brauchte einfach noch mehr Zeit mit ihm, erklärte ich Laura Casale, schließlich war er für einen höchst verantwortungsvollen Posten vorgesehen. Als Dolmetscher würde er Il Presidente auf allen Reisen begleiten und seine Worte an Millionen von Menschen weitergeben.

Unzufrieden saß ich vor meiner Namensliste und dachte nach. Das Gespräch mit Laura Casale hatte mir nicht weitergeholfen. Ich besaß weder übernatürliche Fähigkeiten, noch konnte ich in die Köpfe der Leute schauen. Viele Persönlichkeiten waren zu komplex, als dass man sie in einem Gespräch erfassen konnte. Menschen, die mir nicht in die Augen sehen konnten, mussten beispielsweise nicht automatisch etwas zu verbergen oder betrügerische Absichten haben, manchmal waren sie auch einfach nur sehr schüchtern.

Einmal hatte es eine Geschworenen-Anwärterin in Kalifornien drei Tage lang vermieden, Elaine Dawson in die Augen zu sehen. Sie saß mit ihrem Körper von uns abgewandt, stützte den Kopf auf die Hand und sah so aus, als ärgerte sie sich darüber, dass wir sie beim Einschlafen störten. Ich beobachtete das Geschehen von der Besuchertribüne aus und war mir sicher, dass es sich um eine faule Person handelte, die sich nicht um Recht und Gerechtigkeit scherte und als Geschworene völlig ungeeignet war. Bis ich sie in einer Pause auf der Toilette traf. Sie hatte vom Augenwinkel bis zum Haaransatz ein feuerrotes Muttermal auf der rechten Stirn, das sie drei Tage lang vor unseren Augen verborgen gehalten hatte.

Ein anderes Mal hielt ich eine Frau für eine Lügnerin, weil sie sich während der gesamten Befragung im Gesicht kratzte, bis ich herausfand, dass sie unter einer juckenden Hautallergie litt. Dann sollte ich einmal jemanden einschätzen, der furchtbar theatralisch sprach und mir vorkam wie ein Hochstapler, bis ich in einer Pause beobachtete, dass er die ganze Zeit den Text für eine Theaterrolle auswendig lernte.

Asher Genzano zeigte keine Verhaltensauffälligkeit, die auf einen falschen Charakter hätte schließen lassen, trotzdem waren seine Antworten . . . ungewöhnlich. Ich bedauerte, unser Gespräch nicht auf Kassette aufgenommen zu haben. Leider war ich mir nun nicht mehr sicher, ob er nicht mindestens eine meiner Fragen mit einer Gegenfrage quittiert hatte. Wenn ja, dann wäre das ein ernst zu nehmendes Warnsignal. Allerdings durfte man nicht in jedem Fall, in dem eine Gegenfrage gestellt wurde, davon ausgehen, dass der Andere etwas zu verbergen hatte. Eine Gegenfrage konnte auch ein Zeichen von Unsicherheit und Verlegenheit sein oder den Wunsch verraten, dem Gesprächspartner gefallen zu wollen. Mitunter war eine Frage auch ganz einfach nicht klar verstanden worden.

Mit einem plötzlichen Gedankensprung landete ich bei Kurt, der meine Fragen häufig mit Gegenfragen beantwortete. Vermutlich wandte er diese Technik im Gespräch mit seinen Patienten an, immerhin waren Psychologen ja dafür bekannt, dass sie niemals eine direkte Antwort gaben. Indem sie den Patienten Fragen stellten, halfen sie ihnen, aus verschiedenen Perspektiven über die eigene Situation nachzudenken. Wenn Kurt das jedoch mit mir in unserer Freizeit machte, ärgerte ich mich oft darüber.

„Wo wollen wir essen gehen?", fragte ich beispielsweise, doch statt einer Antwort erwiderte Kurt: „Was würdest du denn gerne essen?" Auf diese Weise konnten wir uns so lange im Kreis drehen, bis es mir zu viel wurde und ich das nächstbeste Restaurant vorschlug.

Das Interview mit Asher Genzano war bei weitem nicht so anstrengend gewesen wie ein Gespräch dieser Art mit Kurt, aber auch er war einigen einfachen Fragen gekonnt ausgewichen. So verriet er nicht, wie viele Sprachen er tatsächlich beherrschte. Normalerweise verhielten sich Sprachgenies ganz anders. Ein Freund von Kurt konnte vier Sprachen und nutzte jede Gelegenheit, um uns daran zu erinnern. Asher Genzano war da ganz anders. Warum? Schwieg er aus Bescheidenheit oder hatte er etwas zu verbergen?

Meine Überlegungen brachten mich nicht weiter. Frustriert schüttelte ich den Kopf und wandte mich meinem Computer zu. Vielleicht hatte ich noch eine E-Mail aus New York erhalten? Global Union hatte mir einen riesigen Computer auf den Tisch gestellt, der für meine Bedürfnisse eigentlich viel zu monströs war. Ich nutzte nur die Textverarbeitung und das E-Mail-Programm. Darum hatte ich Synn vorgeschlagen, meinen eigenen Laptop zu verwenden. Aber er hatte darauf bestanden, mir dieses Gerät zu geben, das mit dem zentralen Rechner des Hauses vernetzt war und mir Zugang zu verschiedenen Datenbanken und dem Internet gewährte.

Rory hatte mich noch vor meiner Abreise angeleitet, wie ich meinen Laptop an ein Netzwerk anschließen und so ins Internet gelangen konnte. Auf diese Weise hatte ich auch Zugang zu dem Computer in meinem New Yorker Büro. „Was auch immer Sie tun, achten Sie bitte darauf, dass Sie keine persönlichen E-Mails über das Netz von Global Union schicken", hatte er mir noch eingeschärft. „Sonst kann jeder, der das Passwort kennt, Ihre private Korrespondenz lesen."

Ich hatte nur darüber gelacht. „Als ob Justus Santos nichts Besseres zu tun hätte, als die Kochrezepte meiner Schwester zu lesen . . ."

In meinem Postfach waren zwei Nachrichten. Die eine war von Kirsten, die andere von Rory. Kirstens Brief konnte warten, aber Rorys Mitteilung kam aus dem Büro. Der Bürgermeister von Boston ließ anfragen, ob ich ihm in einem bevorstehenden Verfahren beistehen wollte. Es ging um Erpressung.

Schnell tippte ich meine Antwort.

Danke, Rory! Bitte sagen Sie ihm, dass wir bis Ende März keine freien Termine haben. Danach würden wir den Fall gerne übernehmen. Sollte das zu spät sein, drücken wir unser Bedauern aus.

Ich schickte die E-Mail los und erhob mich endlich von meinem Schreibtisch. Ein Blick aus dem Fenster sagte mir, dass draußen ein stürmischer Wind über die Straßen fegte. Ich zog meine Jacke über, löschte das Licht und zog die Tür hinter mir zu.

Im Erdgeschoss grüßte ich den Portier, zog meinen Dienstausweis durch das Lesegerät und wartete, bis sich die Verriegelung der schweren Glastür öffnete.

Die Sonne stand tief am westlichen Horizont, ihre Strahlen tauchten die Mauern des Vatikans in weiches Licht und übergossen den Petersdom mit goldenem Glanz. Am Nachmittag hatte es geregnet, und jetzt fegte ein kalter Wind die letzten Tropfen von den Blättern der Platanen, die den Straßenrand säumten. Mit Schirmen bewaffnet und in Regenmäntel gehüllt eilten die meisten Fußgänger zu ihren warmen Wohnungen und ihren Familien. Ich stand auf der Treppe, die zum Eingang des Roten Palastes führte, und sah auf sie hinunter. Auf mich warteten weder Freunde noch Verwandte, stellte ich fröstelnd fest. Ich hatte den ganzen Tag mit Fremden geredet. Ich zog die Jacke enger um meinen Körper und ging langsam die Stufen hinunter. Während die Sonne hinter dem Vatikan unterging und die Schatten länger wurden, strebte ich mit gesenktem Kopf meinem Appartement entgegen.

„Entschuldigen Sie bitte, Miss Fischer!"

Überrascht hob ich den Kopf. Neben mir stand Asher Genzano. Wortlos starrte ich ihn an, meine Augen wanderten an der dunklen Gestalt auf und ab und meine Kehle verkrampfte sich. Was machte er denn hier? Weil unser Gespräch nicht gut gelaufen war, lauerte er mir hier auf, wollte mich zur Rede stellen, bedrohen, mich zwingen, ihn einzustellen. Laura Casale hatte oft genug betont, wie hoch die Arbeitslosenrate in Italien war. Vielleicht war Asher Genzano verzweifelt hinter diesem Job her . . .

Mit bemüht fester Stimme fragte ich: „Signor Genzano, was machen Sie denn hier?"

Er hob seine Hand und ich wich erschrocken zurück. Aber die Hand war leer, weder Pistole noch Messer waren zu sehen. „Bitte“, sagte er mit belegter Stimme, „bitte haben Sie keine Angst.“

In seiner Haltung war etwas Weiches, das mir Mut machte. Trotzdem pochte mein Herz laut und schnell, und ich musste tief durchatmen, bevor ich weitersprechen konnte. „Was kann ich für Sie tun, Signore?“

Sein vor Unsicherheit starres Gesicht wurde vom Anflug eines Lächelns erhellt. „Bitte entschuldigen Sie meine Dreistigkeit. Ich dachte, vielleicht würden Sie sich freuen, wenn ich Sie nach Hause begleite. Nach Einbruch der Dunkelheit ist es in diesem Teil der Stadt nicht immer ganz sicher. Die Sonne geht in Italien schnell unter, in wenigen Minuten wird es dunkel sein . . .“

Ich drehte mich um und stellte fest, dass er Recht hatte. Der feurige Ball war schon nicht mehr zu sehen und das goldene Licht hatte sich in zartes Rosa verwandelt. Bald würden nur noch die weit auseinander stehenden Straßenlaternen Licht geben.

Trotzdem wollte ich nicht, dass dieser Mann wusste, wo ich wohnte. Sein Verhalten gab mir viele Rätsel auf und diese Begegnung in der Abenddämmerung machte mich eher noch vorsichtiger.

„Das ist sehr aufmerksam von Ihnen, aber ich gehe lieber allein nach Hause, vielen Dank.“ Ich zwang mich zu einem dünnen Lächeln. „Es ist nicht angebracht, dass ich mich außerhalb von Global Union mit Ihnen treffe, das wäre den anderen Bewerbern gegenüber unfair.“

„Und sicherer würden Sie sich an meiner Seite auch nicht fühlen.“

Seine Worte jagten mir kalte Schauer über den Rücken, doch ein Blick in sein Gesicht beruhigte mich wieder. Seine Augen waren voller Freundlichkeit. Er deutete auf ein Café in der Nähe und meinte mit warmer Stimme: „Das verstehe ich. Aber der Abend ist kalt und ungemütlich und vielleicht darf ich Sie zu einem Espresso einladen, bevor Sie in Ihre *Pensione* zurückkehren?“

Das Café sah warm und gemütlich aus und war gut besucht. Doch, ein Espresso würde mir gut tun. Ein langer, anstrengender Tag lag hinter mir und nun gähnte mich ein langweiliger, einsamer Abend an. Außerdem musste ich Asher Genzano ohnehin noch besser kennen lernen. Schnell kam ich zu dem Ergebnis, dass nichts gegen einen Cafébesuch einzuwenden war.

„Ja gerne, das ist eine gute Idee“, sagte ich, wollte die Straße überqueren und auf das Café zugehen. Da packte mich Genzanos Arm. Bevor ich protestieren konnte, trafen mich die Scheinwerfer eines Zweirads und mit aufheulendem Motor raste ein junger Mann an uns vorbei.

„Der Verkehr in Rom ist nicht ungefährlich", erklärte Genzano entschuldigend und ließ mich wieder los. „Die Zweiradfahrer sind dafür bekannt, dass sie sich nicht um die Verkehrsregeln kümmern. Auf Fußgänger achten sie in den seltensten Fällen. Manchmal, wenn der Verkehr sich in den Straßen staut, fahren sie sogar auf dem Bürgersteig."

Ich nickte und ging vorsichtig an seiner Seite über die Straße. Ob es eine kluge Entscheidung war, mit einem Bewerber ins Café zu gehen? In New York hätte ich mich niemals mit einem möglichen Geschworenen privat getroffen. Andererseits wusste ich ja bereits, dass Italiener in ihrer Freizeit niemals über Geschäftliches redeten. So konnte ich davon ausgehen, dass auch Asher Genzano jetzt nicht mit mir über seine mögliche Anstellung bei Global Union sprechen würde, trotzdem hatte ich Gelegenheit, ihn weiter zu beobachten und sein Wesen zu ergründen. Vielleicht würde er in dieser lockeren Umgebung mehr von sich preisgeben als in der kontrollierten Prüfungssituation in meinem Büro?

Wir betraten das Café und mein Begleiter ging zu einem freien Tisch mit Blick auf die *Piazza*, bot mir galant einen Platz an und rückte einen Stuhl für mich zurecht. Dann ging er zum Tresen, um zwei Espresso für uns zu holen. Ich setzte mich und stellte fest, dass unsere kleine Marmortischplatte von zahllosen Kaffeeringen übersät war. Mit einer zerknitterten Serviette aus dem Aschenbecher versuchte ich, den Tisch notdürftig von den Spuren unserer Vorgänger zu reinigen. In Rom war man, was Sauberkeit anging, wohl etwas lockerer als in den Staaten. Daran musste ich mich erst noch gewöhnen.

Einen Augenblick später kam Asher Genzano mit zwei dampfenden Tassen zurück. Der Espresso duftete lecker und genießerisch gab ich zwei Stücke Zucker und einen kräftigen Schluck Milch in meine Tasse, bis er sich hellbraun färbte.

„Ist Ihnen der Kaffee so recht?", fragte er und sah mich prüfend an.

„Ja, danke." Ich erwiderte seinen Blick nur kurz und sah wieder zur Seite. Das Café war laut und voll. An unserem Nebentisch bemühte sich eine farbige Frau, ihren quirligen kleinen Jungen auf dem Schoß zu halten und gleichzeitig Kaffee zu trinken. Sie wollte offensichtlich verhindern, dass der Kleine auf die Straße lief, doch das Kind kämpfte die ganze Zeit gegen ihren Griff an.

„Signor Genzano", sagte ich schließlich und wandte mich wieder meinem Begleiter zu, „wo wohnen Sie?"

Er deutete die Straße hinunter: „Nicht weit von hier in einem sehr alten Hotel." Nachdem er einen Schluck getrunken hatte, fügte er hinzu: „Ich wohne schon sehr lange dort."

Ich nickte und erinnerte mich an die schäbigen Hotels in Manhattan, die ihre Zimmer oft wochenweise oder auch über Monate vermieteten. Allerdings sah Asher Genzano überhaupt nicht wie ein Hotelbewohner dieser Art aus. Andererseits war er aber auf Arbeitsuche. Vielleicht war dieser elegante Anzug seine einzig gute Kleidung.

„Was für eine Arbeit hatten Sie vorher?"

Er sah mich verständnislos an: „Vorher?"

Mir wurde bewusst, dass ich jetzt den Fehler beging, in der Freizeit über Geschäftliches zu reden. „Ja, bevor Sie sich bei uns beworben haben."

„Ach so." Er zog seine Espressotasse heran und umfasste sie mit beiden Händen, als wollte er sich daran wärmen. „Ich habe schon alles Mögliche gemacht. Einmal habe ich für die Regierung gearbeitet. Das war keine gehobene Position, aber als römischer Regierungsvertreter hatte ich doch einige Vorteile. Danach hatte ich viele verschiedene Stellen, die meistens etwas mit Sprachen zu tun hatten. Das war immer das Naheliegendste, nachdem ich so viel gereist war."

„Haben Sie Ihre Reisen als Regierungsangestellter gemacht?"

Ein geheimnisvolles Lächeln umspielte seinen Mund: „Wir waren zehn Jahre lang in Jerusalem stationiert."

Vergeblich überlegte ich, in welchem Zusammenhang italienische Diplomaten in den vergangenen Jahren in Israel zu tun gehabt hatten.

Mittlerweile war es dem kleinen Jungen neben uns gelungen, sich aus den Armen seiner Mutter zu winden. Er stand ganz brav neben ihr am Tisch, bis sie sich entspannt hatte und eine Zeitschrift aufblätterte. Dann tippelte er los. Auf krummen Beinchen verließ er das Café und steuerte auf die Straße zu. Die Mutter sah auf und erschrak. Doch Asher Genzano war schneller als sie. Mit einigen langen Schritten holte er das Kerlchen ein, kurz bevor es auf die Straße gelaufen wäre. Er nahm es auf den Arm, redete ihm beruhigend zu und winkte der Mutter.

Während sie ihr Kind in Empfang nahm, dankte sie ihm überschwänglich in einer mir unbekannten, vermutlich afrikanischen Sprache. Ich war fassungslos, als ich ihn in der gleichen Sprache antworten hörte, bevor beide wieder auf ihre Plätze gingen.

Wie selbstverständlich nahm er wieder seinen Platz neben mir ein und trank einen Schluck Espresso.

„Welche Sprache war denn das?", fragte ich beeindruckt.

„Somali", antwortete er sachlich.

„Sie waren auch in Somalia?"

„Wahrscheinlich war ich in jedem Land, das Sie sich vorstellen können."

Ich schwieg. Was war das für ein Mensch? Entweder litt er unter Größenwahn, oder . . . Eine asiatisch aussehende Frau rief Genzanos Namen und kam an unseren Tisch. In einer anderen Sprache, die ich auch noch nie gehört hatte, wechselten die beiden einige freundliche Sätze. Dann nickte sie mir zu und ging weiter.

„Eine Bekannte?"

„Sie arbeitet in meinem Hotel", antwortete er. „Viele Filipinos arbeiten in Rom als Zimmermädchen. Sie haben in ihrer Heimat eine gute Ausbildung genossen, finden dort aber keine Arbeit. Hier werden sie gut bezahlt und können sogar noch Geld an ihre Familien schicken."

Ich konnte mich nicht erinnern, welche Sprache auf den Philippinen gesprochen wurde. „Wie hieß diese Sprache?"

„Tagalog. In Rom leben Menschen mit den unterschiedlichsten Nationalitäten." Er lachte amüsiert. „Wahrscheinlich hätte ich auch sämtliche Sprachen der Welt lernen können, ohne Rom jemals zu verlassen."

„Aha." Ich trank den letzten Schluck Espresso, dann saß ich schweigend da und spielte mit meiner Tasse. Ich hatte nicht viel Neues von Asher Genzano in Erfahrung bringen können, außer dass er gut mit Kindern umgehen konnte, Frauen gegenüber aufmerksam war und tatsächlich ein außergewöhnliches Sprachtalent besaß. Vielleicht war er ein Genie. Aber vielleicht war der ganze Cafébesuch auch extra für mich inszeniert. Möglicherweise hatte er die beiden Frauen hierher bestellt, um mir seine Fähigkeiten zu demonstrieren . . . Ich konnte nicht einschätzen, was hier lief.

Mein Lächeln wurde kalt, als mir das bewusst wurde. „Vielen Dank für den Espresso", sagte ich förmlich.

„Sie sollten auch etwas Italienisch lernen, Miss Fischer", sagte er ernst. „Sie werden von Ihrem Aufenthalt in Rom viel mehr profitieren, wenn Sie ein wenig von der Sprache verstehen. Auch werden die Leute Ihnen gegenüber viel aufgeschlossener reagieren, sobald Sie sich um deren Sprache bemühen."

Ich zuckte die Schultern. Was er mir sagte, war eine Binsenweisheit. Aber er traf damit ins Schwarze. Solange ich mich nicht mit den Menschen verständigen konnte, war ich hilflos und wehrlos.

„Ich werde mir gleich morgen einen Sprachführer besorgen", nickte ich und stand auf. „Auf Wiedersehen!"

„*Buona notte*", antwortete er.

Ich war schon im Gehen, als ich mich noch einmal umwandte und ihn ansah: „*Buona notte*", versuchte ich den Klang seiner Worte zu wiederholen. „Und *grazie* . . . für den Espresso."

Einen Moment lang zögerte ich, unsicher, ob er mich zur Straße begleiten würde, doch er blieb sitzen. Noch lange nachdem ich das Café verlassen hatte, spürte ich die Wärme seines Lächelns, mit dem er mich verabschiedet hatte.

15

Langsam trank Asher seinen Espresso aus, dann erhob er sich, brachte die beiden Tassen weg und machte sich auf den Heimweg.

Die Straßenlaternen mühten sich, helle Kegel in die schwarze Nacht zu malen, doch die Dunkelheit lastete schwer und kalt auf den Straßen. Asher beschleunigte seine Schritte, überquerte die *Piazza della Rotonda,* eilte an dem großen Obelisken vorbei und spürte hinter sich den heidnischen Tempel. Marcus Agrippa hatte ihn „Pantheon" genannt, den „Tempel aller Götter". Im Mittelalter wurde er zur Kirche erklärt, heute zogen Touristenströme durch seine Halle.

Auf der gegenüberliegenden Seite das Platzes lag das *Sole al Pantheon,* das seinen Namen dem berühmten Tempel verdankte. Im Jahr 1467 erbaut, diente das prächtige Gebäude seit langem den Touristen, die zu jeder Jahreszeit die Stadt besuchten, als vornehmes Hotel. Seine dreißig Zimmer waren fast immer ausgebucht. Nur im August, wenn die Hitze in der Stadt unerträglich wurde und selbst die Einheimischen ans Meer flüchteten, nahm die Zahl der Gäste etwas ab.

Asher betrat das Foyer, grüßte den Mann an der Rezeption und steuerte auf den Seitenflügel zu, in dem sich seine Wohnung befand. Doch bevor er sich zurückziehen konnte, hatte Signor Portoghesi, der Manager des Hotels, ihn erspäht und eilte quer durch die Eingangshalle hinter ihm her.

„Signor Genzano", rief er mit einer tiefen Verbeugung, „bitte entschuldigen Sie die Störung, aber es liegt eine dringende Angelegenheit vor, die ich gerne mit Ihnen besprechen möchte."

Asher sah verärgert auf den untersetzten Mann, der mit rotem Kopf vor ihm stand. „Kann das nicht bis morgen warten?"

„Selbstverständlich, Signore, aber es ist andererseits nur eine Kleinigkeit. Eine Amerikanerin hat sich mit ihren Haaren im Abfluss des Whirlpools verfangen."

Ashers Aufmerksamkeit war schlagartig geweckt: „Ist sie verletzt?"

„Gott sei Dank nicht. Ihr Mann hat sie befreit, indem er ihr die Haare abgeschnitten hat. Aber sie ist außer sich und droht uns mit einer Anzeige, falls wir nicht . . ."

Mit einem strafenden Blick brachte Asher seinen Manager zum Schweigen. Das sah den Amerikanern wieder ähnlich. Wie konnte man sich nur mit den Haaren im Abfluss des Whirlpools verfangen? Sollte die Frau doch mit der Sache vor Gericht ziehen. Bei all den Formularen, die sie da auszufüllen hätte, würde ihr die Streitlust bald vergehen.

„Wohnen die beiden schon lange in unserem Hotel, Portoghesi?", fragte Asher stirnrunzelnd.

„Ja, schon eine ganze Woche, Signore."

„Ah." Eine Woche in diesem Vier-Sterne-Hotel würde eine ordentliche Rechnung ergeben. Im Laufe der Jahre hatte Asher Hunderte von zahlungsunwilligen Gästen erlebt. Sie rutschten auf dem gebohnerten Boden der Eingangshalle aus, wurden mitten in der Nacht ihrer Wertsachen beraubt oder beklagten alle Arten von Unfällen im Hotel. Ein besonders fantasievoller Gast behauptete eines Tages, die mit Fresken bemalten Holzdecken hätten bei ihm einen so schweren Asthmaanfall ausgelöst, dass er für die daraus entstehenden Arztrechnungen ein Vermögen bezahlen müsste.

„Sagen Sie, haben Sie die bemitleidenswerte Amerikanerin gesehen?"

„Ja, Signor Asher, nass und aufgeregt kam sie angerannt . . ."

„Und ihre Haare waren ganz kurz?"

„Nein, nicht wirklich." Der Manager zeigte mit Daumen und Zeigefinger eine Spanne von etwa fünf Zentimetern. „Nur eine Strähne, mehr fehlte nicht, man sah eigentlich gar nichts. Aber sie war ganz außer sich, jammerte und weinte um ihre schönen Haare . . ."

Asher hatte genug gehört. Mit kühlem Lächeln wies er seinen Manager an: „Schicken Sie die beiden heute Abend in eines der besten Lokale der Stadt, sie sollen es sich auf Kosten des Hauses gut gehen lassen. Erklären Sie ihnen, dass die Angelegenheit damit von unserer Seite aus erledigt ist."

„Und wenn ihnen das nicht reicht?"

Asher schwieg. Es ging ihm nicht um das Geld dieser Gäste. Er wollte es eigentlich gar nicht haben. Aber er wollte den betrügerischen Lebensstil dieser Leute nicht fördern.

„Dann sollen sie gegen uns vor Gericht ziehen und vorher das Hotel verlassen."

„Si, Signore." Porthogesi lächelte zufrieden. „Ich werde mich genau an Ihre Anweisungen halten."

Er zog sich zurück und Asher setzte seinen Weg fort. Als er vor seiner Wohnung stand, nahm er aus einer Nische in der Wand einen sehr alten Schlüssel, öffnete die schwere Tür und betrat die dunkle Diele. Alles sah genauso aus wie heute Morgen, nur die Handtücher im Bad waren erneuert worden. In einer Ecke im Schlafzimmer stand ein Computer, sein persönliches Zugeständnis an das neue Jahrtausend. Er hatte sich noch nicht viel damit beschäftigt. Wenn das Zimmermädchen das Gerät nicht regelmäßig abstauben würde, hätte längst eine dicke Schicht darauf gelegen.

Sein Blick ruhte auf dem grauen Monitor, während er die Krawatte auszog und das Jackett ablegte. Im Normalfall vertraute er seinem Gedächtnis, dem Gerede der Nachbarschaft und der Universitätsbibliothek. Doch was er jetzt wissen musste, konnte er mit keiner seiner üblichen Methoden herausfinden. Claudia Fischer versperrte ihm den Weg zu seinem großen Ziel, vielleicht sogar zu seinem Lebensziel. Er musste alles über sie in Erfahrung bringen.

Sorgfältig hängte er sein neues Jackett über einen Bügel und verstaute es im Kleiderschrank, dann ging er zum Computer. Mit einem Seufzen schaltete er ein und wartete mit verschränkten Armen vor dem Gerät, das mit leichtem Rattern im Prozessor und verschiedenen Anzeigen auf dem Monitor langsam zum Leben erwachte.

Nachdenklich ließ er die Begegnung mit der Amerikanerin noch einmal an seinem inneren Auge vorüberziehen. Sie war sichtlich erschrocken gewesen, als er plötzlich neben ihr auftauchte, doch der Vorschlag, zusammen in ein Café zu gehen, hatte ihr sofort zugesagt. Sie versuchte mit ihren Fragen, ihn zu ergründen, und ihr Blick verriet, dass sie darum rang, ihn richtig einordnen zu können. Die ganze Zeit hatte sie nicht aufgehört, ihn zu beurteilen, doch das konnte ihm ja nur recht sein. Sollte sie ihn prüfen, durchleuchten und erforschen. Wenn sie darauf bestand, war er bereit, ihr die ganze Wahrheit zu offenbaren. Aber nur, wenn ihr wirklich etwas daran lag.

Endlich war der Computer betriebsbereit, Asher setzte sich davor und stellte die Online-Verbindung her. Er rief eine Suchmaschine auf, gab den Namen „Claudia Fischer“ ein und wartete. Schon bald hatte er eine Reihe von Links auf dem Bildschirm.

Eine Stunde später wusste Asher, dass Claudia Fischer eine eigene Firma in New York hatte. Ihrer Homepage konnte er entnehmen, dass sie als Prozessbeobachterin schon in den verschiedensten Fällen tätig gewesen war. Ihr Spektrum reichte von nachbarlichen Streitereien über Verteidigungen von Firmen, Vertragsbrüchen, ärztlichen Kunstfehlern bis hin zu Gewaltverbrechen.

Über sie selbst war nichts zu erfahren außer dem Hinweis, dass sie ihr Studium an der staatlichen Universität San Diego in Kalifornien abgeschlossen hatte. Ob sie verheiratet war und Kinder hatte, wurde nicht erwähnt. Auch über ihr Denken und Fühlen, ihre Ziele und Pläne konnte Asher nichts herausfinden.

Nichts auf dieser Homepage erklärte, warum sie ausgerechnet für Justus Santos arbeitete. Enttäuscht schaltete Asher den Computer aus und begab sich an seinen Sekretär. Er griff nach seinem Füller, zog sein Tagebuch hervor und begann zu schreiben.

Die Anstellung bei Globale Unione war mir so gut wie sicher, bis eine Amerikanerin namens Claudia Fischer sich mir in den Weg stellte. Ich weiß nicht, warum Justus Santos sie mit so vielen Befugnissen ausgestattet hat. Leider ist sie mir gegenüber sehr misstrauisch.

Andererseits, warum sollte sie mir vertrauen? Wüsste sie die wahren Beweggründe meines Handelns, sie würde mich fürchten wie den Teufel persönlich. Dennoch . . . ich wünschte, ich könnte sie verstehen. Nichts in ihrem Verhalten, Reden oder Äußeren gibt auch nur den kleinsten Hinweis darauf, dass sie eine Gläubige sein könnte. Sie hilft amerikanischen Kriminellen vor Gericht, und man müsste annehmen, dass ihr Herz verfinstert ist. Gleichzeitig glaube ich nicht, dass sie sich dem Bösen wirklich hingegeben hat, denn ich spüre sehr viel Offenheit bei ihr. Als ich heute Abend ein Kind einfing und seiner Mutter zurückbrachte, lächelte sie. Ich sah auch eine Spur von Einsamkeit in ihrem Blick, als ich ihr auf der Straße entgegentrat.

Allmächtiger Gott, beweise deine Treue. Hilf mir, dieser Frau in der rechten Art zu begegnen. Schenke mir Mut und Kraft, vor allem bitte ich dich um Weisheit, damit ich das Böse, das sich in den letzten Tagen erheben wird, besiegen kann,

Heiliger Gott, ich bete, dass dies die letzen Tage sind. Ach, lass sie doch endlich anbrechen . . .

16

Ich hielt mein Wort und kaufte mir gleich am nächsten Morgen an einem Zeitungskiosk einen italienischen Sprachführer. Die nächsten beiden Tage mühte ich mich mit dem ersten Kapitel, „Nützliche Sätze". Bei jeder Gelegenheit versuchte ich, in meine Gespräche mit Italienern solche Klanggebilde wie *„Piacere di conoscerla"* (Ich freue mich, Sie kennen zu lernen) oder *„Sono davvero spiacente"* (Es tut mir sehr Leid) einfließen zu lassen. Asher behielt Recht: Die Leute tauten auf, sobald sie meine Versuche sahen, ihre Sprache zu lernen.

Am Ende der Woche stimmte ich fast wider Willen der Anstellung von Asher Genzano zu. Stundenlang hatte ich darüber gebrütet, warum ich bei ihm so ein ungutes Gefühl hatte. Dann suchte ich Signora Casale auf und hoffte, im Gespräch mit ihr Klarheit zu bekommen.

„Es stimmt etwas nicht mit ihm", sagte ich. „Da ist zum Beispiel sein Wohnort. Finden Sie ein Hotel als ständigen Wohnsitz nicht auch ungewöhnlich?"

Laura Casale zog ihre dünnen Augenbrauen zu Dreiecken nach oben. „Warum sollte er nicht in seinem eigenen Haus wohnen?"

Das Hotel *gehörte* ihm? Überrascht lehnte ich mich zurück. Dieser Mann, der unbedingt Arbeit suchte, war also reich! Wusste ich doch inzwischen, dass eine Immobilie im Zentrum von Rom ein Vermögen wert war.

„Aber warum sucht er dann Arbeit?", überlegte ich halblaut.

Laura Casale antwortete bereitwillig, obwohl ich diese Frage mehr an mich selbst gerichtet hatte. „Er will sich für den Frieden in der Welt einsetzen, auch wenn er es nicht nötig hat zu arbeiten. Er ist ein ehrbarer Mann, glauben Sie mir. Ich habe selbst dreimal mit ihm gesprochen. Seine Fähigkeiten sind außergewöhnlich, er bewundert Il Presidente und er sehnt sich danach, etwas Gutes zu tun. Sind das nicht genug gute Gründe, um für Global Union zu arbeiten?"

Ich spürte, wie ich rot anlief. „Wenn Il Presidente diesen Signor Genzano in seinem Team haben will, warum stellt er ihn dann nicht einfach ein? Wozu hat er ihn den *Concorso* durchlaufen lassen?"

Ich unterbrach mich. Asher Genzano hatte mit mir gespielt! Er wusste genau, dass Global Union sich über sein Engagement freuen würde. Reiche bekamen in der Regel jeden Posten, den sie haben wollten, vor allem, wenn sie der Organisation ihrer Wahl eine kleine Spende machten. *Wollen Sie vielleicht Vizepräsident werden? Eine kleine Spende genügt. Selbstverständlich werden wir dieses Gebäude nach Ihnen benennen, wenn Sie nur zuerst diesen Scheck unterschreiben . . .*

„Signor Genzano und Il Presidente sind sich noch nie begegnet", empörte sich Laura Casale, jetzt ebenfalls wütend. Auf ihren Wangen bildeten sich rote Flecken und ihre Augen blitzten mich an. „Er hat eine Sonderbehandlung weder verlangt noch erhalten. Sein einziges Anliegen ist, für Global Union als Übersetzer zu arbeiten, wie man es von einem Menschen erwarten kann, dem es um den Frieden in der Welt geht."

Mein Mund stand offen. Zum zweiten Mal war ich völlig überrascht. Ein Reicher, der genau wie jeder andere behandelt werden wollte? Asher Genzano fiel noch mehr aus dem Rahmen, als ich bisher schon vermutet hatte.

Ich konnte meine Verlegenheit nicht verbergen und kühlte meine glühenden Wangen an meinen kalten Händen. „Bitte entschuldigen Sie", flüsterte ich und fühlte mich als komplette Versagerin. Ich hatte diesen Mann also in jeder Hinsicht falsch eingeschätzt. Seine ausweichenden Antworten sollten nicht etwa die dunklen Flecken seiner Vergangenheit verschleiern, er wollte lediglich seinen Reichtum und seine Macht herunterspielen. Er hätte sich meinetwegen keine Sorgen machen müssen. Was wusste ich schon von reichen Römern und angesehenen Familien in dieser Stadt?

Er wollte für den Frieden in der Welt arbeiten, hatte Signora Casale erklärt. Ich hätte diesem Mann einfach vertrauen können, aber als Amerikanerin bin ich bei solchen Angeboten zunächst einmal skeptisch. 98 Prozent aller Reichen in Manhattan wären sofort bereit, sich für einen guten Zweck einzusetzen, wenn genug Presse und Prominenz dabei wären. Aber ich konnte mir nicht vorstellen, dass jemand etwas Gutes tun wollte, ohne selbst davon zu profitieren. Und beim besten

Willen war mir nicht ersichtlich, was Asher Genzano davon haben würde, wie ein gehorsamer Pudel rund um den Globus hinter Justus Santos herzutrotten und ihm als Übersetzer zu dienen. Es gab Menschen, die sich im Hofstaat eines Mächtigen wohl fühlten, aber Asher Genzano machte auf mich nicht diesen Eindruck eines geborenen Untertanen.

Signora Casale schien mein Schweigen als Zögern aufzufassen, denn sie schob mir einen Stapel Papiere über den Tisch. „Überzeugen Sie sich selbst, Signor Genzano ist noch nie polizeilich aufgefallen und es gab noch nie eine Anzeige gegen ihn", erklärte sie mir das polizeiliche Führungszeugnis von Genzano. Um auch meine letzten Zweifel auszuräumen, hielt sie mir ein gelbes Blatt vor die Nase.

„Was ist das?", fragte ich verständnislos.

„Das Ergebnis seines Intelligenztests." Ihr Gesichtsausdruck verriet keine Regung, doch ich konnte mir vorstellen, dass sie sich kräftig über mich ärgerte. „Signor Genzano hat einen IQ von 148."

Ich sah nicht besonders klug aus der Wäsche. Also war der Reiche, den ich nicht einstellen wollte, obendrein auch noch ein Genie. Dazu kam sein offensichtliches sprachliches Talent und alles zusammen konnte nur eines ergeben: Laura Casale hielt mich für eine völlige Niete.

Was blieb mir anderes übrig? Ich schob die ganzen Unterlagen zurück und schwenkte die weiße Fahne: „Ich willige in seine Anstellung ein. Aber ich werde ihn weiterhin beobachten."

Ich unterschrieb seine Akte und redete mir ein, dass dies in Ordnung wäre. Trotzdem blieb meine innere Unruhe. Etwas stimmte nicht mit ihm, das wusste ich genau. Gleichzeitig war ich mir sicher, dass er ein treuer und wertvoller Mitarbeiter von Global Union werden würde.

*

Einige Wochen später stellte ich fest, dass zum Team von Global Union mittlerweile eine große Zahl von kompetenten und loyalen Mitarbeitern zählte. Da die Eignungstests auf sehr hohem Niveau geführt wurden, gelang es der Organisation, nur die Allerbesten unter der Vielzahl von Bewerbern herauszufiltern. Pazifisten aus ganz Europa strömten nach Rom, um sich bei Global Union zu bewerben. Täglich sah ich neue Gesichter in der Cafeteria und sprach mit neuen Bewerbern in meinem Büro. *Il Peacemaker*, die offizielle Zeitung der Organisation, berichtete von Global Union Büros in allen Ländern der europäischen Union und von Plänen, weitere Büros in zahlreichen Ländern einzurichten. Bis zum Jahresende sollte es in jedem Land der Welt eine Abteilung von Global Union geben.

Eines Morgens saß ich mit Darien Synn zusammen in der Cafeteria und nippte an meinem Cappuccino, als er auf einige neue Angestellte zeigte: „Auf ihren Schultern ruht die Zukunft der Menschheit", sagte er und nickte einer hübschen jungen Engländerin zu, die in dieser Woche als Rezeptionistin eingestellt worden war. „Sie werden die Kriege in der Welt beenden, die unsere Väter angezettelt haben."

Inzwischen war ich an sein politisches Pathos gewöhnt, nickte und ließ ihn reden. Längst hatte ich beobachtet, dass Global Union ein Universum in sich war, vergleichbar mit vielen anderen großen Organisationen. Wie überall gab es auch hier einige ungeschriebene Gesetze, an die sich alle hielten. Das erste Gebot dieser Art lautete: „Du darfst niemals etwas Negatives über Justus Santos und Darien Synn sagen." Wagte es jemand, eine Anordnung aus dem siebten Stock oder einen Vorschlag aus der sechsten Etage in Frage zu stellen, so erntete er von den umstehenden Idealisten zumindest eisige Blicke, oft auch eine scharfe Zurechtweisung.

Ein anderes ungeschriebenes Gesetz entstand, nachdem Santos in einer Rede erklärt hatte, alle politischen Grenzen wären Unrecht und hätten nur den einen Zweck, Menschen voneinander zu trennen. Seither wagte es keiner mehr, in den Kategorien von Nationen und Staaten zu denken oder zu reden. Auch hörte ich nie wieder ein geflüstertes *L'Americana*, wenn ich einen Raum betrat. Nur meine Hauswartsfrau und die Nachbarn redeten weiterhin fasziniert von den Vereinigten Staaten und interessierten sich für amerikanische Trends und Produkte. Innerhalb der Mauern des Roten Palastes jedoch waren wir alle eine große, friedliebende Familie, in der die nationale Herkunft keine Rolle mehr spielte.

Santos hatte sich die friedliche Einheit aller Menschen zum Ziel gesetzt, und das nicht nur auf internationaler Ebene, sondern auch in seiner eigenen Organisation. So wurde an jedem Mittwoch Punkt

10 Uhr ein Treffen in der Cafeteria abgehalten, an dem alle Mitarbeiter von Global Union, vom Portier bis zu *Il Direttore* persönlich, teilnehmen mussten. Auch Santos selbst war immer anwesend, es sei denn, er war gerade auf Reisen. Während die Mitarbeiter sich über den Raum verteilten, an die Tische setzten und entlang den Wänden standen, ergriff Signora Casale das Mikrofon und stimmte ein fröhliches italienisches Lied an, in das alle mit einstimmten. Ihre kräftige Altstimme füllte den Raum und nach einigen Wochen, während mein Italienisch langsam besser wurde, verstand ich, was gesungen wurde: „Frieden, Frieden, arbeite mit mir für den Frieden in der Welt! Wir werden die Welt verändern, wir werden die Kinder retten, wir werden alles verändern, wir bringen Frieden für die Welt.“

Es folgte eine kurze, pathetische Ansprache von *Il Direttore,* dann berichtete Rico Triccoli, Direktor der Auslandsabteilung, in welchen Ländern in der vergangenen Woche neue Büros eröffnet worden waren. Stürmischer Jubel folgte seinem Bericht, während Justus Santos, sofern er anwesend war, persönlich zum Mikrofon schritt.

Ich hatte immer geglaubt, rhetorisch verwöhnt zu sein. Wer in Manhattan lebt, kennt in jedem Bereich alle Extreme, auch was Redner angeht. So hatte ich jeden wichtigen Politiker persönlich gehört, von Reagans großen Worten bis zu Clintons mitfühlendem Verständnis für alles und jeden. Ich war mit guten Reden vertraut. Entsprechend hätte ich nicht erwartet, dass mich ein Justus Santos wirklich beeindrucken könnte. Aber er hatte tatsächlich eine besondere Gabe. Er appellierte gekonnt an die Stärke und das Selbstbewusstsein der Zuhörer, gleichzeitig konnte er aber auch so einfühlsam das Bild eines hungernden Kindes im kriegszerstörten Somalia zeichnen, dass das Publikum zu Tränen gerührt war. Er sprach von Hoffnung und Frieden, von Achtung voreinander und von gegenseitiger Liebe. Auch die Macht der Träume und das zerstörerische Potenzial der Verzweiflung gehörten zu seinen Themen. Doch im Gegensatz zu amerikanischen Politikern kam nie ein christliches Wort über seine Lippen. Gott wurde nie erwähnt. Das verstand ich nicht.

Wir lebten und arbeiteten nur wenige Schritte vom Zentrum der katholischen Kirche entfernt, dennoch kam der Vatikan auch unter den Mitarbeitern von Global Union nie zur Sprache. Der Papst mit seinem Heer von Angestellten prägte und beeinflusste die ganze Stadt in vielfältiger Weise. Pilger aus aller Welt strömten zum Petersdom. Fast an jedem Abend berichtete das staatliche Fernsehen über die Tagesereignisse im Vatikan und die Gesundheit des Papstes. Oft genug hatte ich den weißen Hubschrauber beobachtet, wie er den Papst zu seinem Landsitz Schloss Gandolfo in den Bergen brachte. Die Fußgänger blieben stehen, sahen hinter ihm her und viele bekreuzigten sich.

Außerhalb des Roten Palastes gab es viel Religiosität zu beobachten, doch innerhalb von Global Union fand ich nicht das leiseste Anzeichen einer christlichen Überzeugung. Das störte mich zwar nicht, aber es erstaunte mich. Wie war es möglich, in der unmittelbaren Nachbarschaft eines solchen religiösen Zentrums angesiedelt zu sein und überhaupt nicht von ihm beeinflusst zu werden?

Eines Tages, als ich mit Signora Casale beim Mittagessen war, brachte ich das Gespräch auf dieses Thema. Wir saßen im Hof vor der Cafeteria, der weiße Hubschrauber drehte eine Schleife über unseren Köpfen und verschwand hinter einer Baumreihe. Ich zeigte in Richtung des Vatikans und meinte, sie könne sich doch glücklich schätzen, so nahe am Herzen des Katholizismus zu arbeiten.

Sie sah mich überrascht an. „Die Bedeutung des Papstes gründet sich allein auf wirtschaftlichen Faktoren", erklärte sie kalt. „Was glauben Sie, wie begehrt die Arbeitsplätze im Vatikan sind? Die Bezahlung ist zwar schlecht, aber es gibt genügend Vergünstigungen für jeden opferbereiten Angestellten."

„Was meinen Sie mit opferbereit? Existiert diese Eigenschaft heute noch?"

Sie verdrehte die Augen. „Hier schon. Wer für den Vatikan arbeitet, muss sich an sehr veraltete Regeln halten. Keine Sexualität oder Schwangerschaft außerhalb der Ehe, keine Abtreibung, die Röcke müssen die Knie bedecken, in der Kirche sind nackte Oberarme nicht gestattet. Der Vatikan betreibt Sklavenarbeit, getarnt als religiöse Übung."

Meine Augen ruhten auf dem glänzenden Petersdom. „Und ich dachte, alle Römer würden ihren Papst lieben. Ich kenne das Bild doch vom Fernsehen, wie er den Menschenmassen auf dem Petersplatz zuwinkt . . ."

„Alles Touristen", zischte sie verärgert und beugte sich über ihr Essen.

Ich schwieg und versuchte, ihre Worte mit meiner Vorstellungswelt in Einklang zu bringen. Bis heute hatte ich Italien für ein religiöses Land gehalten. Doch das klang ganz anders. Später fand ich heraus, dass sich in den Vereinigten Staaten prozentual mehr Menschen zum christlichen Glauben bekannten als in Italien.

*

Während meiner sechsten Woche in Rom lud Synn mich zum Gespräch. Er wollte den Stand der Concorsi mit mir besprechen und bat mich ins Café. Es war der 31. Oktober, der Tag vor dem Feiertag Allerheiligen, der im Italienischen *Tutti i Santi* hieß. Synn hatte Wert darauf gelegt, mich noch vor dem freien Tag zu sprechen und mit mir zusammen die Entwicklung der Neueinstellungen zu bewerten. Insgeheim hatte ich den Eindruck, er wolle klären, ob ich hier noch gebraucht würde oder ob man mich wieder zurückschicken konnte.

Wir saßen auf der Piazza vor dem Café, über uns spannte sich ein tiefblauer, wolkenloser Himmel und die herbstlichen Sonnenstrahlen wärmten mein Gesicht. Es war elf Uhr, Zeit für die Espresso-Pause, und zahlreiche Angestellte waren im Café, hielten jedoch gebührenden Abstand zu unserem Tisch.

„Sie haben hervorragende Arbeit geleistet, Signorina", begann Synn und verschränkte seine Arme auf dem Tisch. „Aus allen Abteilungen höre ich nur Gutes von den neuen Angestellten. Mit Ihrer Hilfe konnten wir ein Team zusammenstellen, das die Welt verändern wird."

Plötzlich fegte ein kalter Wind über den Platz und ich zog meine Jacke enger um mich. „Wie entwickelt sich Asher Genzano?"

„Er ist gerade dabei, einige Reden von Il Presidente zu übersetzen. Ich habe ihm vorgeschlagen, unsere Übersetzungssoftware zu verwenden, doch darauf ließ er sich nicht ein. Allerdings muss ich zugeben, dass kein Computer mit seinen Fähigkeiten mithalten kann. Dieser Mann leistet hervorragende Arbeit."

„Ich habe nichts anderes von ihm erwartet, es ist nur . . ." Wie sollte ich ihm erklären, was ich selbst nicht verstand? Ich ließ meinen Satz unvollendet und dachte bekümmert über diesen eigenartigen Mann nach.

Synn sah mich alarmiert an: „Sie haben Zweifel an Genzanos Charakter?"

„Nein, das nicht. Ich halte ihn für einen ehrbaren Mann, der in der Lage ist, seine Fähigkeiten für eine gute Sache einzusetzen. Trotzdem hat mir irgendetwas an ihm nicht gefallen . . ."

Die Sonne blendete mich und ich verbarg meine Augen hinter meinem Handrücken. Schweigend ließ ich den Abend mit Genzano im Café vor meinem inneren Auge Revue passieren. Er hatte sich mir gegenüber sehr aufmerksam verhalten, ebenso wie bei der Somali und der Frau von den Philippinen. Erst jetzt wurde mir bewusst, dass er ihr Arbeitgeber war. Dennoch sprach er warm und freundlich mit ihnen, ohne eine Spur von Überheblichkeit oder Arroganz in der Stimme. Der Mutter des kleinen Jungen machte er nicht einmal andeutungsweise einen Vorwurf, weil sie ihr Kind auf die Straße laufen lassen hatte, und mich ließ er nicht spüren, dass ich seiner Einstellung im Wege stand. Noch nie hatte ich so viel Geduld bei einem Menschen gesehen wie bei ihm, eine Eigenschaft, die in Italien besonders ungewöhnlich schien.

Ein langes Schweigen entspann sich zwischen Synn und mir, bis *Il Direttore* mich aus meinen Gedanken riss. „Was hat Ihnen an Genzano nicht gefallen?"

„Wenn ich das wüsste!" Ich ließ meine Hand wieder sinken. „Er ist ein junger Mann mit alten Augen. Sein Blick wirkt auf mich, als hätte er alles Leid der Welt gesehen. Vielleicht hängt das mit den vielen Reisen zusammen, von denen er sprach . . ."

Synn nickte bedächtig. „Vielleicht hat er auf seinen Reisen so viele Kriege und so großes Elend gesehen, dass er deshalb bei uns mitarbeiten möchte." Seine Stimme wurde weich. „Es gibt vieles im Leben eines Mannes, das ihn im Herzen altern lässt, Leid, Verlust, Angst . . . auch Armut kann das bewirken."

Ich verkniff mir eine Bemerkung über Genzanos Wohlstand, während Synns Augen einen sanften Schimmer annahmen. Die Linien um seine Mundwinkel wurden weich, und ich wusste, dass mir jetzt gleich eine seiner gefühlsüberladenen Weltverbesserungsreden bevorstand. Schnell sah ich auf meine Taschenuhr und murmelte etwas von einem Termin mit Signora Casale.

„Es gibt keine neuen Bewerber", sagte er noch. „Alle freien Stellen sind besetzt."

Schweigend ließ ich diese Information auf mich wirken. War meine

Zeit in Rom schon zu Ende? Warum hatte man mich gebeten, sechs Monate zu kommen für eine Arbeit, die schon nach sechs Wochen getan war?

Ich öffnete meinen Mund, um etwas zu erwidern, doch bevor ich dazu kam, legte Synn seine von Altersflecken übersäte Hand auf meinen Arm. „Il Presidente hat mich gebeten, Sie heute zum Mittagessen einzuladen. Wenn es Ihnen Recht ist, werden wir zusammen in seinem Büro speisen."

Ich nickte, zu überrascht, um etwas zu sagen.

*

Gegen Mittag zückte ich meinen Taschenspiegel und prüfte mein Aussehen – nicht dass ich *Il Presidente* mit verwischtem Lippenstift oder Flecken auf den Zähnen anlächelte. Ich hatte mich auf nichts mehr konzentrieren können, seit Synn diese Einladung an mich übermittelt hatte. Wahrscheinlich wollte Santos mir seinen Dank aussprechen, meine Arbeit loben und mich dann mit einem wesentlich geringeren Honorar als vereinbart wieder nach Hause schicken. Was sollte ich in diesem Fall tun? Wenn sie mich nicht mehr brauchten, konnte ich auch nicht mehr Geld verlangen.

Um fünf vor zwölf strich ich meinen Rock glatt, fuhr mir durch die Haare und hoffte, mit den modebewussten Damen Roms halbwegs mithalten zu können. Ich war bereits auf dem Weg zum Fahrstuhl, als mir ein anderer Gedanke kam. Vielleicht wollte Santos mich gar nicht entlassen? Was sollte ich in diesem Fall antworten? Möglicherweise wollte er mich unbefristet anstellen? Zu Beginn meiner Zeit bei Global Union hatte er einmal davon gesprochen, dass ich auch in Brüssel arbeiten sollte. Doch da dieses Thema nie wieder zur Sprache gekommen war, hatte ich es für erledigt gehalten.

Während mich der Fahrstuhl zum siebten Stock trug, legte ich mir einige höfliche Absagen zurecht. *Vielen Dank für diese Ehre, Il Presidente, aber ich habe ein Büro in New York.* Oder: *Es war wunderbar, bei Global Union zu arbeiten, Signor Santos, doch ich bin zu sehr in den Vereinigten Staaten verwurzelt* – falsch, ich durfte keinen Ländernamen erwähnen. Wahrscheinlich würde es einen guten Eindruck machen, auf familiäre Bande zu verweisen. Obwohl ich noch nie eine Bemerkung über Santos' Familie gehört hatte, irgendwelche Angehörigen musste er ja auch haben.

Die Fahrstuhltür öffnete sich und ich stand in grellem Licht. Es war so hell, dass meine Augen schmerzten. Der Boden bestand aus weißem Marmor, die Wand vor mir war aus Glas, rechts und links von mir reichten Spiegel vom Boden bis zur Decke. Durch die Glaswand strömte das Sonnenlicht herein und wurde von allen Seiten reflektiert. Sprachlos verharrte ich vor dem Fahrstuhl.

Dann drang zurückhaltendes Lachen an mein Ohr. Darien Synn trat durch eine Glastür links vom Fahrstuhl. Hinter der Tür konnte ich den Arbeitsplatz einer Sekretärin erkennen.

„Es ist zuerst ein bisschen hell, wenn man aus dem Fahrstuhl kommt", nickte er verstehend und reichte mir die Hand. „Bitte kommen Sie hier entlang, wir gehen gleich zum Speisesaal."

Das Zimmer, das wir dann betraten, war mit nichts zu vergleichen, was ich jemals in einer Firma gesehen hatte. Die Wände waren mit einer Gartenlandschaft bemalt, die Decke zeltartig mit Stoff bespannt. Ein Kellner mit weißem Frack und schwarzer Fliege verbeugte sich vor uns, während Synn meinen Stuhl zurechtrückte.

In mir kroch ein unangenehmes Gefühl hoch. „Wird Signor Santos auch kommen?"

„Selbstverständlich." Synn setzte sich neben mich und deutete auf den Stuhl gegenüber von uns. „Er wird jeden Moment erscheinen."

Schweigend saßen wir nebeneinander, warteten und gaben vor, den seichten Klängen zu lauschen, die aus den Lautsprechern erklangen. Endlich betrat Il Presidente den Raum. Er kam durch eine Tür, die inmitten der Wandmalerei kaum zu erkennen war.

„Ich bitte vielmals um Entschuldigung für meine Verspätung", sagte er und seine Stimme war ebenso warm wie sein Lächeln. Synn erhob sich, ging Santos entgegen, umarmte ihn und küsste ihn auf beide Wangen. Auch ich hatte mich erhoben und Santos drückte einen zärtlichen Kuss auf den Rücken meiner ausgestreckten Hand.

„Signorina Fischer, dank Ihrer hervorragenden Arbeit waren die letzten Wochen für mich die reinste Erholung. Keiner meiner Abteilungsleiter äußerte eine Klage über die neuen Mitarbeiter. Unser neues Team übertrifft alle unsere Erwartungen."

Ich bedankte mich, wir nahmen Platz, und der Kellner brachte uns den ersten Gang, eine Suppe mit Nudeln und Bohnen, die wunderbar duftete.

Santos schüttelte seine Serviette auseinander, sah mich an und grinste mit dem Ausdruck eines Jungen, der sich über ein Geheimnis freut. „Sie möchten bestimmt gerne wissen, warum ich Sie heute zum Essen eingeladen habe?“

Ich nickte und breitete die weiße Stoffserviette auf meinem Schoß aus. Wollte *Il Presidente* jetzt entgegen allem, was ich bisher über italienische Gepflogenheiten gelernt hatte, beim Essen über Geschäftliches reden?

„Ja, ich bin gespannt darauf.“ Ich achtete auf einen leichten, nicht allzu sachlichen Tonfall. „Schließlich bin ich nicht alle Tage bei Il Presidente zum Mittagessen eingeladen.“

Sein herzliches Lachen erfüllte den Raum. „Sie haben Recht. Wissen Sie, manchmal wünsche ich mir, dass ich mich selbst vervielfältigen könnte und so die Möglichkeit hätte, mit jedem Angestellten Zeit zu verbringen. Leider ist das im Moment noch Utopie, doch wir werden sehen, was die Zukunft bringt. Vielleicht wird es ja schon bald möglich sein, dass ich an vielen Orten gleichzeitig zu sehen sein werde. Einstweilen bin ich froh für meine hervorragenden Direktoren, die mich in den verschiedenen Bereichen vertreten.“

Damit hob er sein Weinglas und sah Synn an. „Auf dich, lieber Darien, und auf alles, was du für mich bedeutest. Wir gehen einer hellen Zukunft entgegen. Mit dir an meiner Seite bleibt der Welt nichts anderes übrig, als schöner zu werden.“

Auch ich erhob mein Glas, obwohl ich dem Toast nicht zustimmen konnte. Die innige Begrüßung der beiden, gefolgt von diesen euphorischen Worten, hätte in den Vereinigten Staaten nur einen einzigen Schluss zugelassen. Doch Italiener empfanden so etwas anders, das wusste ich bereits.

Entschlossen schob ich meine Gedanken beiseite und trank einen kleinen Schluck des edlen Weines. Santos begann seine *Pasta e Fagioli* zu löffeln und wir folgten seinem Beispiel.

„Signorina“, wandte Santos sich dann an mich, „Darien hat mir berichtet, dass jetzt alle freien Stellen in unserer Organisation besetzt sind. Das verdanken wir nicht zuletzt Ihren Fähigkeiten und Ihrem Fleiß. Wir sind Ihnen für Ihre Mitarbeit in dieser Sache sehr dankbar.“

Ich lächelte dankend und stellte mich darauf ein, mit dem folgenden Satz entlassen zu werden.

Santos tauchte seinen Löffel in die Suppe, hielt dann in der Bewegung inne und studierte einen Augenblick lang mein Gesicht. „Nun möchten wir Sie bitten, Signorina, einen anderen Aufgabenbereich zu übernehmen."

Ich griff erschrocken nach meinem Glas und rang angesichts dieser unerwarteten Wendung um eine gelassen wirkende Reaktion. „Woran denken Sie?"

„Nun . . ." ein leichtes Rot färbte seine Wangen und er senkte den Blick, „um ehrlich zu sein, wir hatten Sie von Anfang an für eine andere Aufgabe vorgesehen. Doch wir mussten Sie zunächst kennen lernen. Wir können nur loyalen Personen vertrauen, Signorina. Mittlerweile haben Sie Ihre Hingabe an unsere Sache jedoch ausreichend unter Beweis gestellt."

Ich hörte förmlich, wie die Argumente aller Skeptiker auf mich einstürmten: *Habe ich es dir nicht von Anfang an gesagt* . . . Die ganze Zeit hatte ich mich gefragt, warum Justus Santos mich eigens aus Amerika hatte einfliegen lassen, nur um Bewerbungsgespräche zu führen. Es war ihm also doch nicht um die *Concorsi* gegangen. Er steckte in juristischen Auseinandersetzungen oder musste sich vor Gericht verantworten!

Ich nippte an meinem Wein, gab meinem Gesicht wieder einen ausgeglichenen Ausdruck und setzte das Glas ab. „Erzählen Sie mir einfach, worum es sich handelt." Synns Blick traf mich und ich lächelte: „Genau genommen hatte ich die ganze Zeit den Eindruck, dass Sie mich nicht nur wegen der Einstellungsgespräche nach Rom geholt hatten."

„Es handelt sich um eine sehr komplizierte Situation . . .", begann Santos zögernd.

„Das haben Gerichtsverfahren so an sich."

Santos lächelte mich höflich, aber zurückhaltend an, ohne dass seine Zähne sichtbar wurden. „Es handelt sich nicht um eine Gerichtssache. Wir sprechen von meinen Aufgaben auf der internationalen Bühne."

Mein Herz schlug schneller. Sollte ich jetzt auf *internationaler* Ebene arbeiten? Davon hätte ich vor kurzem nicht einmal zu träumen gewagt . . .

Santos legte seinen Löffel nieder, dehnte seine Fingergelenke und sah mich direkt an. „Signorina, es ist Ihnen sicher schon zu Ohren gekommen, dass ich zurzeit Präsident der Westeuropäischen Union bin. Innerhalb der WEU gibt es jetzt einige Mitglieder, die eine völlige Entmilitarisierung befürworten. Diese Leute haben die Bedeutung einer starken Verteidigungsmacht nicht erkannt."

„Die Geschichte zeigt, dass militärisch starke Nationen nicht gleichzeitig aggressiv sein müssen", warf Synn ein. „Auch wenn wir für den Frieden arbeiten, eine völlige Entmilitarisierung wäre der falsche Weg."

„Drei der zehn Länder, die der WEU angehören", ergriff Santos wieder das Wort, „haben einen neuen Vertreter in die WEU entsandt. Wir vermuten, dass diese drei Abgeordneten ein informelles Bündnis geschlossen haben, das die Auflösung aller Streitkräfte vorantreiben will. Das wird natürlich nicht in der Öffentlichkeit ausgesprochen, da es den Grundlagen der WEU widerspricht."

„Aber wir sind uns ziemlich sicher", ergänzte Synn. Seine blauen Augen umgaben sich mit kleinen Fältchen, doch sein Lächeln blieb kühl.

„Wir haben unsere Quellen", fügte Santos hinzu. Sein Blick war ausdruckslos und ich konnte im düsteren Kerzenschein nicht erkennen, was in ihm vorging. „Mir kam zu Ohren, dass diese drei Politiker die anderen Vertreter gegen mich aufwiegeln wollen, um mich zu kippen. Wenn die Mehrheit gegen mich stimmt, werde ich als Präsident abgesetzt. Ich hoffe, dass ihr Einfluss dazu nicht ausreichen wird, aber ich kenne sie nicht gut genug, um das mit Sicherheit ausschließen zu können. Bis jetzt haben sie jeden meiner Versuche, mit ihnen ins Gespräch zu kommen, abgeblockt."

Während Santos sprach, hatten beide Männer mit dem Essen aufgehört. Schweigend sahen sie mich an. Was erwarteten sie von mir?

„Ich verstehe nicht, wie ich Ihnen in dieser Situation helfen könnte." Meine Stimme war ruhig, aber alle meine Sinne waren so alarmiert, als stünde ich an einem gefährlichen Abgrund. „Ich habe keine Erfahrung in der internationalen Politik und kann mir nicht vorstellen . . ."

„Sie verfügen über ein hohes Maß an Menschenkenntnis", fiel Santos mir ins Wort, „und in den vergangenen Wochen haben Sie einiges über Europäer gelernt. Sie sind in der Lage, diese Personen aus einer gewissen Entfernung zu beobachten und ihre Körpersprache zu interpretieren. Ich nehme an, Sie können erkennen, ob diese Leute wirklich meinen, was sie sagen, oder ob sich hinter ihren Worten ganz andere Absichten verbergen?"

Erwartungsvolles Schweigen umgab mich. Ich sackte innerlich zusammen. „Vielleicht. Aber das ist eine ziemlich schwierige Angelegenheit, und solange ich die Sprache nicht verstehe, ist es ganz unmöglich. Durch die Wortwahl verrät ein Mensch sehr viel über seine zu Grunde liegenden Gedanken. Körpersprache allein reicht nicht aus, um sich ein umfassendes Bild zu machen, selbst wenn jemand über eine sehr lebhafte Mimik und Gestik verfügt. Bei so wichtigen Dingen möchte ich keinen Fehler machen."

„Selbstverständlich werden wir Ihnen Signor Genzano als Dolmetscher zur Verfügung stellen." In Santos' Augen war plötzlich ein Schimmer von Begeisterung zu erkennen. „Ich begrüße Ihre Entscheidung für diesen ungewöhnlichen Mann, Signorina. Er ist ein Genie! Letzte Woche traf ich eine Gesandtschaft aus Simbabwe und er konnte mühelos jedes Wort übersetzen. Ich weiß nicht, ob es überhaupt eine Sprache gibt, die er nicht beherrscht."

Ich lächelte zurückhaltend und versuchte, das Thema zu wechseln. „Darf ich fragen, wie, wo und wann ich diese Vertreter der WEU beobachten soll? Außerdem möchte ich noch darauf hinweisen, dass Politiker sich normalerweise hüten, öffentlich über kontroverse Themen zu reden."

„Machen Sie sich keine Gedanken, Signorina." Synn zeigte seine Zähne, ohne dabei wirklich zu lächeln. „Wir werden uns um alles kümmern. Sie werden unter den Besuchern nicht auffallen. Allerdings dürfen Sie mit niemandem über diesen Auftrag sprechen. Er ist streng geheim. Niemand wird sich etwas dabei denken, wenn Sie auf der Zuschauertribüne sitzen und es weiß auch niemand, dass Vertreter von Global Union anwesend sind . . ."

Santos berührte Synns Arm und unterbrach dessen Redefluss. „Die Männer, um die es sich handelt, sind nicht nur Mitglieder der WEU, sondern sie sind auch in der Europäischen Union vertreten und werden am Donnerstag an einer öffentlichen Beratung der EU in Brüssel teilnehmen. Bei dieser Gelegenheit werden Sie die drei Politiker beobachten."

Ich würde in geheimer Mission in Brüssel sein! Was für ein aufregender Gedanke! Ich hatte vor Gericht schon Industriespione vertreten, aber ich hatte noch nie etwas auch nur annähernd so Spannendes gemacht, wie mir jetzt gerade vorgeschlagen wurde. Da ich als Zuschauer an einer öffentlichen Sitzung teilnehmen würde, war mit diesem Auftrag auch kein Risiko verbunden.

„Das ist doch nicht . . ." ich zögerte und suchte nach einem geeigneten Wort, „*illegal*, oder?"

Diesen Gedanken fanden beide Männer zum Lachen. „Natürlich nicht", versicherte Santos. „Sie nehmen an einer Sitzung teil, bei der jedes Wort an die Öffentlichkeit gerichtet ist. Außerdem tragen Sie mit Ihrer Arbeit zu weltweitem Frieden und zu internationaler Sicherheit bei. Wenn wir in Frieden leben wollen, müssen wir wissen, was unsere Gegner im Schilde führen. Sie können sich auf mein Wort verlassen, Signorina, ich werde Sie in keine unangenehme Situation bringen."

Ich blinzelte und wunderte mich über den Zusammenhang von Weltfrieden und dem Interpretieren von Körpersprache, während Santos nach der kleinen silbernen Tischglocke griff. Sekunden später räumte der Kellner unsere weitgehend unberührten Suppentassen ab.

Santos beugte sich über den Tisch, presste seine Handflächen zusammen und lächelte mich über seine Fingerspitzen hinweg an. „Sie werden den nächsten Gang mögen, es gibt jetzt *Baccalà*, in Ihrer Sprache heißt das, soweit ich weiß, Dorsch."

Ich senkte meinen Kopf und lächelte anerkennend, obwohl mich das Essen kein bisschen interessierte.

*

Am Mittwoch Morgen wurde ich mit den ersten Sonnenstrahlen wach. Langsam erinnerte ich mich, dass heute, am 1. November, ein Feiertag war. Im 7. Jahrhundert war Allerheiligen eingeführt worden, hatte Signora Casale mir erklärt, etwa in der Zeit, als das Pantheon zur Kirche der Heiligen Jungfrau und aller Märtyrer erklärt worden war.

Kirchen interessierten mich ebenso wenig wie Heilige, aber der Feiertag kam mir sehr gelegen. Ich schälte mich aus den Decken und griff nach dem Telefonhörer. Endlich konnte ich Kurt von dem Angebot berichten, das Santos mir gestern gemacht hatte. Ich brannte darauf, ihm davon zu erzählen, und scherte mich ausnahmsweise nicht um die Telefonkosten.

Während ich darauf wartete, dass die Verbindung zu Stande kam, sah ich zur Uhr. Es war sieben Uhr römischer Zeit, damit war es in New York jetzt ein Uhr morgens. Das war zwar reichlich spät, aber normalerweise konnte man Kurt um diese Zeit noch wach antreffen. Sollte er schon im Bett sein, dann schlief er bestimmt noch nicht lange.

Ich war aufgeregt und voller Freude, als endlich das Klingeln zu hören war. Er würde sich bestimmt über meinen Anruf freuen! Bisher hatte ich ihm zwar tägliche E-Mails geschickt, in denen ich das Leben in Rom ebenso detailliert schilderte wie die Menschen, die ich bei Global Union kennen lernte, aber ich hatte ihn noch nicht ein einziges Mal zu Hause angerufen. Auf Grund der Zeitverschiebung war es schwierig, ihn zu erreichen, dazu kamen die hohen Telefongebühren.

Beim dritten Klingeln nahm endlich jemand ab. Es raschelte ungewöhnlich lange, bevor ich eine verschlafene Stimme hörte: „Ja, bitte?"

Das war eine Frauenstimme!

Ich rang nach Luft. Hatte ich mich verwählt? Ein seltsamer Stolz dieser Fremden gegenüber ergriff mich und bewog mich zu der Formulierung: „Kann ich bitte mit Kurt Welton sprechen? Es ist geschäftlich und sehr dringend!"

Angestrengt lauschte ich in den Hörer. Wieder hörte ich es längere Zeit knistern und rascheln und dann sagte die Frauenstimme im Hintergrund: „Kurt, es ist für dich."

Mich verließen alle Kräfte und fast wäre mir der Hörer aus den Fingern geglitten. Kalter Schweiß bildete sich auf meiner Stirn und mir wurde übel. Dann meldete sich Kurts vertraute Stimme.

Ich hätte den Hörer auf die Gabel legen und wieder ins Bett kriechen sollen. Vielleicht wäre ich wieder eingeschlafen und mein Unterbewusstsein hätte das Ganze in einem Traum verarbeitet. Meine Geschäftspartner hätten diese Reaktion von mir erwartet. Oft genug hatten sie mir gesagt, dass ich in Krisensituationen einen erstaunlich kühlen Kopf bewahrte. Aber jetzt waren Schmerz und Stolz stärker als jede Vernunft. Mit plötzlichem Zorn schrie ich in den Hörer: „Kurt!" Meine Stimme war schneidend und kalt. „Wer ist das?"

„Claudia?" Ich hörte Überraschung, Erschrecken und auch Angst in seinem Tonfall. Mit geschlossenen Augen versuchte ich, mir sein

Gesicht vorzustellen, doch dann öffnete ich meine Augen wieder. Ich wollte mir nicht ausmalen, wie er sich mit nacktem Oberkörper über diese Frau beugte, um an das Telefon zu kommen. Wie sollte ich diese Vorstellung jemals wieder vergessen?

Plötzlich begann ich, heftig zu zittern. Es war schrecklich kalt in meinem Zimmer. „Kurt, hiermit löse ich unsere Verlobung."

„Warte mal, Claudia. Wir werden über alles reden, sobald du wieder in New York bist, ja?"

„Ist das eine Patientin, Kurt? Probierst du mit ihr eine neue Therapie aus? Oder bist du vielleicht *ihr* Klient?" Welche Demütigung! Wütend feuerte ich die Worte ab. Am liebsten hätte ich mit Steinen nach ihm geworfen. Es war mir egal, ob ich logisch vorging oder welchen Eindruck ich auf ihn machte.

„Claudia, sei doch vernünftig. Du bist sehr lange weg."

„Von wegen!" Meine Stimme zitterte. Er sollte den Schmerz nicht hören. „Ich wollte sehr lange verheiratet sein. Aber wenn du nicht einmal sechs Wochen lang treu sein kannst, wie soll ich mich dann lebenslänglich mit dir verbinden?"

„Bitte, Claudia . . ."

„Adieu, Kurt." Ich warf den Hörer auf die Gabel, schlang meine Arme um meine angezogenen Beine und legte den Kopf auf die Knie. Zum ersten Mal in unserer langen gemeinsamen Geschichte ließ ich mich nicht von seinen schönen, blauen Augen täuschen.

„Reiß dich zusammen", ermahnte ich mich, „und sei froh, dass alles herauskam, bevor es zu spät war."

Offensichtlich war mein Kurt so „stabil" wie eine Wand aus Schilfgras. Ich konnte froh sein, das noch vor der Hochzeit erfahren zu haben. Kirsten würde sagen, so ein Mann ist die Mühe nicht wert, zu einem Ehemann erzogen zu werden. Gut, dass ich ihn los war.

Ich fiel ins Bett und vergrub mein Gesicht in dem großen, weichen Federkissen. Mit einem einzigen Telefonanruf waren all meine Zukunftspläne geplatzt. Ich streckte meinen Arm aus und betrachtete den funkelnden Diamantring an meiner linken Hand. Mit einem Schluchzen streifte ich ihn vom Finger und legte ihn auf den Nachttisch.

Dies war der einsamste Moment meines ganzen Lebens.

17

Dunkel und kalt wirkte meine kleine Wohnung, als ich mich zum zweiten Mal an diesem Morgen aus dem Bett quälte. Mit einem schnellen Blick aus dem Fenster stellte ich fest, der Himmel war ebenso grau wie meine Stimmung. Da ich heute nicht zur Arbeit musste, hätte ich am liebsten Jeans getragen, aber ich entschied mich dennoch für eine schwarze Hose und einen beigen Pulli. In Rom schienen nur Teenager Jeans zu tragen, die Frauen meines Alters sah man auch am Wochenende oder an freien Tagen nie wirklich leger gekleidet. Als ich wenig später vor meine Wohnungstür trat, wäre ich fast über Mario und Marco gestolpert, die im Flur saßen und mit dem Inhalt der Posttasche ihrer Mutter spielten.

Längst wusste ich, dass Signora Donatelli eine offizielle Postbotin war. Doch während die Stadt Rom ihren Bewohnern zwei Postzustellungen pro Tag versprach, konnten die Bewohner aus Benedetta Donatellis Bezirk froh sein, wenn sie viermal pro Woche Post erhielten. Sie mussten sich auch damit abfinden, dass ihre Karten, Briefe und Zeitschriften oft Spuren klebriger Kinderfinger aufwiesen.

Ich stieg über die auf dem Boden verstreute Post, trat aus dem Haus und steuerte auf das nächste Café zu. Nach einem geschmacklosen Croissant und einem unglaublich starken Espresso begann ich allmählich, wieder Leben in meinem Körper zu spüren. Was sollte ich mit diesem Tag anfangen? Auf keinen Fall wollte ich in die Wohnung zurück, in der ich vor wenigen Stunden die schrecklichste Demütigung meines Lebens erlitten hatte. So schlenderte ich die Via di Ripetta hinauf.

Die meisten Fußgänger bewegten sich in die entgegengesetzte Richtung. Wahrscheinlich waren sie auf dem Weg zu einem Gottesdienst. Anschließend würden sie sich zusammen mit den Touristen auf der *Piazza del Popolo* einfinden. Die Fremden würden den 3.000 Jahre alten Obelisken bewundern, den Augustus nach der Eroberung Ägyptens nach Rom gebracht hatte, während die Einheimischen sich auf den Springbrunnenrändern zwischen marmornen Löwen über den neuesten Klatsch und Tratsch aus ihrer Nachbarschaft unterhalten würden.

Erstaunlicherweise zählte ich mich jetzt eher zu Letzteren. Gleich nach meiner Ankunft in Rom hatte ich mehrere Wochenenden damit verbracht, viele der berühmten Sehenswürdigkeiten aufzusuchen. Doch mittlerweile mied ich die Touristenplätze und würdigte die alten Bauwerke kaum noch eines Blickes. Am liebsten bewegte ich mich auf den Straßen, in denen ich mich schon auskannte. Vielleicht war das der Grund, warum ich jetzt auf den Roten Palast zusteuerte.

Plötzlich drohte mich der Schmerz zu überwältigen. Ich blieb unvermittelt stehen und fürchtete, vom Strudel meiner verzweifelten Gefühle davongerissen zu werden. Woran konnte ich mich festhalten . . .?

Da sah ich Asher Genzano, der mit der Zeitung vor der Nase an einem kleinen Tisch draußen vor dem Eiscafé Giolitti saß. Vor ihm stand eine Kaffeetasse und um seine Füße strich eine große, schwarzweiß gefleckte Katze.

Ich weiß nicht, warum ich mich zu ihm setzte. Eigentlich wollte ich nicht einmal mit ihm reden. Wahrscheinlich war es nur der Anblick eines bekannten Gesichts, dem ich in diesem Moment nicht widerstehen konnte. Wortlos sank ich auf den freien Stuhl an seinem Tisch. Genzano sah kurz von seiner Zeitung auf und grüßte mich mit einem ruhigen „*Buon giorno*". Ich antwortete mit den gleichen Worten, dann verschränkte ich die Arme, schlug meine Beine übereinander und starrte die Menschen an, die über den Platz schlenderten. Ich spürte Genzanos prüfenden Blick in meinem Gesicht. Endlich ließen mich seine Augen wieder los, und er fuhr fort, seine Zeitung zu lesen.

Schweigend und einsam saß ich auf meinem Stuhl. In Gedanken spielte ich immer wieder das kurze Gespräch mit Kurt durch, während Genzano in aller Ruhe durch seine Zeitung blätterte. Erst als er mit der letzten Seite fertig war, faltete er die Zeitung zusammen, legte sie auf den Tisch und griff nach seiner Kaffeetasse.

Ich beobachtete ihn aus den Augenwinkeln. Der Schmerz in meiner Brust wollte mir die Luft abdrücken, als er sich zu mir beugte und fragte: „Geht es Ihnen gut, Signorina?"

Am liebsten hätte ich die Arme in die Luft geworfen und aus voller Kehle „NEIN!“ gebrüllt. Vermutlich hätte ich damit in Rom ebenso wenig Aufmerksamkeit erregt wie in Manhattan. Aber die gepflegte Höflichkeit, die mein Gegenüber ausstrahlte, hielt mich davon ab. Ich wollte ihm mit meiner Verzweiflung nicht den beschaulichen Morgen ruinieren.

So schluckte ich und versuchte, mit einem unauffälligen, geschäftlichen Ton zu antworten: „Es geht mir gut, danke, ich habe heute Morgen bloß eine . . . sehr unerfreuliche Nachricht erhalten.“

„Das tut mir Leid.“ In seiner Stimme schwangen Respekt und Überraschung mit. „Handelt es sich um eine familiäre Angelegenheit?“

Ich erstickte fast an dem Wort. „Familiär? Nein, das nicht, nicht direkt . . . mein Verlobter . . .“ Ich bückte mich und schnippte eine unsichtbare Fussel von meinem Schuh. „. . . ich habe die Verbindung gelöst.“

Genzano verschränkte die Arme und sah nachdenklich aus. „Das tut mir Leid. Gleichzeitig bin ich mir sicher, dass Sie nicht vorschnell gehandelt haben.“

Er war so ruhig und sachlich, dass ich mich fragte, wie viele andere betrogene Frauen sich schon schweigend zu ihm gesetzt hatten, während er versuchte, Kaffee und Zeitung zu genießen.

„Es war die schnellste Entscheidung meines Lebens.“ Jetzt sah ich ihm direkt ins Gesicht. „Aber es war auch die beste Entscheidung, die ich überhaupt treffen konnte. Das Problem ist nur, dass ich mir jetzt so verloren vorkomme. Alle meine Zukunftspläne schlossen Kurt mit ein. Ohne ihn scheint auch alles andere gestorben zu sein.“

Sein Mund verzog sich zu einem trockenen Lächeln: „Des Menschen Herz plant seinen Weg, aber der Herr lenkt seine Schritte.“

Ich warf ihm einen überraschten Blick zu. „Was soll das heißen?“

Genzano zuckte die Schultern und verlagerte sein Gewicht. „Es heißt, dass wir, ohne es zu wissen, oft Teil eines größeren Ganzen sind.“

Ich seufzte, müde von Asher Genzano und den Rätseln, die er mir aufgab. Seit er bei Global Union arbeitete, hatte ich ihn kaum gesehen. Signora Casale hatte ihm ein Büro im vierten Stock gegeben, in der Abteilung Öffentlichkeitsarbeit. Wir liefen uns so gut wie nie über den Weg, aber aus dem Sinn gegangen war er mir nicht. Irgendwo in meinem Hinterkopf blieb der Gedanke, dass ich mit meinem ersten Eindruck Recht gehabt hatte. Alle lobten seine hervorragende Arbeit, seine freundliche Art und seine Hingabe an die Sache. Das mochte auch alles stimmen. Aber ich wurde das Gefühl nicht los, dass es noch eine verborgene andere Seite bei ihm gab, die eines Tages zum Vorschein kommen und alle Illusionen über ihn mit einem Schlag zunichte machen würde.

Bis dahin blieb mir nichts anderes übrig, als abzuwarten und auf Anzeichen der kommenden Katastrophe zu achten.

Wie auch immer – im Augenblick war ich einfach nur froh, ihm gegenüberzusitzen und mit meiner Not nicht allein zu sein. Während der Einstellungsgespräche hatte ich bei ihm keine tiefere Religiosität feststellen können. Von daher überraschte es mich, ihn plötzlich von „dem Herrn“ reden zu hören. Deutete sich da eine Seite Genzanos an, die ich bisher übersehen hatte?

Ich lächelte: „Haben Sie eben die Bibel zitiert?“

„Ja. Ein wunderbares Buch, das Sie unbedingt lesen sollten.“ Er beugte sich vor, stützte seine Ellbogen auf die Knie und kam mir mit seinem Gesicht beunruhigend nahe. „Ein Autor der Bibel prägte den Satz: Meine Tage sind verflossen, meine Pläne zerschlagen, auch die Wünsche meines Herzens sind nicht mehr.“ Er zögerte einen Augenblick, bevor er hinzufügte: „Kommt Ihnen das irgendwie bekannt vor?“

„Tja, das ist eine gute Beschreibung meiner Situation.“ Ich forschte in meinem Gedächtnis, ob mir irgendein biblischer Autor einfiel, der ähnliche Probleme mit seinem Liebesleben gehabt hatte wie ich, aber der Sonntagsschullehrer meiner Kindheit hatte diese Sorte von Geschichten wohl unterschlagen. „Wer hat das gesagt?“

„Hiob.“

Ich nickte, als hätte ich das die ganze Zeit schon vermutet und rückte gleichzeitig mit meinem Stuhl nach hinten. Mit dem üblichen Abstand zwischen uns fühlte ich mich wohler.

„Was war Hiobs Problem?“

Genzano lehnte sich in seinem Stuhl zurück. Das Thema schien ihm zu gefallen. „Hiob war ein gerechter Mann, der dachte, er hätte ein ehrliches, ehrbares Leben geführt. Gott hatte ihn gesegnet und beschützt. Aber Satan beschloss, Hiob zu prüfen, und Gott erlaubte es ihm. Satan durfte Hiob alles nehmen, außer dem Leben selbst.“

Ich zog eine Grimasse. „Das klingt nicht gut."

„War es auch nicht. Satan ließ Hiob nur noch seine nörgelnde Frau. Alles andere – seine Kinder, seinen Reichtum und seine Gesundheit – raubte er ihm. Alle möglichen Leute besuchten Hiob und klagten mit ihm, auch seine Freunde, aber sie kritisierten ihn mehr, als sie ihm halfen. Alle waren überzeugt, dass Hiob eine furchtbare Sünde begangen haben musste, sonst wäre ihm nicht so viel Schreckliches widerfahren."

„Hat er das?"

„Äußerlich zumindest nicht. Er führte vor seinen Menschen ein fehlerloses Leben. Aber sein Herz war voller Stolz. So kam es auch, dass er, nachdem er sich endlich vor Gott demütigte, alles wieder zurückerhielt: seine Gesundheit, seinen Reichtum und seine Familie, alles wurde ihm von Gott zurückerstattet."

„Ein harter Weg."

„In der Tat."

In diesem Augenblick veränderte sich etwas in Genzanos Ausdruck. Plötzlich sah ich bei ihm eine so tiefe Verletzung und so große Erschöpfung, dass ich zutiefst erschrak. Meine eigene Enttäuschung und mein Schmerz verblassten angesichts der Not in seinen Augen. *Was war diesem Mann widerfahren?* Die Frage brach in meine Gedanken ein wie ein Peitschenhieb. Ich zuckte innerlich zusammen, hatte aber keine Zeit, darüber nachzudenken.

Genzano wandte den Blick ab, während er weitersprach: „Überlegen Sie selbst, ob Sie traurig sind, weil Sie diesen Mann so sehr lieben, oder ob er Ihren Stolz verletzt hat. Sind Sie wütend oder hat er Ihnen das Herz gebrochen?"

Ich atmete langsam aus und achtete auf die Vielzahl von Gefühlen, die in mir kämpften. Wut war dabei und Verletzung, auch Enttäuschung. Ich hatte Kurt sehr gemocht. Wir waren wirklich gute Freunde gewesen. Vielleicht würde es mir sogar eines Tages gelingen, den Schmerz dieses Tages zu überwinden und die bloße Freundschaft mit ihm wieder aufzunehmen. Am meisten setzte mir jedoch Kurts Treulosigkeit und die damit verbundene Demütigung zu. Ging er mit dieser Frau auch in die Restaurants, in denen wir so oft zusammen waren? Sprachen unsere Freunde über Kurts Affäre und *bedauerten* sie mich vielleicht sogar? Wer von Kurts Freundin wusste, hielt mich bestimmt für hoffnungslos naiv . . .

An dieser Stelle wollte ich nicht mehr weiterdenken. „Sie haben Recht. Ich habe kein gebrochenes Herz, ich fühle mich nur . . . blamiert. In erster Linie ist mein Stolz verletzt. Und ich weiß auch schon, was ich dagegen unternehmen kann. Ich werde meinen Assistent anrufen und ihn bitten, überall bekannt zu machen, dass *ich* die Verbindung mit Kurt gelöst habe."

Genzano sah mich bekümmert an. Er schien meine Reaktion für falsch zu halten und überlegte lange, bevor er mich fragte: „Sie wollen also nur Ihr Ansehen vor den Leuten retten und als Stärkere aus der zerbrochenen Beziehung hervorgehen?"

Ich wurde rot, was mich ärgerte. „Was spricht dagegen?"

Sein Blick ging in die Ferne und er schüttelte leicht den Kopf: „Ich habe die ganze Zeit schon den Eindruck, dass Sie diesen Mann nicht wirklich lieben. Von daher haben Sie vielleicht gar nicht so Unrecht. Sie werden sich ein bisschen ärgern und etwas für Ihren Stolz tun und bald wird es Ihnen wieder gut gehen."

„Sie hatten den Eindruck . . .?" Ich klappte meinen Mund wieder zu, bevor mein aufsteigender Ärger herausplatzen würde. Wie kam er dazu? Woher wollte er wissen, ob ich Kurt liebte? Er hatte kein Recht, mich zu analysieren. Schließlich war *ich* diejenige, die für ihre Menschenkenntnis internationales Ansehen genoss und *ihn* beobachtete! Nur mühsam beruhigte ich mich wieder. Auch andere Leute dachten über ihre Mitmenschen nach und Asher Genzano war sicher ein nachdenklicher, tiefsinniger Mann ...

Es war ihm nicht entgangen, dass er mich aufgebracht hatte, und er lächelte mich entschuldigend an: „Darf ich Ihnen die Stadt zeigen?" Das Lächeln legte kleine Fältchen um seine faszinierenden Augen. „Ich versichere Ihnen, dass Sie keinen besseren Stadtführer in ganz Rom finden werden!"

Ich starrte ihn an und wurde plötzlich unruhig. Nur noch auf der Stuhlkante sitzend, antwortete ich ausweichend: „Ich habe schon die meisten Sehenswürdigkeiten Roms besucht."

„Sie haben die Touristenattraktionen gesehen. Aber ich möchte Ihnen *Rom* zeigen."

Ich sah mich um. Die Wolken waren verschwunden und die Morgensonne tauchte den Platz in helles Licht. „Ich möchte Ihnen nicht den Tag verderben. Sie hatten doch bestimmt etwas anderes vor."

„Signorina Fischer", erwiderte er, beugte sich vor und studierte aufmerksam mein Gesicht, „bitte glauben Sie mir: Ich habe alle Zeit der Welt."

Ich war im Begriff, die nächste Ausrede vorzubringen, doch Genzano kümmerte sich nicht darum. Er griff nach meiner Hand und ging mit mir zusammen einfach los, auf das Pantheon zu. Seine Berührung kam für mich so überraschend, dass ich kein Wort sagte. Einerseits hätte ich mir denken können, dass er meine Hand nehmen würde, weil Italiener andauernd Hand in Hand gingen. Aber die warme Berührung unserer Handflächen schuf für mein Empfinden trotzdem eine atemberaubende Intimität. Wann hatte Kurt zuletzt so spontan und entschlossen nach meiner Hand gefasst? Während ich mich zu erinnern versuchte, blieb Asher stehen und erzählte mir von Marcus Agrippa, dem stotternden Sohn des Augustus Cäsar, der diesen Tempel hatte errichten lassen. Eigentlich verdankten wir das Ehrfurcht erheischende Bauwerk zwar Kaiser Hadrian, aber unter Agrippa war das ursprüngliche Gebäude geschaffen worden.

„Wieso glauben Sie, dass Agrippa stotterte?", fragte ich und sah an dem gewaltigen Gebäude hinauf, dessen Kuppel noch größer war als die des Petersdoms. Auf dem Giebel, der die Granitsäulen über dem weiten Portal verband, war in großen Lettern eine lateinische Inschrift zu lesen, die mit MAGRIPPA begann.

„Ich *weiß*, dass er stotterte", antwortete Genzano und zog mich sanft weiter. „Er war sehr unsicher, auch noch nach seiner Thronbesteigung. Wahrscheinlich hoffte er, durch solche monumentalen Bauwerke in die Geschichte eingehen zu können und damit die Erinnerung an seine persönlichen Schwächen zu überdecken. Später sollte sich keiner mehr daran erinnern, dass er stotterte wie ein kleiner Junge, den man mit dem Löffel im Nutellaglas erwischt hat."

„Signor Genzano . . ."

„Bitte, sagen Sie doch einfach Asher zu mir!"

„Na schön. Asher. Dann nennen Sie mich bitte Claudia." Ich sah an ihm hoch, dankbar für seine aufrichtige Bemühung, mich aufzuheitern, etwas verwirrt von dem Angebot, sich beim Vornamen zu nennen, und gleichzeitig verärgert über seine offensichtlichen Flunkereien. „Sie brauchen . . . du brauchst dir nicht solche Details auszudenken, um mir die römische Geschichte schmackhafter zu machen.

Es ist zwar eine witzige Vorstellung, von Agrippa als einem kleinen Jungen mit schlechtem Gewissen zu sprechen, aber damit tun wir der historischen Persönlichkeit auf jeden Fall Unrecht."

Sein angedeutetes Lächeln war voller Traurigkeit. „Ich spotte niemals über jemanden. Aber ich kannte ihn und habe sein Stottern selbst gehört." Er hob seine freie rechte Hand zu einer Bewegung, die etwas ausdrückte wie: *Ich kann ja auch nichts dafür, was soll ich machen?* Dann deutete er auf die Stufen zum Pantheon.

Wie bitte? Bestimmt hatte ich ihn falsch verstanden. Ich schüttelte den Kopf und folgte ihm seufzend.

*

Allerseelen folgte am 2. November auf Allerheiligen, war aber kein Feiertag. Während die Regierung den Leuten an *Tutti i Santi* freigab, um in die Kirchen zu gehen und zu den Heiligen zu beten, konnten sie an *Tutti i Morti* nur vor oder nach der Arbeit auf die Friedhöfe gehen und für ihre Toten beten. Als ich an diesem Morgen aus meiner Wohnung trat, begegnete ich Benedetta, die heute offensichtlich keine Post zustellte, sondern den Tag im Gedenken an ihren verstorbenen Gatten beging. Ihre Söhne trugen identische dunkle Anzüge und hatten einen feierlichen Gesichtsausdruck. Jeder hatte einen kleinen Blumenstrauß für Papas Grab in der Hand.

Aufatmend ging ich zur Straße, froh, nicht zum Friedhof gehen zu müssen. Ich trug ein schwarzes Kostüm mit grauem Pulli. Damit hoffte ich, unter den anderen Europäern nicht aufzufallen, die heute mit mir an der EU-Konferenz in Brüssel teilnehmen würden.

Als ich Asher am Flughafen entdeckte, stieg mein Puls. Wir hatten gestern einen sehr schönen Tag zusammen verbracht. Er hatte mir nicht zu viel versprochen. Seine Stadtführung überstieg die Fähigkeiten jedes vorstellbaren Touristenführers bei weitem. Er zeigte mir den Friedensaltar *Ara Pacis* und die Grenzen des alten Rom, das unter Nero abgebrannt war. Wir besuchten gemeinsam das Kolosseum, ich berührte das Mosaik der Caracalla-Thermen und bestaunte ein Stück der Aurelianischen Mauer. Asher zeigte mir auch das Rom der einfachen Leute und neugierig atmete ich die Gerüche aus Dieselqualm, Küchendampf, uralter Kanalisation und altem Gestein ein.

Asher war ein feiner, charmanter, gebildeter Mensch, der sich mühelos in der ganzen Geschichte Roms bewegte, den Werdegang des Papsttums erklärte und die Verse Virgils zitierte. Michelangelos *Pietà* würdigte er mit andächtigem Schweigen. Einer Broschüre zufolge, die ich in der Peterskirche erhalten hatte, vollendete Michelangelo die Figur im Jahr 1499 im Alter von fünfundzwanzig Jahren.

„Ich kann kaum glauben, dass er so jung war, als er dieses Werk schuf", staunte ich, als wir vor der *Pietà* standen.

„Ja", sagte Asher einfach und wandte seinen Blick nicht von der Marienfigur ab, die den Körper Christi auf ihren Schoß gebettet hatte. Ich sah, wie seine Augen sich mit Tränen füllten. „Er war sehr jung ... und musste so viel leiden. Aber Gottes Gnade war mit ihm."

Seine Worte machten keinen Sinn. Ich wollte mir aber nicht anmerken lassen, dass er mir manchmal verwirrt erschien und ging ein paar Schritte weiter. Asher sagte zwischendurch immer wieder Sachen, die ich nicht einordnen konnte. Doch da ich ihm für diesen Tag dankbar war und ihn nicht beunruhigen wollte, schwieg ich an solchen Stellen.

Nun saßen wir zusammen mit Darien Synn in Santos' Privatjet. Asher saß vorne am Fenster, Synn und ich waren weiter hinten platziert. Synns Ellbogen rieb sich die ganze Zeit an meinem Arm, während er mir den Ablauf des heutigen Tages erläuterte. „Ihre Aufgabe ist ganz einfach", erklärte er und sein schlechter Atem wehte in mein Gesicht. „Heute Abend werden Sie nach erfolgreicher Arbeit schon wieder wohlbehalten zu Hause sein."

Ich rutschte in dem engen Sessel so weit wie möglich zur anderen Seite und versuchte, trotz des unangenehmen Geruchs mein Gesicht nicht zu verziehen. Asher und ich sollten auf der Besuchertribüne im Europäischen Ministerratsgebäude sitzen und uns über drei Personen Notizen machen: Vail Billaud, den Abgesandten Luxemburgs, Marlon Dutetre aus Belgien und Jan Dekker, Vertreter der Niederlande. Es wurde alles simultan in die verschiedenen Sprachen übersetzt und man konnte die offiziellen Übersetzungen per Kopfhörer empfangen. Ich sollte mich jedoch nicht darauf verlassen, sondern Asher Genzano würde neben mir sitzen und in ein winziges Mikrofon sprechen, das an seinem Revers befestigt war, während ich einen kleinen Empfänger im Ohr hatte.

Synn legte das winzige Gerät in meine Hand: „Es wurde sorgfältig getestet", versicherte er mir und sah zu Asher hinüber: „Sie, Signor Genzano, werden im leisen Flüsterton in dieses Mikrofon sprechen. Niemand wird etwas bemerken." Damit reichte er Asher ein etwa drei Zentimeter langes dünnes Stäbchen.

Ich war noch nicht überzeugt: „Wird das nicht auffallen, wenn er die ganze Zeit vor sich hinmurmelt?"

Synn lachte: „Nein, in der Besuchertribüne wird das bestimmt nicht auffallen, Signorina. Da können Sie ganz unbesorgt sein."

Nach unserer Landung in Brüssel stieg Synn in eine lange, dunkle Limousine und entschwand. Wir warteten im Flugzeug, bis die Reporter sich verzogen hatten, dann stiegen auch wir aus und gingen zu Fuß in die Flughafenhalle. Asher besorgte uns ein Taxi und erklärte dem Fahrer in schönstem Französisch, wohin wir wollten.

Wir wurden in den Stadtteil Brüssels gefahren, der vor allem den Sitz der europäischen Verwaltung beherbergte. In der Nähe eines hohen, glänzenden Gebäudes, das sich vor der Kulisse der Altstadt wie der Turm zu Babel ausmachte, hielt das Taxi. Menschen aller Rassen und Sprachen füllten den Platz um das Hochhaus.

Während Asher den Taxifahrer bezahlte, ließ ich die bunte Atmosphäre auf mich wirken. Dann stiegen wir zusammen die Stufen zum Eingang hinauf, betraten das Gebäude und durchquerten das marmorglänzende Foyer. Ich wollte gerade einen Sicherheitsbeamten nach dem Weg fragen, als Asher auf einen Wegweiser zur Besuchertribüne deutete. Er zog zwei Platzkarten aus der Tasche und ich erfuhr, dass zwar jeder als Besucher an der Sitzung teilnehmen konnte, die Plätze aber beschränkt waren. Santos hatte schon Karten für uns reservieren lassen, lange bevor er mir diesen Auftrag überhaupt angeboten hatte.

Wir saßen in der ersten Reihe. Von hier oben konnte man den ganzen Sitzungssaal überblicken. Der ovale Tisch glänzte und war hell beleuchtet. Namensschilder standen an jedem Platz. Dagegen gab es im Besucherraum nur schwaches Licht, sodass die Politiker uns nicht sehen konnten. Eine Wand aus Panzerglas trennte den Besucherraum vom Sitzungssaal, doch es waren genügend Lautsprecher darin angebracht, die alles Gesprochene nach oben übertragen würden.

Wenige Augenblicke später verstand ich, warum Synn so unbesorgt war, was uns betraf. Die Türen des Besucherraumes öffneten sich und eine Schulklasse stürmte herein. Die Kinder mochten etwa zwölf Jahre alt sein. Die Jungen alberten herum, während die Mädchen schon wie Teenager aussahen. Lärmend füllten sie die Reihen hinter uns. Drei erschöpft wirkende Erwachsene betraten mit ihnen den Raum und verteilten sich an strategischen Punkten. Dazu kam noch eine Hand voll Leute herein, wie ich mit Notizblock und Aktentasche ausgestattet, die vermutlich Journalisten waren.

Wie in einem Kino ging dann das gedämpfte Licht auf der Besuchertribüne langsam aus und die Kinder wurden ruhig. Die Türen des Sitzungssaals öffneten sich und herein kamen die Politiker. Sie nahmen an dem großen, ovalen Tisch Platz. Der Präsident der Europäischen Union ging zum Rednerpult und begann, eine Rede auf Englisch zu halten, was Asher und mir natürlich sehr entgegenkam. So konnte ich mich ganz auf meine Beobachtungen konzentrieren. Von den ersten Augenblicken der Sitzung versprach ich mir besonders viele Informationen.

Mit Hilfe der Namensschilder hatte ich die drei Politiker sofort entdeckt. Sie saßen nebeneinander rechts vom Rednerpult. Da es keine alphabetische Sitzordnung gab, konnte allein schon ihr Zusammensitzen Freundschaft oder Zusammenarbeit bedeuten.

Der Präsident verlas seine Begrüßungsworte, während zwei der zu Beobachtenden, Dutetre und Billaud, sich ansahen und kurz die Augenbrauen hoben. Innerhalb der nächsten sechzig Sekunden sahen beide zu dem Dritten, und auch er grüßte sie mit einer Bewegung seiner Augenbrauen.

Ich machte meine erste Notiz. Diese Bewegung der Augenbrauen ist ein international üblicher Gruß. Für die meisten Menschen ist diese Geste selbstverständlich. Wer sich auf der Straße mit jemandem unterhält und gleichzeitig auf der anderen Straßenseite einen Bekannten vorbeikommen sieht, wird beim Blickkontakt mit dem Vorbeigehenden bestimmt die Augenbrauen heben, auch wenn er sein Gespräch nicht für einen Gruß unterbricht. Wer das Heben der Augenbraue unterdrückt, signalisiert dem anderen damit Distanz oder Feindschaft und provoziert eine feindselige Reaktion. Die einfache Beobachtung, dass diese drei Männer sich mit gehobenen Augenbrauen gegrüßt hatten, war Hinweis genug auf ihre Bekanntschaft, wenn nicht sogar Freundschaft.

Während der Präsident mit seiner Ansprache fortfuhr, sah ich mir die Sitzordnung genauer an. Es gab an beiden Längsseiten des Tisches je ein Rednerpult. Die drei Männer saßen praktisch im Schatten des einen Pultes und konnten von den Personen auf der anderen Seite nicht gesehen werden. Dadurch mochten sie sich abgeschirmt und unbeobachtet fühlen und ließen sich vielleicht sogar dazu verleiten, untereinander Kommentare auszutauschen.

Ich beugte mich nach vorne, als der Mittlere, Dutetre, sich zu seinem Nachbarn Billaud beugte und ihm etwas zuflüsterte. Billaud lächelte und nickte andeutungsweise, dann sah er auf die vor ihm liegenden Blätter und schob sie hin und her, ohne auf ihre Inhalte zu achten.

Unkonzentriert?, notierte ich hinter Billauds Namen.

Die Rede wurde immer langweiliger und noch bevor der Präsident zum Ende gekommen war, schlief Asher tief und fest. Einige Stunden später, als wir das Gebäude wieder verließen, hatte ich eine Fülle von Hinweisen notiert, die alle bestätigten, was Santos vermutet hatte. Die drei Personen gingen freundlich miteinander um, unterstützten sich gegenseitig und waren sehr wahrscheinlich Vertraute und Verbündete.

*

Auf dem Rückflug unterbreitete ich Synn meine Beobachtungen. Er hörte mir aufmerksam zu, lächelte über einige Feinheiten und nickte zufrieden: „Wir können unsere Pläne fortsetzen. Sie haben hervorragende Arbeit geleistet und werden uns in der nächsten Phase eine noch größere Hilfe sein."

„In der nächsten Phase?" Verwirrt starrte ich ihn an. „Sie werden mich doch nicht . . ."

„Wir brauchen Sie mehr denn je", unterbrach mich Synn. „Sie haben es selbst gesagt, Signorina – diese Männer werden sich in einer öffentlichen Sitzung nur sehr zurückhaltend geben. Nachdem sich unsere Befürchtungen mit dem heutigen Tag bestätigt haben, müssen wir jetzt genau herausfinden, was sie im Schilde führen."

Ich sah zu Asher. Als das Flugzeug startete, hatte er sich entspannt zurückgelehnt, doch jetzt saß er hellwach vor uns, mit weit geöffneten, erschreckten Augen.

„Sie haben nichts zu befürchten." Synn griff nach meiner Hand und hielt sie mit festem Griff. „Unsere Leute werden die Beobachtungszentrale in einem separaten Gebäude einrichten, Sie werden nicht einmal in die Nähe der feindlichen Objekte kommen. Sie, Signorina Fischer, werden die drei Verdächtigen beobachten, Signor Genzano wird für Sie übersetzen, und wir werden alles erfahren, was wir wissen müssen. Wenige Stunden später haben Sie die Stadt schon wieder verlassen und niemand wird von Ihrem Aufenthalt erfahren."

Seit der Begriff *feindliche Objekte* gefallen war, stieg mein Adrenalinspiegel. Synns entschlossener Gesichtsausdruck und die Intensität in seinen Augen taten ein Übriges.

Ich sah schweigend zur Seite. Letzte Woche hatte ich die Aussicht auf einen Undercover-Einsatz noch ganz reizvoll gefunden, doch was Synn uns jetzt vorschlug, war mit unserem heutigen kleinen Tagesausflug nicht zu vergleichen. Vielleicht hatte er Recht und das Ganze war für uns ungefährlich, aber es war Spionage. Wie konnte er mir so etwas vorschlagen? Ich war Prozessbeobachterin und keine Spionin! Ich mochte auch keine James-Bond-Filme.

„Mr. Synn." Mit einem gewissen Kraftaufwand entzog ich ihm meine Hand. „Ich bin mir nicht sicher, ob ich mich bei diesem Auftrag wohl fühlen könnte." Mit einem schnellen Blick zu Asher sah ich, dass seine Pupillen weit geöffnet waren, und ich konnte starke, negative Gefühle in seinen Augen lesen. Empfand er Angst? Oder Unsicherheit? Warum fiel es mir so schwer, ihn zu deuten?

„Wir werden dafür sorgen, dass Sie sich wohl fühlen." Synn lehnte sich zu mir herüber und kam mir so unangenehm nahe, dass ich gezwungen war, meinen Kopf in eine unnatürliche Haltung nach hinten zu biegen. „Wir werden alles in unserer Macht Stehende tun, um Ihre Sicherheit und Zufriedenheit zu garantieren. Außerdem werden wir dafür sorgen, dass Sie Ihre Mitarbeit nicht bereuen werden."

„Es geht mir nicht um Geld."

Seine Wangenknochen begannen heftig zu mahlen und ich wusste, dass ich jetzt in ein Fettnäpfchen getreten war. Unter Italienern war es nicht üblich, über Geld direkt zu reden. Ihr bevorzugter Verhandlungsstil glich einem klassischen Tanz und ich war ihm jetzt gerade auf die Füße getreten.

Ich atmete tief durch und setzte noch einmal an. „Mr. Synn, ich bin mir nicht sicher, ob ich Ihre Erwartungen erfüllen kann. Wie soll ich

Leute von einem anderen Gebäude aus beobachten? Das wäre sehr schwierig. Selbst wenn man drei oder vier Kameras installiert hätte, könnte ich doch nicht alles sehen . . ."

„Wir werden dafür sorgen, dass Sie das bestmögliche Bild haben werden. Sie haben heute so viel Interessantes beobachtet, dass ich mir sicher bin, Sie werden auch unter diesen veränderten Bedingungen sehr gut arbeiten können."

„Nun, ich wollte das eigentlich heute noch nicht ins Gespräch bringen, aber ich muss aus persönlichen Gründen dringend zurück nach New York." Ich spürte Ashers Blick und lächelte schwach in seine Richtung, dann konzentrierte ich mich wieder auf *Il Direttore*. „Mein Verlobter und ich haben Probleme. Ich werde nach New York fliegen, um die Situation zu klären. Wir haben unsere Hochzeit für den 13. Mai geplant und dafür muss noch einiges vorbereitet oder abgesagt werden, je nachdem . . ."

„Sie können jetzt nicht zurück." Jede Leichtigkeit war aus Synns Stimme gewichen. „Sie haben einen Vertrag unterzeichnet, dass Sie Global Union für sechs Monate zur Verfügung stehen. Sollten Sie uns vorher verlassen, begehen Sie Vertragsbruch."

Ich sah ihn erstaunt an. Seine Stimme war eiskalt und seine Augen blitzten mich feindselig an. Es war das erste Mal, seit ich bei Global Union war, dass ein unfreundliches Wort über seine Lippen kam. Einmal wurde ich sogar Zeuge, wie ein nervöser junger Japaner eine ganze Tasse Espresso über Synns grauen Anzug geschüttet hatte, ohne dass Synn ärgerlich wurde. Doch was ich jetzt erlebte – die Augen zu schmalen Schlitzen verengt, dreieckige Augenbrauen, strichförmige Lippen –, das waren klare Zeichen von Wut. Er würde mich nicht kampflos gehen lassen.

Mir fiel keine Erwiderung ein. Ich nickte schweigend. Synn forschte in meinem Gesicht nach Zeichen meiner Ernsthaftigkeit und lächelte dann zufrieden. Seine gute Laune stellte sich rasch wieder ein. Er rieb die Handflächen an seiner Hose, murmelte etwas von Hunger und verschwand im hinteren Teil des Flugzeuges.

Ich sah zu Asher hinüber und entdeckte einen neuen Ausdruck in seinem Gesicht: Entschlossenheit, vermischt mit einem deutlichen Anteil von Angst.

*

Zurück in meiner kleinen Wohnung fand ich eine lauwarme Fanta und ging mit der Dose in der Hand in meinem Wohnzimmer auf und ab. Es war interessant gewesen, die EU-Vertreter zu beobachten, aber ich wollte keine Steigerung dieser Herausforderung in Form einer Abhöranlage und heimlicher Kameraüberwachung. Die reale Welt der politischen Spionage hatte nichts zu tun mit den spannenden Filmen, in denen die Spione nie wirklich zu Schaden kamen. Außerdem bestand die Klientel meiner eigenen Firma aus Politikern, Rechtsanwälten und Richtern. Ich konnte es mir nicht erlauben, mich auf etwas derart Anrüchiges und Verbotenes einzulassen. Wenn ich drei europäische Politiker mit geheimen Kameras und Mikrofonen ausspionierte, dann war das mehr als nur rufschädigend, es konnte das Ende meiner beruflichen Karriere bedeuten.

Nachdem ich lange auf und ab gegangen war, setzte ich mich in eine Ecke meines Sofas und starrte das Telefon an. Ich hätte alles darum gegeben, wenn ich einen Freund hätte anrufen können. Kirsten würde sich nur schwer in meine Situation hineinversetzen können. Ihr Leben drehte sich um ihre Familie und die Nachbarschaft. Politische Organisationen interessierten sie nicht und sie würde mir bestimmt sagen, ich solle meine Koffer packen und nach Hause kommen.

Ich könnte Rory anrufen ... doch gleich zu Beginn unserer Zusammenarbeit hatte ich beschlossen, meine privaten Probleme nicht in unser Büro hineinzutragen. Ich verstand mich prima mit Rory und ging öfter mit ihm und seiner Frau essen, aber ich wollte mich nicht an seiner Schulter ausweinen, nur weil gerade niemand anderes für mich da war.

Nein ... ich wollte Kurt anrufen.

Vielleicht hatte Asher Recht und ich hatte ihn tatsächlich nie geliebt. Aber ich mochte ihn sehr gern und seine Meinung hatte mir immer viel bedeutet. Kurt besaß die Fähigkeit, durch alle konfusen Emotionen hindurch den Kern einer Sache zu erkennen. Andererseits konnte ich ihn jetzt unmöglich anrufen, nicht nach unserem letzten Gespräch. Ich würde mir zuerst eine Litanei von Entschuldigungen für sein schreckliches Verhalten anhören müssen und hätte dann die Wahl, ihm zu vergeben oder auch nicht.

Die Hochzeit war für mich auf jeden Fall geplatzt, und ich bereute es nicht, die Verlobung gelöst zu haben. Aber vielleicht war es falsch, ihm auch die Freundschaft zu kündigen.

Als Nächstes dachte ich darüber nach, warum ich nicht einfach Global Union verließ. Ich könnte meinen Koffer packen, ein Taxi zum Flughafen nehmen, und morgen früh wäre ich wieder in New York. Darien Synn könnte versuchen, mich wegen Vertragsbruchs zu belangen, aber das Verfahren würde wahrscheinlich auf Grund von Geringfügigkeit eingestellt werden.

Ich stand schon auf, um meinen Koffer zu packen, als mich die Realität mit kaltem Griff zurückholte. Ich konnte nicht gehen. Mein Reisepass lag seit meiner Ankunft in Rom in einem Panzerschrank im Roten Palast. Alle ausländischen Mitarbeiter von Global Union wurden aufgefordert, ihren Pass bei der Ankunft abzugeben. Sie erhielten stattdessen eine Global Union-Mitarbeiterkarte. „Das ist in Anbetracht der vielen Taschendiebe hier wirklich das Beste", hatte Laura Casale mir versichert, als sie meinen Pass an sich nahm. „Machen Sie sich keine Sorgen, wir werden ihn sicher verwahren." Nach unserem heutigen Gespräch würde Synn vermutlich Vorkehrungen treffen, damit niemand mir meinen Pass herausgeben würde.

Frustriert schmiss ich die leere Dose in die Küchenecke und zog meine Jacke über. Vielleicht würde mir ein kleiner Spaziergang gut tun.

Der Himmel färbte sich im Osten bereits dunkel, während der westliche Horizont noch in tiefes Orange und Violett getaucht war. Die Schatten der großen Bauwerke wurden schnell dunkler und der kalte Wind ließ mich frösteln. In der Ferne fuhr ein Wagen mit Martinshorn vorbei und die ungewohnte Klangfolge erinnerte mich daran, dass ich weit von zu Hause entfernt war.

Als ich an einem Haus mit Balkonen vorbeiging, begann eine Gruppe von Männern, die oben standen, zu schnalzen und zu pfeifen. Doch ich ignorierte diese Belästigung ebenso wie die freundlichen Grüße der Leute, die mich bereits zu ihren Nachbarn zählten. Stattdessen verkroch ich mich in meiner Jacke und schob meine Hände so tief wie möglich in die Taschen. Mit langen Schritten ging ich die Via Ara Pacis entlang, vorbei an den vielen kleinen Geschäften, bis ich am Ende der Straße zu dem silbernen Band eines Flusses kam. Lange stand ich dort und starrte auf das Wasser.

Natürlich konnte ich versuchen, meine Ausreise zu erzwingen. Die römische Polizei und die amerikanische Botschaft würden sich bestimmt für meine Informationen über die Arbeitsweise von Global Union interessieren und mir ein Ersatz-Reisedokument ausstellen. Doch diesen Gedanken verwarf ich schnell wieder. Ich wollte mir nicht vorstellen, mit welcher Härte Global Union dann gegen mich vorgehen und meine viel versprechende junge Karriere zerstören würde. Ich traute Synn zu, meinen Ruf auch an der amerikanischen Ostküste nachhaltig zerstören zu können. Nein, es musste einen anderen Weg geben.

Ich hatte nur einen Freund in Rom – nur eine Person wusste, welchen Auftrag ich heute erhalten hatte. Er kannte meine Situation, weil er den gleichen Auftrag hatte wie ich.

Mit rhythmischem Platschen schlugen die Wellen des Flusses gegen die alten Mauern, die sein Bett begrenzten. Konnte ich einfach zu Asher gehen und ihm mein Herz ausschütten? Würde er meine Vorbehalte überhaupt verstehen?

Als ich mich umwandte, fielen meine Augen auf die Ara Pacis, den Friedensaltar, den der römische Senat im Jahr 13 vor Christus hatte errichten lassen. Zurzeit stand das Bauwerk unter einer riesigen Verglasung und leuchtete im Schein der Straßenlampen wie ein überdimensionaler Juwel.

Als es mir zu kalt wurde, ging ich weiter, die Via di Ripetta entlang. Ich war so in meinen Gedanken versunken, dass ich aus Versehen einem Mopedfahrer in die Quere kam, der einen Haken schlagen musste und so laut fluchte, dass er die Lautstärke seiner Hupe noch übertraf. Ich eilte weiter, auf das Pantheon zu. Vielleicht war Asher gar nicht zu Hause, aber möglicherweise könnte mir jemand aus dem Hotel sagen, wo ich ihn finden würde.

Eine halbe Stunde später überquerte ich die Piazza della Rotonda und stand vor dem Sole al Pantheon. Durch den strammen Marsch war mir warm geworden. Wie sollte ich nach Asher Genzano fragen? Wie suchte man den Besitzer eines Hotels? Ob er einen Anbau bewohnte oder eine Penthouse-Wohnung?

Das stattliche vierstöckige Bauwerk war vom Mondlicht übergossen und aus den mit Holzläden geschlossenen Fenstern drangen schmale Streifen warmen Lichtes. Während ich langsam im Schatten der Markisen an dem Hotel entlangging, fiel mir eine Tafel auf, die neben dem hell erleuchteten Eingang befestigt war. Obwohl mein Italienisch noch alles andere als gut war, erkannte ich doch die Namen *Jean-Paul Sartre* und *Simone de Beauvoir*, die vermutlich hier gewohnt hatten.

Aufmerksam ging ich durch das lange, schmale Foyer, atmete den Duft frischer Blumen ein und verharrte einen Augenblick lang schweigend vor der Dame an der Rezeption, bis sie von ihrer Arbeit aufsah und mir ein offenes Lächeln schenkte.

„*Vorrei vedere*", begann ich zögernd und suchte angestrengt nach den passenden Vokabeln, „Signor Genzano."

Die Frau sah mich fragend an: „Signor *Asher* Genzano?"

„Si." Gab es hier etwa mehrere Genzanos?

Die Frau beugte sich über den Tresen und deutete in eine bestimmte Richtung. Gleichzeitig sprudelte aus ihrem Mund so schnelles Italienisch, dass ich kein Wort verstehen konnte.

„In Englisch, *per favore*?", fragte ich vorsichtig.

Mir fielen die angespannten Wangenmuskeln auf, die ihr professionelles Lächeln aufrechterhielten, während sie auf Englisch weitersprach: „Gehen Sie hier entlang, bis das Foyer in einen Flur mündet. Folgen Sie dem Flur, immer geradeaus, bis es nicht mehr weitergeht. Dann sehen Sie eine Tür. Das ist der Eingang zu Signor Genzanos Wohnung."

„Grazie." Mir war plötzlich wieder kalt. Ich steckte meine Hände in die Jackentaschen und folgte dem Weg, den sie mir gewiesen hatte.

Bald kam ich zu dem Flur. Dicke Teppiche verschluckten meine Schritte und Wandlampen aus poliertem Messing formten kleine, warme Lichtkegel entlang den Wänden. Ich passierte etliche Türen zu beiden Seiten des Flures und erkannte an den Namensschildern, dass die Verwaltung des Hotels hier ihre Büros hatte. Die Tapete war in Rostbraun und Gold gehalten und sah schon sehr alt aus. Vermutlich kamen hier nur selten Hotelgäste entlang. Endlich stand ich vor der letzten Tür, die kein Namensschild trug. Zögernd verharrte ich einige Augenblicke davor. Was würde Asher über mich denken, wenn ich plötzlich vor seiner Wohnung stand? Ob ihm mein Besuch recht war? Endlich klopfte ich.

Mit auf dem Rücken verschränkten Armen sah ich mich wartend um. Hatte ich die Rezeptionistin vielleicht falsch verstanden? Über mir waren Wasserflecken an der Decke und der Teppich, auf dem ich stand, war abgetreten und verblasst. So herrschaftlich das Foyer war, so einfach und abgewetzt sah es hier aus. War dies die Wohnung des Eigentümers?

Schritte näherten sich und ich straffte mich. Als die Tür geöffnet wurde, lächelte ich nervös. Asher sah mich mit großen Augen an.

„*Per favore* . . .", ich senkte meinen Kopf, „darf ich Sie sprechen, Signor Genzano?"

Er sah mich an, als hätte er eine schwierige Mathematikaufgabe zu lösen, dann machte er die Tür weit auf und sagte mit einer einladenden Geste: „Bitte kommen Sie herein, Signorina."

Ich weiß auch nicht, wie ich mir die Wohnung von Asher Genzano vorgestellt hatte, aber ich hätte nicht erwartet, dass er quasi in einer Bibliothek wohnte. Wohin ich auch blickte, waren die Wände von oben bis unten mit überquellenden Bücherregalen bedeckt. In Leder gebundene alte Bände türmten sich auf den Fensterbänken und stapelten sich auf den Küchenschränken. Es roch nach staubigem, altem Papier und trockenem Leder.

Sprachlos sah ich von einer Wand zur anderen.

„Ich weiß", sagte Asher entschuldigend und lächelte verlegen, „ich habe zu viele Bücher und zu wenig Platz. Wahrscheinlich verstoße ich gegen die . . . wie nennt man das doch gleich? . . . Brandschutzbestimmungen."

„Haben Sie das alles gelesen?", fragte ich ungläubig.

„Einmal schon, doch." Er sah mich ruhig an, in seinen dunklen Augen spiegelte sich das Schimmern einer kleinen Lampe, die auf seinem Sekretär stand. „Aber du bist doch nicht hergekommen, um mit mir über Bücher zu reden, oder?" Ja, richtig, wir duzten uns ja.

„Nein, ich möchte über Global Union sprechen." Ich sah mich nach einem Sitzplatz um und Asher beeilte sich, einen großen Stapel Zeitungen wegzuräumen. Darunter kam ein samtbezogenes Sofa mit geschwungenen Armlehnen zum Vorschein.

„Entschuldige bitte meine Unordnung, ich habe nur selten Besuch. Bitte, setz dich doch."

„Danke." Vorsichtig ließ ich mich auf dem Sofa nieder und strich bewundernd über den edlen Stoff. Ich verstand wenig von Antiquitäten, aber dieses Stück war uralt und sehr kostbar, das fiel auch mir auf.

Ich wartete, bis Asher sich einen Stuhl herangezogen hatte, dann versuchte ich, mein Anliegen zu erklären: „Ich mache mir Sorgen wegen des Auftrags, der uns heute angetragen wurde. Meines Erachtens handelt es sich dabei um Spionage. Damit will ich nichts zu tun haben. Als ich mich Global Union zur Verfügung stellte, habe ich nicht damit gerechnet, dass ich Gesetze brechen sollte. Das Risiko, dabei erwischt zu werden, ist mir zu groß."

Asher lächelte in sich hinein und schien mit seinen Gedanken weit weg zu sein. Erst nach einigen Augenblicken trafen sich unsere Blicke und er antwortete: „Wir können dem Bösen nicht entkommen. Es breitet sich unmerklich aus und eines Tages ist jeder mit Sünde befleckt. Sind wir erst einmal besudelt, können wir zwar versuchen, uns wieder rein zu waschen, aber das kann ein ganzes Leben lang dauern, manchmal sogar noch länger." Bitterkeit färbte seine Stimme: „Oft denke ich, es ist unmöglich, der Sünde zu entkommen."

„Asher!" Mein Ton klang schärfer als beabsichtigt. „Ich bin nicht hier, um mit dir zu philosophieren. Ich will wissen, ob du dir auch solche Sorgen machst wie ich."

Auf seiner Stirn und unter seinen Augen bildeten sich angestrengte Falten. „Das kommt darauf an."

„Worauf?"

Er wandte sich mir ganz zu, legte seinen Arm über die Lehne seines Stuhls und stützte seinen Kopf auf die Hand. „Die Frage ist doch: Welches Ziel verfolgst du? Wenn du als Mitarbeiterin von Santos deinem Ziel näher kommst, dann bleib. Wenn die Arbeit für Santos deinen Zielen zuwiderläuft, dann geh."

Verärgert sah ich ihn an. „Ich kann nicht gehen! Und was ist eigentlich mit *dir*? Warum hast du nicht auch protestiert, als Synn uns diese neue Aufgabe unterbreitet hat? Ist es für dich kein Problem, ein Spion in der internationalen Politik zu ein?"

Asher sah mich lange an. Dann richtete er seinen Blick nach oben, als wende er sich an eine höhere Macht. „Ich für meinen Teil werde alles tun, was Santos von mir verlangt", sagte er endlich und schloss seine Augen, „ich kann nicht anders. Ich muss *meinen* Auftrag erfüllen und Santos wird *seinen* Auftrag erfüllen."

Ich wollte ihn anschreien, doch ich schluckte nur. Warum konnte er mir nicht ganz normal antworten?

„Kannst du das bitte erklären?", fragte ich gereizt. „Ich habe jetzt weder die Geduld, deine Rätsel zu lösen, noch will ich mich mit dir über religiöse Fragen unterhalten. Ich bin in einer schwierigen Situation und suche nach einem Ausweg . . ."

„Es gibt keinen Weg, dem Willen Gottes zu entkommen." Er sah angestrengt aus. „In all den Jahren meines Lebens suche ich schon nach diesem Ausweg. Es gibt ihn nicht, glaube mir. Wir müssen unseren Weg gehen und Justus Santos geht seinen Weg. Unsere einzige Hoffnung ist das Blut Jesu. Sollte Santos zum Glauben an den Erlöser kommen, dann wird er seine Richtung ändern. Aber nur dann, sonst sehe ich keinen Ausweg."

„Genug!" Ich presste meine Handflächen gegen die Ohren und wollte nichts mehr hören. Meine Wut vermischte sich mit Angst, als ich flammende Leidenschaft in Ashers Augen lodern sah.

War das der besonnene, zuverlässige, gutmütige Mann, dessen Anstellung ich zugestimmt hatte? Ich wäre nie darauf gekommen, dass er im tiefsten Innern ein religiöser Fanatiker war. Er hatte sich bisher auch nichts dergleichen anmerken lassen.

Wortlos lehnte er sich in seinem Stuhl zurück und senkte den Blick. Das gab mir neuen Mut, ich ließ meine Hände sinken und beugte mich vor. „Asher", sagte ich und versuchte, den sanften Mann anzusprechen, als der er mir bisher begegnet war, „ich achte die religiösen Überzeugungen anderer. Aber was du hier redest, hat nichts mit Global Union zu tun. Nicht einmal Synn, der anscheinend ein Geistlicher ist, vermischt seine Religion mit der Arbeit."

Asher hielt den Blick gesenkt, aber ein bitteres Lächeln spielte jetzt um seine Lippen: „Glaubst du das wirklich?"

„Ich habe nie einen Hinweis auf religiöse Themen von Synn gehört."

Er hob den Blick und sah mich an, seine Augen matt und schmerzvoll: „Claudia, glaubst du an Gott?"

Ich nickte und war froh, dass mir darauf eine halbwegs zufrieden stellende Antwort einfiel: „Ich habe als Kind regelmäßig den Kindergottesdienst besucht und dort die Grundlagen des christlichen Glaubens kennen gelernt."

„Glaubst du, dass die Bibel das Wort Gottes ist?"

Ich kaute auf meiner Unterlippe und erkannte, dass mir die Antwort bei dieser Frage schon schwerer fiel. „Ich glaube, dass die Bibel ein ganz wichtiges Buch ist." Ich betrachtete meine Hände. „Sie zählt zur ganz großen Weltliteratur. Aber ich kann nicht sagen, dass ich sie direkt für Gottes Worte halte."

„Glaubst du an den prophetischen Gehalt der biblischen Schriften?"

„Was meinst du damit?"

Seine Stimme, die eben noch so ruhig klang, wurde jetzt erregt. „Glaubst du, dass in manchen biblischen Büchern nicht nur die Vergangenheit, sondern auch die Zukunft beschrieben wird? Kannst du dir vorstellen, dass die Ereignisse, die in den Büchern Daniel, Hesekiel, Matthäus und der Offenbarung beschrieben sind, bald eintreffen werden?"

Allein schon die Leidenschaft in seiner Stimme veranlasste mich, an dieser Stelle verneinend den Kopf zu schütteln. „Nein, das kann ich mir nicht vorstellen."

„Was wäre, wenn ich dir beweisen würde . . .", Asher lehnte sich zur Seite, griff nach einem der Bücher von seinem Sekretär und hielt es mir vor die Nase, „. . . dass Justus Santos in der Heiligen Schrift ganz genau beschrieben wird?"

Er blätterte durch die dünnen Seiten des Buches – einer Bibel – und ich presste meine Lippen zusammen. Sollte ich jetzt lachen oder weinen? Hatte ich einen Irren vor mir? Was hatte diesen bis jetzt verborgenen religiösen Wahn plötzlich an die Oberfläche gebracht? Nur gut, dass dies nicht bei der Arbeit geschehen war. Morgen würde ich Synn mitteilen, dass Asher nicht mehr als Übersetzer zur Verfügung stand und Signora Casale beauftragen, einen Ersatz für ihn zu finden . . .

„Hier!" Asher deutete auf einen bestimmten Absatz in der Bibel. „In Offenbarung 13, Vers 1 schreibt Johannes: ‚Und ich sah ein Tier aus dem Meer steigen, das hatte zehn Hörner und sieben Häupter und auf seinen Hörnern zehn Kronen und auf seinen Häuptern lästerliche Namen.'"

Ich zögerte. Was sollte ich darauf antworten? Der größte Teil der Bibel erschien mir unverständlich, und dieser Text war noch seltsamer als die *Wahrlich-wahrlich*-Sätze, an die ich mich aus meiner Kindheit noch erinnern konnte.

„Das verstehe ich nicht", sagte ich und lächelte Asher vorsichtig an.

„Ich kann mir nicht vorstellen, dass viele Menschen das verstehen. Soweit ich weiß, ist die Offenbarung symbolisch und soll gar nicht direkt verstanden werden."

„Warum sollte uns Gott die Offenbarung gegeben haben, wenn wir sie nicht auch verstehen könnten?" Etwas wie heiliger Zorn loderte in Ashers Augen. Dann verlöschte das Feuer und er sagte müde: „Claudia, es ist ganz einfach. Es ist wirklich symbolisch. In den prophetischen Schriften steht das Meer immer für die Heidenvölker. Also wissen wir, dass das Tier aus den Heiden kommt, von einem Land oder einer politischen Vereinigung, die früher zum Römischen Reich zählte." Er blätterte weiter: „In Daniel Kapitel 8, Vers 25 wird beschrieben, wie das Tier viele Menschen durch Frieden vernichten wird – und Justus Santos ist dabei, eine internationale Friedensorganisation mit der Zentrale in Rom aufzubauen."

„Tut mir Leid, aber das macht keinen Sinn. Durch Frieden kann man niemanden zerstören. Friede ist das Gegenteil von Krieg und Zerstörung."

„Frieden, der auf bösen Vereinbarungen beruht, kann sehr viel Unheil anrichten." Asher blätterte weiter. „Im 11. Kapitel, Vers 16, schreibt Daniel, dass dieses Bündnis von einem autoritären Machthaber angeführt werden wird. Der Antichrist wird tun und lassen, was ihm in den Sinn kommt und niemand wird sich ihm entgegenstellen können. Ist dir nicht aufgefallen, dass kein Mitarbeiter von Global Union es wagt, Santos in Frage zu stellen oder zu kritisieren?"

Ich starrte ihn an. Bei dem Wort *Antichrist* zog sich mein Magen zusammen. Meine Gedanken rasten. Ashers Verwirrung war anscheinend noch viel schlimmer, als ich befürchtet hatte. Er war mehr als ein religiöser Fanatiker, er war ein Paranoiker mit religiösem Wahn und Verschwörungsängsten. Was würde Justus Santos, der Mann des internationalen Friedens, dazu sagen, wenn er wüsste, dass ein Mitarbeiter, der höchstes Vertrauen bei Global Union genoss, ihn für den Antichristen hielt?

Für einen Moment schloss ich die Augen und stellte mir vor, wie Santos in seinem Privatjet einschlief und Asher sich von hinten an ihn heranschlich, einen Holzpfahl in der Hand – nein, das galt ja nur für Vampire. Mit silbernen Kugeln konnte man Werwölfe erlegen. Aber wie ging man gegen einen Antichristen vor?

Locker bleiben. Ich würde jetzt nach Hause gehen und Kurt anrufen. Er würde wissen, was in so einem Fall zu tun war.

Ich schlug die Beine übereinander, stützte mein Kinn in die Hand und versuchte, entspannt und nachdenklich zu wirken. Sorgfältig legte ich die nächsten Worte zurecht: „Angenommen, Santos ist der Antichrist, was bedeutet das für uns?“

Seine Augen forschten so gründlich in meinem Gesicht, wie ich das sonst nur von mir kannte. „Du glaubst mir nicht“, sagte er schließlich mit gepresster Stimme, „du glaubst nicht ein Wort von dem, was ich gesagt habe.“

„Ich bin für alles offen“, erwiderte ich und hob mein Kinn, „du hast mich nur noch nicht überzeugt.“ *Und so lange du mich nicht überzeugt hast, werde ich mir gut überlegen, ob ich dir erlauben kann, jemals wieder die Zentrale von Global Union zu betreten.*

Eine Woge von Schmerz füllte seine Augen und ich spürte ein schlechtes Gewissen. Unsere Freundschaft war mir kostbar, ich schätzte vieles an Asher . . . aber ich durfte nicht zulassen, dass er meinen Chef und meine Klienten mit seinem religiösen Wahn in Gefahr brachte.

Er schloss seine Bibel. Mit einem tiefen Seufzer sagte er einen Satz, der vermutlich auch ein Bibelzitat war: „Kinder, es ist die letzte Stunde! Und wie ihr gehört habt, dass der Antichrist kommt, so sind nun schon viele Antichristen gekommen, daran erkennen wir, daß es die letzte Stunde ist.“ Seine Augen waren voller Sorgen, als er mich wieder ansah: „1. Johannes 2, Vers 18.“

Die ganze Zeit hatte ich mich gefragt, was mit Asher nicht stimmte – nun wusste ich es. Ashers Wahn war nicht ungefährlich. Wenn Asher anfing, seine Ansichten bei Global Union zu verbreiten, könnte daraus auch für mich eine Menge Ärger entstehen.

„Ich muss jetzt gehen“, sagte ich schließlich und bemühte mich um einen möglichst beiläufigen Tonfall. „Ich habe dir noch gar nicht gesagt, dass Il Direttore uns den morgigen Tag freigegeben hat als Belohnung für unseren erfolgreichen Einsatz heute in Brüssel.“

Asher schüttelte den Kopf, lächelte traurig und brachte mich zur Tür. Ich war mir nicht sicher, ob er meine Lüge durchschaut hatte.

18

Betrübt sah Asher hinter Claudia her. Er hatte ihr viel zu viel zugemutet. Das meiste hätte er ihr nicht sagen dürfen. Doch als sie ihn dazu bewegen wollte, mit ihr zusammen der Gefahr zu entfliehen, da wollte er nicht zulassen, dass sie seinen Entschluss ins Wanken brachte. Auch wenn Claudia es nicht wusste, ihr eigentliches Gesprächsthema heute Abend war das Schicksal der gesamten Menschheit gewesen. Bei einem Thema von solcher Wichtigkeit konnte, wollte und würde er nicht lügen. Außerdem hatte er sich von Anfang an vorgenommen, sie niemals anzulügen. Das hatte er auch heute durchgezogen. Ihr gegenüber würde er auch seine eigene Geschichte nicht verheimlichen. Er wartete nur auf ihre Fragen . . .

Auf müden, schweren Beinen ging Asher zurück in seine Wohnung. Er dachte einen Moment lang daran, die Fenster zu öffnen und den frischen Abendwind durch seine staubigen Räume wehen zu lassen. Aber damit wäre auch Claudias Parfüm weggeweht worden, das noch so angenehm in der Luft hing. Also ließ er die Fenster zu.

Tief atmete der einsame Mann den leicht blumigen Duft ein, dann setzte er sich an seinen Schreibtisch und gab sich minutenlang den Erinnerungen an seine Besucherin hin. Er hatte die Angst in ihren Augen gesehen und auch die Lüge am Ende des Gesprächs war ihm nicht entgangen. In Wahrheit hatte er morgen keinen freien Tag, vielmehr hatte er mit seiner Offenheit heute Abend seine Position bei Global Union ernsthaft in Gefahr gebracht. Er würde morgen früh zur gewohnten Zeit zum Roten Palast gehen und ganz normal seine Arbeit erledigen. Für Claudia würde es unangenehm sein, als Lügnerin ertappt zu werden, aber er durfte jetzt kein Risiko eingehen.

Seufzend zog er sein Tagebuch zu sich heran und begann zu schreiben.

Heute habe ich mich mit Claudia Fischer über den Antichristen unterhalten. Ihr Unglaube ist so tief verwurzelt, dass er mich an das antike Griechenland erinnert. Sie lächelte über meine Gedanken, genau wie damals die Griechen. Allerdings hat sie mich nicht direkt ausgelacht wie die anderen. Unsere zarte, junge Freundschaft gestattet ihr das nicht.

Doch auch wenn es für Claudia unvorstellbar ist, ich werde mir immer sicherer, dass Justus Santos der ist, von dem die Propheten sprechen. Heute wurde uns mitgeteilt, dass wir drei Regierungsvertreter bespitzeln sollen, die sich gegen Santos verbündet haben. Steht in der Schrift nicht, dass der Antichrist auf seinem Weg an die Macht drei Häupter überwinden wird? Wir sind am Anfang der Entwicklung und viele Prophetien haben sich noch nicht erfüllt. Hoffentlich kann ich mit ihm sprechen, solange sein Herz noch nicht zu verhärtet ist, um sich korrigieren zu lassen.

So vieles deutet auf Santos hin. Es heißt in der Bibel, dass er die militärische Macht verherrlichen wird und Santos ist der Leiter eines militärischen Bündnisses, obwohl er gleichzeitig Frieden propagiert. Die Völker hören auf ihn, Menschen kommen von überall her und überschütten ihn mit Verehrung.

In der Vergangenheit habe ich immer zu lange gezögert, trotzdem hat Gott bisher Gnade geschenkt. Erst in diesem Zeitalter der weltweiten Kommunikation und Information war ich in der Lage, die Zeichen schon sehr früh zu erkennen, lange bevor sich das Böse in seiner ganzen Macht entfalten konnte.

Möge Gott mir die Kraft geben, meinen Auftrag auszuführen. Und möge er mir zeigen, ob es sein Wille ist, mit Claudia Fischer offen zu reden, und wenn ja, wann die Zeit dafür reif ist.

19

Angesichts der Tatsache, dass ich eine tickende Zeitbombe direkt in der obersten Etage von Global Union platziert hatte, schien mein privates Zerwürfnis mit Kurt zweitrangig. Als ich meine Wohnung betrat, war es 22 Uhr römischer Zeit, das hieß, es war 16 Uhr in New York. Ohne weiter zu überlegen wählte ich Kurts Büronummer. Es interessierte mich nicht, ob ich ihn bei einem Gespräch störte oder ob er meinetwegen einen Termin versäumte . . . ohnehin schuldete er mir viel mehr als das.

Als ich der Sekretärin erklärte, ich hätte ein dringendes Anliegen, stellte sie mich sofort durch.

„Kurt, ich brauche deine Hilfe“, sagte ich mit ruhiger Stimme und unauffälligem Tonfall. „Es ist vielleicht ein schlechter Moment, aber ich habe ein wirklich dringendes Anliegen.“

„Claudia, was ist denn passiert?“

„Nichts, mir geht es gut. Ich brauche bloß den Rat eines guten Psychologen. Morgen früh werde ich eine wichtige Person entlassen müssen.“

„Heißt das, du hast mir vergeben?“, fragte er vorsichtig und mit einem deutlich zufriedenen Unterton.

„Nein, das nicht. Aber ich denke, wir können trotzdem Freunde bleiben. Vielleicht waren wir die ganze Zeit nicht viel mehr als Freunde.“

„Vielleicht hast du Recht“, bestätigte er mit merkwürdig sanfter Stimme. Er würde mir seine Hilfe nicht verweigern.

Ich saß auf meiner Bettkante und strich mir mit der freien Hand durchs Haar. „Ich fürchte, mir ist ein böser Fehler unterlaufen. Es handelt sich um einen Mann namens Asher Genzano. Schon bei dem ersten Gespräch mit ihm hatte ich den Eindruck, dass etwas mit ihm nicht stimmte. Ich führte ein zweites Gespräch, konnte aber immer noch nicht herausfinden, was mit ihm los war. Gleichzeitig hatte er in allen Eignungstests überdurchschnittliche Ergebnisse, er ist hochbegabt, gebildet und ein sehr angenehmer Charakter. Die Personalleiterin war begeistert von ihm und so habe ich seiner Einstellung zugestimmt. Mein ungutes Gefühl blieb, doch ich hoffte, dass ich italienische Männer einfach nicht gut genug kannte und mich von daher in ihm täuschte."

Kurt lachte leise. „Und jetzt?"

„Jetzt weiß ich, dass er wahnsinnig ist."

Ich hörte es im Hintergrund rascheln und wusste, dass Kurt sich jetzt aufrecht hingesetzt und nach Stift und Notizbuch gegriffen hatte, um sich Notizen zu machen. „Wahnsinn ist ein schwer wiegender Begriff, Claude. Vielleicht ist er ein harmloser Neurotiker. Wenn du ihn ohne ausreichenden Grund entlässt, wirst du eine Menge Ärger bekommen. Inwiefern hältst du ihn denn für gestört?"

„Er ist religiös verwirrt. Das habe ich aber erst außerhalb des Büros erfahren. In der Kantine spricht er kein Tischgebet und er trägt auch kein Kreuz um den Hals, aber heute Abend hat er losgelegt und mir mit der Bibel in der Hand von seinem Schicksal und Gottes Willen erzählt und viele rätselhafte Bibelstellen zitiert."

„Aber Claude, es gibt doch viele religiöse Menschen. Wenn jeder Straßenprediger in Manhattan psychologische Hilfe bräuchte, dann müsste ich 24 Stunden täglich arbeiten." Er zögerte kurz und fragte dann mit Nachdruck: „Du hast ihn heute Abend gesehen? Außerhalb des Büros?"

Auf diese Frage war ich nicht vorbereitet. „Ja, ich musste mit ihm reden, über den Auftrag, den wir gemeinsam erhalten haben. Santos will, dass ich Leute belausche und beobachte und ohne ihr Wissen analysiere. Das gefällt mir nicht. Asher soll als Dolmetscher dabei sein." Ich zuckte die Schultern, auch wenn Kurt das nicht sehen konnte. „Das Treffen war rein dienstlich. Wie auch immer, jedenfalls hat dieser Mann Zugang zu allen vertraulichen Informationen und arbeitet als Dolmetscher und Übersetzer in der Nähe der obersten Chefetage. Ich kann nicht riskieren, dass er im Büro durchdreht."

„Warum befürchtest du das?"

Ich erinnerte mich an das leidenschaftliche Feuer in Ashers Augen. „Er sah heute Abend richtig fanatisch aus. Im Büro war er bisher immer ganz anders, zurückhaltend und unauffällig."

„Alles klar, Claudia." Ich freute mich über seinen dienstlichen Ton. Er schien mein Problem ernst zu nehmen. „Ich denke, ich kann dich beruhigen. Der Typ ist in Ordnung. Vielleicht wollte er mit dir über seinen Glauben sprechen, weil er dich außerhalb des Büros getroffen hat, da fühlte er sich sicherer. Solange er sich auf der Arbeit ruhig verhält, würde ich mir keine Sorgen machen, er ist ein harmloser Frommer."

„Nein, Kurt, was er sagte, klang überhaupt nicht harmlos. Er erklärte mir, Justus Santos sei der *Antichrist*."

Er lachte zynisch. „Ich kenne Leute, die denken von ihren Vorgesetzten noch viel Schlimmeres. Wirklich, Claudia, sei unbesorgt. Solange er im Büro nicht über Religion redet, stört das doch keinen."

„Du meinst, ich soll nicht seine Entlassung vorschlagen?"

„Nein. Der Kerl wollte dich nur beeindrucken. Wenn du dich nicht weiter darum kümmerst, wirst du wahrscheinlich nichts Religiöses mehr von ihm hören."

„Na gut." Ich spielte gedankenverloren mit der Telefonschnur. „Danke, Kurt. Du hast mir sehr geholfen. Tut mir Leid, dass ich dich bei der Arbeit gestört habe."

„Kein Problem. Freut mich, wenn ich dir helfen konnte."

Wir verabschiedeten uns und ich legte auf. Wahrscheinlich hatte er Recht. Ich kannte Asher eigentlich gut genug, um zu wissen, wie vertrauenswürdig er war. Hatte nicht jeder Mensch irgendwo seine ganz besondere Macke? Asher war ein wohlhabender Mann, der aus Idealismus bei Global Union arbeitete. Da er so von der Sache überzeugt war, musste man wirklich nicht damit rechnen, dass er Santos etwas antun könnte. Vielleicht wollte er nur mit mir über diese Themen sprechen, weil er den Widerspruch zwischen seinem Glauben an den Antichristen und all dem Guten, das er bei Global Union erlebte, nicht mehr vereinbaren konnte.

Was hatte er gesagt? *Wenn du als Mitarbeiterin von Santos deinem Ziel näher kommst, dann bleib. Wenn die Arbeit deinen Zielen zuwiderläuft, dann geh.*

Asher wollte auf jeden Fall weiter für Santos arbeiten, also hatte er die gleichen Ziele wie Global Union. Es schien ihn andererseits auch nicht zu stören, wenn ich die Organisation verlassen würde.

Konnte ich gehen? Ich hatte mir von dieser Arbeit in Rom internationale Bekanntheit erhofft. Doch wenn ich stattdessen dabei erwischt würde, wie ich heimlich Politiker beobachtete und belauschte, dann wäre meine Karriere international am Ende. Schon der leiseste Verdacht eines Skandals würde meinem jungen Unternehmen den Todesstoß versetzen. Wenn ich mich auf diese Tätigkeit einließe, die Santos jetzt von mir erwartete, gäbe es eine Menge Leute, die davon wussten und eines Tages wegen meiner illegalen Aktivitäten an die Öffentlichkeit gehen könnten.

Ich würde gehen. Der Vertragsbruch war kein Problem. Rory sollte umgehend einen Klienten für mich finden, irgendjemanden, der meine Hilfe brauchte, er müsste auch nicht reich oder prominent sein, Hauptsache, ich könnte Santos und Synn mein vorzeitiges Ausscheiden begründen. Meine Firma in New York brauchte mich. Immerhin hatte ich meinen eigentlichen Arbeitsauftrag bei Global Union erfüllt. Auch wenn die sechs Monate noch lange nicht um waren, das Team von Global Union war komplett.

Mein Laptop hatte ich im Büro gelassen, also nahm ich das Telefon und rief in Manhattan an. Nach dreimaligem Klingeln hörte ich meine Stimme: „Guten Tag, Sie sind mit Fisher Consulting verbunden. Leider können wir Ihren Anruf im Moment nicht persönlich entgegen nehmen, aber wenn Sie Ihren Namen und Ihre Telefonnummer . . .“

Rory hatte schon Feierabend gemacht. Ich wartete, bis die Ansage zu Ende war, dann sprach ich auf Band: „Hallo, Rory, grüß dich! Ich habe folgende Bitte: Wenn du einen guten Fall auf der Warteliste hast, dann schau doch mal, ob wir den übernehmen können, ja? Irgendein New Yorker Anwalt, der uns angefragt hat, müsste doch noch Interesse haben. Eigentlich solltest du ja alle Fälle absagen oder vertrösten, bis ich wiederkomme. Aber die Situation hat sich verändert, und ich brauche einen triftigen Grund, um Rom zu verlassen. Da käme mir ein wichtiger Auftrag sehr zu Hilfe. Ich warte auf deine Antwort. Danke!“

Jetzt ging es mir viel besser als noch vor wenigen Stunden. Mein Ex-Verlobter stand mir als Ratgeber zur Verfügung, mein Assistent würde einen Auftrag für mich finden und nach Kurts Einschätzung war mein einziger Freund in Rom kein wirklich Verrückter.

Vor allen Dingen würde ich bald wieder zu Hause sein!

*

Ich fiel fast in Ohnmacht, als ich am nächsten Morgen im überfüllten Fahrstuhl bei Global Union Asher begegnete. Er wusste, dass ich ihn angelogen hatte! Mit rotem Kopf stand ich ihm gegenüber. Aber Asher ließ sich nichts anmerken und sagte freundlich: „Ich bin gerade mitten in einem größeren Übersetzungsprojekt", er hob eine Akte hoch, die er unter dem Arm trug, „da habe ich einfach beschlossen, trotzdem heute zu kommen, um diese Arbeit abzuschließen."

Was sollte ich sagen? Ich nickte schweigend, wandte mich halb von ihm ab und starrte auf die glänzenden Fahrstuhltüren. Endlich hatten wir den vierten Stock erreicht.

„*Permesso*", sagte Asher höflich zu den Menschen, die ihm Platz machen mussten, schenkte mir ein sehr schönes Lächeln, trat ruhig aus dem Fahrstuhl und ging gemessenen Schrittes auf die Abteilung Öffentlichkeitsarbeit zu.

Erleichtert atmete ich durch, als die Fahrstuhltüren sich hinter ihm schlossen. Ein paar Stunden lang hatte ich gestern Abend mit dem Gedanken gespielt, heute zu Signora Casale zu gehen und ihr klarzumachen, warum wir den besten Dolmetscher und Übersetzer aller Zeiten leider entlassen mussten. Aber Kurts beruhigende Worte hatten mich wieder davon abgebracht. Jetzt wollte ich selbst gern entlassen werden, aber das war nicht so einfach. Hoffentlich würde Rory einen Fall zur Hand haben, der dringend und wichtig genug wirkte, um Synn und Santos von der Notwendigkeit meiner Rückkehr nach New York zu überzeugen. Wahrscheinlich würden sie versuchen, mich zurückzuhalten, mir drohen oder mich überreden wollen, doch solange ein guter Fall in New York meine Anwesenheit erforderte, müssten sie sich schließlich in die Situation fügen, und ich könnte Rom verlassen, noch bevor mein Ruf durch Spionage beschädigt würde.

In meinem Büro angekommen, schickte ich als Erstes eine E-Mail an Rory, um die Dringlichkeit meines Anrufs zu unterstreichen. Er sollte die Anfragen prüfen, die unmittelbar nach Mitchells Freispruch eingegangen waren. Es waren seitdem noch keine zwei Monate vergangen und ich konnte mir gut vorstellen, dass einige der Anwälte, die uns damals angefragt hatten, immer noch einen Prozessbeobachter suchten. War da nicht auch die Anfrage des Bürgermeisters von Boston mit seinem Erpressungsproblem gewesen?

Ich klickte auf „Senden". Als ich nach Rom kam, hatte ich von einer internationalen Karriere geträumt, doch jetzt sehnte ich mich zurück nach Manhattan. Kirsten würde sagen, ich hatte mich übernommen, und vermutlich müsste ich ihr in diesem Fall Recht geben.

Gegen Nachmittag kam eine E-Mail von Rory. Er hatte meine Nachricht auf Band erhalten und hing seither am Telefon. Er würde am Wochenende auch arbeiten und hoffte, bis Montagmorgen ein paar gute Angebote für mich zu haben. Der Bürgermeister von Boston stand allerdings nicht mehr zur Debatte, er hatte inzwischen Elaine Dawson engagiert.

Das war ein Schock! Was hatte Elaine Dawson an der Ostküste zu suchen? Hatte sie mich vor Global Union gewarnt, weil sie wusste, dass ich nach ihrem Anruf aus purem Trotz und Eigensinn die Stelle nehmen würde? Wollte sie, dass ich gehe, damit sie mir mein Terrain streitig machen könnte?

Wie auch immer – dieser Fall hatte vermutlich mit organisierter Kriminalität, Veruntreuung, Bestechung, Verschleierung und Täuschung der Behörden zu tun. Gleichzeitig würde es der Staatsanwaltschaft sehr schwer fallen, den Bürgermeister zu überführen, es sei denn, sie würden wirklich einen Berg erdrückender Beweise gegen ihn anhäufen können. Ich musste den Bürgermeister gar nicht erst sehen, es war mehr als wahrscheinlich, dass er schuldig war und freigesprochen werden würde. Sollte sich Elaine doch damit die Finger schmutzig machen! Ich für meinen Teil würde einen ehrenhaften Fall finden; vielleicht würde ich mich für eine Gruppe von Obdachlosen engagieren, die aus einem besetzten Haus geklagt werden sollten oder ich könnte einer Frau mit Brustkrebs helfen, die gerichtlich gegen einen schlechten Arzt vorging . . .

Schnell antwortete ich mit ein paar Dankesworten auf Rorys Mail, dann wandte ich mich meinem Schreibtisch zu und suchte meine Sachen zusammen. Wenn alles gut ging, würde ich nächste Woche um diese Zeit schon wieder an meinem New Yorker Schreibtisch sitzen und mich auf ein Wochenende bei Kirsten freuen. Sie war mittlerweile im achten Monat und würde bestimmt um einiges runder aussehen . . .

*

Das ganze Wochenende über schwebte ich auf einer Wolke der Zufriedenheit. Ich trug meine Kleidung zur Reinigung und verbrachte den Sonntagnachmittag damit, meine Sachen möglichst Platz sparend in den Koffer zu stapeln. Fast stündlich sah ich auf meinem Laptop nach, ob eine E-Mail eingetroffen war. Rory würde mich bestimmt sofort informieren, wenn sich etwas für mich auftat. Aber als engagierter Kirchgänger ließ er den ganzen Sonntag über nichts von sich hören. Gegen Mitternacht konnte ich die Spannung kaum noch ertragen, musste mich aber trotzdem schlafen legen, um am nächsten Tag fit zu sein.

Montagmorgen nahm ich ein Taxi zum Büro, grüßte wie jeden Morgen den Pförtner im Vorbeigehen und hoffte, dass meine Anspannung nicht zu offensichtlich war. Ohne mit den anderen Kollegen auf meiner Etage zu plaudern, wie ich das sonst morgens oft tat, verschwand ich in meinem Büro und schaltete den Computer ein. Die firmeneigenen Computer waren immer online, also könnte ich sofort sehen, ob Rory geschrieben hatte.

In meinem elektronischen Postfach lagen drei interne Nachrichten von Global Union, ein Brief von Kirsten und zwei Werbesendungen, die mich via Internet zur Millionärin machen wollten. Ich löschte die Werbungen, ohne sie geöffnet zu haben, und überflog dann Kirstens Zeilen, die von den nächtlichen Knüffen ihres Ungeborenen berichteten.

Während ich Kirstens Brief las, kam eine neue Nachricht herein. Als ich Rorys Absender sah, atmete ich erleichtert auf. Allerdings wunderte ich mich, warum er jetzt erst schrieb. Entweder war die Nachricht eine Zeit lang irgendwo im Internet hängen geblieben oder Rory saß um vier Uhr morgens im Büro am Computer.

Schnell dankte ich Kirsten, wünschte ihr und der Familie alles Gute und versprach ihr, bald länger zu schreiben. Dann öffnete ich voller Erwartung Rorys Mail.

Claudia – Rory wurde letzte Nacht umgebracht.

Was?! Das Bild verschwamm vor meinen Augen. Eine Gänsehaut kroch an meinen Armen hoch zum Nacken und den Rücken hinunter. Ich schloss meine Augen und atmete mehrmals tief ein und aus.

Nein, ich hatte mich bestimmt vertan! Das konnte unmöglich auf meinem Bildschirm stehen ... Während die Angst mir die Kehle zuschnürte, öffnete ich meine Augen und las weiter:

Rory ging am Samstagnachmittag ins Büro, um ein paar Akten durchzusehen. Er sagte mir, er wolle einen Auftrag für dich besorgen. Ich habe ihm so oft gesagt, er solle nachts mit dem Taxi fahren. Aber er nahm die U-Bahn, obwohl es schon nach Mitternacht war. In der Nähe des U-Bahnhofs Hoyt Street wurde er gefunden. Jemand hat ihn mit einem Messer erstochen. Er war schon tot.

Ich kann mir vorstellen, dass du jetzt schnell nach Hause kommen möchtest, aber meinetwegen ist das nicht nötig. Wenn die Gerichtsmedizin ihre Untersuchungen abgeschlossen hat, werde ich Rory einäschern lassen. Dann werden wir im kleinen Rahmen einen Gedenkgottesdienst in der Gemeinde feiern. Was die Kinder betrifft, sollen sie nicht seinen gewaltsamen Tod in Erinnerung behalten, sondern wir wollen uns über sein Leben freuen und seine Reise in den Himmel feiern. Ich bin so dankbar dafür, dass wir am Samstag noch einen sehr schönen Vormittag zusammen verbringen konnten. Dieses Andenken werden die Kinder und ich bewahren. Niemand, nicht einmal der Verbrecher, der Rory das Leben geraubt hat, kann uns das nehmen.

Rory hat mir gesagt, dass du nicht gläubig bist, so weiß ich nicht, ob du mich jetzt verstehen kannst. Aber bitte glaube mir, dass ich es wirklich ernst meine: Du brauchst wegen uns nicht zu kommen. Wir trauern um den Verlust, aber wir wissen auch, dass Rory uns im Himmel erwartet. Sein Vertrauen war fest in Jesus gegründet, von daher war der Tod für ihn der größtmögliche Gewinn. Jesus wird mich und die Kinder trösten, bis wir Rory wieder sehen werden.

Rory hat dich immer sehr geschätzt. Ich weiß, dass auch er dir jetzt sagen möchte: Bitte sei nicht traurig, sondern freue dich mit ihm über seine „Beförderung".

Alice Metcalf

Für einen Augenblick, der sich wie eine Ewigkeit anfühlte, starrte ich auf den Monitor, dann begann ich am ganzen Körper zu zittern. Ich konnte die Szene wie einen Film vor meinen inneren Augen sehen:

Rory am Samstagvormittag, wie er den Müll hinunterbrachte und Alice im Haus half, wie er mit den Jungs spielte und vielleicht mit der ganzen Familie in den Zoo ging. Am Nachmittag, als Jared und Jason mit ihren Gameboys beschäftigt waren, fuhr er ins Büro. Für mich. Er wollte einen Auftrag für mich finden, damit ich einen Vorwand hätte, um nach Hause zu kommen. Obwohl jeder in New York wusste, wie gefährlich eine U-Bahnfahrt nach Mitternacht war, beschloss er, das Geld für ein Taxi zu sparen und trotzdem die U-Bahn zu nehmen. Die paar Dollar, die er dabei sparte, kosteten ihn sein Leben.

Ich klammerte mich an der Schreibtischkante fest, während mein Magen zu einem Eisklumpen gefror. Jetzt hatte ich wirklich einen dringenden Grund für meine Rückreise. Trotz allem, was Alice geschrieben hatte, wollte ich sie jetzt unbedingt sehen, meine Arme um sie legen und mich bei ihr dafür entschuldigen, dass ich Rory am Wochenende hatte arbeiten lassen. Natürlich würde sie sagen, ich hätte keine Schuld an den tragischen Ereignissen, aber ich wusste es besser. Rory war sehr verantwortungsbewusst, er tat immer mehr, als ich von ihm erwartete. Ich hatte ihn gebeten, für mich einen Grund zu finden, um Rom verlassen zu können, und genau das hatte er getan.

Als ich über diesen Zusammenhang nachdachte, wurde mir schlecht.

*

Es dauerte eine Weile, ehe ich meinen Körper wieder unter Kontrolle hatte. Erst als ich mir sicher war, dass mein Kinn beim Reden nicht mehr zitterte, ging ich zum Fahrstuhl und drückte auf die 6. Ich wollte Synn sprechen. Seine Sekretärin ließ mich direkt zu ihm durchgehen. Er saß hinter seinem Schreibtisch und sah mich erwartungsvoll an.

Ich blieb hinter dem Besucherstuhl stehen und erklärte ohne Umschweife mein Anliegen: „Signor, ich muss sofort nach Hause. Mein Mitarbeiter wurde ermordet."

„*È orribile!*" Seine Lippen wurden für einen Augenblick zu einer dünnen Linie und sein Doppelkinn machte eine heftige Bewegung. „Wann ist das denn passiert?"

„Gestern, am frühen Sonntagmorgen in New York. Er war in der U-Bahn. Wahrscheinlich war es ein Raubüberfall." Meine Stimme schwankte und ich sah zu Boden. Mit geballten Fäusten rang ich um Fassung. Auf keinen Fall wollte ich vor ihm in Tränen ausbrechen.

Synn machte leise Laute des Mitgefühls. „Wir werden seiner Familie selbstverständlich unser Beileid ausdrücken und ein Geschenk übermitteln. Vielleicht wäre ein Kranz das Richtige?“

„Das ist nicht nötig.“ Als ich meinen Blick wieder hob, sah ich, wie er mich mit einem interessierten Ausdruck musterte. „Ich werde mich persönlich darum kümmern, sobald ich in New York bin.“

Bedächtig schüttelte Synn den Kopf. „Tut mir Leid, Signorina, aber Sie können nicht gehen. Es wurden alle Vorbereitungen getroffen – Sie werden morgen früh nach Brüssel reisen.“

Fassungslos starrte ich ihn an. „Aber . . . aber das geht nicht. Die Familie meines Angestellten rechnet mit mir.“

„Wir werden uns darum kümmern. Ich werde gleich in unserem Büro in New York anrufen und dafür sorgen, dass der amerikanische Vertreter von Global Union an dem Gedenkgottesdienst teilnimmt.“

Langsam fingen meine Gedanken an zu arbeiten. Gedenkgottesdienst? Hatte er Gedenkgottesdienst gesagt? Wie konnte er wissen, dass es keine Beerdigung geben würde? Ich war mir absolut sicher, nichts davon erwähnt zu haben. Diese Information konnte er nur aus der Mail von Alice haben!

Ich hörte Rorys Stimme wie durch einen Nebel: *Was auch immer Sie tun, achten Sie bitte darauf, dass Sie keine persönlichen E-Mails über das Netz von Global Union schicken, sonst kann jeder, der das Passwort kennt, Ihre private Korrespondenz lesen.*

Das Blut hämmerte mir in den Schläfen. Synn hatte meine Post gelesen. Ich griff nach der Rückenlehne des Stuhles, hinter dem ich stand. Dann schüttelte ich den Kopf und zwang mich zu einem Lächeln. Ashers Paranoia schien auf mich überzugehen. Bestimmt bildete ich mir das alles nur ein. Möglicherweise hatte Synn einen Gedenkgottesdienst erwähnt, weil das in Italien die übliche Bezeichnung für eine Begräbnisfeier ist.

„Es tut mir Leid, aber die Fahrt nach Brüssel kann nicht verschoben oder zu einem anderen Zeitpunkt wiederholt werden“, drangen Synns Worte an mein Ohr. Aus schmalen Augenschlitzen sah er mich an. „Sie werden zusammen mit Signor Genzano morgen früh abreisen. Nehmen Sie einen kleinen Koffer mit, damit Sie wie Reisende wirken.

Unsere Mitarbeiter werden Sie am Bahnhof in Brüssel abholen und während des ganzen Einsatzes begleiten." Er verzog einen Mundwinkel zu einem schiefen Lächeln: „Ich bedaure den Tod Ihres Mitarbeiters außerordentlich, Signorina. Aber vielleicht ist es für Sie tröstlich zu wissen, dass Ihr morgiger Einsatz dem Wohle der ganzen Menschheit dienen wird. Damit handeln Sie sicherlich auch im Sinne Ihres verstorbenen Freundes."

„Dann werde ich sofort nach diesem Einsatz meinen Vertrag lösen." Mir fiel selbst auf, wie hohl meine Stimme klang. „Ich möchte so bald wie möglich nach New York zurückkehren. Es warten dort eine Menge Dinge auf mich, um die ich mich persönlich kümmern muss."

Seine Augenbrauen schnellten in die Höhe. „Signorina, das liegt ganz im Ermessen von Il Presidente. Ohne seine Einwilligung sind auch mir die Hände gebunden."

Ich spürte seinen prüfenden Blick, während ich mühsam um Fassung rang.

„Bitte händigen Sie mir meinen Reisepass aus!" Ich wollte keinen Tag länger hier arbeiten.

Sein Gesicht legte sich in traurige Falten: „Nein, ich bedaure, Signorina, für die Zeit, die Sie bei Global Union arbeiten, werden wir den Pass für Sie aufbewahren."

Ich starrte ihn wortlos an. Die Lage war klar. Solange ich nicht den Mut hatte, zur Polizei oder zur Botschaft zu gehen und mir damit Justus Santos zum persönlichen Feind zu machen, war ich seine Gefangene. War es überhaupt möglich, dem Machtapparat Global Union zu entfliehen? Angenommen, ich könnte meine Abreise aus Rom erzwingen, wäre es dann möglich, in New York so weiterzuleben und zu arbeiten wie bisher? Wenn ich an Rorys Schicksal dachte, ahnte ich, dass ich mit einem offiziellen Schritt gegen Global Union vielleicht mehr als meine Karriere aufs Spiel setzen würde ...

„Für den Frieden in der Welt", presste ich mit zusammengekniffenen Lippen heraus und verließ auf zitternden Beinen Synns Büro.

*

Den restlichen Tag verbrachte ich damit, einen Stapel Personalakten durchzusehen, den Laura Casale mir auf den Tisch gelegt hatte. Ich sollte über jedes von mir geführte Bewerbungsgespräch einen schriftlichen Bericht verfassen. Sie sagte mir, dies sei eine wichtige und dringende Aufgabe, aber ich hatte eher den Eindruck, ich sollte irgendwie beschäftigt werden.

Gegen 17 Uhr, als ich gerade gehen wollte, klopfte es an meiner Tür. Noch ehe ich antworten konnte, steckte Asher seinen Kopf durch den Türspalt. „Signorina", er lächelte mich gewinnend an, „ich würde Sie heute Abend gerne zum Essen einladen. Ich möchte Ihnen mehr von mir erzählen, damit Sie meine gestrigen Worte besser einordnen können. Sie sind gestern so schnell gegangen . . .?"

Mein Blick wanderte an seiner Gestalt entlang und ich las seine Körpersprache. Er wirkte ruhig, strahlte Selbstvertrauen aus, gleichzeitig war seine Haltung demütig und entschuldigend. Nichts wies darauf hin, dass er verwirrt sein könnte. In seinen Augen stand Ernsthaftigkeit, seine Ausstrahlung war entspannt.

Mit meinem Lächeln bot ich ihm Versöhnung an, wies seine Einladung aber zurück. „Das ist sehr freundlich von Ihnen, aber ich fürchte, ich bin heute keine gute Gesprächspartnerin. Ich habe heute Morgen eine schreckliche Nachricht erhalten. Ein Freund von mir ist am Wochenende gestorben. Außerdem haben wir morgen einen anstrengenden Tag vor uns."

Sein Gesicht nahm einen eigenartigen Ausdruck an. Obwohl dies überhaupt nicht möglich war, sah ich *Eifersucht* in seinen Zügen. Schnell senkte er den Blick und spielte mit der Schuhspitze an meiner Teppichkante. „Sagt man nicht, geteiltes Leid ist halbes Leid? Vielleicht hilft es Ihnen, mit mir über den tragischen Vorfall zu reden?"

Ich drückte meine Fingerspitzen gegen die Lippen. Sein Angebot tat mir sehr gut. Heute Morgen hatte ich Laura Casale die schreckliche Nachricht von Rorys Tod erzählt und konnte insofern sicher sein, dass die gesamte Belegschaft bis Mittag davon wusste. Aber niemand hatte mir sein Beileid ausgedrückt. Asher war der Erste, der tröstliche Worte für mich fand.

Solange er nicht über das Ende der Welt fantasierte, war er ein sehr angenehmer Gefährte.

Ich sah ihn an. „Danke, Asher, das ist sehr aufmerksam und eine gute Idee. Wann wollen wir gehen?"

„Sobald Sie können. Ich warte unten in der Eingangshalle auf Sie."

„Ich bin gleich da.“

Er zog die Tür hinter sich zu und ich drehte meinen Sessel zum Fenster. Vielleicht hatte Kurt wirklich Recht und Asher war ein harmloser Frommer? Ich hatte ihn in seiner Wohnung aufgesucht. In dieser eigenartigen Bibliothek würde jede Unterhaltung bizarr wirken. Abgesehen davon schienen mir Ashers Spinnereien jetzt, gemessen an Rorys Tod und meinem unfreiwilligen Dienst für Global Union, vergleichsweise ungefährlich.

Draußen wurde es bereits dunkel. Noch ehe die Sonne wieder aufging, würden Asher und ich bereits auf dem Weg nach Brüssel sein, um diesen geheimen Auftrag auszuführen, der für Santos und Synn so wichtig war. Diese Reise würde brisant genug sein, auch ohne dass ich mir über Ashers Geisteszustand den Kopf zu zerbrechen musste. So gesehen war es ganz gut, jetzt mit ihm essen zu gehen. Damit hätte ich morgen hoffentlich eine Sorge weniger.

Ich legte die letzte Personalakte in das Fach für Signora Casale und schaltete den Monitor aus. Ein paar Augenblicke lang starrte ich auf den schwarzen Bildschirm. Synn war ein Sicherheitsfanatiker; eigentlich war es nahe liegend, dass er alle Mails überprüfen ließ. Da die Computer Eigentum von Global Union waren und die Organisation auch für den Internetzugang bezahlte, war sein Handeln sogar rechtmäßig.

In Zukunft würde ich darauf achten, private Mails nur noch auf meinem Laptop und über meine eigene Adresse zu empfangen.

*

Als Asher und ich aus dem Roten Palast traten, befand ich mich in einer seltsam gedrückten Stimmung. Dieser Tag hatte mich viel Kraft gekostet. Schweigend stapfte ich neben Asher her und war froh, dass ich mich nicht um die Richtung kümmern musste, die wir einschlugen. Dabei fiel mir auf, wie viele Frauen sich nach uns umdrehten, oder vielmehr, wie sie sich nach Asher umdrehten. Doch er schien sie gar nicht zu bemerken.

Verstohlen betrachtete ich Asher von der Seite. Er hatte ein ebenmäßiges Gesicht mit markanten Zügen, volles, dunkles Haar, er war groß und besaß einen athletischen Körperbau. Wahrscheinlich hätte er als Filmschauspieler gute Chancen gehabt. Obwohl er sich längst nicht so edel kleidete wie Justus Santos und auch nicht so auffallend gepflegt und manikürt wirkte, fand ich ihn doch noch deutlich attraktiver als Il Presidente. Kirsten hätte mir in diesem Punkt sicherlich beigepflichtet.

Die nächste hübsche Signora, die uns entgegenkam, bedachte Asher mit einem aufreizenden Lächeln und mich mit einem herausfordernden Blick. Sie sah aus, als wollte sie mir meinen Begleiter streitig machen. Ich hielt ihrem Blick stand und schob gleichzeitig meine Hand unter Ashers Ellbogen. Sollte die Frau doch denken, dass dieser Mann zu mir gehörte.

Nach fast zwei Monaten in Rom hatte ich mich schon an einiges gewöhnt. Die italienischen Männer waren ganz und gar nicht schüchtern und machten jeder halbwegs attraktiven Frau den Hof. Ich hatte mich selbst noch nie für auffallend hübsch gehalten, trotzdem spürte ich in Rom so viele dunkle, leidenschaftliche Männeraugen auf meinem Körper, dass ich oft ganz unsicher wurde. Nicht dass ich in den Staaten nie angesprochen worden wäre, aber nur wenige Amerikaner waren so kühn und so von sich selbst überzeugt wie diese Italiener. Anscheinend war das Wort „Zurückhaltung“ unter der männlichen Bevölkerung Italiens kaum bekannt.

Doch heute fiel mir zum ersten Mal auf, dass die italienischen Frauen sich ganz ähnlich verhielten. Bei früheren Spaziergängen mit Asher hatten wir uns stets so angeregt unterhalten, dass ich nicht auf die anderen Passanten geachtet hatte. So bemerkte ich erst jetzt, wie viele Frauen auf Asher reagierten.

Wir gingen achtlos an den teuren Restaurants vorbei, die vor allem von Touristen besucht wurden, und ich deutete auf eine einfache *Trattoria,* von der ich annahm, dass wir dort zu einem vernünftigen Preis gut essen würden. Doch Asher schüttelte den Kopf, legte seinen Arm um meine Schultern und dirigierte mich zu einem kleinen Hauseingang, aus dem eine wunderbare Mischung von Düften drang. Ich erkannte Knoblauch, gebratenes Fleisch und den Rauch eines Holzfeuers.

„Hier ist es noch besser“, erklärte er und lächelte einen kahlköpfigen Mann an, der eilig auf uns zukam, kaum dass wir die Tür hinter uns geschlossen hatten. Der Wirt begrüßte Asher überschwänglich und begleitete uns dann zu einem der wenigen freien Tische. Augenblicke später saßen wir uns gegenüber und falteten die großen Stoffservietten auseinander.

„Woher kennst du dieses Lokal?", fragte ich und sah mich interessiert um. „Es hat doch gar kein Schild vor der Tür."

„Wenn du lange genug in Rom gelebt hast, dann weißt du, wo am besten gekocht wird."

„Ich beabsichtige nicht, noch viel länger in Rom zu bleiben", sagte ich mit betont leichter Stimme. „Ich will so bald wie möglich zurück. Um den Auftrag morgen komme ich nicht herum, aber ich hoffe, dass meine Tätigkeit für Global Union damit beendet ist."

„Ich kann mir vorstellen, dass du jetzt in Gedanken bei deinen Freunden bist", sagte Asher mit nachdenklichem Blick. „Es tut mir so Leid, dass du deinen Freund verloren hast . . . aber ich muss auch zugeben, dass ich ihn beneide."

Erschrocken sah ich ihn an. „Wie meinst du das?"

In diesem Moment wurde unser Essen serviert. „Ich werde es dir nach dem Essen erklären", unterbrach Asher das Gespräch. Wie ich es von den Italienern schon gewohnt war, wollte er sich jetzt auf das Essen konzentrieren und nicht mehr über das angefangene Thema sprechen. Der Mann, der uns zuerst begrüßt hatte, kam mit zwei dampfenden Tellern an unseren Tisch. Der Wirt schien gleichzeitig auch Koch und Kellner zu sein.

Am liebsten wäre ich in Asher gedrungen und hätte die Antwort sofort gehört. Aber der volle Teller vor meiner Nase betörte meine Sinne und ließ meinen Magen knurren. Seit der Nachricht von Rorys Tod heute Morgen hatte ich nichts mehr gegessen. Das Gericht, das jetzt vor mir stand, sah wunderbar lecker aus.

„*Zampone*", erklärte Asher und griff nach Messer und Gabel. Er deutete auf das Fleisch: „Das ist eine Spezialität des Hauses. Wir bekommen gleich noch frisches Gemüse dazu und Mozzarella, der gestern Abend erst gemacht wurde. Wenn du willst, wird Giorgio dir auch noch eine Pizza machen."

Ich lächelte den Koch an, der sich in der Nähe unseres Tisches aufhielt und auf meine Reaktion wartete. „Es sieht fantastisch aus, vielen Dank."

Zufrieden rieb Giorgio sich die Hände, rief uns ein „*Buon appetito*!" zu und verschwand wieder in der Küche.

„Anschließend gibt es *Frittelle*", erklärte Asher, der das Essen für uns bestellt hatte. „Aber vielleicht können wir uns den Nachtisch auch einpacken lassen und während eines Spaziergangs essen? Ich habe dir etwas sehr Wichtiges zu sagen."

Obwohl ich keinen Grund dafür sah, bekam ich bei diesen Worten eine Gänsehaut.

*

Nach dem Essen brachte der Koch jedem von uns eine Papiertüte voll knuspriger, heißer *Frittelle*. Ich stellte fest, dass sich hinter diesem Wort kleine, in heißem Olivenöl gebackene Teigbällchen verbargen, die mit Puderzucker bestäubt wurden und mich an meine Kindheit erinnerten. Wenn bei uns Jahrmarkt war, gab es so ähnliche Kuchen, die meine Schwester und ich immer sehr gerne mochten. Ich erzählte Asher davon, während wir uns langsam auf den Heimweg machten.

„Wann bist du geboren?", fragte er plötzlich unvermittelt.

Ich musste lachen. „Ich bin 28, falls du das wissen willst. Im Gegensatz zu vielen anderen Frauen finde ich nichts dabei, mein Alter zu verraten."

Er nickte, schien aber in Gedanken nicht bei der Sache zu sein.

„Du wolltest mir nach dem Essen etwas erklären", erinnerte ich ihn. „Ich bin schon ganz gespannt darauf."

„Wollen wir uns setzen?" Asher deutete auf eine steinerne Bank am Rande der *Piazza della Rotonda* und ich setzte mich. Als er sich neben mir niederließ, fühlte ich mich seltsam geborgen. Die Nacht war klar und trocken und viele Leute waren draußen, um den Feierabend zu genießen. Ein Schwarm dicker, behäbiger Tauben watschelte, nach Krümeln pickend, über den Platz. Unweit von uns erklang das verzweifelte Hupen eines Autofahrers, der vermutlich von in zweiter Reihe parkenden Wagen eingekeilt war. Über der Kuppel des antiken Tempels hing die gelbe Mondsichel und in den Restaurants und Klubs ringsum wurde gegessen und getrunken. Ich genoss diese Stimmung des nächtlichen Rom und hoffte sehr, dass Asher sich von der entspannten Atmosphäre anstecken ließe und nicht gleich von Santos, dem Antichristen und alten Prophetien reden würde.

Ashers dunkle Augen wanderten über den Platz. „Ich bin älter als du", sagte er schließlich.

„Das habe ich mir schon gedacht", erwiderte ich lächelnd. „Ich schätze dich auf 33 oder 34 Jahre, stimmt's?"

„Nein, ich bin *viel* älter."

„Das macht doch nichts", antwortete ich etwas verunsichert und sah zur Seite. So wie er über unser Alter sprach, kam mir zum ersten Mal der Gedanke, er könnte sich in mich verliebt haben. O nein! Vorhin hatte ich mich bei ihm untergehakt. Er hatte dieser Geste doch hoffentlich nicht mehr beigemessen, als sie tatsächlich bedeutete? Besonders in Italien war so eine freundschaftliche Berührung doch ganz unauffällig, hatte ich gedacht.

„Ich wurde in Rom geboren . . ." Seine Augen folgten den Menschen, die über den Platz schlenderten, „. . . im Jahr unseres Herrn."

Mit einer hochgezogenen Augenbraue wartete ich darauf, dass er fortfuhr. Ein Junge radelte an uns vorbei, aus dem Radio an seiner Lenkstange erklang fröhlicher Pop. Asher führte seinen Satz nicht zu Ende.

Ich rückte etwas näher und fragte nach: „Im Jahre unseres Herrn – in welchem Jahr unseres Herrn?"

Asher hob seine Augen zu dem sternklaren Himmel, straffte seine Schultern und reckte das Kinn nach vorne. „Im Jahre unseres Herrn", wiederholte er, „im gleichen Jahr wie Jesus Christus. Er kam in Bethlehem zur Welt, ich in einem Dorf vor den Toren Roms. Er wuchs in Nazareth auf, ich kam, nachdem ich meine Eltern verloren hatte, in ein Haus in der Patrizierstraße. Das war eine große Straße, die von der *Castro Pretorio* nach Südwesten ins Zentrum der Ewigen Stadt führte. Mein Stiefvater hatte gute Beziehungen zu den höchsten Beamten Roms. Im Jahr 26 nach Christus verließ ich das Haus meiner Pflegeeltern und zog als Diener von Pontius Pilatus mit diesem nach Palästina. Er war von Cäsar als *Prafectus Iudaeae,* Statthalter von Judäa, eingesetzt worden

Ich hörte staunend zu. Die Worte kamen so flüssig über seine Lippen, als würde er ein Gedicht aufsagen. Offensichtlich hatte er diese Geschichte schon sehr oft erzählt. Wir führten jetzt also keine Unterhaltung, sondern Asher trug mir etwas vor.

Er sah mich kurz an um festzustellen, wie ich auf seine Worte reagierte. Zwar hatte ich keine Ahnung, was er mir da erzählte und ich konnte mir auch nicht erklären, warum er das tat, aber Asher hatte mich ja immer wieder mit unerwarteten Äußerungen überrascht. „Mach weiter", ermutigte ich ihn deshalb und hob mir alle Fragen bis zum Ende auf. „Ich will die ganze Geschichte hören."

Einen Augenblick lang schien sich sein Gesicht zu öffnen, ich sah Überraschung und Erleichterung in seinen Augen. „Claudia, kennst du die Legende vom Ewigen Juden?"

Ich zuckte die Achseln. „Es gibt eine Pflanze, die so heißt, meine Mutter hatte ein großes Exemplar auf der Veranda hängen."

Er seufzte und rieb seine Nackenmuskeln: „Ich meine nicht die Pflanze, ich rede von dem Mann, der dazu verdammt ist, so lange über die Erde zu wandern, bis Christus wiederkommt."

Fast bedauerte ich es schon wieder, ihn zum Erzählen ermutigt zu haben: „Nein, tut mir Leid, Asher, in Sagen und Legenden kenne ich mich nicht gut aus."

„Aber diese Geschichte solltest du kennen. Die Legende besagt, dass Jesus nach der Verurteilung durch Pontius Pilatus von Soldaten zur Stadt hinausgeführt wurde. Auf dem Weg zur Hinrichtungsstätte kam er an dem Haus eines Schusters namens Ahasverus vorbei. Christus war erschöpft und stützte sich an der Hauswand ab. Da kam der Schuster aus dem Haus und verjagte ihn mit den Worten: ‚Verschwinde! Sieh zu, dass du weiterkommst!' Christus, der die Sünde, Krankheit und den Fluch der ganzen Menschheit auf seinen Schultern trug, sah ihn an und sprach: ‚Ich gehe, aber du wirst warten, bis ich wiederkomme.'"

Asher verstummte. Nach einem tiefen Seufzer fuhr er fort: „Allerdings stimmen die Details nicht ganz. Der Mann war weder ein Jude noch ein Schuster, sondern ein Römer namens Cartaphilus, Diener im Hause von Pontius Pilatus. Dieser Cartaphilus wollte bei den Soldaten, die den Verurteilten abführten, einen guten Eindruck machen. Er beleidigte Christus nicht nur mit seinen harten Worten, er *schlug* ihm sogar ins Gesicht. Die Worte, die Christus daraufhin zu ihm sagte, stimmen auch nicht mit dem in der Legende überlieferten Satz überein. In Wirklichkeit sagte er: ‚Du siehst mich jetzt, aber du wirst so lange leben, bis du mich in Wahrheit erkennst.' Dabei sah Jesus den Römer, der ihn beleidigt hatte, mit einem Blick voller Barmherzigkeit an."

Asher strich sich die Haare aus dem Gesicht, sein Blick fixierte einen fernen Punkt. Ich wartete, um sicherzugehen, dass seine Geschichte damit zu Ende war, dann rutschte ich auf unserer Steinbank in eine andere Position. Was er mir heute erzählte, gefiel mir jedenfalls deutlich besser als die Geschichte vom Antichristen.

„Das was eine interessante Legende, Asher. Woher kennst du sie so genau?"

„Ich kenne sie, weil ich sie selbst erlebt habe. Ich bin dieser *L'Ebreo errante.*"

Plötzlich schlug mein Herz ganz oben in meiner Kehle. Ich schluckte heftig und verschränkte meine Arme: „Das musst du mir übersetzen." Mühsam gelang mir ein Lachen. „Es klingt ja fast so, als sollte ich dir glauben, dass du 2.000 Jahre alt bist."

In dem düsteren Schein der Straßenlaterne sahen wir uns lange an und ich spürte etwas von der Traurigkeit, die ihn erfüllte. „Ich würde dich niemals anlügen, Claudia. Ich bin der Mann, den man den Ewigen Juden nennt. Mein Name ist Cartaphilus, ich habe den Erlöser geschlagen und seit seinem Tod durchwandere ich die Erde. Ich kann nicht älter werden und ich kann nicht sterben. Bitte glaub mir, was ich dir jetzt sage. Es ist die reine Wahrheit, ich lüge nicht."

Irgendwo unweit von uns hörte ich den schrillen Schrei einer Frau und das wilde Hupen eines Autos, aber ich drehte mich nicht danach um. Ich konnte mich nicht bewegen. Sprachlos und wie gelähmt saß ich auf der Bank und starrte den Mann neben mir an, dessen direkter Blick, aufrechte Haltung, entspannte Mundpartie und ruhige Hände mir klar genug bestätigten, dass er die Wahrheit sagte.

Aber es gab auch professionelle Lügner, die man nur sehr schwer an ihrer Körpersprache erkennen konnte. Und Psychotiker wissen nicht einmal selbst, wann sie die Realität verlassen und sich in ihrer Wahnwelt bewegen.

Wer war dieser Mann?

„Asher", sagte ich vorsichtig, denn ich wollte ihn nicht verletzen, „es ist spät geworden. Wenn du erlaubst, möchte ich jetzt nach Hause gehen."

Sein Gesicht wurde von Schmerz überzogen. „Ich habe dich verärgert."

Abwehrend hob ich meine Hand, dann senkte ich den Blick und

schüttelte verneinend den Kopf. „Du hast mir viel Stoff zum Nachdenken gegeben. Aber morgen ist für uns ein wichtiger Tag. Wir müssen nach Brüssel fahren und diesen Auftrag von Santos ausführen. Ich habe nur noch eine Frage: Fühlst du dich dazu in der Lage?"

Seine Augen wurden schmal, als er zurückfragte: „Du meinst, ob ich meine Gedanken für mich behalten kann?"

Ich hatte Angst, ihn mit weiteren Worten zu provozieren und nickte nur. Er wandte den Blick ab, seine Augen wurden ausdruckslos wie Steine. „Ich werde dich nicht enttäuschen."

Er sagte nichts, als ich mich vorsichtig erhob. *Was mache ich bloß, wenn er wirklich verrückt ist?* Seine Kaumuskeln bewegten sich heftig, während er beobachtete, wie ich einen vorsichtigen ersten Schritt machte. Als ich diese unwillkürliche Reaktion sah, ging ich schnell wieder einen halben Schritt auf ihn zu, bevor ich mich verabschiedete: „Bis morgen!", und um ihn zu besänftigen, fügte ich noch ein „*Buena notte*, Asher" hinzu.

Bevor er noch etwas sagen oder mich zurückrufen konnte, drehte ich mich um, eilte über den Platz und verschwand zwischen den anderen Fußgängern.

20

Die ganze Nacht grübelte ich über Ashers Geschichte nach. Schlaflos wälzte ich mich in meinem Bett hin und her, doch ich kam zu keinem Ergebnis. Um sechs Uhr früh rief ich in New York an. Ich würde nicht mit Asher nach Brüssel fahren, ohne vorher Kurts Rat eingeholt zu haben.

„Hallo, Kurt." Ich versuchte Kurt zu vermitteln, dass ich ihn nicht zum Spaß mitten in der Nacht störte: „Kurt, du musst mir helfen. Bitte entschuldige, dass ich dich um diese Zeit anrufe, aber ich muss unbedingt mit dir sprechen. Ich fürchte, der Mann, von dem ich dir neulich erzählte, wird mir bald die allergrößten Schwierigkeiten machen."

Kurt gähnte ausgiebig. Mühsam ermahnte ich mich zur Geduld. Immerhin war es Mitternacht in New York und ich hatte Kurt aus dem Schlaf gerissen.

„Bitte, Kurt. Vor wenigen Stunden wurde Rory umgebracht. Heute müssen Asher und ich nach Brüssel fahren und dort ein paar Politiker heimlich belauschen und beobachten. Das alleine ist schon belastend genug. Ich will mir möglichst nicht auch noch über meinen psychopathischen Begleiter den Kopf zerbrechen müssen."

„Sprichst du von dem Kerl, der sich für den Antichristen hält?"

„Er hält nicht *sich* für den Antichristen, sondern unseren Chef. Bitte werd endlich wach, ich muss mit dir reden."

„Ich bin wach", sagte Kurt unwillig und räusperte sich kräftig, „und es tut mir Leid, was mit Rory passiert ist."

„Danke. Aber daran kann ich jetzt gar nicht denken. Im Moment erlebe ich zu viele Katastrophen gleichzeitig. Für heute Morgen möchte ich mich auf das Problem mit Asher beschränken."

„Gut, dann erzähl mal, was es von ihm Neues gibt." Kurts Stimme war jetzt klar und klang professionell. „Was für eine Position hat er eigentlich?"

Erleichtert schloss ich die Augen. „Er ist Dolmetscher und Übersetzer. Wie ich dir schon erzählte, hatte ich von Anfang an Bedenken, ihn einzustellen. Aber im Büro verhält er sich ganz unauffällig. Mit seinen komischen Geschichten rückt er nur heraus, wenn wir allein und außerhalb von Global Union sind."

Kurt schwieg und fast konnte ich das Trommeln seiner Finger auf dem Nachttisch hören. „Hast du schon einmal an die Möglichkeit gedacht, dass dieser Mann sich in dich verliebt haben könnte? Vielleicht versucht er damit, deine Aufmerksamkeit zu gewinnen?"

Ich musste nicht lange überlegen. „Doch, daran habe ich auch schon gedacht und ich habe auch speziell darauf geachtet, ob er irgendetwas in dieser Richtung andeutet. Ich kenne ja die ganze Palette an entsprechenden Signalen und Zeichen, auch wie sie unter Italienern üblich sind, aber Asher hat bislang nichts davon eingesetzt." Ein schwaches Lächeln glitt über mein Gesicht. „Möglicherweise ist er der einzige Mann in Rom, der *nicht* jede Frau unter 50 anmacht."

Kurt grunzte. Dann hörte ich ein Rascheln, als ob er in einem Stapel Papiere wühlte. „Claudia, für diese Beratung schuldest du mir ein Essen, sobald du wieder in New York bist, versprichst du mir das?"

„Versprochen. Hauptsache, du hilfst mir jetzt."

„Meinst du, er selbst glaubt an seine Geschichten?"

„Nach allem, was ich an ihm beobachtet habe, ja. Natürlich könnte er auch ein professioneller Lügner sein, dem man nichts ansieht. Aber dann würde er auch auf der Arbeit lügen und das wäre seinen Kollegen aufgefallen." Ich saß im Schneidersitz auf meinem Bett. „Von seiner Körpersprache und von seinem ganzen Verhalten ausgehend, muss ich annehmen, dass er Wort für Wort glaubt, was er erzählt. Deshalb denke ich, er ist psychotisch. Er hat den Bezug zur Realität verloren. Doch solange ich das nicht beweisen kann . . ."

„Hier ist es", unterbrach mich Kurt, „das habe ich neulich gelesen. Es ist eine Fallbeschreibung aus einer medizinischen Fachzeitschrift." Ich hörte ihn blättern, dann sprach er in der monotonen, leicht abgehackten Art weiter, die ich von ihm kannte, wenn er etwas vorlas: „Eines Tages kam ein Mr. Jones in meine Praxis und stellte sich meiner Sekretärin als der berühmte Mathematiker Vaughan Frederick Jones vor – tatsächlich war er jedoch ein Klempner. Während er wartete, bis ich Zeit für ihn hatte, erzählte er meiner Sekretärin eine unglaubliche

Geschichte nach der anderen. Dabei kannte er zu jeder Geschichte sehr viele realistisch klingende Details. Es schien keinen Ort zu geben, an dem er nicht war, er hatte alles schon einmal gemacht, unendlich viel erlebt und kannte alle möglichen Prominenten persönlich. Meine Sekretärin sagte später, er gab sich so, als habe er schon zehn Leben gelebt."

„Das stimmt!", rief ich begeistert. „Genau so würde ich Asher auch beschreiben. Die ganze Zeit redet er von allen möglichen Orten, an denen er schon war, und von all den Menschen, die er schon kennen gelernt hat."

„Was ich dir eben vorgelesen habe, ist die Beschreibung eines Patienten mit Korsakov-Syndrom. Ein Patient, der sein reales Gedächtnis unwiederbringlich verloren hat, muss seine Fantasie und seinen Erfindungsreichtum einsetzen, um sich selbst und seine Umwelt immer wieder neu zu erschaffen. Natürlich weiß er dabei nicht, was er tut, da er nach wenigen Sekunden alles wieder vergessen hat . . ."

„Dann passt es nicht." Ich war enttäuscht. „Asher kann sich an alles erinnern, was er erzählt."

„Du meinst, er hat keine Gedächtnisstörung?"

„Nein, das glaube ich nicht."

„Könnte er Alkoholiker sein?"

Ich versuchte mir das vorzustellen. Die meisten Römer tranken gerne ein Glas Wein zum Essen, aber alles in allem trank Asher mehr Kaffee als Alkohol. Auch war mir noch nie aufgefallen, dass er nach Alkohol roch.

„Ziemlich unwahrscheinlich."

„Hast du starke emotionale Schwankungen oder Stimmungsumschläge bei ihm beobachtet? Zeigte er in den letzten Tagen oder Wochen vielleicht einen Antriebsmangel oder Gereiztheit?"

„Nichts dergleichen. Er ist ein fleißiger, sorgfältiger Arbeiter und wird von allen Seiten überschwänglich gelobt."

„Möglicherweise ist er dann doch kein Korsakov-Fall. Sein Zustand kann viele Ursachen haben, es könnten Erinnerungsstörungen verschiedener Art, Reminiszenzen, wahnhafte Störungen oder eine retrograde Amnesie vorliegen."

„Amnesie scheidet aus. Sein Gedächtnis funktioniert hervorragend. Das Problem ist eher, dass er sich an Dinge erinnert, an die er sich unmöglich erinnern *kann*."

„Da haben wir es. Er erfindet Erinnerungen, weil er seine eigene Erinnerung verloren hat. Jeder Mensch besitzt ein Stück Vergangenheit und verfügt über eine gewisse Erinnerung an sein eigenes Leben. Diese Erinnerungen sind von großer Wichtigkeit, sie formen unsere Persönlichkeit, beeinflussen unser Denken und sind für jeden Einzelnen charakteristisch. Wer die Erinnerung an seine Vergangenheit verliert, weiß nicht mehr, wer er ist. Um seine Persönlichkeit zu wahren, ist der Amnesie-Patient genau wie der Korsakov-Patient gezwungen, seine Vergangenheit immer wieder neu zu erfinden. Er kann damit nicht aufhören und wird zum Teil die abenteuerlichsten Geschichten zum Besten geben, nur um seinen eigenen Platz in der Geschichte der Welt zu sichern."

„Das heißt aber", ich versuchte zu verstehen, was Kurt mir gerade erklärte, „wenn Asher mir heute die gleiche Geschichte erzählt wie gestern . . ."

„Von einem Korsakov-Patienten hörst du die gleiche Geschichte nie zweimal. Da dein Bekannter einen gewissen Hang zur Religion hat, wird er dir heute erzählen, er sei Noah aus der Arche. Morgen wird er dir versichern, er sei der Papst. Von Noah wird er morgen nichts mehr wissen. Das ist das Kennzeichen des Korsakov-Syndroms – das Langzeitgedächtnis ist außer Funktion. So erklären sich die vielen bizarren Geschichten."

„Aber ohne Langzeitgedächtnis kann man doch nicht in einem Büro arbeiten!"

Kurt brummte zustimmend.

„Also ist das nicht Ashers Problem, er weiß genau, wer er ist."

Kurt stöhnte vernehmlich. „Hör mal zu, Claude, es ist ganz schön schwer, mitten in der Nacht am Telefon eine vernünftige Diagnose von einer Person zu erstellen, die ich noch nie gesehen habe. Ich habe zunächst einfach ein paar Vermutungen geäußert. Aber nach allem, was ich jetzt von dir gehört habe, sehe ich drei Möglichkeiten: Entweder der Typ macht sich wichtig, weil er dir gefallen will, oder er ist leicht neurotisch mit einem Hang zur Dramatik, oder er hat eine wahnhafte Störung."

Die letzte Vermutung klang für mich am plausibelsten. „Woran erkennt man eine wahnhafte Störung?"

Es raschelte in der Leitung, wahrscheinlich machte Kurt es sich gerade wieder im Bett bequem. „Eine wahnhafte Störung ist eine feste Überzeugung, an der eine Person festhält, obwohl sie nachweislich falsch ist. Viele Patienten, die unter Paranoia leiden, haben zusätzlich einen Verfolgungswahn oder sie leiden unter Größenwahn."

„Paranoid ist er nicht – das glaube ich jedenfalls nicht. Er hat ein paar verrückte Theorien im Kopf, aber er denkt nicht, dass jemand hinter ihm her ist."

„Vielleicht ist seine Symptomatik nicht sehr ausgeprägt. Eine einfache wahnhafte Störung wird beschrieben als eine realistische Vorstellung, die über einen Zeitraum von mindestens einem Monat andauert."

„Was ist eine realistische Vorstellung?"

„Etwas, was tatsächlich so sein könnte. Wenn eine Frau denkt, ihr Kind muss sterben oder wenn ein Mann der Meinung ist, dass seine Frau fremdgeht . . ." Er kicherte: „Ich hatte einmal einen Patienten, der ganz sicher war, dass seine Frau eine politische Agentin war. Eine realistische Vorstellung könnte also tatsächlich wahr sein, ist aber sehr unwahrscheinlich. Der Patient hält an diesem Glauben fest, auch wenn man ihm das Gegenteil beweist. Ein solcher Wahn ist heilbar, aber man muss dabei sehr behutsam vorgehen, um die Persönlichkeit des Patienten nicht zu verletzen."

Ich trommelte gedankenverloren auf meiner Kniescheibe. Ashers Gedanken waren reichlich verrückt. Allerdings, wenn ein Mensch tatsächlich 2.000 Jahre leben könnte, dann würden seine Geschichten über Agrippa und Jesus wahrscheinlich ganz normal klingen.

„Kann eine Person mit einer leicht wahnhaften Störung in einem Büro arbeiten?"

„Auf jeden Fall. Menschen mit dieser Problematik fallen im Alltag kaum auf. Ihr Verhalten ist völlig angepasst."

„Insofern fügt sich Asher in dieses Bild. Allerdings ist seine wahnhafte Vorstellung eher ungewöhnlich und nicht realistisch."

„Was denkt er denn?"

Ich zögerte. „Er ist der Meinung, dass er schon seit 2.000 Jahren lebt."

Kurt konnte einen spöttischen Unterton nicht unterdrücken: „Endlich mal eine neue Idee. Sehr kreativ, finde ich gut."

„Aber wie kann ich in der Firma *beweisen*, dass er wirklich eine wahnhafte Störung hat?"

„Du gehst zum Einwohnermeldeamt und besorgst dir seine Geburtsurkunde. Dann beauftragst du jemanden, Informationen über diese Person zu sammeln. Sieh zu, dass du schnell ein paar Unterlagen zusammen hast, bevor er dich vor deinem Chef blamiert."

Ich erschrak: „Du meinst, er könnte . . ."

„Wahnpatienten sind fähige Mitarbeiter, aber sie sind nicht immer verschwiegen. Wenn dir etwas an deinem guten Ruf liegt, dann sorge dafür, dass dieser Kerl entweder bald geheilt oder umgehend ersetzt wird. Ich kann mir nicht vorstellen, dass dein Chef es toleriert, wenn sein Dolmetscher ihn zur Feier seines 2.000. Geburtstags einlädt."

Was Kurt sagte, klang vernünftig. Wenn ich Global Union mit unbeschädigtem Ruf verlassen wollte, dann musste ich das Problem mit Asher umgehend in den Griff bekommen.

*

Früh am nächsten Morgen wurden Asher und ich in Synns Büro bestellt. Wir sollten dieses Mal nicht mit dem Privatjet von Santos fliegen, weil wir damit die Aufmerksamkeit der Medien erregen würden, erklärte uns Synn, sondern mit der Bahn fahren. So würde unsere Reise von der Öffentlichkeit unbemerkt bleiben.

Kommentarlos nahmen wir die gefälschten Papiere entgegen, die er uns zusammen mit den Bahnfahrkarten aushändigte. „Niemand darf wissen, dass sich heute ein Global Union-Mitarbeiter in Brüssel aufhält", erklärte er, verschränkte seine Arme auf dem Schreibtisch und sah uns an. „Sie werden sich im Hotel Eurovillage Brüssel unter dem Namen Signor und Signora Pax einmieten. Dann warten Sie in Ihrem Zimmer auf weitere Anweisungen." Sein Blick fiel auf meinen Koffer. „Danke, Signorina, dass Sie daran gedacht haben. Bitte sprechen Sie mit keiner Person, der Sie Ihren Ausweis vorlegen."

Dabei hatte ich mir alle Mühe gegeben, mein Italienisch zu verbessern! Doch ich nahm auch diesen Seitenhieb schweigend hin und starrte auf meinen Ausweis. Das Foto stammte aus meinem richtigen Pass, allerdings stand darunter der Name *Maria Pax*. Natürlich fiel mir auf, dass sie uns ausgerechnet *Pax*, also Frieden genannt hatten.

„Warum sollen wir als Ehepaar auftreten?", fragte ich.

Synn grinste: „Gibt es eine bessere Tarnung als ein Ehepaar, das eine gemeinsame Reise unternimmt?" Er erhob sich und deutete auf die Tür. „Sie gehen jetzt besser. Der Zug fährt in weniger als einer Stunde."

Ich schielte vorsichtig zu Asher. Seit unserem Gespräch von gestern hatten wir uns erst hier wieder gesehen. Ob er mir böse war wegen meines erneuten abrupten Aufbruchs gestern Abend? Doch zu meiner Erleichterung lächelte er mich ruhig und freundlich an und öffnete mir höflich die Tür.

*

„Möchtest du mir noch mehr von deinem Leben erzählen?" Ich hatte bisher die vorbeifliegende Landschaft betrachtet und richtete meinen Blick jetzt auf Asher, der mir still gegenübersaß. Wir hatten ein Abteil für uns, doch außer ein paar höflichen Floskeln war zwischen uns noch kein Wort gefallen. Doch wenn ich schon mit einem Gefährten auf Reisen war, der Fantasie und Wirklichkeit nicht unterscheiden konnte, dann wollte ich zumindest wissen, was in seiner Gedankenwelt vor sich ging, bevor wir gemeinsam in Schwierigkeiten gerieten.

Ich stützte meinen Ellbogen auf die Armlehne und gab mir alle Mühe, interessiert zu wirken. „Wenn du tatsächlich schon so lange lebst, wie du gestern gesagt hast, dann hast du doch bestimmt eine Menge zu erzählen?"

Auch Asher hatte bis jetzt aus dem Fenster gesehen und wandte sich nun mir zu. Was erwartete ich in seinen Augen? Irrsinn oder Verwirrung? Nichts dergleichen konnte ich entdecken. Er lächelte mich freundlich an und alles, was ich sah, war Müdigkeit, vermischt mit Geduld und Belustigung.

„Den Menschen des 20. Jahrhunderts fällt es schwer zu glauben." Er senkte seine dichten schwarzen Wimpern und verbarg damit einen Moment lang seine Augen vor mir. „Sie sehen in den Kinos und im Fernsehen so viel erfundenes und verrücktes Zeug, dass sie der Meinung sind, Wunder geschähen nur in der Fantasie. Doch das ist ein Irrtum, Claudia. Wer mit sehenden Augen durch das Leben geht, erlebt täglich neue Wunder."

Nun sprach er schon wieder in Rätseln. Vielleicht war er doch ein Korsakov-Fall? Hatte Kurt nicht gesagt, ein Korsakov-Patient würde sich an nichts mehr erinnern, was er am Tag zuvor zum Besten gegeben hatte? Tatsächlich schien Asher jetzt bei einem ganz anderen Thema zu sein . . .

Ich lächelte und signalisierte ihm, er solle fortfahren. Auf keinen Fall würde ich ihm ein Stichwort geben, das ihn an die Geschichte von gestern erinnern könnte. Ich wollte Gewissheit über seinen Zustand haben.

„Ich war einmal verheiratet. Meine Frau hieß auch Claudia. Aber nicht nur ihr Name, vieles an dir erinnert mich an sie." Er sah mich kurz an und lächelte vorsichtig. „Sie arbeitete als Hausmädchen im Palast des Statthalters für Procula, der Frau des Pilatus, dessen Diener ich war. Wir waren froh, dass wir in so engem Kontakt zum Statthalter standen. Unser Leben hätte sehr angenehm verlaufen können, wenn ich nicht dem Nazarener begegnet wäre."

Er knüpfte an gestern an – er erinnerte sich! Ich erstarrte und mein Mund wurde trocken, während er gedankenverloren aus dem Fenster sah.

„Eines Nachmittags stand der Nazarener vor Pilatus, des Hochverrates angeklagt. Die jüdische Geistlichkeit forderte seinen Tod. Aber Pilatus konnte dem römischen Gesetz gegenüber kein Vergehen feststellen. Der Hohepriester schrie, Jesus habe das jüdische Gesetz gebrochen, doch das kümmerte Pilatus nicht. Die einzige Religion, die ihn interessierte, war Rom. Endlich erwähnte Kaiphas, dass der Nazarener sich zum König ernannt habe. Das ließ Pilatus aufhorchen. Wahrscheinlich hätte er ihn freigelassen, aber Judäa war eine von Unruhen geplagte Provinz und Kaiser Tiberius war ein strenger Herrscher."

Ich senkte den Blick und ließ die Erinnerung an Geschichten aus dem Kindergottesdienst hochsteigen. Das monotone Geräusch des fahrenden Zugs ergab einen angenehmen Hintergrund zu Ashers lebhafter Stimme. Schon bald ließ ich mich von ihm in jene entfernte Zeit entführen und hatte alles andere vergessen.

„Pilatus stand vor der schwierigsten Entscheidung seines Lebens. Einerseits hatte er erst unlängst einen Tadel aus Rom bekommen, weil er die jüdischen Gläubigen verärgert hatte; andererseits widersprach es seiner Ethik, einen Unschuldigen zu verurteilen. So suchte er nach einem Kompromiss. Er ordnete die öffentliche Auspeitschung des Angeklagten an und hoffte, damit den Blutdurst der Menge befriedigen zu können. Vielleicht würden sie sogar Mitleid mit dem Gefangenen empfinden und sich endlich zufrieden geben."

Asher sah mir in die Augen. „Auspeitschen im römischen Stil war keine alltägliche Strafe. Dieser Jesus, der bis dahin kaum ein Wort geredet hatte, wurde nun ausgezogen und in der sengenden Mittagshitze vor die Menge gestellt. Der Chef der römischen Wache begann, ihn mit dem *Fustigatio* zu schlagen. Ich stand in einer schattigen Nische und beobachtete das Ganze. Unter den Schlägen platzte seine Haut auf und Blut floss über seinen Körper. Als der Hauptmann fertig war, brachte jemand einen purpurfarbenen Umhang und legte ihn über die blutigen Schultern. Dann brach der Hauptmann ein paar Äste von einem dornigen Strauch ab, der im Hof wuchs, wand daraus einen Kranz und drückte ihn dem Gefangenen auf den Kopf. Dabei amüsierte er sich köstlich und verhöhnte diesen eigenartigen König. Statt eines Zepters wurde ihm ein Zweig in die Hand gesteckt, die Wachhabenden fielen vor ihm auf die Knie und grüßten ihn als den König und Messias, der von seinem Volk verstoßen worden war. In einer schier endlosen Reihe gingen die Soldaten an ihm vorüber, spuckten ihn an oder schlugen ihm ins Gesicht."

Schweigend beobachtete ich Asher. Er glaubte jedes Wort, das er sagte. Sein ausdrucksstarkes Gesicht war jetzt voller Schmerz und Trauer. Seine Stimme klang heiser. Ich hatte die Geschichte von der Kreuzigung Jesu schon oft gehört, doch Asher erweckte nicht den Eindruck, als würde er oft darüber reden. Die Verzweiflung in seinen dunklen Augen und die geballten Fäuste verrieten mir, dass er diese Erinnerung nur schwer ertragen konnte. Ob er das alles wirklich erlebt hatte oder nicht, die Geschichte hatte ihn tief betroffen gemacht.

„Du darfst nicht vergessen, dass ich nur ein einfacher Diener war", sagte er ernst und sah mich an, als erwartete er von mir, dass ich das glaubte. „Für mich waren die römischen Soldaten hohe und wichtige Männer. Sie waren für mich fast überirdisch, von unseren Göttern bevorzugt und von Rom geehrt. Ich hatte nur den einen Wunsch, von ihnen beachtet zu werden. So hielt ich mich in der Nähe dieses Spektakels auf, beobachtete alles, lachte über die Witze der Soldaten und applaudierte ihrem Tun.

Der Gefangene begann zu schwanken und drohte das Bewusstsein zu verlieren, so banden sie ihn an einer Säule fest. Einer verband ihm die Augen, die anderen gingen im Kreis um ihn herum und beleidigten ihn. Wer gerade vor ihm stand, schlug ihn, so fest er konnte. Ich sah zu, bis ich ins Haus gerufen wurde, wo es Arbeit für mich gab."

Asher sah zu Boden. Der Schmerz verfinsterte sein Gesicht. „Ich sah den Gefangenen erst sehr viel später wieder. Unterdessen hatte Pilatus bereits seine Hände vor dem Volk gewaschen, die Menge hatte sich für Barabbas entschieden und die Pharisäer forderten den Tod des Nazareners.

Das nächste Mal sah ich Jesus im Hof des Palastes. Den Umhang trug er nicht mehr, aber die dornigen Zweige steckten noch auf seinem Kopf. Nun legten die Soldaten ihm das *Patibulum* auf die Schultern, einen rauen Balken, der später auf der Schädelstätte an einem der dort stehenden Pfähle befestigt werden würde. Dann machte sich die Gruppe auf den Weg zu der Hinrichtungsstätte vor den Toren der Stadt. Die Soldaten von Pilatus' Garde umringten den Gefangenen von allen Seiten. Plötzlich erkannte ich, dass sie genau an dem Platz vorbeikommen würden, an dem ich gerade stand.

Ich weiß nicht, ob du dir vorstellen kannst, was ich in dem Moment empfand. Ich war ein Römer, Teil der Siegermacht, wir hatten in dieser Provinz das Sagen. In dieses Gefühl mischte sich meine Bewunderung für die Soldaten des Statthalters, in deren Nähe ich arbeitete. Ich fühlte mich dem Gefangenen überlegen, ich hatte Lust an der Macht und war erfüllt von dem Wunsch, meine Tapferkeit unter Beweis zu stellen. Mit geballter Faust erwartete ich den Verurteilten.

Ich wollte ihn mit einem einzigen, gezielten Fausthieb niederstrecken und hoffte auf den Beifall der Soldaten. Sie würden an diesem Abend auf mich trinken und sich dabei meine Geschichte erzählen.

Auch Angst durchzuckte mich angesichts meiner kaltblütigen Gedanken, doch ich erwartete den Gefangenen, meine Gedanken und meine Faust waren auf das eine Ziel fixiert. Endlich ging der Nazarener an mir vorbei. Er war mir so nahe, wie du mir jetzt bist. Ich ging einen Schritt auf ihn zu, verfluchte ihn und schlug mit aller Kraft in sein Gesicht. Meine Faust krachte gegen seinen Kiefer. Die Dornenkrone flog im hohen Bogen zur Erde. Mit meinem Ring riss ich ihm die Wange auf. Wenn ich die Augen schließe, sehe ich heute noch den klaffenden roten Schnitt, der sich von seinem Kinn bis zum Haaransatz zog. Er schwankte unter der Wucht meines Schlages, aber er fiel nicht zu Boden."

Ein paar kichernde Mädchen gingen vor unserem Abteil über den Flur. Asher wartete, bis sie nicht mehr zu hören waren, dann fuhr er fort.

„Ich hatte fest mit dem Jubel der Soldaten gerechnet, mit Beifall, Lob und Glückwünschen. Doch die Soldaten starrten mich schweigend an, als könnten sie nicht fassen, wie ein einfacher Diener so respektlos handeln konnte. Während ich meine schmerzende Hand rieb, sah der Nazarener mir direkt in die Augen und sagte: ‚Du siehst mich jetzt, aber du wirst so lange leben, bis du mich in Wahrheit erkennst.‘

Mir war, als stünde die Zeit still. Der Nazarener und ich standen uns gegenüber, reglos, als wären wir aus Gips. Er betrachtete mich mit einem Blick, der mir die Schamesröte ins Gesicht trieb. Alles begann sich um mich zu drehen. Unnatürliche Stille hielt den ganzen Hof des Palastes gefangen, das ganze lebhafte Treiben schien erstarrt zu sein. Nur diese Worte klangen immer weiter nach: *Du wirst so lange leben, bis du mich in Wahrheit erkennst.*

Dann sah ich, wie aus seinen Augen Tränen rannen. Sie flossen über seine Wange und entlang der Wunde, die ich ihm zugefügt hatte. Ich sah ihn weinen, aber ich sah keine Spur von Selbstmitleid in seinen Augen. Er weinte . . . um mich.“

In dem Moment erklang die Pfeife des Schaffners, schrill und laut, doch ich nahm sie kaum wahr, so hatte mich Ashers Geschichte gefesselt. Er schien sich in seinem Sitz verkriechen zu wollen und starrte mit trüben Augen aus dem Fenster, dunkle Schatten lagen über seinem Gesicht, die Schultern hingen schlaff nach unten. Alles an ihm drückte Trauer aus.

Endlich holte er tief Luft und setzte seine Geschichte fort: „In diesem Moment löste sich die Starre plötzlich. Die Soldaten schrien und schoben ihren Gefangenen weiter. Im Vorbeigehen klopfte mir einer von ihnen auf die Schulter, doch ich nahm dieses Lob, auf das ich so sehr gehofft hatte, kaum wahr.

Die Soldaten bogen um die nächste Ecke und ich kehrte zu meiner Arbeit zurück, doch ich konnte meine Gedanken nicht mehr von diesem Mann losreißen. Das Wetter tat ein Übriges, um meine Bedrückung zu verstärken. Mitten am Nachmittag verdunkelte sich plötzlich der Himmel, sodass selbst die Vögel verstummten. Schließlich gab es ein heftiges Erdbeben, das den Mörtel zwischen den Steinen des

Palastes herunterrieseln ließ. Claudia kam erschrocken angelaufen und ich nahm sie schützend in die Arme. Sie zitterte und weinte vor Angst.

Wir waren beide froh, als das Erdbeben nachließ. Meine Frau sagte sofort, diese Dinge hingen mit dem Tod des Nazareners zusammen. Ihre Herrin Procula hatte in der Nacht einen warnenden Traum gehabt und daraufhin sogar ihrem Mann nahe gelegt, diesen Juden nicht zu verurteilen.

Bis die Soldaten wieder von der Schädelstätte zurückkamen, hatte ich für mich eine Lösung gefunden. Der Nazarener war wahrscheinlich einer der vielen Philosophen, die sich in jener Zeit in Jerusalem tummelten und sich durch kluge Reden und ungewöhnliche Gedanken hervortaten. Keinesfalls wollte ich ihn für einen Propheten halten.

Gegen Abend leerte sich die Stadt. Die Juden bereiteten sich auf ihren Sabbat und das Passahfest vor. Im Haus von Pilatus wagte niemand, den Nazarener zu erwähnen. Dem Herrn selbst spürte man die Erleichterung an, einen Aufruhr verhindert zu haben. Aber sein Lächeln war überschattet von seinen Gedanken an den Hingerichteten. Procula versuchte gar nicht erst, ihre Sorgen und Ängste vor uns zu verbergen. Statt zum Abendessen zu kommen, entschuldigte sie sich mit Kopfschmerzen und ging früh zu Bett.

Als die anderen Diener längst schliefen, waren Claudia und ich noch lange wach und sprachen im Flüsterton über die Ereignisse des Tages. Sie erzählte mir von Proculas Traum, und ich erzählte ihr, was Jesus mir gesagt hatte. Das beunruhigte sie so tief, dass sie mitten in der Nacht aufstand, um den Göttern zu opfern, deren Altäre in einer Nische unseres Zimmers standen. Ich lag auf dem Rücken und versuchte, die Erinnerung an diesen Nachmittag loszuwerden, während Claudia Korn und Salz auf die Altäre streute und für unsere Sicherheit betete.

Wahrscheinlich hatte Claudia erwartet, der jüdische Gott würde mich sofort bestrafen, doch zunächst ging alles seinen gewohnten Gang. Der folgende Tag verlief in ungewöhnlicher Stille, als ob die ganze Stadt den Atem anhielte. Wir verrichteten unsere Arbeit wie gewohnt. Erst am dritten Tag kam etwas Unruhe auf, als die jüdische Geistlichkeit an Pilatus' Tür erschien und sich über das Verschwinden der Leiche beschwerte.

Pilatus war nicht beeindruckt. Er schalt die Juden für ihre eigene

Nachlässigkeit. Rom sah seine Aufgabe nicht darin, die Leiche eines Kriminellen zu bewachen, trotzdem hatte Pilatus den Juden eine Wache für das Grab bereitgestellt und die jüdischen Geistlichen hatten das Grab selbst versiegelt. Es war nur nahe liegend, dass die Anhänger des Nazareners den Leichnam gestohlen hatten.

In den nächsten Tagen gab es viele Gerüchte in der Stadt. Manche erzählten, die Jünger hätten den Toten gestohlen. Andere erklärten, der Mann sei wieder lebendig geworden. Seine Nachfolger verbreiteten mit großer Entschiedenheit die Geschichte von der Auferstehung, gleichzeitig hielten sie sich aber aus Angst vor uns Römern immer noch verborgen. Pilatus jedenfalls scherte sich nicht um tote Juden. Er und seine Frau hatten Jerusalem satt und sehnten sich vor allem zurück nach Rom.

Drei Jahre später wurden Pilatus und Procula nach Rom zurückgerufen. Claudia und ich gingen natürlich mit und blieben auch weiterhin in ihren Diensten. Nach zehn Jahren im heißen, staubigen Judäa waren wir froh, wieder den kühlen römischen Wind zu spüren. Als wir ankamen, gab es gerade Unruhen, weil Tiberius gestorben war und Caligula als Kaiser eingesetzt werden sollte. Mein Herr wünschte sich nichts sehnlicher, als sich aus der Öffentlichkeit zurückzuziehen und in aller Ruhe und Anonymität leben zu können. Genau das wollten Claudia und ich auch.

Ich war 36 Jahre alt, für die damalige Zeit ein reifer Mann. Meine Frau bekam die ersten grauen Haarsträhnen. Ich liebte Claudia über alles, sie war die einzige Frau, die ich jemals lieben wollte. Mein Herz gehörte ihr, ich legte ihr alle Verehrung, Hingabe und Bewunderung zu Füßen. Mein einziger Wunsch war, an ihrer Seite zu leben und in ihren Armen zu sterben." Ein bitteres Lächeln umspielte seine Lippen. „In diesen Jahren begann ich zu ahnen, was der Nazarener gemeint hatte. Für meine geliebte Claudia lief die Lebenszeit ab, während sie für mich still stand.

Sein Blick wanderte in die Ferne und seine Züge verdunkelten sich. Ich wusste nicht, was in ihm vorging. „Zehn Jahre gingen ins Land, dann zwanzig. Claudia ging zunehmend gebeugt und ermüdete schnell. Pilatus und seine Frau starben. Meine Frau, die einzige Liebe meines Lebens, machte keine Späße mehr über mein jugendliches Aussehen. Wir fürchteten uns vor den Leuten und zogen nach Antiochia, wo uns niemand kannte. Dort hielt man uns für Mutter und Sohn. Niemand hätte geglaubt, dass wir ein Paar waren."

Seine Stimme wurde zum Flüstern. „An einem heißen Sommertag starb meine geliebte Claudia in meinen Armen." Mit einem traurigen Blick sah Asher mich an: „Ich habe sie in Antiochia begraben." Dann schwieg er.

Ich beobachtete ihn, während ich über seine Erzählung nachdachte. Er musste sich diese ausgefallene Geschichte sorgfältig zurechtgelegt haben und wahrscheinlich hatte er sie schon mehrfach erzählt. Die historisch nachprüfbaren Fakten waren alle korrekt, die Kreuzigung, Pilatus und Procula, das stimmte alles. Aber auch seine Gefühle, die er dabei schilderte, wirkten ohne Zweifel echt. Es war eine ungewöhnliche Leistung, sich eine so komplexe Geschichte auszudenken und sich so in sie hineinzuversetzen, wie ich es eben erlebt hatte.

Einige Momente saß ich ganz still da und lauschte dem rhythmischen Fahrgeräusch des Zuges, dann beugte ich mich nach vorn und suchte mit meinem Blick Ashers Augen. „Was hast du danach gemacht, nach Antiochia?"

Er blinzelte und sah mich an, als hätte ich ihn aus sehr tiefen Gedanken gerissen. „Ich kehrte nach Rom zurück. Rom ist meine einzige wirkliche Heimat. Inzwischen war Nero an der Macht und seine Grausamkeit löste immer wieder heftige Unruhen aus. Obwohl die Leute glaubten, er habe selbst das große Feuer legen lassen, das Rom im Jahr 64 verwüstete, begann er, alle zu verfolgen, die sich Christen nannten. Das Leben in Rom war grausam und kaum zu ertragen, aber ich wusste nicht, wohin ich sonst gehen sollte. Meine Freunde waren inzwischen alle gestorben, doch ich traf immer noch Menschen, die ich von früher kannte. Sie nahmen an, ich sei der Sohn ihres alten Freundes, und ich ließ sie in dem Glauben.

Ich blieb in Rom und arbeitete die nächsten zwanzig Jahre in einer befreundeten Familie. Doch dann begann mein unverändertes Aussehen aufzufallen und ich beschloss, Rom zu verlassen. So kam ich nach Galatien."

Er senkte den Kopf und betrachtete seine Hände. „Dort erfuhr ich endlich die ganze Wahrheit über den Nazarener. Schon vorher hatte ich gehört, dass er beanspruchte, Sohn eines Gottes zu sein. Seit Claudias Tod hatte ich begonnen, daran zu glauben. Wer sonst konnte den

Fluch der Unsterblichkeit auf einen anderen Menschen legen? In Galatien erzählte man mir dann von seiner Geburt durch eine Jungfrau, von seinem Leben, seinen Predigten über Buße und gute Werke und von dem Grund seines Sterbens, mit dem er die Schuld der ganzen Menschheit sühnen wollte. Die Christen in Galatien taten viel Gutes und jahrelang mühte ich mich mit ihnen zusammen in der Hoffnung, Gott würde meine guten Taten sehen und den Fluch von mir nehmen. Doch dreißig Jahre später waren die anderen Christen ergraut und gealtert, während ich immer noch unverändert aussah. So zog ich weiter, bevor jemand erkannte, was mit mir los war.

Bald danach wurde mir noch etwas anderes klar: Ein Fluch ist nichts Unveränderliches und muss nicht ohne Sinn und Bedeutung bleiben. Jeder Mensch trägt den Fluch der Sünde in sich und doch kann jeder Mensch in Christus davon frei werden. Wohl haben nicht viele Menschen Jesus mit so viel Stolz ins Gesicht geschlagen wie ich und zu keinem anderen Menschen hat er solche Worte gesagt wie zu mir. Trotzdem begann ich, nach einem Sinn in alledem zu suchen. Die Christen in Galatien erklärten mir, dass er am Ende der Tage wieder auf die Erde käme. Allmählich verstand ich, dass ich so lange leben würde, bis Jesus wiederkam . . . und bis der Böse sich offenbarte."

Ich starrte ihn ratlos an. „Entschuldige bitte, Asher, den letzten Satz habe ich nicht verstanden. Was für ein Böser?"

Er sah mich an wie ein begriffsstutziges Kind. „Der Antichrist. Wir haben neulich schon darüber gesprochen."

Aus weiter Ferne drang das Pfeifen des Schaffners in unser stilles Abteil. Er hatte tatsächlich vor einigen Tagen vom Antichristen gesprochen und offensichtlich erinnerte er sich genau daran. Er hatte keine Amnesie; Kurts Vermutungen waren in die falsche Richtung gegangen.

Schon den ganzen Morgen versuchte ich, Asher in eine psychopathologische Schublade zu zwängen, aber ich konnte nicht umhin, es mir einzugestehen: Asher Genzano hatte keine Psychose. Vielleicht war er neurotisch oder er zählte zu den routinierten Lügnern. Aber sein Gedächtnis und sein Denken waren völlig intakt.

Nur zu gern lenkte ich das Thema wieder von diesem Antichristen weg. „Was hast du nach Galatien gemacht?"

Sein angespannter Gesichtsausdruck machte einem Lächeln Platz.

„Ich zog von Ort zu Ort, hatte viele verschiedene Arbeitsstellen und lernte vieles über die Menschen und vor allem über die Christen. Nero verfolgte sie mit blindem Hass und ließ den Apostel Petrus im Jahr 67 nach Christus in Rom hinrichten. 250 Jahre lang wurden die Christen verfolgt, dann erst kam Kaiser Konstantin an die Macht und erlaubte ihnen, in Freiheit ihren Glauben zu leben. Von da an konnten sich die Anhänger des Nazareners in der Stadt, die Petrus gekreuzigt hatte, wieder sicher fühlen."

Er legte seinen Kopf in die Hände und massierte die Stirn, als bereiteten diese Erinnerungen ihm heftige Kopfschmerzen. „Claudia, ich habe so vieles erlebt. Ich erinnere mich an die Teilung des Römischen Reiches, die Entstehung des Byzantinischen Reiches und das Ende des Weströmischen Reiches. Ich habe jeden einzelnen Papst miterlebt, ich weiß auch noch, wie die Normannen Rom angriffen. Ich war dabei, als die Pest in Rom wütete und Tausende dem Schwarzen Tod zum Opfer fielen. Ich habe Michelangelo einmal einen ganzen Vormittag lang zugesehen, wie er in der Sixtinischen Kapelle die Deckenfresken malte. Ich kann mich noch an die Tage erinnern, als die spanischen Truppen unter Karl V. Rom plünderten und zahllose Kunstwerke zerstörten. Als Galilei zum Tode verurteilt wurde, stand ich unter den Zuschauern. Ich habe gegen Napoleon gekämpft und machte mir große Sorgen, als Italien am Ersten Weltkrieg teilnahm. Als die *Fascisti* an die Macht kamen und Mussolini Ministerpräsident wurde, weinte ich um mein Volk. Während der Olympischen Spiele jubelte ich zusammen mit Tausenden von Römern, und ich war auf dem Petersplatz, als ein Verrückter versuchte, Papst Johannes Paul II. zu ermorden. Ich habe die ganze Welt bereist, aber ich kehrte immer wieder nach Rom zurück. In Rom schlägt das Herz aller Nationen. Wenn ich durch die Straßen der Stadt gehe, spüre ich den Pulsschlag der Menschheitsgeschichte. Aus den Schlagzeilen der römischen Tageszeitungen kann ich erkennen, worauf unsere Welt als Nächstes zusteuert. Und du musst wissen, Claudia, was ich heute sehe, beunruhigt mich mehr als alles, was ich in dieser Stadt jemals erlebt habe."

Bei den letzten Worten verspannte sich sein Gesicht und ich sah mühsam beherrschten, verborgenen Zorn. Als unsere Blicke sich begegneten, begann ich vor Angst zu zittern. Mein Hals war wie zugeschnürt. „Was siehst du jetzt?"

Er lächelte, aber sein Gesicht war starr wie eine Totenmaske. „Was ich jetzt sehe, ist die Erfüllung einer Prophetie, die Daniel vor Tausenden von Jahren empfing: ‚Seine zehn Hörner sind zehn Könige, die das Königreich regieren. Doch dann wird ein anderer König aufstehen, der sich von allen anderen Königen unterscheidet und der drei von ihnen entmachtet.'"

Jetzt spürte ich, wie auch mein Lächeln erstarrte. „Asher, ich habe keine Ahnung, wovon du redest."

„Ein Bündnis aus zehn Nationen – ein neuer Herrscher wird aufstehen, er wird drei der Nationen besiegen, ihre Führer entmachten und sich selbst auf deren Thron setzen."

„Wer soll das sein?"

„Der Antichrist."

Mein Mund klappte zu und ich sank in meinen Sitz zurück. Wie hatte er es nur wieder geschafft, auf dieses Thema zurückzukommen? Was faszinierte ihn so an diesem Antichristen?

Am liebsten hätte ich Asher auseinander genommen und Schicht für Schicht nach dem Mann gesucht, der im Inneren des Rätsels wohnen musste. Vielleicht hatte er früher als Stadtführer gearbeitet? Oder sein Vater war Literaturprofessor? Möglicherweise hatte er auch Geschichte studiert, einer seiner Professoren hatte ihn von der Uni geworfen oder auf irgendeine andere Art verletzt und seither hatte er neben viel historischem Wissen auch einen schweren psychischen Defekt? Doch solange wir diesen brisanten Auftrag für Santos nicht hinter uns gebracht hatten, würde ich es nicht riskieren, Asher mit meinen Fragen zu verärgern.

Wieder war die Pfeife des Schaffners zu hören und der Zug verlangsamte seine Fahrt. Die Gleise verzweigten sich rechts und links von uns, wir näherten uns dem Brüsseler Bahnhof. Es war an der Zeit, das Thema abzuschließen. Hier erwartete uns eine nicht ungefährliche Arbeit, die unsere ganze Aufmerksamkeit erfordern würde.

„Ich würde mich freuen, wenn du mir auf der Rückfahrt mehr erzählen könntest." Vorsichtig lächelte ich Asher zu und nahm meine Tasche. „Aber jetzt sollten wir uns auf unsere Arbeit konzentrieren, einverstanden?"

Er lächelte gefügig und signalisierte mir seine Unterordnung: „Ganz wie Sie wünschen, Signorina!"

21

Wir hielten uns genau an Synns Anweisung und fuhren mit dem Taxi vom Bahnhof zum Hotel Eurovillage Brüssel. Es war mir unangenehm, mit Asher ein Zimmer zu teilen, aber er schien meine Verlegenheit zu spüren und achtete sorgfältig darauf, mir nicht zu nahe zu kommen. Ich setzte mich als Erstes an den Schreibtisch und durchsuchte die Schubladen nach Briefpapier, um Rorys Frau zu schreiben. Unterdessen hatte Asher es sich in einem Ohrensessel vor dem Fernseher bequem gemacht. Er war rücksichtsvoll genug, die Lautstärke auf ein Minimum zu reduzieren. Während er die lokalen Nachrichten verfolgte, starrte ich auf das leere Blatt Papier. Wie sehr ich mich auch bemühte, Worte des Beileids zu finden, ich konnte mich nicht konzentrieren. Immer wieder sah ich aufgebrachte Belgier in unser Zimmer eindringen und Asher und mich verhaften, weil ihnen unsere gefälschten Papiere aufgefallen waren.

Wir waren noch keine zehn Minuten im Zimmer, als unser Telefon klingelte. Asher hob ab, hörte ein paar Augenblicke lang zu und sagte dann mit verhaltener Stimme: „*Oui.*" „Sie werden uns jetzt in einem schwarzen Wagen abholen", erklärte er und fügte mit einem leicht amüsierten Blick hinzu: „Der Fahrer wird eine rote Blume im Revers haben."

Auch ich musste grinsen. Mit etwas gutem Willen konnte man unserer Situation auch eine ganze Menge Komik abgewinnen.

„Ich bin gleich so weit", erklärte ich und deutete auf unser Badezimmer, „ich muss mich nur noch eben frisch machen."

Er nickte und ich schloss die Badezimmertür hinter mir. Erschrocken starrte ich in den getönten Spiegel, aus dem mich mein Gesicht anschaute. Meine Augen glichen schwarzen Höhlen, tiefe Linien hatten sich von den Nasenflügeln zu den Mundwinkeln eingegraben, das Haar hing mir strähnig in die Stirn. Ein verurteilter Schwerverbrecher hätte nicht schuldiger aussehen können.

„Reiß dich zusammen, Claudia", befahl ich meinem gespenstischen Spiegelbild, „du bringst diese Sache jetzt hinter dich und dann verschwindest du von hier. Es wird nichts passieren und niemand wird Verdacht schöpfen."

Fünf Minuten später durchquerten Asher und ich das Foyer des Hotels, wo ein Mann im schwarzen Anzug an einer Marmorsäule lehnte. Wie angekündigt trug er eine rote Blume im Knopfloch und sah damit so kitschig aus wie zu erwarten gewesen war. Asher ging auf ihn zu, sagte etwas auf Französisch und schüttelte ihm die Hand. Dann nickte er mir zu und gemeinsam verließen wir das Hotel. Ein eisiger Wind empfing uns. Der schwarze Wagen stand vor der Tür, wir machten es uns auf dem Rücksitz bequem und unser Chauffeur lenkte den Wagen durch die belgische Hauptstadt.

Asher und ich wechselten kein Wort, bis unser Fahrer vor einem Gebäude aus Beton und Glas anhielt. Im nächsten Moment riss ein Fremder meine Tür auf und half mir unsanft aus dem Auto.

Ich stand einem langen, dünnen Kerl mit schulterlangem Haar und länglichem Gesicht gegenüber. Ohne sich vorzustellen oder uns zu begrüßen deutete er auf den Eingang des Gebäudes: „Hier lang, Mademoiselle."

Mit einem Blick über die Schultern stellte ich fest, dass Asher direkt hinter mir stand. Nur widerwillig folgte ich dem Mann, der uns in das Gebäude und durch eine schier endlose Folge von Fluren und Gängen führte.

Endlich betraten wir einen kahlen, fensterlosen Raum. Der Geruch von Schweiß hing beißend in der Luft und das kalte Neonlicht verstärkte die ungemütliche Atmosphäre. Ein Faxgerät gab unter Rattern und Klappern eine lange Papierschlange von sich. Mitten im Raum stand ein Tisch, der mit technischen Geräten bedeckt war. An seinem unteren Ende saß ein massiger Mann mit kahlem Hinterkopf und Kopfhörern und drehte an etwas, das aussah wie ein Mischpult. Sein Nacken war so speckig, dass es aussah, als säße der Kopf direkt auf den fleischigen Schultern.

Unser Begleiter deutete auf zwei Klappstühle und ging dann zum Faxgerät. „In zehn Minuten beginnt die Veranstaltung", erklärte er. „Wir wollten Sie schon etwas früher hier haben, damit Sie sich noch mit unserer Kameraführung vertraut machen können. Wir haben sechs

Kameras in dem Raum installiert. Sie müssen uns nur sagen, was Sie sehen wollen, dann werden wir es Ihnen zeigen."

Ich musterte unseren Führer und wunderte mich über seinen spärlichen Schnurrbart, der sein Gesicht nicht gerade vorteilhaft prägte. „Wie steht es mit dem Ton?", fragte ich.

Der Lange nickte. „Wir haben eine hervorragende Akustik."

Er überflog das Fax, faltete das Papier zusammen und ließ es in seinem Jackett verschwinden. Ohne sich weiter um uns zu kümmern, schaltete er das Licht aus. Von da an wurde der muffige Raum nur noch durch den Bildschirm erhellt.

Die Hände des Technikers arbeiteten an dem Mischpult und zeigten mir den zu beobachtenden Raum aus immer neuen Blickwinkeln. Wir sahen einen sehr eleganten Saal, der sich sowohl in einem Hotel als auch in einem feudalen Privathaus befinden konnte. Die Gardinen waren schwer und wertvoll, wahrscheinlich aus Samt, auch die Sofas und Stühle schienen sehr kostbar zu sein. Mehrere sehr schöne impressionistische Gemälde zierten die Wände und eine besonders prunkvoll geschnitzte Tür bildete den Haupteingang des Raumes.

„Wo sind die Kameras versteckt?", fragte ich.

„In den Gemälden", grinste der Lange und sein angedeuteter Schnurrbart zog sich an den Enden nach oben. „Die Kamera selbst ist nicht mehr als ein winziges Pünktchen, das in so einem Bild praktisch nicht zu sehen ist", erklärte er.

„Wo befindet sich der Raum? Ist das ein Hotel?"

Sein Lächeln verschwand. „Tut mir Leid, Mademoiselle, das hat Sie nicht zu interessieren."

Ich sank in meinem Stuhl zurück und hatte das Interesse an einer weiteren Unterhaltung verloren. Asher unterbrach die entstandene feindselige Stille: „Haben Sie die Mikrofone zusammen mit den Kameras untergebracht?"

„Nein, die Abhöranlage befindet sich hinter den Lichtschaltern. Die Idioten haben vergessen, vor dem Treffen die Sicherheit des Raumes zu prüfen."

Die nächsten fünf Minuten saßen wir schweigend im Dunkeln und starrten auf den Monitor wie Kaninchen auf die Schlange. Endlich gab es eine Bewegung. Die schwere Holztür öffnete sich. Der Techniker ließ seine Hände ruhen und wir beobachteten, wie drei Männer den

Raum betraten. Der eine hatte seine Hand auf der Schulter des anderen liegen und alle zeigten beim Lächeln regelmäßig ihre Zähne. Ich erkannte sie sofort wieder; es waren dieselben Politiker, die ich schon vor fünf Tagen beobachtet hatte.

„Sie sind befreundet, sie fühlen sich wohl miteinander und sie nehmen sich gegenseitig ernst", murmelte ich und sah genauer hin, als einer der Männer an einen Schrank trat und drei Gläser füllte. „Dieser betrachtet sich selbst als Gastgeber."

„Das ist Dutetre", nickte der Lange, der über meine Schultern auf den Bildschirm blickte.

„Nun", ich drehte mich zu ihm um, „damit weiß ich zumindest, dass sie sich in Belgien treffen, weil Dutetre hier zu Hause ist."

Der Lange ging auf meinen Seitenhieb nicht ein, verschränkte die Arme und nahm seinen Blick nicht von dem Bildschirm. Auch ich sah wieder hin und beobachtete, wie die Kamera nun näher an die Gesichter heranfuhr.

Dutetre bediente seine Gäste, die auf einem Sofa Platz genommen hatten und setzte sich ihnen gegenüber in einen gemütlichen Sessel. Auch diese Sitzordnung wies darauf hin, dass er das Treffen einberufen hatte. Leiter einer Versammlung setzen sich für gewöhnlich so hin, dass sie alle anderen gleichzeitig sehen können.

Dutetre schlug seine Beine übereinander – ein Hinweis darauf, dass er sich unter seinen Besuchern sicher fühlte – und sagte ein paar französische Worte zu den anderen. Deren Gesichter wurden daraufhin sofort ernst.

„Wie entwickeln sich die Dinge nach eurem Empfinden?", übersetzte Asher die einleitende Frage Dutetres.

Dekker, der Vertreter der Niederlande, antwortete, Asher hörte ihm zu und dolmetschte dann: „Nicht gut. Santos ignoriert unsere Politik. Er hat vorgeschlagen, dass auf Grund der jüngsten Studentenunruhen eine WEU-Friedenstruppe in Amsterdam stationiert wird."

„Was ist die Ursache für die Unruhen?"

„Die Studenten, die auf die Straße gehen, stehen alle mit Global Union in Verbindung oder sind von den Publikationen der Organisation beeinflusst."

Vail Billaud, der Vertreter Luxemburgs, stellte eine Frage und Asher dolmetschte: „Wurde auch in anderen Ländern beobachtet, dass

Global Union die Studenten aufhetzt? Nach meinem Wissen hat die Organisation jetzt in jedem Land der Welt ihre Büros, selbst in den Vereinigten Staaten."

„Die Studenten gehen nur auf die Straße, wenn Santos es ihnen sagt", antwortete Dekker. Die Bitterkeit in seinem Gesicht war überdeutlich. „Santos versucht vor allem, unsere drei Länder unter Druck zu setzen und ich weiß nicht, was wir ihm entgegenhalten könnten. Wenn wir uns nicht seinen Idealen verpflichten, werden die anderen WEU-Staaten uns tadeln. Es wird auch nicht einfach sein, sich gegen den *Frieden* zu stellen."

„Für Santos ist Frieden nichts anderes als Macht." Billauds Augen verengten sich. „Es könnte für uns alle sehr gefährlich werden, wenn er noch mehr Macht bekommt. Schon jetzt ist es kaum noch möglich, eine von ihm unabhängige Politik zu machen."

So gingen die Sätze hin und her und Asher übersetzte alles in leisem Flüsterton. Die Luft in unserer engen Kammer wurde von Minute zu Minute stickiger. Ich hatte mein Notizbuch gezückt und machte mir einige Notizen bezüglich der Körpersprache der drei Männer, aber auch ein Laie konnte sehen, dass sie sich gegenseitig vertrauten, offen und ehrlich miteinander sprachen und sehr besorgt waren. Alle ihre Befürchtungen drehten sich um Santos und um die Macht, die er innehatte.

Nach einer halben Stunde sah Dekker auf die Uhr, erhob sich und erklärte, dass er zu einem weiteren Termin müsse. Zum Abschied umarmten sich alle drei. Die Kamera ging nahe an das Gesicht von Vail Billaud und ich glaubte, Tränen in seinen Augen schimmern zu sehen. Diese Männer waren mehr als besorgt, sie waren in größter Angst. Sie bangten um ihr eigenes Schicksal und um die Geschicke ihrer Länder.

Plötzlich tauchte ein Satz in meiner Erinnerung auf: *Ein Bündnis aus zehn Nationen – ein neuer Herrscher wird aufstehen, er wird drei der Nationen besiegen, ihre Führer entmachten und sich selbst auf deren Thron setzen.*

Ashers Worte rannen eiskalt durch meinen Körper. Die WEU bestand aus zehn Staaten. Beabsichtigte Justus Santos, die Regierungen dieser drei Länder abzusetzen? Bisher hätte ich Santos solche Machtgier nicht zugetraut. Aber wie kam ich sonst dazu, mit Hilfe zweifelhafter Figuren und krimineller Methoden diese ehrlich besorgten Politiker zu belauschen? Mir graute vor mir selbst.

Kalter Schweiß rann meine Wirbelsäule hinunter. Ich stand auf. „Wenn Sie mich jetzt bitte entschuldigen würden, mir ist nicht gut." Meine Stimme klang offensichtlich so schwach, wie ich mich tatsächlich fühlte, denn sofort erhob sich Asher und stützte mich. Das Licht ging an und mir fiel auf, dass auch der Lange sich viele Notizen gemacht hatte.

„Einen Moment noch, Mademoiselle", sagte er und sah auf seine Notizen, „Sie müssen mir jetzt alles erklären, was Sie gesehen haben. Ich muss genau wissen, was das alles bedeutete."

„Tut mir Leid, das kann ich im Moment nicht." In hastigen, flachen Atemstößen schnappte ich nach Luft und versuchte, den schweißigen Geruch des Raumes nicht einzuatmen. Der Kahle mit dem dicken Nacken hatte sich mindestens eine Woche lang nicht gewaschen.

„Sie bleiben." Der Lange sah mich mit hochgezogenen Augenbrauen an. „Sie werden mir jetzt alle Fragen beantworten und ich werde Ihre Informationen an meine Vorgesetzen weitergeben . . ."

Asher knurrte ihn an: „Mademoiselle Fischer wird nur Il Presidente persönlich Bericht erstatten. Sehen Sie nicht, dass es ihr nicht gut geht? Bringen Sie uns sofort zu unserem Wagen oder Il Presidente wird erfahren, dass seine Vertreterin nicht gut behandelt wurde."

Der Lange musterte Asher mit einem kalten, abschätzenden Blick. Nach längerem Zögern schloss er verärgert sein Notizbuch. „Mademoiselle, ich begleite Sie zu Ihrem Wagen."

Ich würgte und schluckte gegen die Übelkeit an, die meinen Magen zusammenkrampfen ließ, steckte mit feuchten Händen mein Notizbuch in die Handtasche und folgte dem Langen zur Tür.

Mit weit ausholenden Schritten ging er uns voran zum Ausgang des Hauses, wo immer noch unser Wagen wartete. Als ich endlich wieder auf der Rückbank des Autos saß und der Motor sich in Bewegung setzte, schloss ich aufatmend meine Augen und ließ meinen Kopf gegen Ashers starke Schulter sinken.

*

Wie Touristen, die von einem Stadtbummel zurückkehrten, gingen wir in unser Zimmer, nahmen meinen Koffer und fuhren mit einem Taxi zum Bahnhof. Es musste nicht unsere Sorge sein, was die Leute im Hotel über unsere schnelle Abreise dachten. Sollten sich doch der Lange und seine Komplizen darum kümmern.

Asher ließ sich mir gegenüber in den Sitz fallen.

„Wie geht es dir?", fragte er mit besorgter Miene.

„Danke, schon besser. Ich habe nur einen nervösen Magen", antwortete ich. „In ein paar Minuten wird es mir wieder gut gehen. Aber vorhin hätte ich es wirklich nicht länger dort ausgehalten . . ." Dankbar sah ich Asher an. Wie froh ich war, dass er mir zur Seite gestanden hatte. Er verstand meinen Blick und erwiderte ihn voller Wärme.

Dann setzte sich unser Zug in Bewegung und Asher schlug die belgische Zeitschrift auf, die er eben noch am Bahnhof erstanden hatte. Ich schloss die Augen und legte meine Beine auf den freien Sitz schräg gegenüber. Der Zug donnerte durch die Nacht, die Minuten verrannen und das Licht in unserem Abteil war gedämpft, doch Schlaf wollte sich nicht einstellen. Zu viele Gedanken bewegten mich.

Bis heute Morgen war ich mir ganz sicher gewesen, dass Ashers endzeitliche Theorien ein Produkt seiner verwirrten Psyche waren. Auch wenn ich es ethisch und in Bezug auf meine Karriere falsch fand, als Spionin für Santos zu arbeiten, so hatte ich mein Tun doch stets damit entschuldigt, dass es dem Frieden in der Welt dienen würde.

Was ich jedoch heute erfahren hatte, veränderte meine Sicht grundlegend. Diese drei Männer hatten voller Besorgnis über Manipulation und Verrat gesprochen, die von Santos ausgingen. Durch die wöchentlichen Berichte von Rico Triccoli wusste ich, dass es tatsächlich in jedem Land der Welt ein Global-Union-Büro gab. Das nächste Ziel der Organisation war nun, in jeder größeren Stadt eine Niederlassung aufzumachen. Santos hatte eine große Anziehungskraft auf junge Idealisten und weltweit schlossen sich die Jugendlichen scharenweise seiner Organisation an.

Seit ich in Rom war, hatte ich kaum noch eine englische Tageszeitung gelesen und war von daher nicht über die studentischen Unruhen in den Benelux-Staaten informiert. Aber ich konnte mir vorstellen, wie schwer man Demonstrationen für den Frieden unter Kontrolle halten konnte – das hatten uns schon die 60er-Jahre in den Staaten gelehrt.

Obwohl ich erst zwei Jahre danach zur Welt kam, hat sich auch mir die Tragödie von Kent State aus dem Jahr 1970 eingeprägt. Damals hatten Polizisten, die eine Anti-Vietnam-Demonstration verhindern sollten, in die Menge geschossen, vier Studenten umgebracht und neun schwer verletzt. Ich weiß noch, wie ich als Teenager die Fotos von damals betrachtet hatte. Ein Mädchen kauerte neben ihrem toten Freund und schrie vor Entsetzen – ein Bild des Grauens, das ich nie wieder vergessen konnte.

Bestimmt hatten Dekker, Dutetre und Billaud auch von Kent State gehört. Nun standen sie vor einer ähnlichen Situation. Wie konnte man gegen eine Bewegung für den *Frieden* angehen?

Ich hörte, wie Asher sich bewegte, und öffnete meine Augen. Er hatte seine Zeitschrift beiseite gelegt, sah mit verschränkten Armen aus dem Fenster und machte den Eindruck, als sei er tief in Gedanken versunken. Vielleicht dachte auch er über die täglich wachsende Armee von Santos nach, die bereit war, für den Frieden in der Welt auf die Straße zu gehen.

„Kannst du mir erklären", fragte ich flüsternd und scheute mich fast, die Stille zu durchbrechen, „warum du Santos für den Antichristen hältst?"

Ohne mich anzusehen, hob Asher eine Schulter und antwortete zögernd: „Ich bin mir nicht sicher, ob er es ist. Aber er könnte es sein. Niemand kann mit Gewissheit sagen, wer der Böse ist, bevor nicht der Tag des Herrn angebrochen ist."

Ich seufzte und setzte mich gerade hin. Damit hatte ich ein weiteres, langes Gespräch eröffnet. „Vielleicht sollten wir mit den grundlegenden Dingen anfangen. Was ist zum Beispiel der ‚Tag des Herrn'?"

Er sah mir in die Augen, ein nachdenkliches Lächeln umspielte seine vollen Lippen. „Bist du jetzt bereit zu glauben?"

Ich spürte, wie ich rot wurde. Hoffentlich hatte er nicht die ganze Zeit geahnt, dass ich ihn für verrückt hielt!

„Es fällt mir schwer, mir zu diesem Thema eine eigene Meinung zu bilden", antwortete ich ausweichend, „aber ich möchte gern versuchen, deine Gedanken nachzuvollziehen. Ich halte dich für einen klugen, gebildeten Mann, und es interessiert mich, wie du zu diesen Überzeugungen in Bezug auf dich und auf den Antichristen gekommen bist. Ich nehme an, dass du gute Gründe hast, warum du diese Dinge glaubst."

Er lächelte mich nachdenklich an und ich war erleichtert, dass meine Offenheit ihn nicht verärgert hatte. Dann betrachtete er sein

Spiegelbild in dem nachtschwarzen Fenster und begann mit weicher und zugleich starker Stimme zu erzählen. „Nachdem ich ein Jünger Jesu geworden war, ging ich in ein Kloster und verbrachte einige Jahre damit, die Heilige Schrift zu studieren. Mein Lehrer war Ephraim der Syrer, ein bedeutender Theologe der frühen byzantinischen Kirche. Ephraim erklärte mir die Zusammenhänge zwischen dem Ende der Welt und dem Bösen, der in jenen Tagen aufstehen wird. Zuerst wird der Herr seine Erwählten von der Erde nehmen, um sie vor den kommenden Nöten zu bewahren. Dann wird der Antichrist sich erheben. Mit überragender Intelligenz, großer Überzeugungskraft und ausgefeilten Methoden wird er sich die gesamte Weltbevölkerung unterwerfen. Er wird dabei so unauffällig und geschickt agieren, dass kaum jemand merkt, was tatsächlich vor sich geht. Sieben Jahre wird seine Weltherrschaft dauern. In diesen Jahren werden die Menschen mehr Leid erleben als jemals zuvor in der Geschichte. Am Ende der sieben Jahre wird der Herr in großer Kraft und Herrlichkeit erscheinen und den Antichristen für immer gefangen nehmen."

Ich schob mir ein kleines Kissen in den Nacken und dachte über Ashers Worte nach. Der Sonntagsschullehrer aus meiner Kindheit hatte diese Geschichte nie erwähnt. Zur Jahrtausendwende hatten sich einige Prediger auf Endzeitbotschaften spezialisiert und man hörte von etlichen Sekten, die sich auf eine Katastrophe vorbereitet hatten. In der New York Times wurde damals von mindestens einem Dutzend bekannter Prediger berichtet, die sicher waren, Jesus würde im Jahr 2.000 auf die Erde zurückkehren. Doch das Jahr war gekommen und gegangen, ohne dass etwas Ungewöhnliches geschah.

War Asher einer dieser Endzeitpropheten? Vielleicht einer der wenigen, die ihre verrückten Ideen über das Jahr 2.000 hinaus gerettet hatten?

„Das heißt", ich tastete mich vorsichtig an die richtige Formulierung heran, da ich ihn nicht verletzen wollte, „wenn du denkst, der Antichrist ist da, dann müsste Jesus ja bald wiederkommen . . ."

Asher warf mir einen tadelnden Blick zu: „Nein, ich sagte doch, der Antichrist wird erst erscheinen, *nachdem* alle Gläubigen von der Erde genommen wurden. Viele Christen nennen dieses Ereignis die Entrückung, manche haben auch andere Namen dafür. Aber das spielt keine Rolle. Es wird auf jeden Fall geschehen."

Ich winkte ab, bevor er mich weiter verwirrte. „Nun gut, aber bis jetzt ist es noch nicht eingetreten, oder?"

„Es wird niemandem entgehen, wenn Millionen von Menschen in einem Augenblick von der Erde verschwinden."

Ich nickte schnell, um nicht noch tiefer in dieses Thema einsteigen zu müssen. „Wie kannst du wissen, dass Santos der Antichrist ist, obwohl dieses Ereignis noch gar nicht eingetreten ist?" Und dann fiel mir gleich die nächste Frage ein: „Warum *arbeitest* du überhaupt für ihn, wenn du ihn für einen so bösen Menschen hältst?"

„Ich behaupte nicht, dass er der Antichrist ist. Aber ich sehe seinen Ehrgeiz und die Richtung, in die er sich entwickelt und ich könnte mir vorstellen, dass er eines Tages der Antichrist *werden* könnte, wenn . . . falls ich versage."

Alarmiert sah ich ihn an: „*Wobei* könntest du versagen, Asher?"

„Es ist mein Auftrag, ihn zum Herrn zu führen." Asher beugte sich nach vorn, Eifer loderte in seinen Augen: „Claudia, bitte versuch, mich zu verstehen. Der Apostel Johannes schrieb, dass der Antichrist am Ende der Tage kommen wird. Gleichzeitig sprach er von vielen Antichristen, die bereits gekommen wären. Schon damals, im ersten Jahrhundert nach Christus, war der Geist des Antichristen in der Welt."

Ich verstand immer weniger.

„Claudia!" Er rutschte auf seinem Sessel nach vorn und ergriff meine Hand. „Satan ist nicht Gott. Er ist mächtig und klug, sehr stolz und voller Ehrgeiz. Aber er ist nicht allwissend. Er weiß nicht, wann die Entrückung sein wird. Jesus sagte, niemand außer dem Vater im Himmel kenne den Tag und die Stunde seiner Wiederkunft. Unser Gott ist ein barmherziger Gott, der lange wartet, um noch so vielen Menschen wie möglich die Gelegenheit zu geben, ihn zu erkennen. Gott ist langmütig und voller Geduld und mit jedem Tag, den er verstreichen lässt, kommen Menschen zum Glauben an Jesus."

Ganz still saß ich da. „Was willst du damit sagen?"

Asher war jetzt richtig in Fahrt. „Ich glaube, dass Satan in jeder Generation einen Mann vorbereitet, der, falls die Entrückung stattfindet, die Weltherrschaft übernehmen kann. Nachdem die Gläubigen die Erde verlassen haben, wird Satan nicht eine Minute verlieren wollen. Sofort wird er seinen Mann, den Antichristen, mit allen Fähigkeiten ausstatten, die erforderlich sind, um an die Weltöffentlichkeit zu treten und das Reich des Bösen aufzurichten. Zu dem Zeitpunkt wird das Herz dieses Menschen verhärtet sein, sein Denken wird auf Satans Ziele gerichtet sein und *il diavolo* wird seinen Geist besitzen."

Auch ohne mein italienisch-englisches Wörterbuch zur Hand zu nehmen wusste ich, dass er jetzt vom Teufel sprach. In diesem Moment war mein Kopf so voll verwirrter Gedanken und Worte, dass mir eine Frage entfuhr, die ich eigentlich nicht aussprechen wollte: „Warum habe ich dich bloß eingestellt?"

Lächelnd drückte Asher meine Hand: „Weil Gott wusste, dass du mir helfen würdest, meinen Auftrag auszuführen. Ich brauche deine Hilfe, um vor Justus Santos zu treten. Ich muss allein und ungestört mit ihm reden, um ihm das Evangelium von Christus erklären zu können. Wenn mir das nicht gelingt, wird ihn niemand mehr auf dem eingeschlagenen Weg aufhalten. Synn hat das Evangelium selbst noch nicht verstanden. Signora Casale und Rico Triccoli sind so emsig damit beschäftigt, Santos' Macht zu vermehren, dass sie ihm nur sagen werden, was er hören will."

„Asher . . ." Ich zog meine Hand aus seiner Umklammerung. „Ich kann nicht zulassen, dass du Santos belästigst. Erstens wird er dir deine Geschichte nicht glauben – ich glaube sie ja auch nicht. Zweitens bin ich mir sicher, dass er sich mit seinem eigenen Glauben ganz wohl fühlt, was auch immer das für ein Glaube sein mag. Und drittens sollte man Religion und Politik nie vermischen. Nicht umsonst hat der Papst seinen eigenen Vatikanstaat."

Asher sank in seinen Sitz zurück. „Ich will ihn doch nicht *belästigen*. Was ich vorhabe, geschieht aus Barmherzigkeit, aus Liebe zu Santos und zu der gesamten Menschheit."

„Ich verstehe nicht, wieso –"

„Stell dir vor . . .", Asher zitterte sichtlich, so bewegte ihn dieses Thema, „was geschehen wäre, wenn jemand mit Adolf Hitler über den Glauben gesprochen hätte, bevor er innerlich vollkommen verhärtet war! Schon in seiner Kindheit hätte er alles über Gottes Geschichte mit den Juden erfahren müssen. Jemand hätte dem jungen Hitler erklären müssen, warum Gott dieses Volk erwählt hat, er hätte schon früh hören müssen, in welcher engen Beziehung Christentum und Judentum stehen und jemand hätte ihm sagen müssen, dass man im Namen des christlichen Glaubens niemals hassen oder töten kann. Stell dir vor, wie viel Unheil die Person verhindert hätte, die dem jungen Hitler das alles erklärt hätte?"

„Ich verstehe . . .", meine Stimme wirkte schwach angesichts seiner Intensität.

„Die ganze Geschichte wäre anders verlaufen. Sechs Millionen Menschen hätten nicht sterben müssen." Als er sich wieder nach vorn beugte, stand nackte Verzweiflung in seinen Augen. „Ich habe versucht, das Herz des Führers zu erreichen. Aber bis mir auffiel, dass er der Antichrist seiner Generation werden könnte, war es schon sehr schwer, an ihn heranzukommen. Um mit ihm persönlich zu sprechen, musste ich Mitglied der SS werden. Es gelang mir erst 1934, mit ihm zu reden, als er schon ein sehr mächtiger Diktator war. Als ich ihm damals von der Liebe Christi erzählte, lachte er mich nur aus."

Schweigend nahm ich diese Information auf. Mit einem langen Atemzug stellte ich dann fest: „Du hast für Hitler gearbeitet."

Er nickte leichthin. „Ja, in der Propagandaabteilung. Aber nur kurz. Im Laufe meines Lebens sprach ich mit unzähligen möglichen Antichristen über das Evangelium. Mit der Bibel in der Hand stand ich vor Richard II. von England, ich sprach mit Cosmo Medici von Florenz und mit Heinrich VIII. Lange war ich überzeugt, Philipp II. von Spanien würde nach der Entrückung zum Antichristen aufsteigen, denn die Inquisition zwang Spanien damals eine große religiöse und gesellschaftliche Einheit auf. Es war denkbar, dass von Spanien das neue Weltreich ausgehen könnte."

Er breitete seine Hände aus und hielt die Handflächen nach oben, ein starkes Zeichen für die Ernsthaftigkeit seiner Worte. „Im 17. Jahrhundert zog ich nach England, um mit Oliver Cromwell über Christus zu sprechen. Dieser hatte einen König hinrichten lassen, eine Monarchie abgeschafft und stattdessen eine Militärherrschaft aufgebaut, die diktatorischer war als jedes Königreich. 1653 traf er sich mit Rabbi Manasse Ben Israel, um die Wiederzulassung der seit 1290 aus England vertriebenen Juden zu erreichen. Cromwell war ein Soldat, er hatte die britischen Inseln in sechs Millionen Befehlsbereiche unterteilt und schien entschlossen, sein eigenes Volk niederzuhalten. Das ging so weit, dass er Theateraufführungen und Pferderennen und sogar bunte Glasfenster verbot. Ihm fehlte nicht viel zum Tyrannen, doch auch er starb vor dem Ende der Zeiten.

Dann kam Napoleon an die Macht. Nach meiner Einschätzung war er der nächste mögliche Kandidat. Obgleich er Franzose war, stammte er doch von einer italienischen Familie aus Korsika ab und war damit ein Nachkomme des römischen Volkes. Auch er war ein kriegerischer und sehr ehrgeiziger Mann. Im Verlauf der Französischen Revolution gewann er an Macht, begann jedoch bald darauf, das französische Volk in seinen soeben erkämpften Freiheiten wieder zu beschneiden. So hob er Redefreiheit und Pressefreiheit auf und von den 73 verschiedenen französischen Zeitungen jener Zeit waren bald nur noch vier Blätter übrig. Er erließ Gesetze gegen die Gleichberechtigung der Frau und führte die Sklaverei wieder ein, die während der Revolution bekämpft worden war. Im Namen der Freiheit zog er gegen Europa in den Krieg und hatte dabei vor allem das eine Ziel, seine Macht zu vermehren. Wie viele andere Diktatoren missbrauchte auch er die kirchlichen Führer zur Erreichung seiner Ziele. In der Öffentlichkeit empfing er sie mit großem Pomp, doch privat führte er ein gottloses, vergnügungssüchtiges Leben. Lange wusste ich nicht, wie ich in seine Nähe gelangen könnte, doch endlich bot sich mir eine Gelegenheit . . . aber auch Napoleon wollte nicht auf meine Worte hören.

Nach Napoleons Tod kehrte ich nach Italien zurück. Dort fiel mir Camillo Benso Graf von Cavour auf, Ministerpräsident von Sardinien-Piemont und Italien. Schon 1851, gleich zu Beginn seiner Mitgliedschaft in der sardischen Regierung, übernahm er die Ministerien für Landwirtschaft, Kriegsmarine und Finanzen." Asher rutschte in seinem Sitz zur Seite und hob eine Augenbraue. „Verstehst du, warum mir das wichtig war?"

Ich nickte bedächtig und wunderte mich gleichzeitig darüber, dass ich seinen Gedanken folgen konnte. „Er hat drei Ministerien übernommen ... drei Köpfe. Er unterwarf sich drei Köpfe."

Stolz strahlte Asher mich an. „Ganz genau. Ich war mir sicher, dass Cavour der nächste Vorbereitete war. Er war von Machtgier besessen und riss die Ämter mühelos an sich. Nach seinem Verständnis war gute Kriegführung die wichtigste Qualität eines Herrschers und ihm gelang, was bis dahin unmöglich schien: Die Einheit Italiens, allerdings durch Krieg und Gewalt. Genau wie der Antichrist in der Bibel beschrieben ist, war auch Cavour ein kluger Mann mit großer Überzeugungskraft, der in den italienischen Herzogtümern ‚spontane'

Unruhen inszenierte. Seine Macht beruhte auf Betrug, gewaltsamen Eroberungen und gebrochenen Versprechen. Leider ist es mir nie gelungen, in seinen inneren Kreis einzudringen. Er starb 1861 als relativ junger Mann von 51 Jahren."

Asher fuhr sich übers Gesicht und seufzte schwer. „Im 19. Jahrhundert schien jedes Jahrzehnt einen neuen möglichen Antichristen hervorzubringen. In Russland kam Lenin an die Macht, Leopold II. in Belgien und Napoleon III. in Frankreich. In Deutschland regierte Wilhelm II. durch Gottes Gnade, wie er selbst behauptete. Auch er war ein Freund militärischer Macht und hatte so viel Gefallen daran, dass er täglich mehrere verschiedene Uniformen trug. Er hatte Mitschuld am Beginn des Ersten Weltkriegs und trat erst ab, als schon absehbar war, dass Deutschland und seine Verbündeten den Krieg verlieren würden. Kurz nach seinem Abdanken riefen die Sozialdemokraten die Weimarer Republik aus.

Im zwanzigsten Jahrhundert beobachtete ich den Franzosen Pierre Laval, später auch Chruschtschow und Gorbatschow. Im „Time Magazine" wurde Laval 1931 zum ‚Mann des Jahres' gekürt. Später, als Hitlers Truppen Frankreich besetzt hatten, lieferte er Tausende von Juden an die deutschen Vernichtungslager aus. Das machte ihn für mich sehr verdächtig, denn auch Antisemitismus ist ein Kennzeichen des Antichristen.

Ein Lächeln huschte über Ashers Gesicht: „Lange Zeit hatte ich auch Ronald Reagan im Visier und ich wäre fast schon in die USA geflogen, aber als ich mich eingehender mit ihm beschäftigte, stellte sich heraus, dass er weder den erforderlichen Ehrgeiz besaß noch die Liebe zu militärischer Macht."

Ich konnte ein ungläubiges Lachen nicht unterdrücken: „Wie um alles in der Welt bist du auf Reagan als Kandidaten gekommen?"

Schelmisch blitzten seine Augen mich an: „Durch seinen Namen – Ronald Wilson Reagan. Jeder Name hat sechs Buchstaben – sechs, sechs, sechs. Es heißt in der Offenbarung, die Zahl des Tieres ist die Zahl eines Menschen und lautet 666."

Mir wurde kalt, als ich sofort begann, die Buchstaben von Justus Santos zu zählen. Zufrieden lächelnd lehnte ich mich zurück: „Wenn das stimmt, dann kann Santos es nicht sein. Sein mittlerer Name ist David und hat nur fünf Buchstaben."

„Sein mittlerer Name", flüsterte Asher, „wird italienisch geschrieben, mit einem e am Ende. Damit hat er auch sechs Buchstaben: Justus Davide Santos."

In diesem Moment fuhr der Zug in einen Tunnel und es wurde in unserem Abteil so laut, dass wir unser Gespräch unterbrechen mussten. Ich lehnte mich zurück und versuchte, meine Gedanken zu ordnen. Nichts, was Asher gesagt hatte, klang irgendwie logisch. Ein anderer Teil meines Gehirns widersprach: *Alles, was er sagt, ist logisch, es ist bloß unmöglich*. Selbst wenn seine Theorien stimmen sollten, seine Geschichte konnte einfach nicht wahr sein. Kein Mensch lebte 2.000 Jahre, ohne älter zu werden. Es war nicht nötig, über dieses Thema nachzudenken.

Der Tunnel war zu Ende und das angenehme, rhythmische Fahrgeräusch hüllte uns wieder ein. Pechschwarz war die Nacht vor unserem Fester, als würden wir durch ein Meer schwarzer Tinte fahren. Wie die Helden eines Sciencefiction-Romans rasten wir unserem Ziel, unserem Schicksal entgegen, der Begegnung mit dem schlimmsten Bösewicht der Menschheitsgeschichte . . . Wie konnte ein intelligenter Mann wie Asher nur solchen Ammenmärchen aufsitzen?

„Bald werden wir in Rom sein", erklärte Asher und richtete sich auf. Seine dunklen Augen bohrten sich in mein Gesicht. „Morgen wirst du zu Santos gerufen werden, um ihm Bericht zu erstatten. Ich möchte dich dabei begleiten, Claudia. Wenn du erlaubst, werde ich ihm morgen die Wahrheit sagen. Es ist für ihn noch nicht zu spät. Ich habe diesen Mann früh genug entdeckt, sein Herz ist noch nicht verhärtet, er kann sich noch entscheiden, wem er dienen will. Ich hoffe, er wird sich dem wahren Herrn zuwenden."

Entschlossen verschränkte ich die Arme vor der Brust: „Auf keinen Fall."

Er biss sich auf die Lippe und verriet damit seine Überraschung und Ratlosigkeit, trotzdem setzte ich nach: „Selbst wenn ich dich mitnehmen würde, was erwartest du denn von diesem Gespräch? Meinst du, er wird auf die Knie fallen und Buße tun? Ich glaube nicht, dass Il Presidente sich für einen erlösungsbedürftigen Menschen hält. Asher, du willst ihn vor einer schrecklichen Zukunft warnen, an die er nicht glaubt, und ihn zum Glauben an einen Gott bewegen, den er für das ganze Elend in der Welt verantwortlich macht. Dafür willst du so viel riskieren? Du wirst unter Garantie deinen Job verlieren. Und ich würde mir auch viel mehr Ärger einhandeln, als ich verkraften kann. Wenn Santos das will, werde ich nie wieder irgendwo auf der Welt einen Klienten bekommen."

Der Schmerz, der in seine Augen trat, war nicht in Worte zu fassen. „Dann warte ich", sagte er einfach und lehnte sich zurück. Er schlug die Beine übereinander und sah aus dem Fenster. Tiefe Linien zogen sich entlang seiner Lippen und um die Augen, noch verstärkt durch die Schatten, die unsere spärliche Beleuchtung warf.

„Ich bin müde, Asher. Bitte entschuldige mich." Mit einer schnellen Handbewegung löschte ich die Leselampe über meinem Sitz. Entschlossen drehte ich mich zur Seite. Ich wollte dieses traurige Gesicht nicht mehr sehen.

Hätte ich doch mit Kurt reden können! Bestimmt hatte er noch nie einen vergleichbaren Fall in seiner Praxis erlebt. Nach meiner Einschätzung hatte Asher nur diese eine wahnhafte Vorstellung, aber von ihr war er felsenfest überzeugt.

Was sollte ich tun? Es war bestimmt nicht möglich, Asher in Bezug auf Santos umzustimmen. Er war sich seiner Sache so sicher und hatte so verblüffende Argumente, dass ich ihm schon fast selbst geglaubt hätte. Ich mochte Asher, er war ein ausgesprochen sympathischer und intelligenter Mann, und ich wollte nicht mit ansehen, wie er sein Leben an diesen Wahn vergeudete. Es musste doch möglich sein, ihn davon zu heilen . . .

Vorsichtig drehte ich meinen Kopf und sah mit halb geschlossenen Lidern zu Asher hinüber. Er würde einen wunderbaren Schriftsteller abgeben! Er könnte über jede historische Persönlichkeit, die er so selbstverständlich zitierte, ein ganzes Buch schreiben. In seiner kranken Fantasie war er wie ein Romanheld, der auch die schlimmsten Katastrophen der Geschichte überlebt hatte.

Leise fragte ich in das halbdunkle Abteil: „Wie hast du es geschafft, in die Nähe so vieler Diktatoren zu kommen, ohne dass du umgebracht wurdest? Bei vielen, die du erwähnt hast, kann ich mir gar nicht vorstellen, dass sie dich einfach angehört haben und dich dann wieder ziehen ließen!"

„Ich kam nicht immer davon." Die Erinnerungen mussten sehr schmerzhaft sein, seinem verzerrten Gesicht nach zu urteilen. „Etliche

Male wurde ich verhaftet und gefoltert, einmal kam ich ins Exil. Aber meistens wurde ich hingerichtet."

Ich öffnete meinen Mund und schloss ihn wieder, ohne etwas zu sagen.

„Ach so", murmelte ich schließlich und mehr fiel mir beim besten Willen nicht dazu ein.

22

Asher sollte Recht behalten. Gleich am nächsten Morgen wurde ich zu Santos gerufen, um von unserem Einsatz zu berichten. Doch seinem ruhigen, wissenden Ausdruck nach zu urteilen, war er längst informiert. Wahrscheinlich hatten seine Leute in Brüssel schon mit ihm gesprochen. Ob er mir nur noch aus Höflichkeit zuhörte oder ob er den Langen und sein Team kontrollieren wollte, ich wusste es nicht.

Als ich zum Ende kam, dankte er mir, erhob sich und ging um den Tisch herum auf meinen Stuhl zu. „Mir kam zu Ohren, dass Sie nach New York zurückkehren möchten?“ Seine dunklen Augenbrauen hoben sich, als würde er diesen Entschluss bewundern. „Das verstehe ich natürlich auf der einen Seite, dennoch möchten wir in den nächsten zwei bis drei Monaten noch nicht auf Sie verzichten. Wir beabsichtigen, in naher Zukunft ein Büro in Brüssel einzurichten, für das wir ein neues Team von Mitarbeitern zusammenstellen werden. Selbstverständlich wollen wir auch in Brüssel nur die allerbesten Leute haben.“

„Aber meine Firma in New York . . .“, begann ich, doch er unterbrach mich mit einer Handbewegung, die keinen Widerspruch duldete. Schweigend beobachtete ich, wie er sich auf die Tischkante niederließ, seine Arme verschränkte und freundlich auf mich herablächelte. „Es tut mir außerordentlich Leid, dass Sie Ihren Mitarbeiter auf so tragische Weise verloren haben und ich kann mir vorstellen, dass es für Sie nicht leicht sein wird, einen Ersatz zu finden. Gerade deshalb halte ich es für das Beste, wenn Sie noch eine Weile in Rom bleiben. Meine Leute arbeiten gern mit Ihnen zusammen und schätzen Sie als Kollegin und als Vorgesetzte. Nachdem Ihre Arbeit für Global Union abgeschlossen ist, kann ich Ihnen in der internationalen Politik und Wirtschaft so viele Aufträge verschaffen, dass Sie nie wieder nach New York zurückkehren müssen.“ Er sah mich fragend an. „Ich kann mir nicht vorstellen, dass Sie lieber verbrecherischen Politikern vor Gericht beistehen und für den Freispruch von Mördern verantwortlich sein möchten, als für den Frieden in der Welt zu arbeiten."

Überrascht sah ich ihn an. Hatte er meine Gedanken gelesen? Woher kannte er meinen Entschluss, künftig nur noch für „gute Menschen" zu arbeiten? Doch ich hatte auch den zynischen Unterton in seiner Stimme nicht überhört. Diese Anspielung wollte ich nicht unwidersprochen stehen lassen. „Meine Arbeit in den USA ist ehrbar und verdienstvoll, Il Presidente. In der amerikanischen Justiz hat jeder Bürger das gleiche Recht auf einen fairen Prozess."

„Aber sind einige Bürger nicht dennoch in der Lage, ihr Recht vor Gericht zu erkaufen? Ich bin mit den Einzelheiten Ihres letzten Falles durchaus vertraut, Signorina Fischer. Senator Mitchell beauftragte den besten und teuersten Anwalt, den er finden konnte. Dieser wiederum nahm Sie, eine der besten Prozessbeobachterinnen in den Vereinigten Staaten, in sein Team auf. Sie sind in der Lage, die Geschworenen so auszuwählen und einzuschätzen, dass Sie schon lange, bevor die Geschworenen ihre Entscheidung treffen, den Ausgang des Verfahrens kennen. Das nennen Sie gerecht? Wollen Sie wirklich behaupten, Senator Mitchells Freispruch wäre gerecht? Hat er sich nicht in Wirklichkeit von dem gerechten Schuldspruch freigekauft?"

Seine Stimme war so dunkel wie die Welle von Schuldgefühlen, die mich hinwegzureißen drohte. Schweigend saß ich vor ihm und konnte mich der Wahrheit seiner Worte nicht entziehen. Wir hatten die Kunst, geeignete Geschworene auszuwählen, sehr weit vorangetrieben. Reiche Leute konnten sich bessere Anwälte leisten als einfache Bürger. Die Armen hatten es am schwersten, ihnen wurden die Pflichtverteidiger zugeteilt, die frisch von der Uni kamen und weder über Erfahrung noch über Beziehungen verfügten . . .

„Es soll nicht Ihr Schaden sein, wenn Sie in Rom bleiben", fuhr Santos mit weicherer, überzeugender Stimme fort. „Wie viel zahlen wir Ihnen jetzt? Fünftausend Dollar pro Woche? Es wäre kein Problem, Ihr Gehalt zu verdoppeln, wenn Sie so lange für uns arbeiten, bis unsere Niederlassung in Belgien vollständig besetzt ist."

„Heißt das, ich müsste in Brüssel arbeiten?"

„Nein, die Bewerber werden hier den *Concorso* durchlaufen. Sie würden einfach die Arbeit fortsetzen, die Sie bisher auch getan haben."

Ich holte tief Luft und senkte den Blick. Auch Santos schwieg und ich hatte Gelegenheit, meine Vorbehalte noch einmal zu überprüfen. Jetzt, wo ich gezwungen war, eine Entscheidung zu treffen, nahm ich auch ein gewisses Unbehagen wahr, nach New York zurückzukehren. Wie sollte ich die Arbeit ohne Rory fortsetzen? Rorys Schreibtisch würde mit handschriftlichen Telefonnotizen und unbezahlten Rechnungen übersät sein und ich würde mich nur schwer darin zurechtfinden. Sieben Wochen lebte ich nun schon in Rom und war überhaupt nicht mehr über die Situation an den New Yorker Gerichten informiert. Dazu kam, dass Elaine Dawson meine Abwesenheit genutzt hatte, um sich in meinem Gebiet Kunden zu angeln. Die Aussicht auf New York ohne meinen Mitarbeiter, ohne Kunden und mit Elaine in der Nähe war nicht gerade verlockend.

Warum sollte ich nicht ein paar Monate länger in Rom bleiben? Diese geheime Mission in Brüssel hatte sich als völlig ungefährlich herausgestellt, all meinen Ängsten zum Trotz. Zwar hatte ich im Gespräch mit Asher fast schon geglaubt, dass Santos tatsächlich mit bösen Absichten handelte, aber die Dunkelheit der Nacht in Verbindung mit Ashers geheimnisumwitterten Geschichten von den Tyrannen der Weltgeschichte hatten mich zu sehr in ihren Bann gezogen. Erst als er seine zahlreichen Hinrichtungen erwähnte, war der Zauber gebrochen und ich wusste wieder, wie ich Asher einzuschätzen hatte.

Nachdenklich musterte ich meinen Arbeitgeber. Er war ein außergewöhnlicher Mann. Sein Verhalten war ebenso angenehm und gepflegt wie sein Äußeres, ein Politiker mit Überzeugungskraft, der sich für den Frieden in der Welt einsetzte. Nicht mehr und nicht weniger.

Meine Gegenargumente hielten dem Angebot einer Gehaltsverdopplung und zwei weiterer Monate gesicherter Existenz nicht stand. „Ich möchte aber nicht wieder zu solchen Aufträgen wie zuletzt in Brüssel eingesetzt werden." Meine Augen hielten seinem Blick stand. „Ich war die ganze Zeit nervös und hatte immer das Gefühl . . . etwas Verbotenes zu tun."

„Wir werden von Ihnen nichts verlangen, was Ihnen unangenehm ist." Santos legte seine Handflächen zusammen. „Sie sollen sich bei uns wohl fühlen."

„Na schön, dann . . . werde ich bleiben." Ich lächelte und nickte ihm zu. „Ich werde bis Ende Januar bleiben, aber dann möchte ich wirklich abreisen. Meine Schwester erwartet Ende Dezember ihr zweites Baby, und ich habe versprochen, ihr so bald wie möglich zu Hilfe zu kommen."

Santos schmunzelte und viele kleine Lachfältchen legten sich um seine Augenwinkel: „Ich habe selbst eine Schwester mit zehn Kindern. Obwohl ich keine eigenen Kinder habe, halten mich meine Neffen und Nichten dauernd auf Trab. Wenn ich samstags meine Schwester besuche, hängen die Kleinen an meinen Hosenbeinen und betteln um Geschenke."

Während ich aufstand um zu gehen, war ich richtig froh über diese letzten Sätze. Zum ersten Mal hatte Santos mir einen Blick hinter seine perfekte Kulisse gewährt. Vielleicht hatte ich endlich sein Vertrauen erworben.

Er begleitete mich zur Tür. Am Ende des Raumes blieb ich stehen und wandte mich ihm zu. „Ich möchte Ihnen noch sagen, dass ich mich bei Global Union wirklich wohl fühle. Es herrscht eine angenehme Arbeitsatmosphäre in Ihrem Haus." Ich zögerte bei der Überlegung, ob ich ihm von Ashers wahnhafter Störung erzählen sollte. Würde es eines Tages an die Öffentlichkeit gelangen, dass Global Union einen Mann mit einer gravierenden psychischen Störung beschäftigte, dann könnte Santos mir zumindest nicht vorwerfen, dass ich ihn nicht gewarnt hätte.

Entschlossen holte ich Luft, doch im gleichen Augenblick öffnete Santos mir die Tür und sah Synn, der im Foyer wartete. Ohne mich weiter zu beachten, wandte er sich seinem Direttore zu. Der Moment der Vertraulichkeit zwischen uns war vorbei.

Mein „*Buon giorno, signore*", blieb unbeantwortet, und ich beeilte mich, zum Fahrstuhl zu kommen.

*

Zurück in meinem Büro spielte ich nachdenklich mit meinem Bleistift. Sollte ich Kurt anrufen? Mit bitterem Lächeln überlegte ich, dass es eigentlich nötig wäre, so schnell wie möglich einen hiesigen Psychiater einzuschalten. Asher hatte mehr als nur eine kleine wahnhafte Störung; er war total verrückt.

Andererseits war ich mir ganz sicher, dass er niemandem gefährlich werden würde. Zu der ganzen Problematik kam erschwerend dazu, dass ich diesen Mann mittlerweile sehr in mein Herz geschlossen hatte und ihm keinesfalls wehtun oder ihn in eine peinliche Situation bringen wollte.

Außerdem – war es nicht anmaßend, ihn einfach für verrückt zu erklären? Er passte nicht in meine Schubladen. Er hatte ein Zuhause und eine Arbeit und verfügte über ein Allgemeinwissen, wie ich es noch nie bei einem Menschen erlebt hatte.

Ich griff nach dem Telefonhörer und hielt wieder inne. Ich konnte mir genau vorstellen, wie Kurt auf Ashers Geschichte reagieren würde. Er würde mir sagen, dass ich verpflichtet war, Global Union über diesen unberechenbaren Angestellten zu informieren. Fast konnte ich seine Stimme hören, wie er sagen würde: *Er behauptet, von zahllosen Diktatoren und Tyrannen der Weltgeschichte ermordet worden zu sein? Dieser Mann braucht fachkundige psychiatrische Hilfe!*

Andererseits klang alles so vernünftig, was Asher mir erzählte. Er wirkte durch und durch wie ein Mann, der mir in aller Aufrichtigkeit seine Lebensgeschichte erzählen wollte. Natürlich hatte ich kaum Erfahrung im Gespräch mit geistig Verwirrten, aber nichts an Ashers Verhalten deutete auf irgendeine Störung hin. Er hatte keine nervösen Zuckungen oder zeigte irgendwelche sonstigen Ticks oder Absonderlichkeiten. Er sprach offen und ehrlich mit mir, hatte eine feste Stimme und sah mir direkt in die Augen. Selbst ein professioneller Lügner würde Mühe haben, seine Geschichten so überzeugend zu verkaufen.

Ich legte den Telefonhörer zurück und nahm mein Notizbuch zur Hand. Es gab verschiedene Möglichkeiten, mit Asher umzugehen. Ich könnte den Wahrheitsgehalt seiner Geschichten prüfen, historische Fakten finden, die von seiner angeblichen „Erinnerung" abwichen, und auf seine Einsicht hoffen. Er hatte mir in der vergangenen Nacht eine Menge Namen, Daten und Orte genannt und nachdem ich wieder zu Hause war, hatte ich alles, soweit ich mich noch daran erinnern konnte, in meinem Notizbuch festgehalten. Nun müsste ich herausfinden, wo seine „Erinnerungen" nicht den historischen Tatsachen entsprachen und schon könnte ich seinen Wahn erschüttern. Hatte nicht auch Kurt mir geraten, Asher mit den Tatsachen zu konfrontieren?

Mit dem Gefühl, seit Tagen endlich wieder etwas Wichtiges und

Sinnvolles zu tun, nahm ich mein Notizbuch mit den von Asher genannten Namen und „Fakten" und ging zum Fahrstuhl. Ich drückte den Knopf für den zweiten Stock. Monsieur und Madame Curvier hatten in ihrer Bibliothek große Fortschritte gemacht und schon vieles sortiert und archiviert, war mir erzählt worden. Vielleicht könnten sie mir bei einigen Fragen weiterhelfen? Nicht zuletzt waren sie Franzosen, ebenso wie etliche der von Asher erwähnten möglichen Antichristen.

Der Fahrstuhl kam zu Stehen, ich betrat die zweite Etage und stieß die gläserne Flügeltür auf. Dr. Millard Curvier saß mit einer Akte auf den Knien in der Nähe des Eingangs und hob den Blick, als ich durch die Tür trat. Leider kannte ich kein einziges Zeichen seiner Sprache, so konnte ich ihn nur unsicher anlächeln und ihm leicht zuwinken. Mit übertriebenen Mundbewegungen versuchte ich die Frage: „Ihre Frau?" und zeigte auf die Tür, die in Curviers Büro führte. Bestimmt konnte er kein Englisch von den Lippen ablesen. Ich kam mir ziemlich linkisch vor.

Doch er deutete auf die entsprechende Tür, entweder weil er den Sinn meiner Frage richtig vermutet hatte oder weil er alle Besucher üblicherweise zu seiner Frau schickte. Schnell ging ich weiter und rief noch im Gehen: „Frau Dr. Curvier?"

Patrice saß an ihrem Schreibtisch vor einem Stapel getippter Seiten. Schnell hob sie den Kopf, nahm ihre Brille ab und fragte freundlich: „Ja, bitte? Womit kann ich Ihnen dienen?"

Unsicher blätterte ich in meinem Notizbuch. Wo sollte ich beginnen? „Ich möchte einige Informationen über Diktatoren zusammentragen . . . vor allem über europäische Personen. Vielleicht haben Sie etwas über Hitler, Wilhelm II. oder Napoleon?"

„O ja, die Kommunisten haben nicht nur über die Lebenden, sondern auch über die Toten Buch geführt." Sie setzte die Brille wieder auf und schob sich an mir vorbei zu einem anderen Raum. „Wir haben eine umfangreiche biografische Sammlung mit vielen Fotos. Allein die Akte von Tito ist etwa dreißig Zentimeter breit."

„Ach ja?" Ich überlegte, ob Asher auch Tito erwähnt hatte, doch ich konnte mich nicht daran erinnern. Sie führte mich zu einem langen Raum voller Regale. Jedes Regal war etwa anderthalb Meter hoch, so dass man bequem alle Buch- und Aktenrücken lesen konnte. Oben auf den Regalen türmten sich lose Blätter, Aktenordner und Fotos, die noch sortiert werden mussten.

„Da drüber ist Hitler, Reihe fünfzehn, auf der dritten Ebene", erklärte sie und zeigte auf ein Regal in der Mitte des Raumes. „Aber wir fangen gerade erst damit an, die Materialien über ihn zu sortieren. Wie Sie wissen, hatten seine Truppen gegen Ende des Krieges auch Rom besetzt. Die Bevölkerung hasste sie. 1944 wurde eine Bombe in der Nähe einer durch die römische Innenstadt marschierenden SS-Einheit gezündet und 31 Deutsche starben. Als Reaktion auf diesen Anschlag befahl Hitler die öffentliche Erschießung von 335 italienischen Gefangenen durch die Gestapo. Hitlers Stolz verlangte nach Rache. Auf einer belebten Straße mitten in Rom wurde der Befehl ausgeführt." Sie unterbrach sich und sah mich an. „Für wen interessieren Sie sich noch?"

Ich sah auf meine Liste und suchte nach einem weniger bekannten Namen: „Haben Sie auch etwas über Laval?"

„*Vous plaisantez!* Nach allem, was ich über ihn gelesen habe, muss er ein Teufel gewesen sein!" Sie lief los und murmelte noch etwas über den Franzosen, der im Sinne Hitlers in Frankreich regierte, während ich zu Regal Nummer 15 ging. Ein Stapel von schwarzweißen Fotos lag unsortiert oben auf dem Regal. Mein Blick blieb an dem obersten hängen. Es zeigte Hitler, wie er in einer offenen Limousine saß, die Augen starr nach vorne gerichtet, umringt von einer Schar SS-Männer, die ihn ansahen wie die ergebenen Priester eines leblosen Götzen.

Ich nahm das Foto und fuhr mit den Fingern über das Gesicht dieses Mannes, der Millionen Menschen in den Tod geschickt hatte. Während ich über Hitlers unendlich grausames Lebenswerk nachdachte, erschien mir Ashers Version der Geschichte, in der es immer wieder Männer gab, die im Auftrag Satans handelten, nicht mehr so abwegig. Musste ein Mann, der Säuglinge samt ihren Müttern in Vernichtungslager schickte und verbrennen ließ, nicht von einem sehr bösen Geist besessen gewesen sein?

Ich legte das Foto zurück und betrachtete das nächste Bild. Auch bei dieser Aufnahme hatte der Fotograf Hitler in der Mitte der Gruppe in vorderster Reihe posiert. Er stand auf der untersten Stufe einer Treppe, neben und hinter ihm hatten sich seine Gefolgsleute in drei Reihen aufgestellt, mit ernsten Gesichtern, in dunklen Uniformen, jeder von ihnen sah mutig und entschlossen in die Kamera.

Hatten diese Männer kein Gewissen? Ich nahm das Foto hoch und betrachtete die Gesichter aus der Nähe. In der Regel verrieten Fotos viel über das eigentliche Wesen eines Menschen. Doch diese Männer zeigten alle den gleichen starren, unbewegten Gesichtsausdruck. Kein Arm war angewinkelt, nicht ein Kinn zeigte in eine von der Kamera abgewandte Richtung, niemand riskierte einen Blick zur Seite. Alle Gesichter gruppierten sich im richtigen Winkel um ihren Führer, der sich zum Zentrum ihres Universums erhoben hatte . . .

Ich wollte das Bild gerade wieder zur Seite legen, als ein Paar dunkler Augen meinen Blick fesselte. Diesen Mann in der zweiten Reihe, keine zwei Meter von Hitler entfernt, kannte ich! Mein Puls raste und ich rang nach Atem, während meine Finger über das Gesicht von Asher Genzano strichen.

23

Erschöpft nach einer nahezu schlaflosen Nacht und voll verwirrender Gedanken und Gefühle machte ich mich am nächsten Morgen auf den Weg zur Amerikanischen Akademischen Bibliothek. Was wohl Kurt zu meinem Plan sagen würde?

Nach der Entdeckung von Ashers Gesicht auf dem Nazifoto war ich bestürzt und verwirrt nach Hause gegangen. Die ganze Nacht hatte ich mich mit diesem Thema herumgeschlagen. Nur langsam waren die dunklen Stunden verstrichen, während ich mich bekümmert von einer Seite zur anderen gedreht hatte. Als endlich die ersten Strahlen der Morgensonne durch mein Fenster drangen, hatte ich einen zweiteiligen Plan gefasst. Ich würde als Erstes in die Amerikanische Bibliothek gehen und alles über den Ewigen Juden herausfinden. Wenn möglich wollte ich Asher beweisen, dass er unmöglich diese lebende Legende sein konnte. Dann wollte ich zum Global Union-Archiv zurückkehren und herausfinden, wie es möglich war, dass einer von Hitlers Männern Asher Genzano so ähnlich sah. *Möglicherweise handelte es sich bei dem Mann auf dem Foto um einen Verwandten von Asher,* versuchte mein müder Kopf eine Lösung zu finden.

Mit vielen anderen Fußgängern überquerte ich die Via Angelo Masina und betrat die Bibliothek, die zu den ganz wenigen englischsprachigen Einrichtungen dieser Art in Rom zählte. Im Vergleich zu den riesigen Hallen der öffentlichen Bibliothek in New York stieß ich hier auf ein kleines, voll gestopftes Haus. Der Raum, in dem sich die Bücher reihten, war zu sehen, doch ein schmiedeeisernes Tor versperrte dem Besucher den Zugang. In der Nähe des Tores saß eine Frau hinter einem großen, dunklen Schreibtisch. Schlohweißes, dauergewelltes Haar umgab ihr rosiges Gesicht und ließ ihren Kopf wie ein lebendiges Verbotsschild aussehen.

„Buon giorno", sagte ich und lächelte, so gut es mir nach dieser Nacht möglich war. *„Parla inglese?"*

Abschätzend betrachtete sie mich und antwortete in gebrochenem Englisch: „Was kann ich für Sie tun?"

Ich stützte mich auf ihren Tisch und sah bittend in den Raum voller Bücher hinter ihrem Rücken. „Ich suche nach Literatur über einen Mann, den man den Ewigen Juden nennt. Leider habe ich keinen Bibliotheksausweis, aber vielleicht könnten Sie mir trotzdem erlauben, die entsprechenden Bücher durchzusehen?"

Ihr Mund verzog sich zu einer widerwilligen Bewegung. „Signorina, wir sind hier in Italien. Hier gibt es keinen Ausweis, Sie können allenfalls *vorübergehend* den Zugang zu einer Bibliothek *gewährt* bekommen. In welchem Umfang diese Erlaubnis erteilt wird, hängt davon ab, für wen Sie arbeiten."

Sprachlos starrte ich die Frau an.

„Sie gehen zunächst zum *Ufficio Orientamento* und legen dort Ihre Papiere vor. Dann erhalten Sie eine *Permesso di entrata* für die Zeit, die wir für Ihre Arbeit für notwendig halten. Sollten Sie Zugang zu den alten Werken oder den *Manoscritti* beantragen . . ."

Mit einer Handbewegung bedeutete ich ihr, aufzuhören. Worüber sprach sie? Hatte sie meine Frage schon beantwortet? „Moment bitte. Wohin soll ich gehen? Was soll ich dort machen? Was meinen Sie mit *Manoscritti*?"

„Handschriften." Sie zog ihre Augenbrauen zusammen und runzelte die Stirn. „Sie müssen zum Amt für Bibliothekswesen gehen und dort eine Zugangsberechtigung beantragen. Ohne dieses Papier dürfen Sie unsere Bibliothek nicht betreten. Aber auch wenn Sie eine Zugangsberechtigung haben, können Sie nicht ohne die Hilfe einer *Bibliotecari* hier arbeiten. Wir haben unseren Bestand nicht mit EDV erfasst, deshalb finden sich hier nur die *Bibliotecari* zurecht."

Als sie das Wort mit B zum zweiten Mal sagte, verstand ich, dass es um Bibliothekare ging, ohne die ich mich hier nicht bewegen durfte. Doch solange ich nicht das richtige Formular hatte, würde sie mich nicht einmal zu den Büchern lassen.

Lächelnd versuchte ich, meinen Ärger zu unterdrücken. Die meisten Italiener, die ich kennen gelernt hatte, waren höflich, locker und ein bisschen phlegmatisch. Aber diese Frau hier hatte ich wohl am falschen Tag erwischt. „Vielen Dank für Ihre Auskunft." Mein Lächeln war so kalt wie ihr Blick. „Bis bald."

Zwei Stunden später hatte ich meinen Global-Union-Ausweis und ein Empfehlungsschreiben von Darien Synn, dem ich klar machen konnte, dass ich für ein bestimmtes Projekt, an dem ich arbeitete, unbedingt ein paar Dinge nachlesen musste. Die Leute in der Bibliotheksverwaltung brauchten zwanzig Minuten, um meinen Ausweis zu untersuchen und ein Formular auszufüllen, das mir erlauben würde, das Tor hinter dem dunklen Schreibtisch zu durchschreiten. Gegen Mittag stand ich zum zweiten Mal vor der weißhaarigen Dame mit dem Wachhundblick.

„Hier ist Ihr *Permesso di entrata*", erklärte ich und reichte ihr das Papier, „und hier ist mein Empfehlungsschreiben von Reverend Synn von Global Union. Er bittet Sie, mir zu erlauben, diese Woche in Ihrer Bibliothek zu arbeiten."

Sie nahm beide Schreiben, betrachtete sie kurz und lächelte mit schmalen, geschlossenen Lippen. Nachdem sie mir die Papiere zurückgegeben hatte, griff sie nach ihrem schwarzen Telefon und murmelte ein paar italienische Worte in den Hörer. Kurze Zeit später erschien eine junge Frau mit weichem Gesicht und warmherzigem Lächeln am Eingang des Bibliothekssaales und bat mich, ihr zu folgen. An ihrem Wollpulli steckte ein Schild, auf dem „Carmela" zu lesen war. „Womit kann ich Ihnen dienen?", fragte sie freundlich und öffnete das schwere, schmiedeeiserne Tor für mich.

„Ich suche nach Literatur über den Ewigen Juden", antwortete ich, froh, endlich den Raum betreten zu dürfen. „Mich interessiert alles zu diesem Thema, das Alter der Quellen spielt keine Rolle."

Den restlichen Nachmittag verbrachten Carmela und ich damit, die Nadel im Heuhaufen zu suchen. Die Weißhaarige hatte nicht übertrieben, als sie erklärte, nur Bibliothekare würden sich hier zurechtfinden. Oft genug stand auch Carmela ratlos vor den schwer zu entziffernden Handschriften des Katalogs und überlegte, wo sie das Buch finden könnte. Am Eingang der Bibliothek befanden sich dicke handgeschriebene Bücher, die alle vorhandenen Werke katalogisierten. Die Bücher waren *per autore, per soggetto* und *per titolo*, nach Autor, Thema und Titel sortiert.

Seit meiner Studienzeit faszinierten mich Bibliotheken, und ich war stolz darauf, in der New Yorker Bibliothek innerhalb weniger Minuten jedes erdenkliche Buch finden zu können. Doch in Rom war das unvorstellbar. Nur die Bibliothekarin hatte Zugang zu den Büchern. Ich durchsuchte die handschriftlichen Kataloge nach Titeln, die etwas über die Legende des Ewigen Juden enthalten könnten, füllte dann einen Bestellschein mit der Nummer des Werkes, dem Titel und dem Erscheinungsort und -jahr aus und gab ihn Carmela. Ich bekam von ihr eine Durchschrift des Bestellscheins und sie machte sich auf die Suche. Oft kam sie erst nach geraumer Zeit wieder zurück, nur um mir zu sagen, das Buch sei verliehen oder *irreperibile* – nicht auffindbar.

Am Ende des zweiten Tages kam ich zu dem Schluss, die Römer hatten das öffentliche Bibliothekswesen bewusst so kompliziert gestaltet, um die Leute zur Anschaffung eigener Bücher zu ermutigen.

Als auch der dritte Tag zur Neige ging, spielte ich mit dem Gedanken, die Bibliothek in Brand zu setzen. Auf diese Weise könnte ich der Weißhaarigen und Carmela einen neuen, modernen Arbeitsplatz in einer neuen Bibliothek verschaffen.

Ich stellte mich schon darauf ein, noch einen vierten Tag hier zu verbringen, als Carmela einen dicken, alten Band vor mir auf die Theke legte. Ihre Wangen waren rot vor Freude: „Hier, ich habe es gefunden!" Sie strahlte. „Es scheint ein umfassendes Werk zu Ihrem Thema zu sein. Leider ist es beschädigt."

Der Titel des Buches lautete *Der Ewige Jude*. Ein Wasserfleck hatte den Namen des Autors unleserlich gemacht. Ich dankte Carmela und schleppte den kostbaren Fund in den Lesesaal, gespannt, was ich nun entdecken würde.

Eine Wolke von Moder und Leder stieg mir in die Nase, während ich den alten Buchdeckel aufschlug und die erste Seite studierte. Das Buch war 1942 erschienen und damit eigentlich vergleichsweise jung. Glättend strich ich über die vergilbte erste Textseite und begann zu lesen:

Die Legende vom Ewigen Juden berichtet von einem zur ewigen Wanderung verurteilten Mann. Verschmolzen sind in dieser Gestalt die Legende des Kriegsknechtes Malchus und die Vorstellung, dass Johannes nicht stirbt, bis Jesus wieder erscheint. Die Geschichte von Malchus, dem Diener des Hohenpriesters, wird in Johannes 18,4-10 berichtet. In seinem

Eifer, den Erlöser zu verteidigen, schlug Petrus ihm im Garten Gethsemane ein Ohr ab. Einige Verse weiter berichtet Johannes von einem Knecht des Hohenpriesters, der Jesus ins Gesicht schlug (Joh 18,20-22). Zwar wird an dieser Stelle kein Name genannt, aber von alters her wird angenommen, dass es sich auch hierbei um Malchus handele. Fest steht: Ein Mann hat Jesus ins Gesicht geschlagen. Dieser unerhört dreisten Tat musste eine gerechte Strafe folgen, so entstand die Geschichte vom Fluch der Unsterblichkeit des Malchus.

Nach der zweiten Quelle verkörpert der Apostel Johannes den Ewigen Juden. Diese Überlieferung bezieht sich auf die beiden Bibelstellen Matthäus 16,28 und Johannes 21,20-23. Im Matthäusevangelium werden die Worte Jesu wie folgt weitergegeben: „Wahrlich, ich sage euch: Es stehen einige hier, die werden den Tod nicht schmecken, bis sie den Menschensohn kommen sehen in seinem Reich." Während die Theologen seit jeher über die Bedeutung dieser Aussage streiten, glaubten viele Menschen zur Zeit Jesu, er habe seinen Lieblingsjünger Johannes mit der Gabe der Unsterblichkeit beschenkt.

Der Überlieferung zufolge starb der von Jesus besonders geliebte Jünger weder in Ephesus, wo er nach Christi Himmelfahrt wirkte, noch auf der Insel Patmos, wo er in der Verbannung lebte. Nach der Legende des Heiligen Johannes war sein Leichnam auf geheimnisvolle Weise verschwunden, als sein Grab von seinen Jüngern geöffnet wurde. So entstand die Geschichte, nach der Johannes ein umherziehender Prophet sei, der auf den Tag der zweiten Wiederkunft seines Herrn warte.

Diese beide Legenden, die Geschichte von Malchus und die des Johannes, vermischten sich und brachten die Legende vom Ewigen Juden hervor. Über die Jahrhunderte diente sie dem Antisemitismus immer wieder als Zündstoff, obwohl es auch frühe Fassungen gibt, nach denen der Ewige Wanderer ein Römer und kein Jude war.

In einer italienischen Quelle aus dem Jahr 1223 findet sich die Mitteilung, christliche Pilger hätten in Armenien einen Juden gesehen, der einst den kreuztragenden Christus geschlagen und beschimpft habe und von Christus die Antwort erhalten habe: „Ich werde gehen, aber du wirst auf mich warten, bis ich zurückkomme." Eine ähnliche Überlieferung sagt, ein Mann namens Joseph behaupte, ein römischer Diener im Hause des Pilatus gewesen zu sein. Dort habe er die Verurteilung und Geißelung Jesu beobachtet und ihn mit bösen Worten ins Gesicht geschlagen.

Es wird berichtet, der Wanderer trage Sandalen mit je sieben kreuzförmig angeordneten Löchern in beiden Sohlen. In einigen Fassungen der Legende durchquert der Einsame eine glühende Sandwüste und hinterlässt mit jedem seiner Schritte den Abdruck eines Kreuzes im Sand. Andere Quellen nennen den Torhüter des Pilatus Joseph Cartaphilus oder, nach einer deutschen Legende, Buttadeus, den Ewigen Juden. Es gibt Berichte, wonach Buttadeus im 13., 15. und 16. Jahrhundert gesehen worden sei.

Zuletzt tauchte er angeblich 1774 in Brüssel auf. 1602 erschien die „Kurtze Beschreibung und Erzehlung von einem Juden mit Namen Ahasverus", nach der Paulus von Eitzen, Bischof von Schleswig, 1542 einen Juden namens Ahasverus in Hamburg getroffen habe. In ein Büßergewand gehüllt, etwa 50 Jahre alt, Schuhmacher, irrte er ruhelos unter dem Fluch Christi von Land zu Land. Als sich Jesus, erschöpft von der Last seines Kreuzes, gegen die Hauswand des Schuhmachers gelehnt hatte, war dieser wütend geworden, hatte ihn geschlagen und angeschrien. Jesus habe ihm darauf erwidert: „Ich werde bleiben und ruhen, doch du wirst wandern." Ahasverus folgte Jesus zum Kreuz, beobachtete seine Hinrichtung und verließ anschließend Jerusalem, um die ganze Welt zu durchwandern. Unglücklich über seine Tat verbreitete der Augenzeuge die Kunde vom Tod Jesu, von seiner Lehre und seiner Kraft, wohin er auch kam.

Über die Generationen wurde die Legende des Ewigen Juden weitergegeben, erzählt und ausgeschmückt. In manchen Fassungen wird mit dieser Geschichte davor gewarnt, sich nach ewiger Jugend zu sehnen, andere ziehen eine Parallele zum heimatlosen Volk Israel. Die Figur verkörpert Weltverdrossenheit und Sehnsucht nach der Vergangenheit und wurde zum Symbol der gesamten rast- und ruhelosen Menschheit. Immer wieder wurde der Stoff literarisch bearbeitet, ein Roman von Nelson Bond aus dem Jahr 1940 verlegte seine Reise sogar in den Weltraum.

Auf den folgenden Seiten soll ein Überblick über die wichtigsten Versionen der Legende gegeben werden, aber eine vollständige Sammlung aller Variationen würde jeden Rahmen sprengen. In manchen Fassungen altert der Verfluchte, bis er hundert Jahre alt wird, schläft dann ein und erwacht wieder als Dreißigjähriger. In den meisten Überlieferungen lehnt er alle Geschenke ab und erzählt seinen Zeitgenossen von der Wiederkunft Christi. Voller Reue und Trauer berichtet er von seiner Tat. In manchen Geschichten tritt er als Schuhmacher auf, in anderen ist er ein Knecht. Es wird von ihm berichtet, dass er viele Herrscher Europas aufgesucht und sie mit seinen genauen Kenntnissen der näheren Umstände des Todes Christi beeindruckt habe. 1604 wurde er in Frankreich gesehen, auch besuchte er in jenen Jahren Sachsen und sprach dort mit vielen Fürsten. Der Stoff wurde immer wieder in Gedichten und Liedern verarbeitet, die Figur ist in der ganzen westlichen Welt bekannt.

Er ist ein Mann unserer Zeit und ein Mann der Geschichte.

An dieser Stelle unterbrach ich meine Lektüre. Die unterschiedlichsten Gedanken schossen durch meinen Kopf. Hatte Asher dieses oder ein ähnliches Buch gelesen? Vielleicht hatte er in dieser Figur seine eigene Identität gefunden? Die Geschichte des Ahasverus hatte er mir genau so erzählt, wie ich sie hier gelesen hatte.

Er sei ein Waise, hatte er gesagt. Auf der Suche nach seinen eigenen Wurzeln war er auf diese Legende gestoßen. Ohne eine Familie, der er sich zugehörig fühlen konnte, hatte er nach seinem Platz in der Welt gesucht und seiner Seele ein Zuhause geschaffen. Aufgewachsen in Rom, wo jeder Stein die Geschichte vergangener Generationen erzählt, wollte man da nicht „ein Mann der Geschichte" sein?

Ich blätterte weiter. Verschiedene Versionen der Legende, Gedichte und Augenzeugenberichte von Menschen, die dem Ewigen Juden begegnet waren, reihten sich aneinander. In einem Gedicht aus dem 17. Jahrhundert fand ich eine Zeile, die meine Aufmerksamkeit fesselte:

Vergeblich sich den Tod er wünscht, sein Antlitz nie verbleicht,
denn wie der Herr ihm selbst gesagt, sein Atem nicht verstreicht.
Nicht alt noch jung, er sieht stets aus wie in der alten Zeit,
als Christus fand den Kreuzestod, zu tragen unser Leid.
„Ich sah den Tod vieltausendfach, sah Schande, Spott und Hohn.
Ach, tausend-, tausendfach ich seh, welch Qualen litt der Sohn.
Gering was ich erleiden kann, will's tragen gern für ihn."
So sprach der Mann, der ewig lebt, und ziehet weiter hin.

Schmerzvoll zog sich mein Herz zusammen, als ich die Worte las *nicht alt noch jung, er sieht stets aus wie in der alten Zeit*. Sah Asher heute nicht genau so aus wie damals auf dem Foto mit Hitler aus den 30er-Jahren? Falls dieser Mann wirklich Asher war . . .

Kopfschüttelnd schob ich diesen Gedanken beiseite und blätterte weiter. Ein paar Seiten später stieß ich auf ein schwarzweißes Bild des Ewigen Juden, wie er in einem Film aus dem Jahr 1933 dargestellt wurde. Finstere Gesichtszüge, böse, schmale Augen und einen schwarzen Spitzbart – was für eine Vorstellung musste dieser Regisseur von dem Ewigen Wanderer gehabt haben? Nein, dieser gefährlich aussehende Mann hatte keine Ähnlichkeit mit Asher.

Kopfschüttelnd schlug ich die nächste Seite um – und erstarrte. Mein Herz begann zu hämmern, dass man es in der ganzen Bibliothek hören musste. Auf der vor mir liegenden Doppelseite sahen mich zwei Fotos an, jedes von ihnen zeigte ein antikes Kunstwerk. Links befand sich die Abbildung einer Holzfigur mit dem Titel: „Der Ewige Jude". Es war eine grobe Arbeit und man konnte die Gesichtszüge nicht genau erkennen, aber die Körperhaltung des Mannes erinnerte mich sehr an meinen Freund Asher. Dieser athletische Körper und die langen Hände, die breiten Schultern und die typischen Locken, die in seine Stirn fielen – das war Asher!

Das Foto auf der rechten Seite sprang mich förmlich an. Ich sah eine weiße Marmorbüste im Stil der Arbeiten Michelangelos. Auch hier fielen wieder die breiten Schultern auf, dazu das kantige Kinn und die großen Augen, die auf eine von Schmerz und Leid erfüllte Welt blickten. Die Stirn, auch die Wangenknochen . . . das war Ashers Gesicht. Auch diese Nase war unverkennbar seine. Das Gesicht, das ich über Stunden in allen Einzelheiten studiert hatte, war in dieser Figur exakt eingefangen. Selbst der leichte Wirbel, der eine Locke über der linken Augenbraue etwas über die anderen Haare erhob, war genau wiedergegeben.

Ich hatte das Gefühl, mich in Zeitlupe zu bewegen, als ich meine Hände in den Schoß legte und die feuchten Handflächen an meinem Rock trocken rieb. Verzweifelt suchte mein Verstand nach einer logischen Erklärung. Vielleicht handelte es sich um einen genetischen Zufall, der zwei gleich aussehende Menschen in verschiedenen Jahrhunderten hervorgebracht hatte? Warum nicht? War die Zahl der möglichen Kombinationen von Augen, Nasen, Lippen und Stirnen nicht auch irgendwo begrenzt? Früher oder später musste die Natur sich doch wiederholen. Diese Statue sah zwar aus wie Asher, aber es handelte sich um einen erstaunlichen Zufall, nichts weiter. Vielleicht hatte sich Asher eines Nachmittags in diese Bibliothek gesetzt, gelangweilt in dem Buch geblättert und war auf dieses Bild gestoßen. Ihm war die große Ähnlichkeit ebenso aufgefallen wie mir jetzt.

Auf der Suche nach einer Erklärung las ich die Bildunterschrift. Die Büste war zwischen 1501 und 1505 entstanden, möglicherweise durch Michelangelo selbst. Allerdings wurde dies gleichzeitig in Frage gestellt, da Michelangelo in jenen Jahren an seinem David arbeitete. Dann stand da noch, dass im Fuß der Skulptur ein kleines A eingraviert sei.

Kalte Schauer liefen mir über den Rücken. Ein A wie Asher . . . oder wie Ahasverus.

Fröstelnd rieb ich meine Handflächen aneinander, während mir ein schrecklicher Gedanke kam. Waren meine Erklärungen für diesen Zufall nicht noch viel unwahrscheinlicher und unglaubwürdiger als die von Asher erzählte Geschichte? Warum wollte ich eher einen genetisch noch nie da gewesenen Zufall annehmen, als dem Mann zu glauben, der sich nichts mehr wünschte als mein Vertrauen? War es nicht noch schwieriger, sich einen genetischen Doppelgänger Ashers vorzustellen, der für Michelangelo Modell gesessen hatte, als davon auszugehen, dass es sich hier tatsächlich um eine Abbildung Ashers selbst handelte?

Dieser Gedanke entsprang nicht meiner Vernunft oder Logik, er kam aus einer viel tieferen Schicht meines Bewusstseins. Überrascht stellte ich fest, wie beruhigend und erleichternd er auf mich wirkte. Schlagartig wurde mir klar, dass ich an Ashers Geschichte glauben *wollte*. Trotz aller Ängste und Befürchtungen meinerseits hatte Asher Genzano nichts getan, was meiner Position bei Global Union hätte schaden können. Stattdessen hatte er sich als fähiger, ehrbarer und vertrauenswürdiger Mitarbeiter bewiesen . . . dazu als ein wirklicher Freund. Ich mochte ihn. Was hinderte mich, ihm seine Geschichte zu glauben?

„Weil kein Mensch unsterblich ist." Ich flüsterte die Worte vor mich hin und knetete meine eiskalten Hände, während ich auf das Foto der marmornen Figur starrte. „Um Asher glauben zu können, müsste ich an Gott, an Flüche und ewige Strafen glauben. Aber das kann ich nicht."

Mit einem schweren Seufzer schlug ich das Buch zu, erhob mich und legte den Band auf den Tisch der Bibliothekarin zurück. Drei Tage hatte ich damit verbracht, nach dieser Geschichte zu suchen, und am Ende hatte ich mehr Fragen als jemals zuvor. Doch zumindest wusste ich jetzt, wen ich als Nächstes aufsuchen würde. Es war an der Zeit, mit einem Geistlichen zu reden, und es war klar, zu wem ich gehen würde.

24

Zögernd blieb ich vor Darien Synns Tür stehen, klopfte leise und auf sein promptes „Herein“ drückte ich vorsichtig die Klinke herunter.

„Bitte entschuldigen Sie, Il Direttore, dass ich einfach so hereinplatze . . .“

„Aber nicht doch, Signorina, treten Sie ein.“ Synn hatte mit einem Buch in der Hand zurückgelehnt hinter seinem Schreibtisch gesessen. Nun legte er das Buch zur Seite und beugte sich vor, ein herzliches Lächeln lag auf seinem Gesicht: „Ich habe mich schon gefragt, welchem Thema Sie in der Bibliothek nachspürten. Ich habe Sie tagelang nicht gesehen.“

„Stimmt, ich war die letzten Tage immer in der Bibliothek.“ Ich ließ mich ihm gegenüber auf der Kante des Stuhles nieder und lächelte unsicher. „Ich war wegen eines Angestellten in Sorge und wollte mir erst die erforderlichen Hintergrundkenntnisse über das Problem verschaffen, bevor ich jemanden ins Vertrauen ziehe. Nun hätte ich einige Fragen zu diesem Thema, vorausgesetzt, Sie haben im Moment überhaupt Zeit dafür.“

„Für eine hübsche Signorina habe ich doch immer Zeit“, schmeichelte er, lehnte sich entspannt zurück und sah mich erwartungsvoll an. Auch wenn ich diese Art nicht mochte, sie half mir, meine Unsicherheit zu überwinden.

„Was ich Ihnen zu sagen habe, ist streng vertraulich“, begann ich mit gedämpfter Stimme, „ich wäre Ihnen dankbar, wenn es zwischen Ihnen und mir bleiben könnte. Der betreffende Angestellte hat sich bis jetzt nichts zu Schulden kommen lassen und leistet Global Union wertvolle Dienste. Er hat nur ein paar Ansichten, die reichlich ungewöhnlich sind und über die ich Sie befragen möchte.“

Synns Gesicht wurde ernst, während er seinen Blick hob und mir mit unangenehmer Direktheit in die Augen sah. „Selbstverständlich werde ich Ihre Gedanken für mich behalten, es sein denn, sie geben mir Anlass, etwas gegen die betreffende Person zu unternehmen."

„Dazu gibt es keinen Grund, im Moment jedenfalls nicht. Mir geht es nur darum, dass wir auch in Zukunft keine Veranlassung haben werden, gegen die Person vorzugehen."

Synn nickte, ohne seinen Blick abzuwenden.

„Der Angestellte, von dem ich Ihnen berichten möchte, ist sehr religiös. Soweit ich ihn verstanden habe, glaubt er jedes Wort, das in der Bibel steht. Für ihn ist die Bibel so aktuell wie die neueste Tageszeitung. Einige Passagen der Bibel hat er als Aussagen über die Zukunft verstanden und ist zu der Überzeugung gelangt, dass in der letzten Zeit eine sehr böse Person aufstehen wird."

Synns Lippen verzogen sich zu einem dünnen Lächeln. „Sie sprechen vom Antichristen, habe ich Recht? Es handelt sich dabei um einen sehr alten Glauben, der in vielen Kulturen vorkommt."

Ich nickte erleichtert und war froh, dass er diesen Begriff zuerst ausgesprochen hatte. „Ja, so hat er diese Person genannt. Er ist sich ziemlich sicher, dass dieser Antichrist schon bald erscheinen wird . . . und dass er möglicherweise unserer Organisation entspringen wird."

Synns Augenbrauen zogen sich zusammen und ich nahm eine rasche Bewegung in seinen Augen wahr. Panik wollte nach mir greifen. Doch dann lächelte er wieder und seine blauen Augen blitzen humorvoll. „Der Antichrist – aus unseren Reihen? Welch ein amüsanter Gedanke! Dass *muss* ich Santos erzählen. Er wird nicht schlecht staunen, auf was für Ideen manche Leute kommen."

Zu meinem Unbehagen spürte ich, wie sich meine Wangen rot färbten. „Ich bitte Sie, das nicht zu tun. Was ich Ihnen jetzt sage, ist wirklich vertraulich."

Synns Lächeln verbreiterte sich und er lachte in sich hinein. „Geht in Ordnung." Seine Stimme schwankte, als würde er gleich einen Lachkrampf erleiden. „Ich werde die Geschichte für mich behalten . . . es sei denn, Justus und ich haben mal ein bisschen Spaß nötig."

Ich fuhr mir mit den Fingern durchs Haar und wusste nicht, ob ich nun froh sein sollte, dass Synn diesen Gedanken für so absurd hielt – oder besorgt, weil Asher möglicherweise doch Recht hatte? Synns

Reaktion war auffallend unnatürlich und vielleicht ein Versuch, seine Verlegenheit oder sein Unbehagen zu überspielen.

„Reverend Synn . . .", ich setzte mich anders hin und versuchte einen zweiten Anlauf, „glauben Sie, dass die Bibel Voraussagen enthält, die in der Zukunft in Erfüllung gehen werden?"

„Aber Signorina, selbstverständlich ist die Bibel ein heiliges Buch, und alle heiligen Bücher enthalten wichtige Aussagen. Auch in der Bibel stehen Wahrheiten. Millionen von Menschen, die nicht wissen, woran sie sich sonst orientieren sollen, entnehmen ihr Trost und Rat. Andererseits ist die Bibel kein Orakel, das uns die Zukunft voraussagt. Wir sollen glaubensvoll leben, was nichts mit Wahrsagerei und Aberglauben zu tun hat."

Ich hörte aufmerksam zu und nickte.

„Sehen Sie, Signorina, jede Erkenntnis muss aus dem Inneren einer Person kommen. Jeder Mensch kann in sich selbst seine göttliche Natur, seine Begabungen und Fähigkeiten entdecken. Das meinte Jesus, als er sagte: *Suchet, und ihr werdet finden. Klopfet an, und euch wird aufgetan werden. Ihr habt nicht, weil ihr nicht darum bittet und weil ihr nicht danach sucht.*"

Die Worte kamen mir bekannt vor, so nickte ich wieder. „Was Sie sagen, klingt richtig", murmelte ich und sah auf meine Hände. „Ich weiß leider nicht sehr viel über diese Dinge, seit meinem elften oder zwölften Lebensjahr war ich in keiner Kirche mehr. Vieles von dem, was ich als Kind an religiöser Erziehung genossen habe, ist mir längst wieder verloren gegangen."

„Doch wissen Sie, was das Besondere der Heiligen Schrift ausmacht? Sie bleibt als Schatz in unserem Herzen, wir können sie gar nicht verlieren. Suchen Sie in Ihrem Inneren, Claudia, und Sie werden die Schönheit, die Kraft und den Frieden finden, die nötig sind, um in dieser rastlosen Zeit zu leben. Denken Sie über Gottes Liebe und Einheit nach, und Sie werden Gott finden. Denken Sie an Gott. Denken Sie auch an Männer wie Justus Santos, die der ganzen Menschheit den Weg zum Frieden weisen. Denken Sie an die kommende Zeit, wenn jedes Kind allein und ohne Angst auf die Straße gehen kann, weil die Menschen von der Kraft des Friedens und der Güte erfüllt sein werden."

Er hatte seinen Kopf zur Seite gelegt, als wolle er mich inständig bitten, seinen Gedanken zu folgen. Noch nie hatte ich ihn mit so viel Leidenschaft reden hören. Seine Worte taten mir wohl und gaben mir Mut für die nächste Frage: „Glauben Sie an Wunder?" Ich dachte an die verblüffende Ähnlichkeit zwischen Asher und dieser weißen Marmorstatue.

„Wunder erlebe ich jeden Tag." Synn lehnte sich zurück und sah mich mit verschleierten Augen an. „Wenn ich in die Cafeteria gehe und Engländer, Italiener und Dänen zusammen essen sehe, dann ist das für mich ein Wunder. Oder wenn Rico über die vielen neuen Niederlassungen von Global Union berichtet, dann ist mir bewusst, dass ich Zeuge eines Wunders bin. Doch das größte Wunder, das ich kenne, ist die wachsende Liebe zwischen einem Mann und einer Frau."

Meine Hände verkrampften sich. Hoffentlich spielte er damit nicht auf etwas Bestimmtes an.

Synn entging meine Reaktion nicht. Lachend sah er mich an: „Nun seien Sie doch nicht so erschrocken, Signorina. Liebe ist nichts, wofür man sich schämen müsste. Natürlich ist uns aufgefallen, wie angenehm Ihnen die Gesellschaft von Signor Genzano ist. Erst vor kurzem erzählte mir Signora Casale, dass Sie und Ihr Verlobter die geplante Hochzeit abgesagt hätten, was auf diesem Hintergrund selbstverständlich gut nachvollziehbar ist."

Mein sprödes Lachen klang eher wie ein klägliches Jaulen. „Nein, nein, Reverend, Sie täuschen sich. Es gibt keine Verbindung zwischen der geplatzten Hochzeit und Signor Genzano. Wir sind nur gute Freunde, mehr nicht."

„Natürlich, ich kann mich auch irren", räumte Synn ein, doch er hob bedeutungsvoll seine Brauen, „es handelt sich vielleicht um *ti voglio bene* und nicht um *ti amo*?"

„Hm . . ."

Die Verwirrung stand mir ins Gesicht geschrieben und Synn lachte wieder: „*Ti voglio bene* heißt *Ich mag dich* und wird im Freundes- und Familienkreis verwandt. *Ti amo* sagt man nur, wenn man verliebt ist."

„Nun, dann trifft *ti voglio bene* zu", grinste ich erleichtert. „Außerdem können Sie unbesorgt sein, ich werde meine privaten Angelegenheiten nicht mit beruflichen vermischen."

„Das weiß ich. Sie sind uns eine wertvolle Hilfe, und ich bin froh, dass Sie noch ein paar Wochen länger bei uns bleiben werden."

Seine letzen Worte klangen so abschließend, dass ich auf die Stuhlkante rutschte. „Vielen Dank, dass Sie sich Zeit für mich genommen haben, Reverend. Ich werde versuchen, dem Betroffenen weiterzugeben, was Sie mir sagten. Wahrscheinlich ist er nur etwas verwirrt."

„Ich hoffe, Sie haben mich richtig verstanden, Signorina. Glücklich ist nicht, wer einem bestimmten Glauben anhängt oder einem altmodischen Gesetzesbuch folgt. Friede und Zufriedenheit entstehen aus Wahrhaftigkeit – wenn wir uns selbst treu sind, einfach und in Frieden leben, dann werden wir gut leben. Bemühen Sie sich um ein friedvolles Leben und Sie werden Glück und Zufriedenheit finden."

Seine Worte fühlten sich gut an und ich war froh, ihn um Rat gebeten zu haben. „Ich glaube, ich habe verstanden, was Sie meinen, Il Direttore. Vielen Dank für Ihre Zeit."

*

Nach diesem Gespräch lagen die nächsten Schritte klar vor mir. Ich würde Asher aufsuchen, ihm von meinen Entdeckungen in der Bibliothek berichten und mit ihm zusammen herausfinden, wie er als Kind diese Legende gefunden und sich zu Eigen gemacht hatte. Voller Geduld und Barmherzigkeit würde ich ihm versichern, dass er sich wegen seiner fehlenden familiären Wurzeln nicht zu schämen brauchte. Es gab so viele Menschen, die sich ihre eigene Vergangenheit ausdachten und unter Schauspielern und Politikern war es geradezu normal, die eigene Biografie zu beschönigen. Liebevoll und mitfühlend würde ich ihn mit den Tatsachen konfrontieren und ihm damit helfen, seine wahnhafte Störung zu erkennen und zu überwinden.

Seit Wochen war ich mir meiner Sache nicht mehr so sicher gewesen.

Als ich Ashers Büro betrat, hatte er jedoch schon Feierabend gemacht. Entschlossen eilte ich zum Ausgang und nahm ein Taxi zum Hotel Sole al Pantheon. Falls Asher zu Fuß nach Hause gegangen war, würde ich vielleicht vor ihm ankommen, aber das störte mich nicht, ganz im Gegenteil. Während ich auf ihn wartete, könnte ich in Ruhe meine aufgewühlten Gedanken ordnen.

Meine Absätze klapperten unangenehm laut, als ich über den Marmorboden des Foyers eilte. Die Dame an der Rezeption beobachtete mich mit einem durchdringenden Blick und hob die Augenbrauen, als ich an ihr vorbeiging. Doch ich wandte eine Grundregel der Körpersprache an: Mit hoch erhobenem Kinn und geradeaus gerichtetem Blick ging ich gemessenen Schrittes weiter, Selbstbewusstsein ausstrahlend und ohne zu zögern. Erwartungsgemäß ließ sie mich kommentarlos passieren.

Ich bog um die Ecke in den dunklen Flur und kam wieder zu dem abgewetzten Teppich, der zu Ashers Wohnung führte. Vielleicht war er doch schon zu Hause? Ich klopfte und war mehr als erstaunt, als ein junges Mädchen in Hoteluniform mir öffnete.

„*S-scusi*", stotterte ich und hoffte, nicht in etwas hineingeplatzt zu sein, von dem ich nichts wissen sollte. „Ich möchte Signor Genzano sprechen."

Das Mädchen lächelte mich wissend an, zog einen Staubsauger hinter sich her und redete so ein schnelles Italienisch, dass ich kein Wort verstand. Obwohl ich ihre einladende Handbewegung verstand, zögerte ich, Ashers Wohnung zu betreten, doch sie schob mich förmlich hinein. Offensichtlich war ich dem Mädchen bei meinem früheren Besuch schon aufgefallen, und sie fand es anscheinend gut, wenn ich den allein stehenden Hotelbesitzer besuchte.

Selbst bei Global Union hielt man uns schon für ein Paar.

Ich sah auf meine Uhr, seufzte und ging einen Schritt weiter in die Wohnung hinein. Um mir die Zeit zu vertreiben, betrachtete ich die unzähligen Buchrücken aus altem Leder. Ähnlich wie bei den alten Büchern in der Bibliothek erwartete ich, in goldenen Lettern die Titel und Autoren darauf zu finden. Ich sah abgewetztes Leder und rissige Einbände in den unterschiedlichsten Farben und Größen, aber keines der Bücher trug auf seiner Außenseite eine Beschriftung. Neugierig griff ich einen Band heraus und schlug den Deckel auf.

Tagebuch 1155, las ich auf der ersten Seite und erkannte Ashers schwungvolle Handschrift, *im Jahre des Herrn 1203. Meine Reisen in England.* Ich blätterte durch das Buch und stellte fest, dass jede Seite von Hand beschrieben war.

Erstaunt legte ich das Buch auf den Schreibtisch und griff nach einem weiteren Band. Es war das Tagebuch Nummer 1154 aus dem Jahr 1202. *Meine Reisen in der Normandie*, stand auf der ersten Seite. Dieses Buch war durchgängig in französischer Sprache geschrieben.

Ein Gefühl der Panik rann durch meinen Körper bis in die Fingerspitzen. Ich nahm das nächste Buch. Es war in lateinischer Sprache verfasst.

Schnell stellte ich alle drei Bücher an ihren Platz zurück und trat zur Seite. War Ashers Wahn so weit fortgeschritten? Hier standen Hunderte von Büchern und durch die halb offene Tür sah ich, dass auch das Schlafzimmer voller Bücher war.

Zweitausend Jahre . . . zweitausend Bücher?

Unmöglich. Ich hoffte, Asher würde endlich kommen und mir sagen, was das zu bedeuten hatte. Wie hatte er es geschafft, so viele Bände zu füllen? Wie war es ihm gelungen, sie so alt aussehen zu lassen?

Ich sank auf das Sofa und faltete die Hände. Direkt vor meinen Augen waren weitere Buchreihen. Sie standen dicht an dicht wie die Latten eines Zaunes. Vielleicht *hatte* er gar nicht *alle* Bücher geschrieben? Oder in allen Büchern stand das Gleiche?

Ich griff nach einem der Bände, die sich vor mir reihten. Es war das einzige schwarz eingebundene Buch, während die anderen in rotem, blauem und braunem Leder gehalten waren. Der Einband knarrte und Staub rieselte auf meinen Rock, als ich den Deckel aufschlug. Auf dem ersten Blatt las ich: *Tagebuch 1615, im Jahre des Herrn 1690. Meine Reisen in Madrid.*

Schnell überflog ich die Seiten. Dieses Buch war in Englisch geschrieben. Nun, Asher hatte mir ja schon erzählt, dass er die englische Sprache mochte.

Ich rückte näher zum Fenster, bis das Abendlicht auf die vergilbten Blätter fiel, dann begann ich zu lesen.

25

Nie hätte ich damit gerechnet, eines Tages der Heiligen Inquisition in Spanien die Stirn bieten zu müssen oder gar eines ihrer Opfer zu werden. Doch diese Worte schreibe ich als Gefangener. Ein treuer Knecht meines Hauses in Madrid brachte mir dieses Buch. Ich schreibe in englischer Sprache, um meine Mitgefangenen am Lesen zu hindern, obwohl die meisten von ihnen kaum überhaupt zu lesen in der Lage sein werden.

Seit Jahren müht sich die Heilige Kirche nun schon mit dem Problem der Juden, die zum christlichen Glauben übergetreten sind, und versucht, die Echtheit ihres Glaubens zu prüfen. Zunächst hielt ich eine solche Prüfung für angebracht. Ungefähr zur gleichen Zeit, als Kolumbus sich auf den Weg gemacht hatte, um die „Neue Welt" zu entdecken, hatten König Ferdinand II. von Aragon und Königin Isabella I. von Kastilien ein Gesetz erlassen, wonach alle Juden innerhalb von vier Monaten Spanien verlassen mussten. Viele Söhne und Töchter Abrahams hatten damals ihre Häuser und Besitztümer zurückgelassen, die kurze Gnadenfrist genutzt, sich teure Schiffsfahrkarten besorgt und waren aus dem spanischen Königreich geflohen. Die Zurückgebliebenen waren zum Christentum konvertiert, hatten in alle Klassen und Schichten der spanischen Gesellschaft eingeheiratet, und viele waren zu Reichtum, Ansehen und Macht gekommen, bis die Herrscher Spaniens begannen, diese Macht zu fürchten.

Die spanische Inquisition unter Leitung des Großinquisitors hatte es sich zur Aufgabe gemacht, alle Formen der Irrlehre auszumerzen. Auch diese Absicht begrüßte ich zunächst – welcher Christ ist nicht froh, wenn Irrlehren bekämpft werden? –, doch schon bald ging der Großinquisitor gegen „Verbrechen" vor, die in meinen Augen keine waren. So wurde bestraft, wer bei der Erwähnung der Jungfrau Maria lächelte, wer an einem Freitag Fleisch aß oder gegen eine Kirchenmauer urinierte.

Ich hörte Leute im Flur und sah besorgt zur Wohnungstür, doch als die Schritte wieder leiser wurden, kehrte ich schnell zu meiner spannenden Lektüre zurück. Meine Bedenken, unerlaubt in Ashers Privatsphäre einzudringen, wurden überlagert von der Faszination, die dieser Text auf mich ausübte.

Ich bin hier, weil ich mich für meine Nachbarin, Señora Melendez, eingesetzt habe. Jemand hat sie angezeigt, weil sie kein Schweinefleisch isst und ihre Bettwäsche samstags nicht wechselt. Daraus schloss man, sie sei Jüdin. Ich ging zu ihrer Gerichtsverhandlung mit der Absicht, für sie zu sprechen. Señora Melendez hat, seit ich sie kenne, noch nie Schweinefleisch gegessen und noch nie ihre Bettwäsche gewechselt, weil sie zu arm ist, um sich Fleisch zu kaufen, und zu faul, um ihre Bettwäsche zu waschen. Doch noch ehe ich mich zu Wort melden konnte, hörte ich, Señora Melendez habe schon das Geständnis unterzeichnet. Unter Folter hatte sie alles bestätigt, was man ihr vorgeworfen hatte, und auch zugegeben, Jüdin zu sein. Der Großinquisitor verurteilte sie zu hundert Peitschenhieben, die sie erhalten sollte, während sie zu Fuß durch die Stadt getrieben wurde.

Als ich die Tränen der Unschuldigen sah, erwachte mein Mitleid. Ihr Blick war nicht wie der des Christus, der meine Schläge ohne Selbstmitleid hinnahm, aber sie hatte ihre Strafe ebenso wenig verdient wie der Nazarener. Voll heiligen Zorns erhob ich mich und erklärte mit lauter Stimme, dass der Großinquisitor, unser örtlicher Bischof und der anwesende Arzt mit diesem Urteil Unrecht sprachen.

Wäre ich ein sterblicher Mensch, hätte ich im nächsten Moment die Flucht ergriffen, was mir vermutlich gelungen wäre, da alle Versammelten vor Entsetzen wie erstarrt waren. Wäre ich ein weiser Mann, hätte ich geschwiegen. Doch da ich weder sterblich noch weise bin, gab ich meine Meinung zum Besten und wartete, bis die Männer des Königs mich umringten. Es waren hirnlose Gesellen, die mich grinsend ergriffen und vor den Bischof zerrten.

Er verlangte nach meinem Namen und ich antwortete wahrheitsgemäß.

Als er nach meinem Beruf fragte, bezeichnete ich mich als einen Wanderer.

Ich sei ein Heide und ein Ungläubiger, erklärte er, doch dem widersprach ich heftig und bekannte meine Liebe zu Gott und meinen christlichen Glauben. Ungeachtet meiner Worte, landete ich im Kerker, wo ich tage- und nächtelang in völliger Dunkelheit verbrachte und dem Wind lauschte, der um die Mauern strich. Vielleicht ist die Haft die einzige Form von Bestrafung, der mein Körper sich nicht entziehen kann. Andere hatten versucht, mich umzubringen, doch wenige Stunden nach meinem Tod nahm mein Herz jedes Mal seinen Schlag wieder auf und meine Brust hob und senkte sich wieder im Rhythmus meines Atems. Keine Drohung konnte mir noch Angst machen, nachdem ich schon ertrunken, verhungert und von Pfeilen durchbohrt worden bin. Doch in keinem der Fälle wurde es meinem Geist gestattet, Ruhe zu finden. Jedes Mal musste er zurück in meinen Körper, der schnell heilte und seine rastlose Wanderung über das Angesicht der Erde wieder aufnahm.

Gestern wurde ich einem öffentlichen Inquisitor, einem Abgesandten des Bischofs, einem Arzt und einem Notar vorgeführt. Ich sollte im Licht des göttlichen Gesetzes beurteilt werden, wurde mir erklärt. Sie ahnten nicht, wie sehr ich schon geprüft und verurteilt worden bin und wie sehr ich mich nach Erlösung sehne.

Raue Gesellen stießen mich in die Folterkammer, rissen mir die Kleider vom Leib und schoben mich vor die Folterbank. Es ist das grausamste Instrument, das Menschen sich je erdachten. Mit seinem Schwert zwang der Henker mich, die Folterbank zu besteigen. Bald hing ich an zwei dünnen Seilen, die unter meinen Achseln durchgeführt wurden, meine bloßen Schultern umwanden und durch zwei Eisenringe liefen, die in der Wand über meinem Kopf eingelassen waren. Nachdem ich in die erwünschte Höhe gezogen worden war, ergriff der Henker meine Beine, knotete ein Seil um jeden Knöchel, klemmte meine Knie unter ein loses Brett der Folterbank, stellte sich auf das Brett und zog an den Schnüren. Meine Knöchel wurden in einem unnatürlichen Winkel nach oben gezogen. Die Sehnen meiner Oberschenkel rissen, meine Kniescheiben splitterten, dann wurden die Schnüre festgeknotet. In dieser qualvollen Lage ließen mich meine Peiniger etwa eine Stunde allein.

Dann kehrte mein Henker zurück, bog meinen rechten Arm über den linken und schlang ein Seil siebenmal um beide Arme. Er legte sich vor mir auf den Boden, stemmte seine Beine in meinen Leib und zog mit aller Kraft an dem Seil. Es durchschnitt das Fleisch meiner Arme bis auf den Knochen, während mein Leib unter der Last seiner Stiefel gequetscht wurde. Dann drückte er die Finger meiner linken Hand gegen die Handflächen, bis die Hand wie tot an meinem Arm hing.

Als Nächstes wurde mein zitternder Körper losgebunden und kopfüber mit dem Bauch nach unten auf die Folterbank gelegt. Meine Beine zeigten zur Decke, mein Gesicht lag in einer kreisrunden Aussparung. Arme und Beine wurden auseinander gezogen und mit Schnüren am Rand der Bank befestigt. Nun erst sollte die eigentliche Folter beginnen.

Wozu soll ich meine Qualen aufschreiben? Keiner, den das Licht eines neuen Tages weckt, wird daran denken wollen, auch vergisst jeder Mensch im Laufe des Lebens seine eigenen Schmerzen. Und doch, ich will nicht vergessen, wie das Wasser in mich hineingezwungen wurde, bis ich dachte, mein Leib zerreißt. Auch will ich die Ungerechtigkeit nicht vergessen, dass man mich schon bei der Verhaftung schuldig sprach und die Folter einsetzte, um mein Geständnis zu erpressen. Ich war gefangen ohne Anklage und ohne Verteidigung. Viele wurden auf ähnliche Weise gezwungen, Verbrechen zu gestehen, die sie sich nur unter Folter überhaupt vorstellen konnten. Ich habe die Wahrheit gesagt, dafür musste ich sterben.

Doch wenn mein Leiden und Sterben nur dazu dient, den Bluthunger der Inquisitoren ein wenig zu stillen und einem anderen unschuldigen, von Gott geliebten Menschen damit dieses Schicksal zu ersparen, so war es nicht vergeblich.

Hier brach der Text ab und ein leeres Blatt folgte, ehe die Geschichte auf der nächsten Seite fortgesetzt wurde. Im Folgenden war die Handschrift schwach und unsicher. Eilig las ich weiter.

Die Verkündung und Vollstreckung des Urteils durch das Inquisitionsgericht fand in Form eines Autodafés, eines öffentlichen Ketzergerichtes mit anschließender Verbrennung auf dem Plaza Mayor mitten in Madrid statt. Der König und seine Obersten waren vollständig versammelt und trugen zu Ehren des Spektakels ihre Festgewänder. Ein warmer Wind strich über die Versammelten, ließ die Hutbänder der Damen flattern und die Perücken der Männer rascheln. Ich kniete auf dem Sklavenwagen, meine Haut war blutverkrustet, schmutzig, mit Insekten bedeckt und brannte in der Sonne.

Unsere Prozession wurde durch die obersten Inquisitoren angeführt, begleitet vom Klang der Trompeten und unter dem Banner des Königshauses. In der Mitte des Platzes war eine hohe Tribüne aufgebaut, vor die den ganzen Tag über die Gefangenen beiderlei Geschlechts geführt wur-

den. Alle Inquisitoren des spanischen Königreiches sandten ihre Verurteilten zur Vollstreckung nach Madrid. An diesem Tag wurden zwanzig Männer und Frauen zum Tod auf dem Scheiterhaufen verurteilt, ich war einer von ihnen. Fünfzig Juden, die sich nichts zu Schulden kommen lassen hatten, wurden zu langen Haftstrafen verurteilt und sollten immer eine gelbe Mütze tragen. Zehn Personen waren der Doppelehe, der Hexerei und anderer Verbrechen angeklagt und wurden dazu verurteilt, zuerst ausgepeitscht zu werden und dann auf den Galeeren des Königs zu dienen. Sie trugen als Zeichen ihrer bevorstehenden Sklaverei hohe Papphüte auf dem Kopf und Stricke um den Hals.

Das Autodafé war ein feierliches Ereignis, zu dem sich der ganze spanische Königshof versammelt hatte. Neben dem König thronte der spanische Großinquisitor und überragte diesen um Haupteslänge. Wie Schlachtschafe wurden wir den hohen Herren vorgeführt. An einem dicken Seil, das um meinen Hals geschlungen war, wurde ich vom Wagen gezerrt und dem König, dem Großinquisitor und der schaulustigen Menge präsentiert.

Auf dem Hinrichtungsplatz waren viele Scheiterhaufen für die „Geständigen", wie die Inquisitoren uns bezeichneten, vorbereitet. Große Mengen trockener Ginsterzweige waren um die Scheiterhaufen geschichtet worden, die etwa dreieinhalb Meter in die Höhe ragten. Auf rund drei Metern Höhe befand sich ein Brett, worauf je ein Gefangener sitzen sollte. Während wir die Leitern erklommen und uns mit dem Gesicht zur Menge dort oben hinhockten, versuchten die Priester eine Viertelstunde lang, uns wieder mit der Heiligen Römischen Kirche zu versöhnen. Ich kannte und schätzte den Papst, aber für mich stand fest, dass ich mit einem System, das so viel unschuldiges Blut auf dem Gewissen hatte, nichts zu tun haben wollte.

Die Zuschauer verhöhnten unseren Starrsinn und spotteten über unseren Mut. Keiner der Gefangenen ließ sich zur Umkehr bewegen. Dann machten die Priester den Henkern Platz, die uns an die Holzpfähle fesselten. Ein zweites Mal erklommen die Priester die Leitern und wiederholten ihre widerlichen Ermahnungen. Einer der Männer, drei Scheiterhaufen von mir entfernt, erlag den Überredungskünsten des Priesters und wurde daraufhin als Belohnung für sein Einlenken vor Gott und der versammelten Menge von seinem Henker mit einer dünnen Kordel erwürgt.

Sah so die Gnade aus, die uns die Priester anboten?

Nachdem bei den übrigen Verurteilten auch die letzten Versuche der Priester fehlgeschlagen waren, übergaben sie uns dem Teufel, der unsere Seelen ins ewige Höllenfeuer werfen würde.

Während die Priester zurücktraten, erklang ein Schrei aus den Reihen der Zuschauer: „Zündet den Hunden die Bärte an!" Die ganze Menge wiederholte den Ruf.

Ich war entschlossen, diesen Weg zu Ende zu gehen, trotzdem fürchtete ich mich vor dem, was uns bevorstand. Hatte nicht selbst Jesus gebetet: „Herr, lass diesen Kelch an mir vorübergehen?" War es da ein Wunder, wenn ich vor den Qualen des Feuers zurückschreckte? Unter dem Jubel der Schaulustigen entzündeten die Henker ihre Fackeln und drückten sie den Gefangenen ins Gesicht, sodass die Bärte, die wir nach der langen Haft alle trugen, hell aufloderten. Sie gingen von einem zum anderen und wiederholten das grausame Spiel. Ich wand mich vor Angst, während sie mir immer näher kamen.

Sekunden, bevor das Feuer meinen eigenen Bart entfachte, sah ich das Gesicht des spanischen Königs, der mit stumpfem Blick und schwerem Herzen auf seinem Thron saß. Es war ihm anzusehen, wie gerne er dem Anblick dieses Spektakels entgangen wäre, doch seine Anwesenheit wurde verlangt, um dem irrwitzigen Tribunal die erforderliche Autorität zu verleihen.

Am 30. Juni 1690 wurde mein Körper bis auf die Knochen verbrannt. Ich weiß nicht oder ich kann mich nicht erinnern – welche Formulierung zutreffender ist, kann ich nicht sagen –, was mit den sterblichen Überresten der Verbrannten geschah, doch drei Tage später erwachte ich am Ufer der Flusses Tajo. Meine Haut war zart und empfindlich und die Strahlen der Sonne schmerzten mich. Erst als ich mich mit dem Schlamm des Flusses einrieb, wurde mir wohler. So versteckte ich mich unter einer Brücke, ernährte mich von kleinen Insekten und Flusswasser und ließ eine Woche verstreichen.

Heute werde ich versuchen, von einem vorbeikommenden Schiff entdeckt und mitgenommen zu werden. Morgen Nacht werde ich in mein Haus zurückkehren, meine wichtigsten Habseligkeiten einpacken und nach Rom zurückkehren. Mein Körper ist ebenso erschöpft wie meine Seele.

Wie beneide ich meine Mitverurteilten auf den anderen Scheiterhaufen. Sie widerstanden bis ans Ende, sie hielten an der Wahrheit fest und jetzt sind sie bei Gott. Neid ist eine widerliche Sünde, und doch bin ich oft davon erfüllt. Wie beneide ich die Opfer des Erdbebens in Neapel, die vor sechzig Jahren sterben durften! Im Gefängnis erfuhr ich von Pest, Krieg und Hungersnot in Deutschland, die allein in unserer Generation mehr als acht Millionen Seelen hinweggerafft haben.

Vielleicht ist es besser, die Reise nach Rom zu verschieben. Ich denke, ich werde schon morgen in westlicher Richtung aufbrechen und das Land besuchen, in dem der Tod wütet.

*

Hier folgte wieder eine leere Seite. Ich fuhr nachdenklich mit meiner Hand darüber, während der Wind durchs Fenster strich und die Gardine aufblähte. Ob diese Geschichte nun wahr war oder nicht, sie hatte mich tief bewegt. Während ich las, spürte ich den beißenden Geruch des Feuers in der Nase und hörte die Schreie der Verurteilten. Unabhängig, ob Asher das tatsächlich erlebt hatte oder nicht, er war ein begnadeter Erzähler.

Wahrscheinlich konnte jeder geübte Autor, der sich mit der spanischen Inquisition befasste, eine ähnliche Geschichte schreiben. Wie sollte ich glauben, dass ein Mensch nach seiner Verbrennung auf dem Scheiterhaufen und zahlreichen anderen Hinrichtungen immer noch am Leben war? Andererseits hätte ich darin die Erklärung für die Resignation gefunden, die so oft in Ashers Stimme mitschwang, ebenso wie für die Lebensmüdigkeit, die ich immer wieder in seinen Augen sah.

Ich zuckte zusammen, als ein Schatten auf mich fiel. Vor dem Fenster stand Asher und sah mich mit ruhigem, schwer zu lesendem Blick an.

Mir stockte der Atem.

Noch ehe ich etwas sagen konnte, wandte Asher sich um und verschwand. Erschrocken schloss ich das Buch und schob es mit zitternden Händen an seinen Platz zurück. Dann überlegte ich, was nun zu tun war. Sollte ich schnell verschwinden, oder wäre es besser, hier auf Asher zu warten?

Da drehte sich schon ein Schlüssel im Schloss. Verlegen wie ein beim Lügen erwischtes Kind stand ich zwischen Sofa und Bücherregal und sah Asher entgegen. Ohne in meine Richtung zu sehen, mit gesenktem Blick und hängenden Schultern schloss Asher die Tür hinter sich, zog seinen Mantel aus und hängte ihn an einen Garderobenhaken. Er schob seine Hände in die Hosentaschen und kam auf mich zu. Erst jetzt sah er mich an. In seinen sanften, braunen Augen stand ein Ausdruck, den ich nicht zu deuten wusste.

„Asher, es tut mir Leid . . ."

„Hast du gefunden, wonach du suchst?" Seine Stimme war weich und ich konnte auch nicht die Andeutung von Ärger oder Vorwürfen feststellen.

Ich drückte die Fingerspitzen gegen meine Lippen und wusste nicht, wie ich mich jetzt verhalten sollte. War ich nicht hierher gekommen, um Asher mit den Tatsachen zu konfrontieren? Doch was ich jetzt gelesen hatte, zeigte mir, dass er entweder die Wahrheit sagte oder noch viel verrückter war, als ich bis dahin angenommen hatte. Falls Letzteres zutraf, brauchte er dringend fachmännische Hilfe.

„Asher . . ." mein Lächeln schwankte, „ich weiß nicht, wie ich dir am besten helfen kann. Du erzählst mir die unglaublichsten Dinge und alles klingt irgendwie logisch, aber es kann einfach nicht sein. Es ist unmöglich. Niemand lebt 2.000 Jahre. Niemand stirbt und wacht nach ein paar Tagen wieder auf."

Er ging an mir vorbei in die Küche und öffnete den kleinen Kühlschrank unter der Arbeitsplatte. „Möchtest du etwas Kaltes trinken?"

Ungeduldig schüttelte ich den Kopf: „Ich will nichts trinken. Ich will Antworten. Asher, ich bin jetzt so weit, dass ich denke, entweder alles, was du sagst, stimmt, oder du . . .", ich schluckte, „du brauchst dringend psychiatrische Hilfe. Also wenn du verhindern willst, dass ich dir einen Psychiater rufe, dann erklärst du mir jetzt lieber ein paar Sachen."

Seine Mundwinkel hoben sich zu einem angedeuteten Lächeln, während er den Verschluss einer Dose hochzog. „Du hältst mich für verrückt?" Er lehnte sich gegen den Küchenschrank und hielt die Dose hoch, als wolle er mit mir anstoßen. „Da bist du nicht die Erste, Signorina."

„Asher, bitte!" Meine Stimme hatte einen flehentlichen Ton angenommen. Ich ging zu ihm, griff nach seiner freien Hand und hielt sie umklammert. „Ich will dich verstehen. Ich möchte dir helfen. Versteh doch, dass diese Dinge, die du erzählst, einfach nicht wahr sein können. Auch Gott ist logisch und Reverend Synn hat gesagt . . ."

Seine Augenbrauen schnellten in die Höhe: „Reverend Synn versteht nichts von geistlichen Dingen. Aber ich werde dir alle Fragen beantworten und alles erzählen, und danach musst du selbst entscheiden, ob du mich für verrückt hältst oder nicht. Doch egal, wie du dich entscheidest, dadurch wird sich für mich nichts ändern."

Er drückte meine Hand und zog mich mit unerwarteter Sanftheit zu seinem alten Sofa. Augenblicke lang saßen wir dort nebeneinander wie zwei nervöse Teenager bei der ersten Verabredung. Dann wandte er sich langsam mir zu, seine Augen erfüllt von tiefer Sehnsucht: „Was willst du wissen?"

Ich atmete tief durch und war froh, dass wir jetzt endlich offen reden konnten. Sobald ich begriff, worauf sein Wahn gegründet war, könnte ich dieses Fundament vorsichtig entfernen und ihn behutsam in die Wirklichkeit zurückführen.

Voll überzeugt von meinen wohlmeinenden Absichten lächelte ich ihn an: „Schön, du hast mir erzählt, wie alles anfing. Aber kannst du mir erklären, warum Gott dich so schwer bestrafen will?"

„Muss er mich nicht bestrafen? Ich habe Gottes einzigen Sohn in der Stunde seiner größten Schwachheit geschlagen."

„Andere haben ihn ebenfalls geschlagen. Die Römer haben ihn gekreuzigt. Warum hat nicht auch sie der Fluch der Unsterblichkeit getroffen?"

Sein Blick fiel zu Boden. „Diese Frage habe ich mir oft gestellt. Nach langem Suchen fand ich in der Bibel eine Antwort. Während die römischen Soldaten ihn kreuzigten, betete Jesus und sagte: Vater vergib ihnen, denn sie wissen nicht, was sie tun."

„Willst du damit sagen, dass er den römischen Soldaten vergeben hat, dir aber nicht?"

„Ja. Ich stand nicht unter dem Kreuz. Er schloss mich in diese Bitte nicht mit ein."

Ich kaute auf meiner Unterlippe und versuchte, mich an die Geschichten aus dem Kindergottesdienst zu erinnern. „Heißt das, du glaubst, dass derselbe Jesus, der seine Jünger lehrte zu vergeben, zu lieben und den Feinden die andere Wange hinzuhalten, seit nunmehr 2.000 Jahren *böse* auf dich ist?"

Ein unerklärliches Lächeln huschte über Ashers Gesicht. „Nein, Claudia, so darfst du das nicht sehen. Lange Zeit dachte ich wie du. Über zwei oder drei Jahrhunderte rebellierte ich gegen diese Ungerechtigkeit. Dann begann ich zu ahnen, dass der Fluch, unter dem ich litt, auch ein Segen sein konnte. Ähnlich wie Jesus starb, damit andere leben, wurde ich verflucht, damit andere gesegnet werden."

Ratlos sah ich ihn an. Was meinte er damit? „Wie kann Gott überhaupt jemanden verfluchen? Hast du nicht auch gesagt, Gott ist Liebe?"

„Ja, aber Gott ist auch ein Richter. Jesus verfluchte einen Feigenbaum, weil er keine Früchte trug. Nach dem Sündenfall verfluchte Gott die Schöpfung. Er ist ein gerechter Richter und kann Sünde nicht ertragen." Er schien meine Verwirrung gesehen zu haben und breitete mit einer offenen Geste seine Hände aus. „Du musst den großen Heilsplan Gottes sehen, Claudia. In der Bibel heißt es, dass Gott die Welt nicht untergehen lässt, weil jeder neue Tag ein Tag der Gnade ist, an dem Menschen zum Glauben an Jesus kommen und ewiges Leben bekommen können. Aus Geduld mit uns Menschen hat der Herr seine Wiederkunft bis jetzt hinausgezögert. Er will nicht, dass jemand verloren geht, deshalb gibt er den Menschen Zeit umzukehren. Doch bald wird die Zeit der Gnade und Geduld abgelaufen sein, Jesus wird seine Gemeinde zu sich holen und die Zurückbleibenden werden durch große Trübsal gehen müssen. Der Böse, der Antichrist wird auf die Bühne der Weltherrschaft treten und alle Lebenden werden sich entweder ihm unterwerfen oder mit großer Verfolgung rechnen müssen."

Ich rieb mir die Stirn und versuchte, meine Gedanken zu ordnen. Es war gar nicht einfach, logisch zu denken, während Asher mir so nahe war.

„Das heißt", versuchte ich mich ganz vorsichtig auszudrücken, „du glaubst, dass Gott dich auf der Erde lässt, damit du von ihm erzählen kannst?" Ich versuchte zu lächeln. „Ich sage das nur ungern, Asher, aber du bist gar nicht der Typ, den ich mir als Prediger vorstellen kann."

„Ich bin auch kein Prediger." Seine Augen brannten vor Reue. „Zumindest nicht im herkömmlichen Sinne. Das Evangelium von Jesus Christus wird bereits in allen Nationen gepredigt. Gott braucht mich nicht, um die Welt zu evangelisieren. Soweit ich verstanden habe, ist es mein Auftrag, in jeder Generation einer Person das Heil anzubieten."

„Nur einer Person?"

„Einer ganz bestimmten Person – dem möglichen zukünftigen Antichristen, der sich darauf vorbereitet, die Weltherrschaft anzutreten, sobald Jesus seine Gemeinde zu sich geholt hat."

Mit deutlichem Unbehagen erinnerte ich mich an den Eifer in Ashers Augen, als er mir gestand, er wolle Justus Santos zum Glauben an Jesus führen und ich solle ihm dabei helfen.

„Nein, bitte nicht." Ich hob meine Hände, um das Thema abzuwehren. „Darüber will ich nicht mehr sprechen. Ich werde nicht zulassen, dass du Santos das alles erzählst. Er . . . nun, er wird nicht so verständnisvoll reagieren wie ich. Auch ich hätte dir nicht so lange zugehört, wenn ich nicht mit einem Psychologen befreundet wäre, der überzeugt ist, dass du geheilt werden kannst."

Sein Kinn schnellte nach oben: „Du meinst, ich müsste geheilt werden?"

„Ja – und nein." Ich hielt inne, umklammerte die Lehne des Sofas und sah ihm direkt in die Augen. „Ich glaube, dass du dir selbst nur schaden wirst, wenn du weiter darauf bestehst, mit Santos über diese Dinge zu sprechen."

„Wirst du für meine Entlassung sorgen, wenn ich bei meinem Entschluss bleibe?"

„Möglicherweise." Ich nickte mit verspannten Halswirbeln. „Doch, ganz sicher. Ich verstehe sowieso nicht, warum du arbeitest. Finanziell hast du das doch gar nicht nötig."

„Stimmt." Er blinzelte verlegen. „Du weißt von dem Geld?"

„Ich weiß nur, dass dir dieses Hotel gehört. Das hat mir Signora Casale gesagt."

Er sah zur Seite, verlegene Röte färbte sein Gesicht. „Ich habe es gekauft, als es ganz neu war, vor allem, weil ich ein Zuhause für mich brauchte, einen Ort, an dem ich mein Lebenswerk verstauen konnte." Mit einer weit ausholenden Handbewegung deutete er auf die vielen Bücher, die uns von allen Seiten umgaben. „Ein Mensch braucht ein Zuhause, auch wenn er viel durch die Welt zieht." Er zuckte mit den Schultern. „Wenn man auch nur wenig Geld hat, es aber über Generationen investieren kann, wächst es leicht zu einem Vermögen. An irdischen Gütern hat es mir nie gemangelt."

Ich verschränkte meine Arme, erstaunt, wie leicht er zwischen Realität und Wahnwelt hin- und herwechselte. „Deine Angestellten denken bestimmt, du bist der Ururenkel des ersten Besitzers, habe ich Recht?"

Fröhliche Fältchen bildeten sich um seine Augen: „Könnte sein."

Einige Frauen gingen über den Hotelflur und ihr Lachen drang durch die Ritze unter Ashers Tür an unsere Ohren. In der Küche tropfte der Wasserhahn, gleichmäßig und entnervend.

Asher schien sich eine umfangreiche Erklärung für mich zurechtgelegt zu haben, denn plötzlich rutsche er auf dem Sofa in eine andere Position und begann, den Raum mit einem unerwarteten Redefluss zu füllen.

„Erst im Mittelalter erkannte ich meinen Auftrag. Damals teilten die Theologen die ganze Welt in zwei Reiche, in das Reich Gottes und das Reich Satans. Zu jedem Licht gab es eine entsprechende Finsternis. Dementsprechend entwickelte ich meine Theorie: Wenn Satan für jede Generation einen Mann vorbereitete, warum sollte Gott das nicht auch tun?"

Ich kannte mich in diesen geistlichen Dingen zu schlecht aus, um Ashers Worte zu kommentieren, also schwieg ich. Er schien dies als Einverständnis zu deuten und fuhr fort: „Thomas von Aquin und Albertus Magnus, zwei der wichtigsten mittelalterlichen Theologen, lehrten, der Antichrist würde in Babylon geboren werden, von dort nach Jerusalem kommen und dann die Menschen davon überzeugen, dass er der Messias sei. Von da an würde der Böse die Erde regieren, bis Henoch und Elia sich ihm entgegenstellen würden. Diese Vorstellung hielt sich über Jahrhunderte, bis zur Reformation im 17. Jahrhundert. Abhängig von der jeweiligen Zeit variierte die Lehre jedoch erheblich. So hielten die Protestanten den Papst für den Antichristen, der im Gegenzug Martin Luther zum Antichristen erklärte. Dann geschah etwas, wie ich fand, sehr Bemerkenswertes. Eine deutsche Schrift kam in Umlauf, die nach 1550 geschrieben wurde und behauptete, der Antichrist sei in Babylon zur Welt gekommen. Das neugeborene Kind sei ungewöhnlich groß, hätte Zähne wie eine Katze, könnte schon seit seinem achten Lebenstag sprechen und besäße die Fähigkeit, Manna vom Himmel fallen zu lassen."

Ich zuckte innerlich zusammen: „Aber das hast du doch nicht – das glaubst du doch nicht, oder?"

Asher hob eine Schulter. „Die Menschen glaubten damals an die seltsamsten Dinge. Bis die Geschichte zu mir durchdrang, war sie schon sehr ausgeschmückt worden und ich konnte nicht mehr erkennen, was zum eigentlichen Bericht gehörte und was Beiwerk war. Aber eines wurde mir damals klar: Der Antichrist ist weder ein Produkt menschlicher Fantasie noch ein geistliches Symbol. Die Bibel beschreibt ihn als einen normalen Menschen, also wird er als Kind zur Welt kommen. Da der Teufel nicht weiß, wann Jesus seine Gemeinde entrücken wird, muss er in jeder Generation einen möglichen Antichristen heranwachsen lassen."

Tausend Gedanken schossen mir durch den Kopf. „Also bist du losgezogen und hast den jeweiligen Kandidaten gesucht?"

„Ich habe es versucht. Zunächst war es sehr schwierig. Reisen waren in jener Zeit sehr beschwerlich und die Kommunikation war langsam und unzuverlässig. Wie sollte ich herausfinden, welche Entwicklungen sich in den anderen Reichen vollzogen, in denen ich mich nicht aufhalten konnte? Ich begann, viel zu reisen, redete mit vielen Leuten, hörte genau auf das, was sie erzählten und besuchte die Häuser der Gelehrten. Vor Königen und Herrschern berichtete ich von meinen Reisen und erklärte ihnen die Geschichte vergangener Jahrhunderte. Jedem, der es hören wollte, teilte ich meine wahre Lebensgeschichte mit."

Plötzlich erinnerte ich mich an einen Namen, den ich gelesen hatte: „Paulus von Eitzen, der Bischof von Schleswig." Flüsternd wiederholte ich die Worte, die ich erst gestern gelesen hatte. „Du hast ihn in . . . Habsburg besucht."

„In Hamburg", korrigierte er mich und sah mich mit hoffnungsvollen Augen an. „Ich glaube, es war im 16. Jahrhundert, Mitte des 16. Jahrhunderts", überlegte er. „Mein Gedächtnis ist genauso schlecht wie das jedes anderen Menschen auch, deshalb führe ich Tagebücher."

Ich deutete auf die Regale, die uns umgaben: „Hast du das alles geschrieben?"

„Ja."

„Und es ist alles wahr?"

Er nickte nachdenklich. „Jedes Wort gibt genau das wieder, was ich erlebt habe und wie ich es in Erinnerung behalten habe. Es gab jedoch immer wieder Zeiten großer Finsternis . . . an die ich mich nicht erinnern kann."

„Nach den Hinrichtungen."

Seine Pupillen weiteten sich und die Augen wurden dunkel, voller Hoffnung und Erstaunen. „Du hast eine ganze Menge gelesen."

„Ja, einiges."

„Dann verstehst du, wovon ich rede."

„Nein, eigentlich nicht." Ich begann, mit den Fingerspitzen meine Kopfhaut zu massieren, als ob ich damit meinen müden Verstand in Schwung bringen könnte. „Asher, es tut mir Leid, das ist alles sehr verwirrend für mich. Was versprichst du dir davon, diese Leute zu finden?"

Er rieb sich mit den Händen übers Gesicht und ich hörte das leicht schabende Geräusch seiner Bartstoppeln. „Zweierlei – zum einen geht es mir natürlich darum, dass sie selbst gerettet werden. Wenn sie sich vom Bösen abwenden und den Glauben an Christus annehmen, dann habe ich dazu beigetragen, dass ihre Seele nicht in die Hölle fahren wird. Zum anderen kann ich aber, wenn sie zum Glauben kommen, die Gnadenzeit für die ganze Menschheit verlängern." Zwei steile Falten bildeten sich zwischen seinen Augenbrauen. „Wenn es nach der Entrückung der Gemeinde keinen Antichristen gibt, dann stimmt der Zeitplan nicht und dann . . ."

„. . . kann die Schrift nicht erfüllt werden", führte ich seinen Satz zu Ende und erahnte plötzlich die Logik dieser Theorie. „Lass mich versuchen, ob ich jetzt verstehe, was du meinst. Du willst den Antichristen von seinem festgelegten bösen Weg abbringen –"

„Ich bin mir nicht sicher, ob er wirklich festgelegt ist", unterbrach mich Asher. „Jeder Mensch hat einen freien Willen. Solange er sich Satan noch nicht zur Verfügung gestellt hat, kann er immer das Gute erwählen und das Böse verwerfen."

Ich lehnte mich zurück und versuchte auseinander zu halten, was ich über den Ewigen Juden gelesen hatte und was ich von Asher hörte. „Wenn du das alles so glaubst, warum siehst du dann nicht ganz entspannt zu, wie die Prophezeiungen in Erfüllung gehen? Immerhin wäre dein Fluch doch zu Ende, sobald Jesus wiederkommt."

Harte Falten legten sich um Ashers Mundwinkel und er sah gequält zur Seite. „Nur der Selbstsüchtige würde sein Leiden beenden wollen, wenn er durch die Verlängerung seines Leidens die Gnade Gottes auf Erden vermehren könnte." Ein Zittern ging über sein Gesicht. „Das ist der Preis, den ich für meine Sünde bezahle, es ist die mir auferlegte Form der Buße. Ich ziehe umher und suche den nächsten Kandidaten Satans. Gelingt es mir, ihn zum Glauben an Jesus zu führen, wird die Geduld und Gnade Gottes sich durch mein Leiden auf eine weitere Generation von Menschen erstrecken."

Ich bemühte mich, den Sinn seiner Worte zu erfassen. „Kannst du deinen Glauben irgendwie beweisen?", fragte ich vorsichtig: „Du zitierst so oft die Bibel. Gibt es eine Stelle, die deine Rolle beschreibt? Wird deine Aufgabe in der Bibel erwähnt?"

Er schüttelte verneinend den Kopf. „Ich weiß nur, dass Gott jeden segnet, der im Glauben handelt. Also versuche ich, ein gottgefälliges Leben zu führen und halte gleichzeitig meine Augen und Ohren offen, um die nächste Person zu erkennen, auf welche die biblische Beschreibung zutrifft." Er sah mich direkt an: „Der Kandidat für unsere Generation ist eindeutig Justus Santos. Es hängt sehr viel davon ab, dass du mir einen Termin bei ihm verschaffst. Ich muss ihm die Wahrheit sagen, bevor es zu spät ist. Aber ich bin bloß sein Übersetzer, wenn du dich nicht für mich einsetzt, werde ich vielleicht nie die Gelegenheit bekommen, mit ihm zu sprechen."

Ich setzte mich zurück und ließ meinen Arm auf das Sofa fallen. Diese Begegnung verlief wieder einmal ganz anders als von mir geplant. Ich war verwirrt und besorgter denn je. Was Asher erzählte, klang so abgehoben. Nun, ich war keine Theologin, vielleicht konnte ich mich deshalb so schwer in sein Denken hineinversetzen. Doch eines war mir klar geworden: Um mit Santos zu sprechen, war Asher zu allem bereit. Letztlich würde es ihm vermutlich auch nicht viel ausmachen, mich dabei in eine peinliche Situation zu bringen. In Ashers Denken, das die Jahrtausende umspannte, wog meine kleine Karriere wohl nicht sehr schwer.

Wenn Asher an einer wahnhaften Störung litt, könnte es vielleicht möglich sein, mit einigen praktischen Fragen Unstimmigkeiten in seiner Theorie aufzudecken. Ich wollte es versuchen.

„Asher", begann ich mit ruhiger Stimme und offenem Blick, „ich will dir helfen, aber es fällt mir immer noch schwer, deine Geschichte zu glauben. Es sind noch so viele Fragen unbeantwortet. Wie kannst du zum Beispiel längere Zeit an einem Ort leben, ohne dass es den Menschen auffällt, dass du nicht älter wirst?"

„Ich reise viel." Er beugte sich nach vorn, stützte die Ellbogen auf die Knie und legte seinen Kopf in die Hände. „In früheren Zeiten lebten die Menschen nicht sehr lange. Wurde jemand fünfzig Jahre alt, dann war er schon ein alter Mann. Ich war immer unterwegs, mit verschiedenen Namen an verschiedenen Orten, so wurde meine Besonderheit nie entdeckt."

„Und deine Familie?" Schon mehrfach war ich versucht gewesen, diese Frage zu stellen, aber ich hatte immer Skrupel gehabt, das Thema anzuschneiden. „Hast du nie wieder geheiratet?"

Sein Gesicht nahm den Ausdruck großen Leides an. „Nein, diesen Schmerz wollte ich keiner zweiten Frau zumuten. Was Claudia mit mir erleben musste, war grausam. Wir hätten gemeinsam alt werden sollen. Doch als sie alterte und ich nicht . . ." Er legte seine Handflächen zusammen und starrte auf seine Finger. „Ich bin bereit, für meine Sünde zu büßen, aber ich darf diese Qual keiner anderen Frau mehr auferlegen."

„Das ist unfair", ereiferte ich mich. „Gott ist sehr grausam zu dir!"

„Gott ist nicht grausam und auch nicht fair." Sein Ton war angespannt. „Er ist gerecht. Das ist etwas anderes."

„Was ist der Unterschied?"

„Mit irdischem Denken kannst du das nicht verstehen."

Ich biss mir auf die Lippe und unterdrückte den Wunsch, ihn in die Seite zu boxen. Warum musste er immer in Rätseln sprechen? „Sag mir", ich beugte mich vor, um ihm in die Augen sehen zu können, „bist du Michelangelo begegnet?"

Sein Blick wanderte die Wand entlang. Ich folgte ihm und sah, wie er an einigen verstaubten Bänden in einem unteren Regal hängen blieb. „Ja, zweimal. Einmal habe ich ihn in Rom beobachtet, wie er an den Deckenfresken in der Sixtinischen Kapelle arbeitete, das zweite Mal traf ich ihn in Florenz, während er an seinem David arbeitete."

„Hat er . . .", mir blieben die Worte fast im Hals stecken, „warst du . . . sein Modell? Hat er einmal eine Skulptur nach dir geschaffen?"

Seine Augenbrauen zuckten hoch. „Nein, nicht dass ich wüsste. Warum?"

War es möglich, dass Michelangelo ihn ohne sein Wissen abgebildet hatte? Vielleicht hatte Michelangelo Ashers Büste zur gleichen Zeit wie seinen David geschaffen? Mit geschlossenen Augen stellte ich mir die zwei jungen Männer vor, die zusammen auf einer florentinischen Piazza aßen, anschließend ging der Künstler in seine Werkstatt und schuf die Büste des faszinierenden Fremden, während dieser sich nichts ahnend wieder seinen Büchern und Tagebüchern zuwandte. Offensichtlich war Asher sich nicht bewusst, welche Faszination er auf andere ausüben konnte . . . mich eingeschlossen.

Ich lehnte mich zurück und blinzelte heftig, um die Tränen zurückzudrängen, die plötzlich meine Augen zu überschwemmen drohten.

„Jetzt glaubst du", stellte Asher lächelnd fest.

„Ich bin mir nicht sicher."

„Doch, ich weiß es. Irgendetwas hat dich davon überzeugt, dass ich die Wahrheit sage." Mit einer weiten Handbewegung hob er den Blick zur Decke. „Was auch immer dir den Glauben möglich gemacht hat, ich danke Gott dafür."

Ich seufzte. Je länger ich versuchte, Ungereimtheiten in Ashers Geschichte zu finden, desto klarer wurde sie. „Asher, du hast selbst einmal gesagt, dass es keine Rolle spielt, ob ich glaube oder nicht. Andererseits bin ich in der Situation, dass ich dir entweder glauben muss oder ich muss für deine Entlassung sorgen."

Das Blut wich ihm aus den Wangen. „Aber das würdest du doch niemals tun, oder?"

Ich lachte. „Glaub mir, ich habe mehr als einmal daran gedacht. Was du sagst, klingt so verrückt, dass ich deinetwegen wirklich in Schwierigkeiten kommen könnte."

Seine dunklen Augen blickten mich sanft an. Er streckte seinen Arm aus, um mir eine Haarsträhne aus der Stirn zu streichen. Seine warme Hand glitt über meine Wange und ich sah unverhohlene Zuneigung in seinen Augen. Dann erreichte seine Hand meinen Ellbogen und er bedeutete mir aufzustehen. „Komm, Claudia, ich will dir etwas zeigen."

Während er auf sein Schlafzimmer zuging, blieb ich zögernd stehen. War es Schüchternheit, Angst oder Nervosität? Asher drehte sich zu mir um, ergriff meine Hand und zog mich sanft hinter sich her. Erst als wir vor einer Holztruhe neben seinem Bett standen, gab er meine

Hand wieder frei. Das dunkle Holz der Truhe glänzte im Abendlicht, als würde es von liebevollen Händen täglich poliert.

Fast ehrfürchtig begab sich Asher vor der Truhe auf die Knie und zog auch mich neben sich hinunter. Als ich neben ihm kniete, beugte er sich über die Truhe und hob den Deckel. Ich nahm den Geruch von Alter, Staub und Holz wahr, während Asher seine Arme tief in die Kiste senkte und etwas heraushob, das zu sehen ich nie in meinem Leben erwartet hätte.

Eine Dornenkrone.

Ich wagte kaum zu atmen, während Asher das Geflecht sanft zwischen seinen Fingerspitzen hielt, sich dann umdrehte und es über sein Bett hielt. Nachdem er es mit äußerster Vorsicht auf seiner Tagesdecke abgelegt hatte, ließ er die Hände auf die Knie sinken und sah das Relikt lange an.

„Ich habe sie noch nie jemandem gezeigt", sagte er endlich. Seine Stimme war bewegt, tief, kraftvoll und sanft zugleich. „Anscheinend hat vor dir noch nie jemand nach einem sichtbaren Beweis verlangt. Doch du . . . schau sie dir an, Claudia. Was siehst du?"

Was sah ich? Vor mir lag ein zum Kreis geflochtener Zweig, übersät mit spitzen Dornen und bedeckt von weißem Staub. Manche Dornen waren fast schwarz und Teile des Holzes sahen hohl und durchsichtig aus, als würde der Alterungsprozess das Holz von innen verzehren.

„Ich habe sie gehütet wie ein Juwel", sagte Asher, „und sie vor Licht und Feuchtigkeit und vor neugierigen Augen geschützt. Hätte ich sie der Kirche überlassen, wäre sie als heilige Reliquie verehrt worden oder sie wäre von denen, die ihre Echtheit prüfen wollten, in tausend Stücke gerissen worden."

„Wenn sie nicht untersucht und datiert wurde", zweifelte ich sofort, „woher soll ich dann wissen, dass sie echt ist?"

„Du kannst es nicht wissen", sagte Asher und sah mir tief in die Augen, „aber ich kann dir erzählen, dass es die Dornenkrone ist, die Jesus vom Kopf flog, als ich ihn im Hof von Pilatus geschlagen habe. Die Soldaten stießen ihn weiter und die Krone blieb auf der Straße liegen. Ich hob sie auf, nahm sie an mich und habe sie über die Jahrhunderte bewahrt." Die Worte kamen nur schwer über seine Lippen, seine Stimme war rau. „Es ist deine Entscheidung, ob du glauben willst oder nicht."

Langsam erhob er sich und ging hinaus. Ich blieb allein zurück mit dieser derben und zugleich zerbrechlichen Dornenkrone und der Aufforderung, eine Entscheidung zu treffen, die zu treffen ich mich außer Stande sah. Ich kniete auf dem Boden und hielt die Worte, die ich in der vergangenen Stunde gehört hatte, all dem entgegen, was ich mein ganzes Leben lang geglaubt hatte. Dann verglich ich den Glauben Ashers mit dem Glauben des Mannes, der diese Schmerzenskrone getragen haben sollte.

Noch nie hatten sich meine Sinne und Fähigkeiten für eine Aufgabe so ungeeignet erwiesen wie gerade jetzt. Alles, was ich von Asher wusste, und jedes körperliche Zeichen, das ich in seiner Stimme, seiner Haltung und seinem Ausdruck beobachtet hatte, bestätigte mir, dass er die Wahrheit redete. Warum konnte ich ihm trotzdem nicht glauben? Und warum war es immer noch einfacher, einem Mann zu glauben, dass er 2.000 Jahre alt war, als die Geschichte von Jesus Christus, dem stellvertretend für die ganze Menschheit gestorbenen Sohn Gottes?

Mein Kopf sank auf meine Brust, während warme Tränen über meine Wangen flossen. Es war kein wirkliches Weinen, die Tränen waren eher ein Ausdruck meiner aufgewühlten Seele. Asher hatte mir diesen Schatz gezeigt, weil er mir helfen wollte zu glauben . . . an Christus und an seine eigene Geschichte. Asher hatte mir viel anvertraut. Im Gegensatz dazu erlebte ich von den Menschen zu Hause eher Enttäuschungen. Kurt hatte mich betrogen und Elaine Dawson war dabei, aus meiner Abwesenheit Gewinn zu schlagen. Über Fragen des Glaubens hatten sie nie mit mir geredet. Kirsten war mit ihrer Familie und dem kommenden Baby ausgefüllt. Rory hatte ab und an etwas über seinen Glauben erzählt, doch unser Arbeitgeber-Arbeitnehmer-Verhältnis hatte keine tieferen Fragen zugelassen.

Asher war ein echter Freund. Als Kurt mich so enttäuscht hatte, bereitete Asher mir einen schönen Tag und half mir, die Trauer zu überwinden. Auf der Fahrt nach Brüssel war er mein starker Beschützer. In all den Wochen, die wir uns jetzt schon kannten, hatte er mich immer nur um eines gebeten: ihm zu vertrauen. Andererseits hatte er mir seine unglaubliche Geschichte nicht zuletzt deshalb anvertraut, weil er meine Hilfe zur Erfüllung seiner Aufgabe brauchte.

Na schön. Ich schluckte und wischte mein Gesicht mit den Händen trocken. Glaubend oder nicht – ich würde versuchen, ihm seinen Wunsch zu erfüllen, und wenn es nur um der Freundschaft willen war. Aber zuerst wollte ich ganz sicher sein, dass das richtig war.

Ich stand auf und kehrte zögernd ins Wohnzimmer zurück. Asher saß an seinem Schreibtisch, vor ihm lag ein aufgeschlagenes Tagebuch, in seiner Hand lag ein Füller. Fragend sah er mich an.

„Asher, ich werde jetzt gehen", sagte ich und griff nach meiner Handtasche, die auf dem Sofa lag. „Ich muss noch ein paar Nachforschungen anstellen. Aber wahrscheinlich werde ich dir schon morgen Bescheid geben, ob du dich mit Santos treffen kannst oder nicht."

„Danke." Langsam entspannten sich seine Züge und ein Lächeln breitete sich über sein Gesicht aus. „Ich werde beten, dass Gott deine Schritte lenkt."

„Einverstanden." Ich wollte auch lächeln, aber meine Mundwinkel begannen zu zittern. Eilig verließ ich Ashers Wohnung, bevor er meine nassen Augen sehen konnte.

26

Als ich auf die Piazza trat, hing die Markise des Hotels noch voll schwerer Wassertropfen, von denen mich einige in den Haaren und im Gesicht trafen. Hinter der Kuppel des Vatikans färbte das Abendlicht den Himmel tiefrot und golden, doch ich hatte keinen Sinn für dieses Schauspiel. Mit gesenktem Kopf, den Blick auf das nasse Straßenpflaster geheftet, marschierte ich los. Selbst der römische Verkehr konnte mich nicht mehr aus meinen Gedanken reißen, ich hatte mich längst an die Zweiradfahrer gewöhnt, die mich oft nur um Haaresbreite verfehlten.

Allmählich gelang es mir, Ashers Logik nachzuvollziehen. Ein Mensch schlägt Gott und muss zur Strafe so lange leben, bis Gott das Ende der Welt einläutet. Als Wiedergutmachung seiner dreisten Tat sucht der reuige Täter nun den Antichristen, der von Satan für den letzten Kampf zwischen Gut und Böse vorbereitet wird. Der Unsterbliche reist um die Welt, liest, studiert und wendet große Mühen auf, um alle Informationen, die auf den Vertreter Satans hinweisen könnten, zusammenzutragen und auszuwerten. Hat er ihn gefunden, überredet er ihn, auf die gute Seite überzulaufen. Gelingt ihm das, hat Satan keinen Feldherren für die letzte große Schlacht. Unter diesen Umständen wird Gott in seiner Gerechtigkeit das Ende der Welt verschieben, bis der Gegner einen neuen Spieler aufgebaut hat. Dadurch verlängert sich die Zeit der Gnade für alle Menschen. So weit hatte ich Asher mittlerweile verstanden. Ob diese Sicht der Dinge stimmte, war eine andere Frage.

Ich rieb mir die Schläfen und beobachtete, wie drei Fahrzeuge nacheinander über eine rote Ampel fuhren. Wenn ich noch länger über diese Dinge nachdachte, hätte ich bald eine Migräne. Schon jetzt sah ich die Straßenlaternen mit einem eigenartigen Lichtkranz und die nassen Steine, über die ich ging, nahm ich nur noch verschwommen wahr.

Die Fußgängerampel schaltete auf Grün und ich überquerte die

Straße. Doch schon nach vier oder fünf Schritten kam ein Vespafahrer aus dem Nichts und fuhr direkt vor mir über den Fußgängerüberweg. Dabei erfasste er meine Schulter und schleuderte mich zu Boden. Ich überschlug mich mehrmals, ehe ich auf dem nassen Asphalt liegen blieb. Der Schreck war größer als die Schmerzen, aber ich wusste im ersten Moment nicht, wie ich aufstehen sollte. Ich öffnete meinen Mund, um den unvorsichtigen Fahrer zu beschimpfen, als ein Mann auf mich zurannte.

„*Togliti dai piedi*!", schrie er in meine Richtung, „*Muoviti*!"

Ich rieb meine Hände aneinander, um den Schmutz loszuwerden und versuchte, seinem Rufen nachzukommen. Wenn ich ihn richtig verstanden hatte, sollte ich schnell aufstehen . . .

Plötzlich erkannte ich meine Situation. Ich lag in der Abenddämmerung auf der rechten Seite einer großen Straße. Die Ampel hatte umgeschaltet und der Verkehr kam direkt auf mich zu. Ich versuchte hochzukommen, doch meine Arme und Beine gehorchten den panischen Befehlen meines Gehirns nicht. Endlich war der kleine Mann bei mir, packte mich unter den Achseln und zog mich von der Straße, gerade noch rechtzeitig, bevor ein BMW an der Stelle vorbeibrauste, wo ich eben noch gelegen hatte.

Augenblicke später saß ich auf einer Parkbank, nass, verlegen und wütend. Ich beugte mich nach vorn und untersuchte meine aufgeschlagenen Knie und die zerrissene Strumpfhose, während mein nicht mehr ganz jugendlicher Retter vor mir stand, den Hut abnahm und sich den Schweiß von der Stirn tupfte. Dann betrachtete er mich von oben bis unten. Ich wollte etwas sagen, doch er war schneller und redete in strengem, ausdrucksstarkem Italienisch auf mich ein.

Ich schlug die Hände vors Gesicht. Wahrscheinlich war ich jetzt im zweiten Teil des Alptraumes gelandet, der in Ashers Wohnung mit der Lektüre seines Tagebuchs begonnen hatte. Ich war auf seinem Sofa eingeschlafen. Morgen früh würde ich erwachen und feststellen, dass ich diesen schimpfenden Mann, das Auto und den Vespafahrer nur geträumt hatte.

Endlich war er mit seinem Wortschwall am Ende, machte eine abschließende weit ausholende Armbewegung und sah mich schweigend an. „*Mi dispiace, signore*", murmelte ich und hoffte, den richtigen Satz für *Entschuldigung* erwischt zu haben, „*Non parlo italiano*."

„Ah." Er ließ sich seufzend neben mir auf die Bank fallen. Fragend sah er mich an: „Americana?"

„Si." Ich massierte mein schmerzendes Handgelenk, mit dem ich mich bei dem Sturz abgefangen hatte. „Es tut mir Leid, Ihnen Unannehmlichkeiten bereitet zu haben. Ich hatte den Vespa-Fahrer nicht gesehen."

„Es ist ein Wunder, dass Sie das überlebt haben." Sein Englisch war erstaunlich gut, aber sein Tonfall war immer noch äußerst vorwurfsvoll. „Man muss vorsichtig sein, wenn man bei Nacht unterwegs ist, Signorina. Der Straßenverkehr ist sehr gefährlich."

„Ich weiß, normalerweise bin ich auch vorsichtig, aber . . . ich war in Gedanken."

Mein klein gewachsener Retter erhob sich. „Nun stehen Sie mal auf und lassen Sie mich sehen, ob alles in Ordnung ist."

„Es ist alles in Ordnung", protestierte ich, aber er sah mich so streng an, dass ich mich gehorsam erhob. Bis auf die zerrissene Strumpfhose, ein schmerzendes Handgelenk, einen nassen Rock und schmutzige Hände war mir nichts passiert. Mein Held schien nach einer genauen Prüfung meiner Person zu dem gleichen Ergebnis gekommen zu sein, nickte zufrieden und deutete auf das Gebäude hinter uns.

„Ich lade Sie zu einer Tasse Kaffee ein", erklärte er mit bestimmtem Tonfall. „Wenn es Ihnen wieder besser geht, werde ich Ihnen ein Taxi rufen, das Sie sicher zu Ihrem Hotel bringen wird."

Ich wollte protestieren und erklären, dass ich kein Tourist im herkömmlichen Sinne war, doch dann überlegte ich es mir anders. Sollte er doch denken, was er wollte. Ich war zu erschöpft, um viel zu erklären. So nickte ich bloß, stand auf und folgte ihm. Zu meiner Verwunderung führte mein tapferer Held mich weder in ein gemütliches Café noch in eine alte Ritterburg, die hervorragend zu ihm gepasst hätte, sondern wir betraten ein Haus, an dessen Eingang ein Schild mich darüber informierte, dass ich eine baptistische Gemeinde besuchte.

*

Nach dem Espresso ging es mir wirklich besser. Mein Begleiter war ein etwa 60-jähriger Herr namens Vittorio Pace. Er reichte mir nur bis zur Schulter und war, abgesehen von einem kugelförmigen Bauch, den er über seinem Gürtel trug, von zierlicher Gestalt. Als er den Hut abnahm, fielen ihm dünne, silberne Haarsträhnen in die Stirn. Er musterte mich mit dunklen Augen, die unter buschigen, grauen Augenbrauen lagen.

Das Innere der Kirche war eng und für italienische Verhältnisse sehr nüchtern. Ich sah keine Gemälde, keine Altäre, Statuen oder Reliquien. Vier hölzerne Bankreihen standen auf zwei Seiten vor einer erhöhten Plattform, die nichts außer einem schlichten Pult trug. Seitlich vor der Plattform stand ein Klavier und daneben steckte ein einzelnes Mikrofon auf einem dünnen Ständer. Ich konnte mir nicht vorstellen, wozu man in einem so kleinen Raum ein Mikrofon benötigte.

Wie ein Schutzengel wachte Signor Pace über mir, beobachtete, wie ich die Tasse zum Mund führte, und lächelte zufrieden, als ich sie ohne Zittern wieder absetzen konnte. Er fragte, ob ich mehr Espresso wollte und ich nickte.

Normalerweise nahm ich um diese Tageszeit nicht mehr so viel Koffein zu mir, aber ich wollte noch nicht wieder auf die dunkle, nasse Straße zurückgeschickt werden. Die kleine Kirche war bei aller Nüchternheit ein warmer, tröstlicher Ort.

„Sie sind also Amerikanerin", nickte er und goss mir den zweiten Espresso ein.

Ich dankte ihm und nahm einen winzigen Schluck. „Ich bin geschäftlich in Rom", erklärte ich nun doch, „seit etwa zwei Monaten."

Er hob eine Augenbraue, sagte aber nichts.

Ich sah mich noch einmal in dem Saal um. „Ist das Ihre Kirche?"

Er grinste belustigt. „Meine? Ich bin nur der . . . wie nennt man das . . . der Hausmeister. Ich kümmere mich um die Kirche und um die Katzen."

„Die Kirche hat eigene Katzen?"

Er stützte sich auf die Rückenlehne der letzten Bank und überkreuzte die Beine. „Sie haben doch bestimmt schon bemerkt, wie viele Katzen es in Rom gibt?"

Ich legte den Kopf zurück und dachte nach. „Nun, wenn ich es mir recht überlege, habe ich tatsächlich schon einige Katzen in der Stadt gesehen. Ich dachte, die Menschen hier lieben wohl Katzen."

„Römer hassen Ratten viel mehr, als sie Katzen mögen. Doch die

Katzen tragen dazu bei, dass die Rattenplage in der Stadt nicht *kaboom* macht."

Ich lächelte und unterdrückte ein Schaudern beim Gedanken an die explodierenden Ratten. „Und wem gehören die Katzen?"

Er hob seine mageren Schultern. „Ich vermute der Stadt, allerdings kümmert sie sich nicht um die Tiere. Das ist Aufgabe der *Gattara*."

„Gattara?", wiederholte ich fragend, ließ das Wort versuchsweise über meine Zunge rollen und zögerte bei der letzen Silbe. Die meisten italienischen Wörter endeten in der männlichen Form auf o, deshalb hätte Signor Pace eigentlich ein *Gattaro* sein sollen.

„Die meisten Alten, die sich um die Katzen kümmern, sind Frauen", erklärte er und freute sich, meine Gedanken erraten zu haben. „Dieser Tatsache wird sprachlich Rechnung getragen. Wollen Sie noch mehr Espresso?"

„Nein, vielen Dank." Ich hob meine heiße Tasse und nippte daran. Welch eine amüsante Vorstellung: Dieser ältere Herr sah seine Aufgabe darin, streunende Katzen zu versorgen.

„Wir haben einen guten Gott", erklärte Signor Pace und verschränkte die Arme. „Er hat Sie beschützt. Es ist sehr gefährlich, am Abend die Straße zu überqueren, sehr gefährlich . . ."

„Signore", unterbrach ich ihn, bevor er mir eine weitere Lektion über die Gefahren das Straßenverkehrs erteilen konnte, „warum glauben Sie an Gott?"

Ein Leuchten erhellte sein Gesicht, als hätte ich mit dieser Frage eine Kerze in seinem Inneren entzündet. „Warum ich an Gott glaube?" Seine Stimme war ein hauchdünnes Flüstern. „Er ist mein Leben und die Luft, die ich atme, Signorina."

Ich legte den Kopf zurück. Seiner Begeisterung nach zu urteilen, musste er ein Pastor sein. Ich deutete auf den Saal: „Also ist das doch Ihre Kirche?"

„Es ist die Kirche Jesu Christi", entgegnete er und betonte das Wort *Christi*. „Ich bin für das Gebäude verantwortlich und für die Schafe seiner Herde."

Dem Raum nach zu urteilen waren seine Schafe weder zahlreich noch besonders wohlhabend. „Wie viele Mitglieder hat Ihre Gemeinde?", fragte ich und wunderte mich, dass in so unmittelbarer Nachbarschaft zum Vatikan überhaupt eine Baptistengemeinde existieren konnte.

Signor Pace lächelte mich entspannt und zuversichtlich an: „Alle, die dazugehören.“ Seine Augen strahlten vor Freude und tiefer Friede lag auf seinem Gesicht. „Ich freue mich sagen zu können, dass wir keine einzige Seele verloren haben. Einige hat Gott zu sich gerufen, aber auch darüber können wir uns nur freuen.“

Ich rieb mein Brustbein und erwiderte das Lächeln meines neuen Bekannten. Er war ein wunderlicher kleiner Mann, doch er war in dieser Kirche offensichtlich am richtigen Platz. Es war anzunehmen, dass er über geistliche Dinge besser Bescheid wusste als ich.

„Signor Pace“, begann ich und setzte meine Tasse ab, „darf ich Sie etwas fragen? Ich muss wissen, ob es möglich ist, dass Gott einen Menschen verflucht.“

Sein schnelles Atemholen verriet, dass ihn diese Frage überraschte. Er lehnte sich zurück und wandte den Kopf zur Seite, als höre er in eine andere Richtung. Dann sah er mich wieder an: „Welch eine schwierige Frage, die mir die hübsche Signorina da stellt.“ In der Tiefe seiner Augen lag ein Lächeln. „Hat diese Frage Sie beschäftigt, als Sie in das Motorrad liefen?“

Ich lächelte schwach: „Gut möglich.“

„Dann müssen wir unbedingt eine Antwort finden – nicht, dass Sie morgen wieder in Gefahr kommen.“ Er richtete sich auf, drehte sich um und ging ein paar Schritte zwischen den Kirchenbänken entlang. Dann kam er zurück, setzte sich seitlich in die letzte Bank und machte es sich gemütlich. „Sie stellen keine leichten Fragen, Signorina.“

Ich wurde rot. „Tut mir Leid.“

„Sie brauchen sich nicht zu entschuldigen. Schwierige Fragen zwingen uns, eine Sache gründlich zu untersuchen, und lassen uns dabei vielleicht den einen oder anderen Schatz entdecken.“ Er schwieg wieder und sah durch das seitliche Kirchenfenster. „Fürchten Sie, dass Gott Sie verflucht hat?“

„Nein, das nicht.“ Ich überlegte, wie viel ich von der tatsächlichen Geschichte preisgeben sollte. „Aber ein Freund von mir denkt, Gott habe ihn verflucht. Vor langer Zeit hat er eine sehr schwere Sünde begangen, und seither glaubt er, etwas ganz Besonderes tun zu müssen, ein ganz großes persönliches Opfer bringen zu müssen, um wieder mit Gott ins Reine kommen zu können.“

„Aha.“ Signor Pace sah weiterhin aus dem Fenster, sodass ich sein

Gesicht im Profil betrachten und die langen, silbernen Augenwimpern sehen konnte. „Ich habe folgende Antwort für Sie, Signorina: Gott verflucht niemanden, nicht in dem Sinne, wie wir uns einen Fluch vorstellen. Wir wurden unter dem Fluch der Sünde geboren und wer ohne Gott stirbt, bleibt unter diesem Fluch. Aber Christus ist aus Liebe und Gnade für uns gestorben, um uns von diesem Fluch zu erlösen. Seine Liebe ist nicht einengend, sie ist befreiend. Seine Gnade schenkt den Menschen die Freiheit."

Er drehte sich zu mir um und sah mich mit einem Blick voller Barmherzigkeit an. „Können Sie verstehen, was ich meine? Worte sind so ungenau und ungeeignet, die große Gabe Gottes zu beschreiben . . ."

Seine Stimme verebbte und in der Stille versuchte ich, die Bedeutung seiner Worte zu erfassen. Plötzlich drangen Ashers Worte wie ungebetene Gäste in mein Bewusstsein. „Was ist mit dem Feigenbaum", fragte ich. „und mit dem Fluch über die Schöpfung? Hat Gott diese Dinge nicht verflucht?"

Signor Pace hob seine Hand und machte eine geistesabwesende Bewegung in meine Richtung: „Sie müssen das richtig verstehen, Signorina. Gottes Flüche entspringen nicht seinen bösen Gefühlen oder seinem Wunsch nach Vergeltung. Sie sind Vorhersagen. Weil der Mensch gesündigt hatte, musste er das Paradies verlassen. Als Gott die Schöpfung verfluchte, sagte er die negativen Folgen der Sünde voraus. Da der Feigenbaum keine Knospen hatte, würde er nicht leben und Frucht tragen. In beiden Fällen erkannte Gott die negativen Bedingungen und sprach ihre Folgen aus, doch er hat sie nicht verursacht."

„Trotzdem", widersprach ich leise, „ist der Feigenbaum verdorrt."

„Si, das ist er. Aber das war ein Wunder, damit hat Jesus seine Macht demonstriert." Signor Pace trommelte mit seinen Fingern auf die Rückenlehne der Kirchenbank. „Meine Tochter, warum machen Sie sich so schwere Gedanken? Sie erinnern mich an ein Kind, das über die Farbe der Schleife nachdenkt, ohne das Geschenk auszupacken. Warum packen Sie nicht zuerst einmal das Geschenk aus? Die Gnade Gottes ist ein Geschenk, Signorina. Wir können nichts tun, um sie zu verdienen, Gott gibt sie uns aus freien Stücken." Er wandte sich wieder ab, beugte sich über die Rückwand der Bank und streckte mir die Arme entgegen. Seine Hände zeichneten die Form eines Päckchens in die Luft. „Die Verpackung des Geschenkes ist Vergebung. Wenn Sie das Geschenk annehmen, empfangen Sie auch Vergebung, zusätzlich zu Gottes Gnade. Nachdem Sie die Gnade angenommen haben, werden Sie wie eine wunderschöne Lampe die Heiligkeit und Wahrheit Gottes ausstrahlen."

Ich spürte, wie meine Mundwinkel sich bei der Erwähnung des Wortes *Heiligkeit* nach unten zogen. Ich hatte mein Handeln immer für moralisch richtig gehalten. Doch dann begann meine Laufbahn, die mich mit Mördern und Drogendealern zusammenbrachte und mit Anwälten, die Moral abhängig von den jeweiligen Vorteilen neu definierten. Auch in Rom traf ich auf ähnliche Verhältnisse, obwohl ich bei Global Union für eine humanitäre Organisation arbeitete. Kaum zwei Monate hier, hatte ich bereits ausländische Botschafter bespitzelt und vertrauliche Informationen an Personen weitergegeben, deren Absichten mir fragwürdig erschienen. Der Lampenschirm meines Lebens war reichlich verschmutzt, die Heiligkeit Gottes würde allenfalls als trüber Schein hindurchdringen.

„Ich fürchte . . .", mein Lachen klang reichlich gezwungen, „ich bin nicht besonders heilig. Möglicherweise würde Gott mir sein Geschenk nicht so gerne anvertrauen."

„Und genau da irren Sie, liebe junge Freundin. Kein Mensch ist in sich selbst heilig. Nachdem Gott *mir* seine Gnade anvertraut hat, wird er sie auch jedem anderen Menschen schenken." Für einen Moment schien eine hässliche Erinnerung die Augen des Pastors zu verdunkeln. „Ich spreche nicht oft über mein altes Lebens, aber ich glaube, Gott möchte, dass ich Ihnen meine wahre Geschichte erzähle."

Seine Pupillen weiteten sich, während er mich fixierte. Ich lachte verlegen, nicht sicher, ob ich hören wollte, was er zu sagen hatte. Ich sah über meine Schulter. Der Ausgang war nur ein paar Schritte entfernt. Ich bräuchte nur eine gute Entschuldigung, dann könnte ich gehen, ohne mir die Lebensbeichte dieses alten Mannes anhören zu müssen. Was für aufregende Sünden er wohl begangen haben mochte? Vielleicht einen Verstoß gegen die Straßenverkehrsordnung?

Seine Stimme unterbrach meine Gedanken. „Signorina, haben Sie je etwas von der Magliana-Bande gehört?"

Ich räusperte mich verlegen: „Nein, tut mir Leid."

Er zuckte die Schultern. „Wie auch immer. Ich bin nicht stolz auf unsere Taten. Die Magliana-Bande ist die größte kriminelle Organisation Roms. Soweit ich weiß, kontrolliert sie bis heute die Hehlerei, alle Geldwechsler, den Drogenumschlag und die Prostitution in Rom. Im Jahr 1977 zählte ich zu den Familienmitgliedern . . ."

„Mafia?", entfuhr es mir.

Er zog eine Grimasse. „Ja. Jedenfalls, 1977 nahmen wir einen reichen Römer gefangen, Fürst Massimiliano Grazioli. Nachdem wir ihn über einen Monat als Geisel behalten hatten, zahlte seine Familie 2,5 Millionen US-Dollar. Doch anstatt ihn seiner Familie zurückzugeben, verkauften wir ihn an die Mafia in Neapel, die versuchte, noch mehr Geld von der Familie zu erpressen. Die Familie konnte aber nichts mehr zahlen und der Fürst wurde ermordet. Damit hatten wir den Ehrenkodex gebrochen. Nachdem die Familie gezahlt hatte, hätten wir die Geisel zurückgeben müssen. Doch eines unserer Mitglieder war der Meinung, Ehre sei kein Argument."

Ich sah zu Boden und fühlte mich von Minute zu Minute unbehaglicher. Warum belastete er mich mit dieser Geschichte?

„Zum ersten Mal in meinem Leben fühlte ich so etwas wie Schuld. Trotz der Warnungen meiner Familie ging ich zur Polizei und bekannte meinen Teil der Geschichte." Seine Stimme war zu einem Flüstern geworden. „Daraufhin mussten mein Bruder, meine Frau und meine Kinder Rom verlassen. Ich wurde erst nach zwanzig Jahren Haft wieder auf freien Fuß gesetzt. Da ich keinen meiner Mittäter verraten habe, lässt mich die Magliana-Bande in Ruhe. Ich bin meinem Gott dankbar, dass ich mich jetzt um seine Kirche und um die Katzen kümmern kann."

„Also tun Sie diese Arbeit hier als Wiedergutmachung für Ihre Schuld?" Diesen Gedanken hatte ich von Asher mittlerweile oft genug gehört.

Signor Pace lächelte mich an, als wäre ich ein kleines Mädchen, über das sich sein Vater wundert. „Diese Arbeit tue ich aus Dankbarkeit. Sie könnte mich niemals erlösen, sie kann höchstens dazu beitragen, dass andere Erlösung finden. Während meiner Jahre im Gefängnis kam ein Pastor zu mir und erklärte mir das Evangelium von Jesus Christus. Ich nahm das Geschenk der Gnade an. Seither beruht meine Erlösung allein auf Christus und dem, was er vor 2.000 Jahren auf Golgatha für mich vollbracht hat."

Vor 2.000 Jahren . . . meine Gedanken wanderten zurück zu jenem Tag, den Asher mir so eindringlich geschildert hatte, als er sich voller Stolz vor Christus aufgebaut und ihn ins Gesicht geschlagen hatte. Seit diesem finsteren Tag hatte er in all den Jahren nicht aufgehört, Buße zu tun, und doch hatte er diesen Frieden, den ich in dem zerfurchten Gesicht des ehemaligen Mafiosi sah, nicht gefunden.

Vittorio Pace. Ein Mann, der Frieden gefunden hatte.

„Danke, Signor Pace. Ich werde Ihre Geschichte nie vergessen." Ich erhob mich und strich meinen feuchten Rock glatt, dann erklärte ich mit einem steifen Lächeln: „Sie sind ein ungewöhnlicher Mensch."

„Bitte, nennen Sie mich doch Vittorio. Alle rufen mich so." Für einen kurzen Moment schien sich Sehnsucht in seinen Blick zu mischen. „Ich habe Ihnen das nicht erzählt, damit Sie mich bewundern, Signorina. Vielmehr wünsche ich mir, dass meine Worte Sie zum Nachdenken anregen werden."

Ich nickte und versuchte, stark und selbstbewusst auszusehen, während ich nach meiner Handtasche griff. „Ich bin Ihnen zu Dank verpflichtet, Vittorio. Kann ich Ihrer Kirche eine Spende machen?"

Er erhob sich von der Kirchenbank und schüttelte den Kopf: „Sie sind immer noch ein bisschen durcheinander, Signorina. Gott will keine Spende von Ihnen . . . er wartet darauf, dass Sie *sein* Geschenk annehmen. Er sehnt sich danach, Ihnen Freiheit zu schenken. Seine Botschaft an Sie lautet: Es gibt keine Verdammnis und keinen Fluch für jeden, der zu Jesus Christus gehört."

*

Als ich wenig später meine Wohnung betreten wollte, fand ich einen Zettel von Signora Donatelli vor der Tür: „Bitte kommen Sie zu mir." Was war vorgefallen? Ob Global Union meine Miete nicht bezahlt hatte? Oder hatten ihre Jungs etwas in meiner Wohnung kaputtgemacht?

Ich überquerte den weiten Flur und klopfte an die schwere Holztür, die zu Donatellis privatem Reich führte. Ein Stuhl wurde quietschend über das Parkett geschoben, dann erschien im Türspalt ein kleines, rundes Gesicht mit zwei zu groß geratenen Schneidezähnen.

„Mama! La signorina!"

Mario oder Marco, ich konnte die beiden immer noch nicht auseinander halten, verschwand wieder und ließ die Tür offen stehen. Ein warmer, einladender Duft von Tomatensoße und Basilikum stieg mir in die Nase. Ich verschränkte die Arme und hoffte inständig, meine Vermieterin wollte mich sehen, weil sie zu viel gekocht hatte. Vielleicht würde sie mir einen Teller Pasta mit Soße in die Hand drücken und mich damit in meine Wohnung schicken. Ich war erschöpft von den Ereignissen dieses Tages und hatte nur noch den Wunsch, meinen knurrenden Magen zu füllen und dann ins Bett zu kriechen. Ich wollte nicht mehr an Rom, an Asher und die Ereignisse der letzten 2.000 Jahre denken.

Vermutlich stand mir die Enttäuschung ins Gesicht geschrieben, als Benedetta mir nur mit einem dünnen Blatt Papier in der Hand entgegenkam. Mit sorgenvoller Miene befeuchtete sie ihre Lippen und reichte mir dann das gelbliche Blatt.

Kein Brief – ein Telegramm. Aus New York.

Ich dankte Benedetta, trat einen Schritt zurück und lehnte mich gegen die Wand, während ich das Papier entfaltete. Die Nachricht war kurz:

Kirsten hatte einen Unfall, Baby verloren. Bitte denk an sie und bete für sie. Sean

Der Schmerz kroch wie eine kalte Schlange von meinem Bauch über die Kehle bis in meinen Mund. Ich schluckte sie hinunter und bemerkte nicht, dass ich das dünne Papier zerknüllte, während meine Hände sich zu Fäusten ballten.

Benedetta und ihre Söhne starrten mich an, während meine Augen sich mit Tränen füllten. Sie sagte etwas auf Italienisch, aber ich sah sie nur wie durch einen Nebel und war zu benommen, um den Sinn ihrer Worte zu erfassen.

Auf Beinen, die nicht zu meinem Körper zu gehören schienen, stakste ich zu meiner Wohnung zurück. Ich schloss auf, ließ meine Handtasche fallen, warf das Blatt auf den Tisch und fiel auf mein Bett.

Ich hätte bei meiner Schwester sein sollen. Auch wenn mein Verstand mir klarzumachen versuchte, dass ich den Unfall nicht hätte verhindern können, beharrte mein Gefühl doch darauf. Wenn ich in New York gewesen wäre, hätte sich alles ganz anders entwickeln können. Vielleicht hätte sie diese Fahrt dann gar nicht gemacht, vielleicht wären wir zusammen gewesen. Warum war Sean nicht gefahren?

Ich ging zu meinem Laptop und drückte auf Start, dann stöpselte ich das Modem in die Telefonbuchse und wartete auf die Verbindung zum Internet. E-Mail war schneller als jedes Telegramm, doch ich hatte schon eine Weile nicht mehr in meinen elektronischen Briefkasten gesehen. Wahrscheinlich hatte Sean vergeblich versucht, mich telefonisch oder per E-Mail im Büro zu erreichen, bevor er das Telegramm abgeschickt hatte.

Ich zuckte zusammen. Da war der Brief. Ich öffnete ihn. Sean hatte von Kirstens Adresse aus an mich geschrieben. Hier fand ich all die Details, die ich in dem Telegramm vermisste.

Claudia,

leider muss ich dir berichten, dass Kirsten gestern Abend einen Verkehrsunfall hatte. Sie wollte mich vom Bahnhof abholen, als ein Verrückter eine rote Ampel überfuhr und ihren Wagen rammte. Gott sei Dank ist Travis nichts passiert, aber Kirsten wurde ziemlich herumgeschleudert. Bis auf einige Kratzer geht es ihr gut, doch durch den Schreck bekam sie Wehen. Auch mit dem Baby hätte eigentlich alles gut gehen können, auch wenn es noch ein bisschen klein war, aber der Kleine lag in einer nicht gebärfähigen Position und dann hat sich die Nabelschnur um seinen Hals gewickelt.

Es war ein sehr hübscher Junge . . . wir werden ihn wahrscheinlich neben deinen Eltern begraben.

Kirsten ist natürlich außer sich und bat mich, dich zu informieren. Sie ist im Southamptoner Krankenhaus, wo sie bestimmt noch ein paar Tage bleiben wird. Wenn es geht, ruf sie doch bitte dort an – sie würde sich sehr freuen, von dir zu hören.

Sean

Ich ging zum Telefon und begann, den Zeitunterschied nachzurechnen. Es war jetzt 14 Uhr New Yorker Zeit, also könnte ich gut im Krankenhaus anrufen. Ich wurde auch sofort zu Kirstens Zimmer durchgestellt. Sean war am Apparat. Wir redeten kurz, ich dankte ihm für das Telegramm und die E-Mail, dann gab er mich an Kirsten weiter.

Ich wusste nicht, was ich sagen sollte. Kaum hatte ich sie gegrüßt, da brach sie schon in Tränen aus. Ich machte beruhigende Laute und wartete, bis sie aufhörte zu weinen. Dann sagte ich ihr, wie Leid es mir täte und wie sehr ich bedauerte, nicht bei ihr gewesen zu sein und sie widersprach, dass ich nichts hätte verhindern können, es sei einfach ein dummer Unfall gewesen. Dann weinten wir beide und Kirsten ermahnte mich, jetzt nicht ihretwegen nach Hause zu kommen.

„Doch, natürlich überlege ich mir zu kommen."

„Nein, du kannst überhaupt nichts machen. Bleib, wo du bist, Claudi. Erst wenn du deine Arbeit in Europa abgeschlossen hast, darfst du zurückkommen. Ich habe ja zumindest . . ."

Ihre Stimme brach ab. Vermutlich rang sie um Fassung. „Was hast du zumindest, Kirsten?"

Sie antwortete in einem rauen Flüsterton: „Sean ist bei mir."

Auch mir schossen wieder Tränen in die Augen, als ich die Bedeutung ihrer Worte erfasste. *Sean war bei ihr.* Er war mitten an einem Werktag bei Kirsten. Also hatte er alle Termine abgesagt, um bei seiner Frau sein zu können.

Sehr gut.

Ich sagte ihr, dass ich sie lieb hatte, sie antwortete mir das Gleiche. Dann legten wir auf.

Lange saß ich reglos auf meiner Bettkante und starrte auf das Telefon. Was sollte ich tun? Es fiel mir schwer, einen klaren Gedanken zu fassen. Einerseits wollte ich mit der nächsten Maschine zu Kirsten fliegen, andererseits war da auch diese vernünftige Stimme in mir, die meistens die Oberhand gewann: *Bleib hier, du kannst dort doch nichts ausrichten.* Ich konnte weder Kirstens Schmerz lindern noch ihr den kleinen Jungen zurückbringen.

Der Zwiespalt zwischen dem Leid meiner Schwester und meiner Karriere drohte mich zu zerreißen. Was war jetzt das Richtige? Asher, der Emotionale, würde mir bestimmt raten, schnell zu Kirsten zu fliegen. Die mehr praktisch veranlagte Laura Casale würde mir empfehlen, hier zu bleiben. Kurt, der das Ausmaß der beteiligten Gefühle am besten ermessen konnte, würde mir vermutlich sagen, dass Kirsten ihre Trauerarbeit leisten müsse, ohne dass ich mit meinen Worten oder meiner Anwesenheit diesen schmerzhaften Prozess irgendwie beeinflussen oder beschleunigen könnte.

Langsam streckte ich mich auf dem Bett aus und vergrub mein Gesicht in dem schweren Federkissen. Asher würde die Entscheidung wahrscheinlich im Gebet Gott vortragen. Anschließend würde er dann behaupten, den Willen Gottes zu tun, wie auch immer er sich entschieden hätte.

Vielleicht sollte ich das auch einmal probieren.

Der Schmerz drückte mir so die Luft ab, dass ich kaum atmen konnte. Ich umklammerte mein Kissen und zwang die Worte über meine Lippen: „Gott, wenn du mich hören kannst, dann sag mir bitte, was ich tun soll. Zeig mir den richtigen Weg, bitte."

Meine Gedanken schweiften ab und ich schlief ein. Falls Gott auf mein Gebet geantwortet hatte, war seine Stimme nicht laut genug gewesen, um mich noch einmal aufzuwecken.

27

Es war ein heller, klarer Morgen, das strahlende Sonnenlicht ließ die Fassaden der Stadt in rötlichem Gold erstrahlen. Zum ersten Mal seit Tagen regnete es nicht, dabei hätte heute ein grauer Himmel viel besser zu meiner Stimmung gepasst. Ich war schweren Herzens und voller Trauer erwacht und nur der Gedanke an die vor mir liegende Aufgabe hielt mich davon ab, die ganze Zeit an Kirsten zu denken.

So nahm ich ein Taxi zu Global Union, fuhr mit dem Fahrstuhl in die fünfte Etage, warf meine Handtasche in den Schrank und sah schnell nach, ob eine neue E-Mail von Sean eingetroffen war. Nichts. Anschließend rief ich in Justus Santos' Büro an, sprach mit der Sekretärin und kritzelte gleichzeitig in meinen Kalender: *Asher, ich hoffe, du bist bereit.*

Ich zog meine Jacke glatt. *Ein Zeichen von Nervosität,* wie mein Verstand sofort registrierte, dann ging ich zum Fahrstuhl. Die Türen schlossen sich hinter mir, ich drückte auf den vierten Knopf und betrachtete mich im polierten Messing. Entschlossenheit stand in meinem Gesicht.

Wilde Träume hatten mich in der vergangenen Nacht gequält. Ich stand selbst in der langen Schlange verurteilter „Ketzer", die der johlenden Menge in der Cafeteria von Global Union vorgeführt wurden. Aber als Synn die Fackel in mein Gesicht hob und fragte, ob ich mich zu Christus bekennen und seine Gnade annehmen wollte, da wurde mein Mund so trocken, dass ich kein Wort herausbrachte.

Während rechts und links von mir die Scheiterhaufen aufloderten, begann Signora Casale, die Global-Union-Hymne zu singen: „Frieden, Frieden, arbeite mit mir für den Frieden in der Welt!" Erst als meine Haare in den Flammen knisterten und meine Haut sich schwarz färbte, schreckte ich aus meinem Alptraum hoch.

Zwar verstand ich immer noch nicht, was Signor Pace mit der Formulierung meinte, *ich solle die Gnade Gottes empfangen*, aber zumindest war ich bereit, Asher Genzano Glauben zu schenken. In der Vergangenheit hatten mich meine Augen und Ohren nie im Stich gelassen, und alles, was ich von Asher gehört hatte und an ihm beobachten konnte, bezeugte die Wahrheit seiner Worte und die Echtheit seiner Tagebücher. Seit acht Wochen beschäftigte ich mich nun schon mit seiner Geschichte, und es war mir nicht gelungen, einen Widerspruch oder einen Fehler zu entdecken oder seine Glaubwürdigkeit mit einer Frage zu erschüttern. Dazu kamen die zusätzlichen Beweise, die mir bei meinen Nachforschungen in die Hände gefallen waren: die Büste von Michelangelo, die Berichte der Augenzeugen, die Asher vor Jahrhunderten begegnet waren, und das Foto mit Hitler.

So unmöglich es auch schien, Asher hatte mir wohl die Wahrheit erzählt . . . und wenn ich mich jemals nach Wahrheit gesehnt hatte, dann jetzt. Asher behauptete, Gott zu kennen. Er war sich ganz sicher, dass Gott von ihm ein persönliches Gespräch mit Justus Santos erwartete. Also würde er heute mit ihm sprechen. Ich war gespannt, was Gott tun würde . . . ob er überhaupt etwas tun würde.

Der Fahrstuhl kam mit einem leichten Ruck zum Stehen, die Türen glitten auf und ich betrat die vierte Etage, wo Asher arbeitete.

28

Ist Asher Genzano zu sprechen?"

Beim Klang von Claudias vertrauter Stimme schlug Ashers Herz höher. Die Vorzimmerdame schien auf ihre Frage genickt zu haben, denn im nächsten Moment stand Claudia in seinem Zimmer. Sie sah ihn mit aufregender Direktheit an.

„Ich habe einen Termin für dich gemacht", erklärte sie unvermittelt und fixierte ihn mit ihren blauen Augen. „Kannst du um 14 Uhr mit Il Presidente sprechen?"

Asher schluckte vor Überraschung und stieß sich von seinem Schreibtisch ab. „Ich werde bereit sein."

Ihr Blick ruhte auf ihm, während Enttäuschung sich in ihren Augen zeigte: „Ich hätte mehr Begeisterung von dir erwartet. Hast du dir das nicht die ganze Zeit schon gewünscht?"

„Ja, aber es ist noch nie leicht gewesen." Es kostete ihn einige Anstrengung, seinen Blick von Claudia loszureißen. Auf seinem Schreibtisch lag der Text, den er gerade übersetzt hatte. Er würde diese Arbeit vorerst abbrechen. Jetzt musste alles andere warten. Ein nervöses Grummeln in seinem Bauch bestätigte, dass er jede verbleibende Minute brauchte, um sich auf diese Begegnung vorzubereiten.

„Ich werde mitkommen."

Ashers Kopf fuhr herum: „Besser nicht."

„Ich denke doch. Santos war bereit dich anzuhören, weil ich ihm sagte, du hättest einen interessanten Zusammenhang in Bezug auf die mögliche zukünftige Rolle von Global Union entdeckt. Nun erwartet er uns beide nach der Mittagspause."

Die Unruhe in seinem Bauch nahm zu. „Claudia, ich mache das nicht zum ersten Mal. In der Vergangenheit gingen die Gespräche nicht gut aus. Ich will nicht, dass du dabei bist, wenn es Ärger gibt."

„Das macht mir nichts aus." Sie lehnte sich mit ihrer Schulter gegen die Wand des kleinen Büros und fügte mit leiser Stimme hinzu: „Für mich ist diese Begegnung heute eine Art Experiment. Wenn Gott alle Macht hat, dann wird nur das geschehen, was er will, stimmt's?"

„Und dein Vertrag?"

Sie zuckte schweigend die Schultern und zog eine Grimasse: „Vielleicht ist das der römische Einfluss. Sagt man hier nicht *Che sarà, sarà?*"

Ehe er noch etwas sagen konnte, drehte sie sich um und verschwand.

*

Asher hatte in den verbleibenden drei Stunden viel zu tun. Er suchte aufgeregt nach dem geeigneten Ansatz. Ein Notizblatt nach dem anderen wanderte zerknüllt in den Papierkorb. Wie würde sich Justus Santos am ehesten ansprechen lassen? Bei Hitler hatte er es über die Barmherzigkeit versucht, nachdem ihm Hitlers Zuneigung zu seiner Nichte aufgefallen war, doch dies hatte sich als falscher Weg erwiesen. Hitler besaß nicht ein Fünkchen Barmherzigkeit. Bei Napoleon hatte er versucht, an dessen Vernunft zu appellieren, nur um festzustellen, dass der kleine Mann der göttlichen Wahrheit gegenüber völlig unverständig war. Mit den Inquisitoren hatte er versucht, über biblische Aussagen zu sprechen und vor dem emotional veranlagten Wilhelm II. hatte er geweint – doch bisher war jeder Versuch gescheitert.

Wie könnte er Justus Santos erreichen?

Durch Gottes Gnade und dank der modernen Kommunikationstechnologie hatte er diesen Mann schon zu einem vergleichsweise frühen Zeitpunkt entdeckt und einiges über ihn in Erfahrung gebracht. Er konnte ihn nicht auf persönliche Schwächen ansprechen, denn der Ruf dieses Mannes war ebenso makellos wie sein Lebenslauf und alles, was Asher über sein Privatleben herausgefunden hatte, war nicht schlechter als das anderer Politiker. Auch die Schwächen der großen Kirchen waren kein geeigneter Ausgangspunkt für ein Gespräch, da Santos keiner Kirche zugeneigt war. Natürlich war es möglich, ihm die Parallelen zwischen seiner Person und dem Antichristen aufzuzeigen, aber das würde er unter Garantie nicht gut aufnehmen.

Oder er würde auf einen bestimmten Ansatz verzichten und einfach sein Anliegen vortragen, direkt und ohne Umschweife. So würde Claudia es wahrscheinlich machen.

In der Mittagspause ging er nicht mit seinen Kollegen zum Essen, sondern blieb am Schreibtisch sitzen und kritzelte kleine Karteikarten voll. Claudia würde dieses Verhalten sofort als Zeichen seiner Nervosität erkennen und sich fragen, ob das Ganze wirklich eine gute Idee war. Aber immerhin, sie hatte den Termin für ihn arrangiert. Eigentlich hatte er sich darauf eingestellt, noch Monate warten zu müssen, ehe sich die Gelegenheit zu einem Gespräch mit Santos bieten würde. Doch die Aussicht auf Erfolg war größer, je früher er ihn ansprechen konnte.

Um 13:55 Uhr fiel ein Schatten über seinen Schreibtisch. Als Asher aufsah, stand Claudia hinter ihm. Fragend hob sie eine Augenbraue.

Er ließ die voll geschriebenen Karteikarten in die Außentasche seines Jacketts gleiten. Auch wenn er sie wahrscheinlich nicht benutzen würde, war es doch beruhigend, sie bei sich zu tragen.

„Ich bin so weit."

Wie eigenartig, dachte er, während er hinter Claudia zum Fahrstuhl ging, *dass ich nervös bin und sie so ruhig ist.* Seit er sie zuletzt gesehen hatte, war etwas mit ihr geschehen. Ob es ihr mittlerweile egal war, was Santos von ihr dachte und welchen Schaden er ihrer Karriere zufügen konnte?

Schweigend stand er neben ihr im Fahrstuhl. „Bist du wirklich bereit?", fragte sie leise und sah ihn besorgt an, während sie eine Fussel von seiner Schulter schnippte.

Trotz seiner inneren Anspannung durchdrang ihn ein plötzliches Glücksgefühl. Ihre Gedanken waren bei ihm. Ihre Stimme verriet, wie groß ihre Besorgnis tatsächlich war, als sie flüsternd hinzufügte: „Ich werde direkt neben dir sein." Er nahm es mit verzweifelter Freude auf.

Bewusst konzentrierte Asher dann seine Gedanken wieder auf den großen Auftrag. Er flehte innerlich zu Gott, dass er ihm helfen möge, seine Aufregung zu überwinden. Die Fahrstuhltüren glitten auf, Asher trat hinaus und ging entschlossen auf Santos' Büro zu. Die blonde Sekretärin lächelte ihm kurz zu und nickte in Claudias Richtung. „Sehr schön, Sie sind ganz pünktlich. Bitte warten Sie einen Augenblick . . ." Sie stand auf und trat durch die Tür in den nächsten Raum. Sekunden später kam sie zurück und bat die beiden einzutreten.

Asher holte tief Luft, während eine Mischung aus Angst und Erwartung ihn erzittern ließ. Er schloss seine Augen und konzentrierte sich. *Allmächtiger Gott, auf diesen Moment habe ich so lange gewartet. Bitte berühre das Herz von Santos. Herr, bitte rede durch mich zu ihm.*

Als er die Augen wieder öffnete, sah er Claudias fragenden Blick. Zuversichtlich nickte er ihr zu, dann ging er ihr voran in den nächsten Raum.

Santos saß hinter seinem Schreibtisch, den Telefonhörer an sein Ohr gepresst, und sah aus dem Fenster. Asher blieb vor dem Schreibtisch stehen und wartete. Es war ihm unangenehm, hier zu stehen und dem Mann bei seinem Telefonat zuhören zu müssen, aber die Sekretärin hatte sie hereingeschickt.

Hinter sich hörte er, wie Claudia sich räusperte. Er drehte sich kurz zu ihr um und lächelte sie an, dann sah er schnell wieder nach vorne, da Santos' Sessel jetzt mit leisem Quietschen nach vorn geschwenkt wurde.

„Kümmer dich bitte darum", sagte Santos abschließend und legte den Hörer auf die Telefongabel. Er musterte Claudia kurz, lächelte und konzentrierte dann seinen Blick auf Asher. „Seien Sie beide willkommen. Bitte, Signor Genzano, nehmen Sie Platz, und berichten Sie mir alles, was Sie auf dem Herzen haben. Signorina Fischer sagte mir, sie hätten eine ungewöhnliche Idee in Bezug auf Global Unions zukünftige Rolle in der Weltpolitik."

Asher sah schnell noch einmal zu Claudia, während sie beide in die Besuchersessel sanken. Dann richtete er seinen Blick auf Santos und vergaß alles andere um sich her. „Vielen Dank für Ihre Zeit, Signor. Ich bin mir sicher, dass meine Worte Sie interessieren werden."

„Wenn ich kein Interesse daran hätte", sagte Santos, „dann wären Sie jetzt nicht hier."

Claudia lachte leise und Asher lächelte zurückhaltend. Wie ein Schwimmer, der ins kalte Wasser springt, nahm er mit einem tiefen Atemzug Anlauf. „Il Presidente, ich weiß nicht, ob Ihnen bekannt ist, dass ich in meiner Freizeit intensive historische Studien betreibe. Ich habe mich mit zahlreichen alten Schriften befasst, darunter auch die griechischen und hebräischen Originaltexte der Bibel."

Es lag immer noch ein Lächeln auf Santos' Gesicht, aber Asher entging nicht, wie seine Augen kälter wurden.

„Ferner ist Ihnen vermutlich nicht bekannt, Il Presidente, dass viele alte Propheten einen zukünftigen Herrscher ankündigen, der am Ende der Zeiten an die Macht kommen wird. Er wird ein charismatischer und intelligenter Mann sein, der aus dem alten Römischen Reich hervorgehen und sich an die Spitze des letzten großen heidnischen Weltreichs setzen wird."

Santos hob unwillig die Hand, seine Augen waren schwarz und glänzten wie Perlen. „Entschuldigen Sie, Signor, aber worauf wollen Sie hinaus? Ich sehe keinen Zusammenhang zu unserer Arbeit."

„Ich sprach von dem kommenden Weltherrscher. Für einige Monate werden die Regierungen aller Länder in ihm den großen Führer sehen und sich ihm unterordnen, doch dann wird sich herausstellen, dass er eine Schachfigur des Teufels ist. Il Presidente, ich fürchte, Sie sind dieser Mann." Asher hielt inne, um in die entstandene Stille hineinzuhören. Santos zeigte Augenblicke lang keine Reaktion, dann flackerte blankes Entsetzen über sein Gesicht, ähnlich wie Blitze über einen Sommerhimmel zucken.

Er beugte sich über den Tisch und fauchte Asher an: „*Sei pazzo*?"

Asher schüttelte bedächtig den Kopf. „Nein, ich bin nicht verrückt. Auch Signorina Fischer vermutete das zunächst, aber inzwischen weiß sie, dass ich die Wahrheit sage."

Santos warf Claudia einen glühenden, vernichtenden Blick zu. Dann lehnte er sich zurück, verschränkte seine Arme und wandte sich wieder an Asher.

„Ich selbst bin der größte aller Sünder", fuhr Asher jetzt eilig fort, „so kann ich heute nur in einer Haltung tiefster Demut vor Sie treten. Ich kam zu Unione Globale, weil ich diese Botschaft für Sie habe: Jeder Mensch muss Buße tun und von seinen bösen Wegen umkehren, nur dann wird er die Erlösung empfangen, die Jesus Christus ihm anbietet. Jeder, der sich von seinem Weg abkehrt, bekommt von Gott die Gabe des ewigen Lebens. Christus wurde als Mensch in diese Welt geboren und auf Golgatha hingerichtet. Damit lud er die Strafe für die Sünden aller Menschen auf sich. Jeder, der das im Glauben annimmt, ist erlöst. Gott wartet auf Ihre Entscheidung, und wenn Sie willens sind umzukehren, wird er Sie noch heute als seinen Sohn annehmen."

Santos schwieg. Reglos saß er da. Asher fühlte ihn wie eine kalte Hand, die über seinen Nacken strich.

„Danke, Signor Genzano“, sagte Santos schließlich und versuchte erst gar nicht, den Ärger in seiner Stimme zu unterdrücken, „Sie können gehen.“

Asher erhob sich und wandte sich zur Tür, Claudia wollte ihm folgen. Da ertönte Santos' schneidende Stimme: „Signorina, Sie bleiben!“

Asher trat durch die Tür ins Vorzimmer, dort drehte er sich noch einmal um und fing Claudias Blick auf. Wie ein gefangenes Tier sah sie flehend hinter ihm her.

29

Wie konnten Sie es wagen, mich so zu demütigen?"

Die Stimme meines erzürnten Chefs rollte über mich wie Donnerschläge. Nur mit äußerster Willenskraft konnte ich ein Zusammenzucken verhindern.

„Es lag nicht in Signor Genzanos Absicht, Sie in Verlegenheit zu bringen, Il Presidente." Ich sprach so schnell, wie mir die Worte in den Sinn kamen. „Er macht sich sehr viele Gedanken über Global Union . . . und über Ihre Seele." Ich sprach eilig weiter, bevor er etwas sagen konnte. „Asher ist ein zutiefst religiöser Mensch. Wir haben uns in den vergangenen Tagen sehr intensiv unterhalten, und ich kam zu dem Schluss, dass er wirklich nur das Beste für Sie und für Global Union im Sinn hat."

Santos' Gesicht war schneeweiß, nur zwei rote Flecken zeichneten sich auf seinen Wangen ab, als hätte ihn jemand ins Gesicht geschlagen. „Der Mann ist irre! Und Sie besitzen die Dreistigkeit, ihn in mein Büro zu schleppen!"

„Ich . . ." Zum ersten Mal seit vielen Jahren wusste ich nicht, was ich sagen sollte. Ich hatte mich völlig auf Ashers Fähigkeit verlassen, Santos von der Wahrheit seines Glaubens zu überzeugen. Andererseits hatte es eine ganze Weile gedauert, ehe Asher mich überzeugen konnte, und vielleicht würde Santos ähnlich viel Zeit brauchen.

Leider erweckte Santos nicht den Anschein, als wollte er Asher oder mir noch mehr Zeit einräumen und Gott schien auch kein Wunder tun zu wollen. Sein Gesichtsausdruck war erschreckend finster, als er mich jetzt ansah: „In einer Stunde endet Ihre Beschäftigung bei Global Union und ich erwarte, dass Sie bis dahin alle persönlichen Gegenstände aus Ihrem Büro entfernt haben. Geben Sie Ihren Ausweis an der Rezeption ab."

Die Worte trafen mich wie Peitschenhiebe. Es war das erste Mal in meinem Leben, dass ich irgendwo gefeuert wurde. Auch hatte mich noch nie ein Mensch mit einem solchen Blick angestarrt. Er sah mich an, als ekle er sich vor mir.

Ich hob mein Kinn. „Noch etwas?"

„Glauben Sie nicht, dass diese Angelegenheit damit erledigt ist. Ich werde dafür sorgen, dass Sie in Europa nie wieder Fuß fassen werden. Religiöser Fanatismus ist das Letzte, was wir hier gebrauchen können. Wir werden nicht zulassen, dass dieser Steppenbrand die internationale Friedenspolitik noch einmal vernichtet. Seit 2.000 Jahren versuchen wir, den Gestank der Religion abzustreifen, und da besitzen Sie die Unverschämtheit, diesen verrückten Fanatiker einzustellen und ihn seinen Unsinn sogar in mein Büro tragen zu lassen!"

Ich hätte nicht gedacht, dass ich so stark sein könnte, aber von irgendwoher kam die Kraft, ihm entgegenzuhalten: „Asher Genzano ist weder fanatisch noch verrückt. Er ist lediglich ein gläubiger Christ."

Santos' Blick umklammerte mich mit lähmender Kraft. „Gehe ich Recht in der Annahme, dass Sie sich auch zu diesen Verrückten zählen?"

Ich schluckte. „Ich wünschte, es wäre so."

„Dann *andate al diavolo* alle beide!"

Eilig stand ich auf und verließ den Raum, nickte der Blondierten mit steifem Nacken zu und ließ die gleißende Helligkeit des Foyers hinter mir. Während ich mit zitternden Knien auf den Fahrstuhl wartete, fragte ich mich, ob es tatsächlich erst eine Woche her war, seit mir dieser Mann Erfolg und Reichtum versprochen hatte.

*

Als Erstes suchte ich die Damentoilette auf und wusch mir Gesicht und Hände, dann ging ich in mein Büro und leerte alle Schubladen und Fächer, soweit sie Privates enthielten. Eilig stopfte ich mein Diktiergerät, die Bücher und Stifte in meine Aktentasche, dazu meinen Laptop und persönliche Akten. Auch das Foto von Kirsten und Travis nahm ich von der Fensterbank, hängte mir die schwere Tasche über die Schulter, sah mich ein letztes Mal um und verließ für immer mein Büro.

„Signorina Fischer?" Laura Casale kam aufgeregt hinter mir her: „Was ist denn los?"

„Ich gehe, Signora." Ich sah sie kurz an und deutete dann auf mein ehemaliges Büro. „Sollte ich etwas vergessen haben, würden Sie es mir bitte nachsenden? Ich werde Rom bald verlassen." Ich zog eine Visitenkarte aus der Handtasche. „Hier ist meine Anschrift in New York."

Die Personalchefin starrte mich wortlos an, während ich ihr meine Karte in die Hand drückte und mich mit meinen Taschen durch die Tür zwängte.

„Eines noch, Signora . . ." Ich drehte mich zu ihr um. „Haben Sie Signor Genzano in den letzten fünf Minuten gesehen? Ich möchte ihn kurz sprechen, bevor ich gehe."

Wortlos deutete sie auf den Fahrstuhl.

Im vierten Stock traf ich nur noch die Vorzimmerdame, von der ich erfuhr, dass Signor Genzano bereits gegangen war. Eilig bedankte ich mich. Ich wollte dieses Gebäude unbedingt verlassen, bevor sich meine wacklige Selbstbeherrschung in einer Flut von Tränen auflöste.

Das Adrenalin in meinem Körper reichte noch, um auch das Gespräch an der Rezeption zu überstehen, meinen Global-Union-Ausweis abzugeben und meinen Reisepass zurückzuverlangen. Der Portier ging ans Telefon und erkundigte sich, ob alles seine Richtigkeit habe, während er mich durch gesenkte Lider beobachtete. Augenblicke später erhielt ich kommentarlos meinen Ausweis zurück. Ich blätterte ihn kurz durch, um sicherzugehen, dass darin nichts geändert worden war, dann schob ich ihn in meine übervolle Tasche.

Der Zorn, den ich empfand, half mir, das Gebäude erhobenen Hauptes zu verlassen und trug mich noch zwei Querstraßen weiter, dann löste er sich in nichts auf. Kraftlos ließ ich mich im nächsten Café auf einen Stuhl fallen, bestellte ein Sandwich und eine Cola und zwang mich, das Sandwich zu verzehren, obwohl es nach nichts schmeckte. Während ich kaute, beobachtete ich geistesabwesend die vorbeiziehenden Menschen.

Eigentlich sollte ich froh sein, dass ich endlich aus dem Vertrag entlassen worden war. Schon in wenigen Tagen würde ich wieder in New York sein und zu meinem gewohnten Leben zurückkehren. Ich würde Kirsten besuchen und ihr beistehen. Ich konnte wieder nach Manhattan zurückkehren, mein Büro auf Vordermann bringen, einen neuen

Mitarbeiter einstellen und mein Terrain wieder gegen Elaine Dawson verteidigen. Endlich konnte ich Rorys Frau besuchen und ihr mein Beileid aussprechen. Sollte Santos mich doch in Europa unmöglich machen; ich hatte in New York genug zu tun.

Doch meine Gedanken kreisten unaufhörlich um diese Szene in Santos' Büro. Welch eine unwirkliche Situation! Aus Ashers Tagebuch wusste ich, wie mutig er sein konnte. Doch heute, als er Santos gegenübertreten sollte, sah ich bei ihm alle Zeichen von Nervosität. War er so aufgeregt, weil er sicher war, dem kommenden Antichristen gegenüberzustehen, oder war es die Spannung, die man erlebt, wenn man nach langem Warten endlich sein Ziel erreicht hat?

Warum war Santos' Reaktion so heftig ausgefallen? Warum hatte er sich Ashers Worte nicht ganz cool angehört und dann das Gespräch mit ihm höflich beendet? Ashers Befürchtungen waren schließlich nicht völlig aus der Luft gegriffen. Die Gefahren der Korruption und Bestechlichkeit umgaben Santos von allen Seiten, genau wie jeden Mächtigen in Politik und Wirtschaft. Waren es nicht Hunderte, die ähnlich wie jetzt Santos plötzlich an der Schwelle großer Macht standen, Könige, Diktatoren, Herrscher und Präsidenten – und die damit nicht umgehen konnten?

Während ich in der deutschen Geschichte nach Hinweisen auf die Legende des Ewigen Juden gesucht hatte, war ich auf ein Zitat von Hitler gestoßen, das auch von vielen anderen großen Herrschern hätte stammen können. Er nannte Jesus einen selbst ernannten Rabbi, dessen Lehre der Demut und Liebe ihn dazu gebracht hatte, seinen eigenen Lebenswillen zu verlieren. Hitler bezeichnete die christlichen Tugenden wie Vergebung, Selbstverleugnung, Schwachheit und Demut als „Saat der Dekadenz" und „als Verleugnung des Evolutionsprinzips, wonach der Stärkste, der Mutigste und Begabteste sich durchsetzen wird".

Hitler glaubte nicht an eine Realität außerhalb des Sichtbaren, ganz anders als Asher, der sich nach dem Tod sehnte und tatsächlich die Menschen beneidete, die sterben konnten, da er mit einem Leben nach dem Tod rechnete, das viel besser sein würde als das irdische Leben.

Wo war er? Aus mir selbst nicht erklärlichen Gründen machte ich mir Sorgen um ihn. Natürlich war er ein erwachsener Mann, der sehr gut für sich selbst sorgen konnte. Aber in der vergangenen Stunde hatte sich ihm endlich die Gelegenheit geboten, auf die er so lange hingearbeitet hatte – und der Versuch war fehlgeschlagen. Ashers Hoffnung, Santos würde von seinem fatalen Weg abweichen und sich auf die Seite des Guten schlagen, war nicht in Erfüllung gegangen. Stattdessen erklärte er Asher für verrückt und warf ihn aus seinem Büro. Vielleicht hatte Asher in seiner Aufregung die falschen Worte gewählt . . . oder Gott stand nicht hinter seinem Anliegen . . . oder Santos war blind für die Wahrheit . . . oder das Ganze war doch nur die Idee eines wahnhaft Gestörten. Allerdings interessierte mich die Antwort auf diese Fragen weit weniger als das Wohl meines Freundes.

Was würde er jetzt tun? Würde er weiterhin Santos auf den Fersen bleiben oder würde er nach einem anderen Kandidaten für den Antichristen suchen? Nein, Letzteres konnte ich mir nicht vorstellen. Er war sich so sicher, dass Justus Davide Santos der Antichrist werden könnte, dass er bestimmt nicht von dieser Überzeugung ablassen würde.

Allerdings würde er sich einen neuen Weg suchen müssen. Wenn Santos mich fristlos entlassen hatte, würde er Asher bestimmt nicht länger in seiner Organisation dulden. Wahrscheinlich hatte Signora Casale längst die Nachricht erhalten: *Entlassen Sie den Übersetzer und stellen Sie einen neuen ein. Treffen Sie alle Vorkehrungen, dass Asher Genzano unser Gebäude nie wieder betritt . . .*

Mit dem Pappbecher in der Hand und den schweren Taschen über der Schulter mischte ich mich wieder unter die zahlreichen Fußgänger. Ich ging zunächst in nördlicher Richtung, auf die Piazza della Rotonda und das Pantheon zu. Vielleicht hatte ich Glück und entdeckte Asher unterwegs in einem der Cafés.

Während ich so ging, packte mich plötzlich die Eifersucht. Zwar war Asher zu einem Leben verdammt, das er nicht leben wollte, aber zumindest hatte er einen Sinn für dieses Leben gefunden. Was war mit mir? Ich war in der Absicht nach Rom gekommen, auf internationaler Bühne zu beweisen, wie hervorragend ich Menschen einschätzen konnte. Aber das war nur mein persönlicher Ehrgeiz, der ohne Bedeutung für die übrige Menschheit war. Ganz anders Asher – er hatte sein ganzes Leben darauf ausgerichtet, der Menschheit zu dienen. Jeden Tag seines Lebens rang er darum, die Zeit der Gnade für die Menschen zu verlängern. Um anderer Leute willen hatte er Schmerzen, Einsamkeit und unermessliches Leid erduldet. Ich dagegen hatte all meine Energie in mein eigenes Emporkommen investiert.

Unvermittelt änderte ich meine Richtung und stieß dabei aus Versehen eine Frau an. „Scusi!", rief ich hinter ihr her und blieb stehen. Hatte Asher nicht gesagt, er würde gerne in den *Igiardini del Pincio* spazieren gehen, wenn er nachdenken wollte? Ich war noch nie in diesem Park gewesen, doch ich stand gerade an der Haltestelle der Buslinie, die genau dorthin fuhr. Auch zu meiner Wohnung würde es von dort aus nicht mehr weit sein, also stieg ich in den nächsten Bus und fuhr in Richtung Pincio.

Gedankenverloren starrte ich aus dem Fenster, bis wir zur Piazza del Popolo kamen, wo ich aussteigen musste. Obwohl es November war, leuchtete das Grün der hügelig angelegten Pincio-Gärten einladend zu mir herunter. Mit langen Schritten überquerte ich die Piazza und betrat den Parkweg, der auf den Hügel führte. Dabei suchten meine Augen überall nach Asher.

Der Weg führte mich zur Mitte des Parks, wo ich atemlos stehen blieb und den wunderschönen Ausblick bestaunte. Was für eine große, schöne, lebendige Stadt Rom doch war! Seit Jahrtausenden pulsierte in ihren Straßen das Leben . . .

Ich werde für immer dein Gott sein, auch wenn du alt und grau wirst. Ich habe dich geschaffen und ich sorge für dich. Ich werde dich hindurchtragen und zu Ehren bringen.

Die Worte schlichen sich leise in meine Gedanken, ich wusste weder, woher sie kamen, noch, warum sie plötzlich da waren, aber sie brachten eine Menge Trost mit sich.

Es musste schön sein, so wie Asher glauben zu können. Wie beruhigend musste es sein, wenn man sagen konnte, mein Leben hat einen Sinn, unabhängig von seiner Dauer, und wenn man wissen konnte, Gott hat alles in seiner Hand, egal, was auch immer geschehen mochte.

Wenn ich auch so glauben könnte, dann wäre es vielleicht einfacher, den Tod von Rory und von Kirstens Baby zu verkraften. Natürlich trauerten auch die Gläubigen um ihre Toten, aber zumindest hatten sie die Hoffnung, eines Tages wieder mit ihnen zusammen zu sein.

Doch aus irgendeinem Grund hatte Gott sich bisher geweigert, Ashers Seele in den Himmel zu lassen . . . warum? Musste er wirklich leben, bis der Antichrist an die Macht kam? Oder musste er vielleicht sogar meinetwegen weiterleben?

Eine steinerne Bank am Wegesrand lud mich zum Verweilen ein, während ich meinen Blick weiter über die Stadt schweifen ließ. Ein leichter Wind strich raschelnd durch die Baumwipfel. Ich seufzte tief. Eines, was ich von Asher gelernt hatte, war, über mich hinauszusehen und auch Dinge in mein Denken einzubeziehen, die außerhalb meines bisherigen Horizontes lagen. Er hatte mir den Blick für eine Welt geöffnet, die weit zurück in der Geschichte begann und sich bis in die Zukunft erstreckte, ähnlich weitläufig wie die Stadt zu meinen Füßen. Für Asher war alles Teil des großen göttlichen Planes. Am Anfang hatte Gott den Menschen geschaffen, in der Mitte der Zeit sandte er den Sohn, der für alle anderen litt, und am Ende der Zeiten würde er alles in seiner Gerechtigkeit zu einem guten Ende führen. Und durch die gesamte Geschichte der Menschheit zog sich wie ein roter Faden die Liebe Gottes zu seinen Geschöpfen.

Ein Lächeln spielte um meine Lippen, als ich mir vorstellte, dass Gott schon immer gewusst hatte, was für eine harte Nuss ich war. Zuerst schickte er Rory in meine Welt, der ein unauffälliges und stabiles Glaubensleben führte. Als das bei mir kein Interesse hervorrief, führte er mich zu der einzigen Person auf Erden, die mich in einen Zwiespalt zwischen meiner Beobachtungsgabe und meinem Verstand bringen konnte. Nach allem, was ich gesehen und gehört hatte, sprach Asher die reine Wahrheit, nur mein Verstand konnte das nicht akzeptieren. Mit diesem Konflikt zwischen Beobachten und Begreifen konnte ich froh sein, dass ich selbst noch keinen Psychiater brauchte.

Hinter mir ging langsam die Sonne unter, hatte aber die Spitzen der Pinien oben auf dem Hügel noch nicht erreicht. Ich beobachtete, wie die Schatten länger wurden, und seufzte wieder.

So sehr hat Gott die Welt geliebt, dass er seinen eingeborenen Sohn gab.

Woher stammte dieses Zitat doch gleich? Vielleicht hatte ich es in der kleinen Kirche gehört, in der Kirsten und ich als Kinder getauft worden waren. Ich hatte immer gedacht, ich sei ein Christ. Waren nicht alle Amerikaner Christen? Nein, es war wohl doch noch etwas anderes dabei ...

Ich hob mein Gesicht zum Himmel und schloss die Augen. „Gott – Signor Pace hat gesagt, du schenkst mir Erlösung, wenn ich dich darum bitte. Ich bitte dich jetzt darum. Ich weiß nicht, was ich sonst noch sagen oder tun muss, aber nachdem ich mich entschlossen habe, Asher zu glauben, will ich jetzt auch an dich glauben."

Als ich die Augen wieder öffnete, stand ein kleiner Junge vor meiner Bank, hatte einen Finger im Mund und sah mich mit großen, neugierigen Augen an.

„Ich glaube jetzt", sagte ich zu dem kleinen Jungen.

Das Kind drehte sich um und lief zurück zu seiner Mama.

Ich schlüpfte in meine Jacke und betrachtete den Horizont. Nach vielen Jahren der Leere und des Suchens hatte ich endlich das Gefühl, nach Hause gekommen zu sein.

30

Zurück in seiner Wohnung warf Asher sein Jackett aufs Sofa und seufzte. Wie gerne hätte er auch seine Niederlage einfach ausgezogen und zur Seite gelegt. Frustriert ging er zu seinem Schreibtisch und schlug sein Tagebuch auf. Der Wind strich durchs Fenster, er öffnete seinen Füller und verarbeitete sein Versagen auf die einzige ihm vertraute Art.

Heute habe ich mit Justus Santos gesprochen, aber er hörte nicht auf mich. Möge Gott mir vergeben, wo es mein Fehler war, doch ich fürchte, sein Herz war der Wahrheit gegenüber schon verstockt, bevor ich überhaupt zu reden begann. Für ihn zählt nur sein Ehrgeiz und seine eigene Vernunft.

Was soll ich jetzt tun? Ich war mir so sicher, ihn im Gegensatz zu seinen Vorgängern rechtzeitig entdeckt zu haben.

Mein Gott, habe ich dich wieder enttäuscht? Meine Hand trägt immer noch die Narbe deiner Dornenkrone. Muss ich die Wunde deines Missfallens für immer tragen? Ich weiß, du hast mich verflucht. Meine Wut und mein Stolz waren ein Gräuel für dich, ich habe das Lamm Gottes beleidigt, das im Begriff war, sein Leben für eine sündige Welt hinzulegen.

Warum kann Santos die Wahrheit nicht erkennen? Er lebt mitten in der Heiligen Stadt, er geht über die Straßen, auf denen vor ihm schon so viele Heilige gingen, doch seine inneren Augen sind blind für das Evangelium. Er ist ein Anti-Christ, zumindest in seinem Handeln und in seiner Haltung.

Möge er nicht der eigentliche Antichrist sein, das ist mein Gebet. Gleichzeitig bin ich mir fast sicher, dass er es ist. Nie war die Zeit so reif für das zweite Kommen Christi. Herr, du sprachst von Kriegen und Kriegsgeschrei, von Hungersnöten, von Erdbeben, Tod und Zerstörung. All das kann ich täglich beobachten.

Allmächtiger Gott, ich glaube zu erkennen, dass die Zeit des Leidens der Menschheit sich ihrem Ende nähert. Mir gehen die Worte schwer über die Lippen und ich kann die Menschen dieser Generation nicht mehr mit meinem Wissen beeindrucken. Ihre Gedanken sind voll unnützer Dinge, sie nehmen Bilder und Klänge von allen Ländern der Welt auf. Sie sind immer in Eile, sie kommunizieren per Telefon und E-Mail, in einer Minute können sie mehr Information verarbeiten, als früher ein Schreiber in einem Jahr notieren konnte. Dennoch bringen sie nichts hervor, was für die Ewigkeit Bestand hätte oder den Lauf der Welt beeinflussen könnte.

Ich werde das Gefühl nicht los, heute versagt zu haben. Justus Davide Santos ist mit großer Wahrscheinlichkeit der Mann, der die Weltherrschaft antreten wird, sobald deine Gemeinde die Erde verlassen hat. Ich habe mit ihm gesprochen und konnte ihn doch nicht dazu bringen, sich die Wahrheit anzuhören.

Wirst du schon bald wiederkommen, Herr? Deine Kinder würden jubeln, wenn sie mit dir in den Himmel gehen dürften, aber für alle anderen Menschen würde großes Leid anbrechen. Die vielen, die in geistlicher Finsternis leben, wären verloren. Heiliger Gott, um ihretwillen bitte ich dich um Erbarmen. Bitte verzögere dein Kommen. Um ihretwillen, halte deinen gerechten Zorn noch eine Generation lang zurück. Um ihretwillen – hilf mir, Justus Santos aufzuhalten.

Asher legte seinen Füller zur Seite und schloss die Augen. Ein Gedanke durchzuckte ihn, den er nicht in sein Tagebuch zu notieren wagte, den er auch nicht laut aussprechen wollte. Vielleicht kam er direkt aus der Hölle, doch angesichts der großen Niederlage des heutigen Tages schien dieser Gedanke die einzige Alternative zu sein.

Sollte er jetzt einfach den Dingen ihren Lauf lassen und mit ansehen, wie Justus Santos seine Organisation zur Weltmacht führte? Schon jetzt umspann Global Union wie eine riesige Krake jede Nation der Welt. Bei den Einsätzen in Brüssel war deutlich geworden, dass Santos kein Ehrenmann war. In seiner Machtgier unterschied er sich nicht von Napoleon, Wilhelm II. oder Hitler. Es war nur noch eine Frage der Zeit . . .

Asher öffnete seine Augen und fuhr sich durchs Haar. Zur Zeit des Alten Testamentes war es dem Volk Gottes erlaubt, seine Feinde zu töten, an einigen Stellen verlangte Gott es sogar, um das Land vom Götzendienst zu reinigen. Lag hier nicht eine ähnliche Situation vor?

Der Antichrist würde die ganze Welt zum Götzendienst anleiten und sich selbst als Gott verehren lassen; so stand es in der Heiligen Schrift. Er würde ein Standbild von sich selbst im Tempel in Jerusalem aufstellen. Wer sich weigerte, dieses Bild anzubeten, würde hingerichtet werden. So würden unzählige Menschen sterben, ähnlich wie damals zur Zeit der Inquisition . . .

Asher hatte keine Zeit zu verlieren. Selbst wenn Gott ihn nicht dabei beschützen würde, er musste handeln . . . um der vielen willen, die noch in der Entfernung von Gott lebten.

Entschlossen öffnete er noch einmal seinen Füller und ergänzte seinen Eintrag mit zusammengepressten Lippen.

Gib mir die Kraft, allmächtiger Gott, und führe meine Hand. Hilf mir, die Menschheit von diesem Mann zu befreien, der sie in Tod, Zerstörung und Elend führen würde.

Danke, Vater, für deine Barmherzigkeit. Mögest du morgen auch die dunkle Seele von Justus Santos mit Barmherzigkeit empfangen.

Asher ließ seinen Füller sinken, wartete, bis die Tinte getrocknet war, und schloss dann das Buch. Im trüben Schein der Schreibtischlampe ging er bedächtigen Schrittes in sein Schlafzimmer, kniete vor seinem Kleiderschrank nieder und öffnete die unterste Schublade. Unter einem Stapel von Pullovern, die den Geruch von Wolle und Mottenkugeln verströmten, zog er einen in grauen Filz gewickelten Gegenstand hervor, der sorgfältig mit Lederriemen verschnürt war.

Er trug das Bündel zu seinem Bett, entfernte die Riemen und schlug den Filz auf. Eine röhrenartige Waffe kam zum Vorschein.

Asher starrte lange auf das olivgrüne Metall, dann machte er sich langsam wieder mit den Formen und Funktionen vertraut. Seit 1959 hatte er diese Waffe nicht mehr ausgepackt. Kurz nach der Ermordung des ukrainischen Dissidenten Stefan Bandera war sie ihm in die Hände gefallen. Asher kannte weder Bandera noch seinen Mörder, einen KGB-Offizier namens Stashinsky, aber in jener schneereichen Nacht in München stand Asher verborgen im Schatten eines Hauses, als der Russe aus einem Schacht kletterte und das in Filz gewickelte Paket in einen Mülleimer warf. Der Offizier verschwand in der Dunkelheit und Asher barg das Bündel aus dem Müll.

Erst eine Woche später las er in den deutschen Zeitungen vom Mord an Stefan Bandera. Er war mit einer sowjetischen Gaswaffe hingerichtet worden. Es handelte sich dabei um eine Art von Pistole, die statt einer Kugel eine Ampulle mit Säure enthielt. Drückte man ab, platzte die Ampulle, die Flüssigkeit ging in einen gasförmigen Zustand über und aus einem kleinen Loch im Gewehrlauf trat das tödliche Gas. Augenzeugen berichteten, Bandera sei tot zu Boden gefallen, nachdem der KGB-Offizier sich ihm genähert und eine zusammengerollte Zeitung auf sein Gesicht gerichtet habe.

Während es draußen dunkel wurde, betrachtete Asher die Waffe. In der Umhüllung aus Filz war sie sauber und trocken geblieben, auch konnte er an keiner Stelle Rost entdecken. Zwischen dem Abzugshahn und der Rohrmündung war ein Gummiring befestigt, der etwas spröde geworden war. So musste man mit einem deutlichen Rückstoß rechnen.

Vorsichtig drehte Asher den Lauf und nahm das Magazin heraus. Eine einzige Patrone lag darin, an deren vorderem Ende die tödliche Gasampulle befestigt war.

Im Gewühl einer belebten römischen Straße würde kaum jemand die Begegnung von Täter und Opfer registrieren oder das leise Geräusch des Schusses hören können. Vermutlich war in den letzten 40 Jahren keine solche Waffe mehr im Einsatz gewesen und die Gerichtsmediziner würden als Todesursache nur Herzversagen feststellen.

Der Gedanke, einen Mord zu begehen, war wie ein Felsbrocken in den ruhigen See seines ansonsten friedliebenden Lebens gefallen und sandte Wellen der Angst in alle Richtungen. Aber was blieb ihm anderes übrig? Gott hatte ihm die Möglichkeit gegeben, mit Justus Santos zu reden, doch dieser hatte das Angebot der Gnade verschmäht. Wenn Asher jetzt nicht eingriff, konnte Santos als Weltherrscher eine blutige Inquisition in Gang setzen, die alles an Grausamkeit übertreffen würde, was die Menschheit bis dahin erlebt hatte.

Seine Hände waren schweißnass, aber sein Kopf war klar. Nur er konnte Santos aufhalten und der Erde eine weitere Zeitspanne der Gnade erwirken.

Er wischte seine Hände an den Hosenbeinen trocken, dann legte er das Magazin vorsichtig zurück in den Lauf.

31

Claudia.

Ich öffnete die Augen, doch es war stockdunkel. Angst durchzuckte mich. War jemand durch mein Fenster gestiegen? Hatte ich vergessen, die Tür abzuschließen? Reglos lag ich im Bett, den Kopf gehoben, alle Muskeln angespannt, aber außer dem Verkehr auf der Straße war nichts zu hören.

Langsam legte ich meinen Kopf ins Kissen zurück und seufzte erleichtert. Der zurückliegende Tag war doch sehr anstrengend gewesen, der Heimweg lang und gedankenvoll. Asher hatte ich nirgendwo in den *Igiardini del Pincio* entdecken können. Da meine Wohnung nur ein paar Straßen von dem Park entfernt lag, war ich heimgegangen, hatte gebadet, eine Pizza gegessen und mich schlafen gelegt.

Ich schloss die Augen und rieb mir den Bauch. Vielleicht war die Pizza nicht in Ordnung gewesen?

Dann rollte ich mich auf der Seite zusammen und bemühte mich, wieder einzuschlafen. Als ich mich gerade in dem grauen Dämmerzustand zwischen Wachsein und Schlafen befand, hörte ich erneut diese Stimme, so eindringlich und fremd wie beim ersten Mal:

Claudia.

Erschrocken fuhr ich hoch, zog die Decke bis ans Kinn und flüsterte: „Wer ist da?“ Ich versuchte, die Dunkelheit mit meinen Augen zu durchdringen, doch außer den grünen Ziffern 12:15 auf meinem Wecker war nichts zu erkennen. Adrenalin schoss in meinen Blutkreislauf. Aus der Etage über mir drang ein Geräusch, kurz darauf ging die Toilettenspülung und es rauschte in den Rohren in der Wand.

Dann wieder nichts. Wieder legte ich mich zurück, doch jetzt hielt ich mit einer Hand das Kissen auf mein Ohr, mit der anderen Hand zog ich mir die Decke bis zur Nase. Für den Fall, dass doch ein Einbrecher in meiner Wohnung war, konnte ich nur hoffen, dass er mit meinem Laptop und meiner Brieftasche verschwinden und mich in Ruhe lassen würde. Ich wollte ihn nicht stören, sondern mich einfach schlafend stellen.

Aber es war bestimmt niemand da.

Ich hatte den Eindruck, noch lange wach gelegen zu haben, ehe ich wieder in einen unruhigen Schlaf fiel. Die Eindrücke des Tages mischten sich mit zusammenhanglosen Traumfetzen. Ich sah Asher, wie er vor Santos stand, dann die vor Wut blitzenden Augen von Santos, die Parkanlage auf dem Hügel, der weite Blick über die Stadt im purpurfarbenen Licht der untergehenden Sonne. Plötzlich brannte die ganze Stadt, orange und rot schlugen die Flammen aus den alten Gebäuden und dann sah ich Santos, zehn Meter groß, wie er mit einem Fuß auf dem Dach der Global-Union-Zentrale stand, mit dem anderen auf dem benachbarten Bürokomplex.

„Ich bin nicht verrückt!", schrie er und streckte seine Faust in den grauen Himmel. „Ich bin der Antichrist!"

Ich saß auf der Steinbank im Park und beobachtete ihn voller Angst. Ein Schrei des Entsetzens wollte aus meiner Kehle brechen, doch ich presste die Hände auf den Mund und hielt ihn zurück . . .

Claudia.

Es war nicht einfach, aus diesem Alptraum zu erwachen. Nur mühsam kämpfte ich mich an die Oberfläche, hin zu der sanften, nachdrücklichen Stimme, die ich gehört hatte. Endlich war ich wach. Ich schlug die Augen auf und konnte keine Veränderung in meinem Zimmer feststellen. Vor Dankbarkeit, an diesem sicheren, friedlichen Ort fernab meines Alptraums sein zu können, rannen mir Tränen der Erleichterung über die Wangen.

Die lange vergessene Erinnerung an eine dunkle Nacht in meiner Kindheit stand mir plötzlich wieder vor Augen. Ich schlief im Haus meiner Großmutter in einem großen Messingbett, dessen Stäbe mich an ein Gefängnis erinnerten. Als etwas an meinem Fenster vorüberflog und sein Schatten über die Wände des Zimmers huschte, schrie ich vor Angst. Großmutter eilte herbei, nahm mich auf den Schoß, strich mit der Hand über mein Haar und redete sanft auf mich ein. Als ich mich wieder beruhigt hatte, begann sie mir die Geschichte eines kleinen Jungen zu erzählen, der nachts immer wieder wach wurde, weil er seltsame Geräusche hörte. Schließlich wurde ihm gesagt, es könnte auch die Stimme Gottes sein, die ihn weckte, und so sagte er, als er zum dritten Mal seinen Namen hörte: „Rede Herr, dein Knecht hört."

Daraufhin sprach Gott zu ihm.

Ich bekam eine Gänsehaut. Reglos saß ich in meinem Bett. Dann ließ ich die Decke sinken und legte die Arme darauf. Alles war ganz ruhig. Mein Wecker zeigte 01:16 Uhr. Äußerlich hatte sich nichts verändert, aber ich war jetzt bereit, mich auf das Unbekannte und Unwahrscheinliche einzulassen.

„Rede Herr", meine Stimme klang rau und brüchig, „deine Magd hört."

Ich kann nur schwer wiedergeben, was dann geschah. Die Stimme war nicht hörbar und auch in meiner sichtbaren Umgebung blieb alles unverändert. Dennoch wusste ich, dass Gott jetzt zu mir sprach. Es war das erste Mal in meinem Leben, dass ich so etwas erlebte. Die Atmosphäre schien von Engelsflügeln bewegt zu sein und mein Herz glühte vor Freude über das Wissen: Ich war sein geliebtes Kind, dem er einen Auftrag anvertraut hatte. Die Aufgabe war einfach, und als ich mich einen Augenblick später wieder zum Schlafen legte, wusste ich, dass ich sie gehorsam ausführen würde.

Sobald es hell werden würde, sollte ich mich beeilen, Asher zu finden. Er würde mich brauchen.

32

Ein Lieferwagen rumpelte über die Straße vor Ashers Fenster und riss ihn aus dem Schlaf. Schlagartig war er hellwach. Einen Augenblick lang hoffte er, die Ereignisse des vergangenen Tages wären nur ein schlechter Traum gewesen. Doch als er die Beine aus dem Bett schwang und seine Füße den kalten Steinfußboden berührten, hatte die Erinnerung ihn wieder eingeholt. Mit einem Blick überzeugte er sich: Dort auf seinem Schreibtisch lag die Waffe, genau an der Stelle, wo er sie gestern Abend hingelegt hatte.

Er schlüpfte in seine Hausschuhe, nahm den Morgenmantel vom Fußende seines Bettes und schlang zitternd vor Kälte den Gürtel um seine Taille. Während er durch das Wohnzimmer in den Flur ging, strich er sich mit den Fingern durch das dichte Haar, dann öffnete er die Wohnungstür und nahm die Zeitung vom Boden, die wie jeden Morgen auf seiner Fußmatte lag.

Einen Moment lang sah er sie nachdenklich an. Mit dieser Zeitung wollte er seine Waffe tarnen, genau wie es damals der sowjetische Schütze getan hatte. Hätte Gott seinen Plan vereiteln wollen, hätte er einfach die Zustellung der Zeitung verhindern können.

Er setzte die Kaffeemaschine in Gang, lehnte sich gegen den Küchenschrank, verschränkte die Arme und sah wartend zu Boden. Was wohl aus seinem gemütlichen kleinen Zuhause werden würde? Ob er es jemals wieder sehen würde? Es gab verschiedene Möglichkeiten, wie dieser Morgen enden könnte: Entweder er würde Erfolg haben und verhaftet werden, oder er würde keinen Erfolg haben und trotzdem verhaftet werden, oder er würde Erfolg haben, entkommen und später verhaftet werden. In dieser technisch hoch entwickelten Welt war es mittlerweile fast unmöglich, ein Verbrechen zu begehen und damit davonzukommen. Falls Santos den Anschlag überlebte, würde er wissen, dass Asher auf ihn zugegangen und eine Waffe gegen sein

Gesicht gerichtet hatte. Also konnte er so gut wie sicher sein, dass er heute zum letzten Mal in dieser Wohnung aufgewacht war.

Eine schreckliche Angst drängte sich in sein Bewusstsein. Vielleicht war es gar nicht *möglich*, Santos zu töten? Zwar war er bei seinem Forschen in der Heiligen Schrift zu dem Ergebnis gekommen, der Antichrist würde ein sterblicher Mensch sein. Andererseits war es nicht ausgeschlossen, dass die Macht des Bösen den Antichristen auf eine ähnliche Weise vor dem Tod bewahrte, wie die Kraft Gottes ihn selbst am Leben erhielt.

Er ballte die Hand zur Faust. In all den Jahren, seit er seine Tat bereut und sich zu Christus bekehrt hatte, war Asher immer darauf bedacht gewesen, nicht zu lügen, zu stehlen oder jemandem Schaden zuzufügen. Doch jetzt befand er sich in einer Situation, die mit nichts zu vergleichen war. Bei allen früheren Versuchen war er sich nie ganz sicher gewesen, ob er vor der richtigen Person stand. Gestern jedoch hatte er keine Zweifel mehr gehabt. Als Asher den Namen Jesus erwähnte, stand die Angst nur zu deutlich in Santos' Augen. Warum sollte ein Mensch den Erlöser so fürchten, es sei denn, er hatte seine Seele bereits *Il Diavolo* zur Verfügung gestellt?

Asher holte tief Luft. Sein Puls raste. Er würde seinen Plan ausführen, auch wenn er dieses Mal mehr zu fürchten hatte als in der Vergangenheit. Seit seiner ersten Hinrichtung hatte er gelernt, Schmerzen zu ertragen. Sie waren nur von vorübergehender Dauer, ehe die Erinnerung an sie verblasste und sie schließlich in Vergessenheit gerieten. Doch in Italien war seit 1947 kein Gefangener mehr hingerichtet worden und 1994 wurde die Todesstrafe abgeschafft. Wenn Asher heute verhaftet und wegen versuchten Mordes angeklagt wurde, würde er zu lebenslanger Haft verurteilt werden. Wenn Jesus seine Wiederkunft verzögerte, bedeutete das für ihn . . .

„Für immer", flüsterte er und alles verschwamm vor seinen Augen, „für immer ein Gefangener."

Er stützte sich schwer auf den Küchenschrank; die Angst wurde immer größer. Sein Entschluss geriet ins Wanken. Sollte . . . musste er diesen Plan wirklich ausführen? Bisher war sein Leben dadurch erträglich gewesen, dass er immer wieder einen Weg zurück in die Freiheit gefunden hatte. Doch nun sollte er sein unsterbliches Leben hinter Gittern fristen . . . Was würde er als Gefangener ausrichten können, wenn das Böse überhand nahm und die Zeit der Verfolgung und des göttlichen Gerichts anbrach? Natürlich hoffte Asher, dass er mit den anderen Gläubigen zusammen entrückt werden würde, aber er war sich nicht sicher. In der Tiefe seiner Seele fühlte er sich nicht würdig. Er war ein Sünder, der elendste aller Sünder, auch wenn er rund dreißig Leben damit verbracht hatte, für seine Tat zu büßen. Es schien keinen Weg zu geben, sein Verbrechen zu sühnen.

Verzweifelt schlug Asher die Hände vors Gesicht. Mit einem fast unmenschlichen Seufzen sank er auf die Knie. Er schluckte schwer an all den unterdrückten Schreien und Protesten und ergab sich schließlich erneut in sein unmenschliches Schicksal. Sollte er heute Erfolg haben, würde er wieder Zeit gewinnen für eine in geistlicher Finsternis verlorene Welt.

Er war bereit, den Rest seines unendlichen Lebens im Gefängnis zu verbringen. Er würde den vollen Preis für seine Sünde bezahlen und alles tragen, was Gott ihm auferlegte.

Weniger konnte er nicht tun.

33

Ich schlief tief und fest, bis ich um sechs Uhr plötzlich hochschreckte. Meine ersten Gedanken galten Kirsten, dann erinnerte ich mich schlagartig daran, dass ich heute Morgen etwas vorhatte. Asher brauchte meine Hilfe.

Schnell glitt ich aus dem Bett und ging unter die Dusche. Zwanzig Minuten später warf ich einen letzten prüfenden Blick in den Spiegel. Asher brauchte mich. Der Satz ging mir nicht mehr aus dem Kopf. Dabei hatte ich keine Ahnung, was mit ihm los war oder wo ich ihn suchen sollte. Aber von Minute zu Minute wurde der Drang, ihn zu suchen, intensiver. Nie zuvor hatte ich ein vergleichbares Gefühl gehabt.

Während ich in größter Eile nach Jacke und Tasche griff und aus meiner Wohnung stürmte, war mir klar, dass Kurt jetzt sagen würde, ich sei dem gleichen Wahn verfallen wie mein italienischer Freund.

Es war ein kalter, klarer Tag. Ich hielt ein Taxi an und bat den Fahrer, mich zur Piazza della Rotonda, gegenüber vom Hotel Sole al Pantheon, zu bringen. Mit einem Blick auf die Uhr stellte ich fest, dass es gerade halb acht war. Die Fußgänger drängten sich schon auf den Straßen, Autos und Motorräder stauten sich und von der Stille, die noch vor einer Stunde geherrscht hatte, war nichts mehr zu spüren.

Ich drückte mich gegen die Rückbank und versuchte, meine Gedanken zu ordnen. Was würde Asher jetzt tun, nachdem das Gespräch mit Santos gescheitert war? Aus seinem plötzlichen, grußlosen Verschwinden gestern schloss ich, dass es ihm nicht gut ging. Ich hatte gestern Abend noch versucht, ihn anzurufen, doch er war nicht erreichbar gewesen.

Wir waren am Ziel. „Bitte halten Sie hier." Ich beugte mich nach vorn und tippte dem Fahrer auf die Schulter. *„Ah, si fermi quì, per favore*", versuchte ich es auf Italienisch.

Der Fahrer grinste mich über die Schulter an und deutete wortlos auf das Taxameter. Ich gab ihm eine Hand voll Münzen, ohne das Geld zu zählen. Auf dem Platz saßen jede Menge Leute an Tischen und auf Bänken und genossen die Morgensonne mit einer Tasse Espresso in der Hand. Doch Asher war nicht unter ihnen.

So folgte ich weiter diesem inneren Drang und durchquerte schnellen Schrittes das Foyer des Sole al Pantheon. Eine schicke junge Dame im blauen Blazer sah mich fragend an.

„Ist Signor Genzano zu Hause?", versuchte ich es auf Englisch und rang nach Atem. „Würden Sie ihn bitte anrufen?"

Sie hob eine Augenbraue und fragte sich vermutlich, ob Signor Genzano so früh am Morgen eine atemlose Amerikanerin empfangen wollte, doch sie ging kommentarlos zum Telefon. Bald kam sie zurück: „Signor Genzano nimmt nicht ab. Möchten Sie ihm eine Nachricht hinterlassen?"

„No, grazie."

Ich trat einen Schritt zur Seite und rieb mir die Stirn. Was nun? Asher war gestern sehr schnell gegangen. Vielleicht wusste er noch gar nicht, ob er entlassen worden war. Zumindest hatte er sich gestern nicht mehr die Zeit genommen, seinen Schreibtisch auszuräumen. Vielleicht war er gerade auf dem Weg zu Global Union? Das Büro öffnete zwar erst um neun Uhr, aber möglicherweise wollte er Signora Casale gleich als Erster abfangen und sie bitten, ihn nicht zu entlassen?

Die Personalchefin kam oft schon früher, genau wie Santos und Reverend Synn. *Vielleicht suchte Asher eine zweite Begegnung mit Santos?*

Noch nie war mir der Weg zu Global Union so lang erschienen. Ich ging schnellen Schrittes, drängte mich an den Langsameren vorbei und hielt ständig Ausschau nach Asher. Die meisten Männer hatten dunkles Haar und einen ähnlichen beigen Mantel wie er ...

Als ich um die Ecke bog und in die Via delle Botteghe Oscure kam, sah ich ihn. Er saß auf einer Bank vor dem Roten Palast, nicht weit von den gläsernen Türen. In der rechten Hand hielt er einen dampfenden Pappbecher, unter dem linken Arm klemmte eine zusammengerollte Zeitung. Er wirkte entspannt und zufrieden und schien darauf zu warten, dass es neun Uhr wurde.

Erleichtert verlangsamte ich meinen Schritt. Es lagen noch rund hundert Meter zwischen uns, aber ich konnte die ganze Straße überblicken. Von Signora Casale, Santos oder Synn war noch nichts zu sehen. Ich würde Zeit haben, mit Asher zu sprechen und ihn zu beraten, falls er tatsächlich vorhatte, einen von ihnen anzusprechen.

Ich musste über mich selbst lachen. Asher war einer der sanftesten Menschen, denen ich je begegnet war. Wie kam ich dazu, mir solche Gedanken um ihn zu machen?

Eine lange, dunkelblaue Limousine mit getönten Scheiben fuhr an mir vorbei, rollte langsam auf den Roten Palast zu und blieb vor dem Haupteingang stehen. Der Chauffeur stieg aus und räkelte sich verschlafen. Ich erkannte Angelo Mazzone.

Mein Herz begann, schneller zu schlagen. Ich lief auf Asher zu, doch er sah mich nicht. Behutsam stellte er seinen Becher auf die Bank, erhob sich langsam und nahm die Zeitung in beide Hände. Er stand jetzt vor der Bank und hielt mit einer Hand das von ihm weggerichtete Ende der Rolle, mit der anderen Hand machte er sich an dem körpernahen Ende zu schaffen.

Etwas stimmte nicht. Ich hatte noch nie einen so entschlossenen Ausdruck in Ashers Gesicht gesehen. Normalerweise waren seine Hände entspannt und ruhig, während sie jetzt krampfhaft mit der Zeitungsrolle hantierten.

Panik erfasste mich. Ich rannte los und begann Ashers Namen zu rufen, aber er schien mich nicht zu hören. Seinen Blick fest auf das Auto gerichtet ging er gemessenen Schrittes auf die hintere Tür zu, die Angelo gleich öffnen würde. Im nächsten Augenblick würde er vor der Person stehen, die jetzt auf der Rückbank saß.

Ein leiser Schrei kam aus meinem Mund, als Angelo die rückwärtige Tür weit öffnete und Il Presidente aus dem Wagen stieg. Er sah sich um, da war Asher schon bei ihm. Die Zeitungsrolle war nur noch Zentimeter von Santos' Gesicht entfernt.

Mein leerer Magen wollte verrückt spielen. Ich blieb mitten auf der Straße stehen und schrie aus Leibeskräften. Mein Schrei erfüllte die ganze Straße und übertönte den Lärm der vorbeifahrenden Fahrzeuge und das Hupen derer, denen ich im Weg stand. Santos, Angelo und Asher fuhren gleichzeitig herum, zusammen mit etwa tausend Italienern, die mich alle anstarrten. In Santos' Gesicht sah ich blanke Überraschung, vermischt mit Angst, Asher starrte mich an, als hätte er mich noch nie zuvor gesehen. Einen Moment lang war es ganz still, dann fiel Angelos Blick auf die Zeitung in Ashers Hand.

Noch ehe ich Luft holen konnte, lag Asher mit dem Gesicht nach unten auf der Straße, die Arme auf dem Rücken. Der Global Union-Pförtner kam angerannt und hob die Zeitungsrolle vom Boden auf. Die Waffe wurde sichtbar, ein altertümliches, grünes Metallrohr.

Santos verschwand im Wageninneren, der Pförtner zog eine Pistole und hielt sie mit beiden Händen gegen Ashers Kopf. Angelo kniete auf Ashers Rücken und beschimpfte ihn.

Ich stolperte zurück, lehnte mich gegen eine Hauswand und atmete schwer. Mein Verstand wollte nicht glauben, was sich vor meinen Augen abspielte. Asher hatte versucht, Santos umzubringen. Ich hatte keine Ahnung, was für eine Waffe er da in der Zeitung hatte, aber der Reaktion des Chauffeurs und des Pförtners nach zu urteilen schien sie gefährlich zu sein. Nur mein Schrei hatte Asher davor bewahrt, seinen Plan auszuführen.

„Gott, hast du mich deshalb gedrängt, Asher zu suchen?" Ich verbarg mein Gesicht in meinen Händen, dann sah ich an meinen Fingern vorbei in den klaren, blauen Himmel. „Du wolltest, dass ich Asher davon abbringe, einen Mord zu begehen?" Wäre ich doch früher bei ihm gewesen! Ich hätte ihn zurückhalten und seine Verhaftung verhindern können.

Ich bekam keine Antwort, keine leise Stimme war in mir zu hören. Nur der Lärm der Martinshörner wurde immer lauter. Gleich würde die Polizei eintreffen.

*

Die Einheimischen sagten, ein echter Römer müsse auch die *Regina Coeli* von innen kennen gelernt haben. Der wohlklingende Name stand für ein altes Gefängnis am Ufer des Tiber. Die großflächige Anlage befand sich zwischen dem silbernen Band des Flusses und dem grünen Hügel Gianicolo, in einer viel zu schönen Umgebung für ein Gefängnis. Die „Himmelskönigin" war früher ein Kloster gewesen, doch von dem einstigen besinnlichen Zweck merkte man dem alten Bauwerk längst nichts mehr an. Die Straßenverkäufer, die am Flussufer Souvenirs anboten, erzählten mir, dass die Zellen jeden heute üblichen Komfort entbehrten. Schulterzuckend fügten sie hinzu, schließlich wäre es auch kein Hotel.

Drei Tage verbrachte ich vor den schroffen Mauern und wartete auf eine Gelegenheit, den Mann zu sehen, der mir zum Freund geworden war. Am ersten Tag stand ich eine Stunde lang auf der gegenüberliegenden Straßenseite und zögerte, mich dem unwirtlichen Gebäude zu nähern. Als ich meine Scheu endlich überwunden hatte und den Pförtner am Haupteingang ansprach, erfuhr ich, dass der Gefängnispsychologe zunächst den Zustand des Gefangenen beurteilen müsse. Ehe das geschehen war, gab es keine Besuchserlaubnis. Ich zuckte zusammen und versuchte, mir nicht das Gesicht des Psychologen auszumalen, den Asher mit seiner zweitausendjährigen Geschichte konfrontieren würde. Erst sehr viel später erfuhr ich den Grund für diese psychologische Untersuchung. Es ging gar nicht um Ashers Lebensgeschichte, sondern um die Waffe, die er auf Santos gerichtet hatte.

Es war Sonntag, als ich zum dritten Mal vor den Gefängnistoren stand. Mit mir stand Ricardo auf der Straße und versuchte, Kaffee zu verkaufen. Ricardos Cousin arbeitete im Gefängnis und hatte ihm erzählt, dass der Mann, der Justus Santos hatte ermorden wollen, eine Gaswaffe benutzen wollte, die seit dem Zweiten Weltkrieg nicht mehr in Italien gesehen worden war. Nun wurde der Gefangene streng bewacht und durfte keinen Besuch empfangen, da noch geprüft wurde, ob er mit der Mafia in Verbindung stand. Es wurde befürchtet, die Mafia wolle diese schreckliche alte Hinrichtungsmethode wieder einführen.

Diese Information überraschte mich nicht. Es hätte mich auch nicht erstaunt, wenn Asher statt einem Relikt aus dem Zweiten Weltkrieg ein mittelalterliches Schwert oder einen antiken Speer geschwungen hätte. Aber ich konnte nicht fassen, dass er im Begriff gewesen war, einen Mord zu begehen.

Ich bedankte mich bei Ricardo für diese Auskunft und wandte dem deprimierenden Anblick des Gefängnisses den Rücken zu. Mit hängenden Schultern ging ich davon. Ich wollte mich möglichst weit von diesem traurigen Ort entfernen. Eine undefinierbare Schwere erfüllte mein Inneres, eine Mutlosigkeit, wie ich sie bis dahin nicht gekannt hatte. In meinem bisherigen Leben hatte es für jedes Gefühl auch immer einen Grund gegeben. Ich war bedrückt, weil etwas Schlimmes geschehen war, ich war heiter, weil alles glatt lief. Aber diese Last, die ich jetzt spürte, hatte keine greifbare Ursache. Vielleicht würde sie mich künftig immer begleiten? Hieß es nicht, Christen müssten viel leiden?

Geh zu Vittorio Pace.

Da war sie wieder, diese drängende innere Stimme. Plötzlich schien mir die kleine Kirche von Signor Pace der einzig sichere Platz in einer unsicheren Welt zu sein. Ich überlegte, in welche Richtung ich fahren musste, dann hob ich einen Arm und hielt ein leeres Taxi an.

*

Der Taxifahrer kannte die kleine Baptistengemeinde von Signor Pace nicht, aber nach einiger gemeinsamer Anstrengung fanden wir sie an der *Piazza San Lorenzo.* Ich zahlte, stieg aus und ließ meinen Blick über das kleine, alte Gebäude gleiten. Das hölzerne Portal war nicht verschlossen, so trat ich ein.

Da es Sonntag war, musste ich damit rechnen, Menschen in der Kirche anzutreffen, auch wenn die Gottesdienstbesucher jetzt, um vierzehn Uhr, wohl wieder zu Hause waren. Vittorio Pace war nicht zu sehen, auch sonst war niemand da. Ich ging mehrmals den Mittelgang auf und ab und rief seinen Namen, bis ich ein Rumpeln und eine männliche Stimme hörte. Ich folgte dem Geräusch, trat durch eine Seitentür und befand mich in einem kleinen Hof.

Zu meiner Überraschung schien der Hof dieser Kirche ausschließlich den Katzen vorbehalten zu sein. Bis auf einen kahlen Baum in einer Ecke hatte keine Pflanze der Katzenschar standhalten können. Der Hof war von Mauern umgeben, auf denen Katzen saßen. Ein besonders großes Exemplar von mindestens zehn Kilo sah mich aus gelben Augen warnend an, als ich zögernd durch die Tür in den Hof treten wollte. Signor Pace stand in der Mitte des Platzes mit dem Rücken zu mir, zog Fleischstückchen aus einer Plastiktüte und warf sie in eine Reihe von Keramikschüsseln zu seinen Füßen. Mindestens ein Dutzend hungriger Katzen stand bereits um die Schalen herum und fraß in erstaunlicher Eintracht, andere sprangen von den Mauern und schlossen sich ihnen an.

„*Fate piano, lasciate un pò per gli altri.*“ Ich verstand ihn nicht, aber seine Stimme, mit der er auf die Tiere einredete, war sanft und beruhigend. „*Rufio, stai sempre a litigare?*"

Ich lächelte und lehnte mich gegen den Türrahmen. Er hatte mir erzählt, dass er für die streunenden Katzen Roms sorgte, aber ich hatte nicht erwartet, dass so viele Tiere ihre tägliche Mahlzeit von ihm empfingen. Ich versuchte sie zu zählen und kam auf 42, allerdings waren die meisten in Bewegung und es war gut möglich, dass ich ein weiteres Dutzend Tiere übersehen hatte.

Ein schönes, schwarz-weißes Exemplar strich um Signor Paces Beine, legte sich dann vor ihm auf die Erde und drehte sich auf den Rücken. „*Ah, Stash, vuoi che ti gratto la pancia?*" Er leerte seine letzte Tüte, dann bückte er sich und begann, den hellen Bauch der Katze zu kraulen. „*E come sono oggi le pulci?*"

„Die Katze gebärdet sich ja wie ein Hund", entfuhr es mir und einige Tiere sprangen erschrocken zur Seite.

Signor Pace wandte sich um. Als er mich sah, zogen sich die Falten um seinen Mund zu einem freundlichen Lächeln nach oben. „Es ist ein Kater, und er glaubt wahrscheinlich tatsächlich, ein Hund zu sein", antwortete er, während das Tier sich wieder erhob und davonstolzierte, „er ist der Anführer der Gruppe."

Der Pastor faltete die Plastiktüten zusammen und kam auf mich zu. „Ich hatte gehofft, dass Sie wiederkommen würden, Signorina. Geht es Ihnen gut?"

„Sehr gut, danke." Ich wandte meinen Blick von der Katzenschar ab und sah den älteren Herrn an. „Ich habe viel über Ihre Worte nachgedacht, Signore. Mittlerweile glaube ich zu verstehen, was Sie gemeint haben. Ich denke, ich darf mich jetzt auch Christin nennen."

„Preis sei Gott!" Seine ausdrucksstarken Augen forschten in meinem Gesicht und schienen mein Inneres zu durchdringen. „Ich freue mich für Sie, meine Tochter. Aber ich sehe, dass es noch einen anderen Grund gibt, warum Sie mich aufsuchen."

Ich senkte den Blick, überrascht von seiner Fähigkeit, meine Gedanken zu lesen. Er hatte den falschen Beruf gewählt; als Prozessbeobachter hätte er mit diesem Talent ein Vermögen machen können.

Wahrheitsgemäß antwortete ich: „Ich bin gekommen, weil ein Freund von mir in großer Not ist. Seine Geschichte ist äußerst ungewöhnlich, und ich hoffe, dass Sie mir raten können, wie ich ihm helfen kann. Ich wüsste nicht, wen ich sonst fragen sollte, weil er . . . nun, es ist ein geistliches Problem."

Signor Pace sah mich leicht amüsiert an. „Wollen wir hineingehen? Es klingt so, als hätten Sie eine interessante Geschichte zu erzählen."

„Mehr als interessant, Vittorio." Ich trat durch die Tür, die er mir aufhielt. „Sie ist unglaublich."

Wir setzten uns in die erste Kirchenbank und ich begann zu erzählen. „Mein Freund hat es sich zur Lebensaufgabe gemacht, den Antichristen zu suchen – Sie wissen schon, wen ich meine – den bösen Weltherrscher, der am Ende der Zeit kommen wird."

„Ja, ich bin mit der Thematik vertraut", sagte Signor Pace ruhig, ohne dass sein Gesicht eine Regung zeigte. „Aber er wird erst auftreten, nachdem die Gläubigen die Erde verlassen haben. Wenn Ihr Freund zu Jesus gehört, braucht er sich um den Antichristen keine Sorgen zu machen. Die Gläubigen werden nicht mehr auf der Erde sein, wenn der Antichrist erscheint."

„Er denkt", ich drehte meine Handflächen nach oben, „wenn er die Person, die zum Antichristen werden soll, ausschalten könnte, dann würde Gott die Entrückung noch etwas verzögern und damit die Zeit der Gnade für alle Menschen verlängern."

Der Pastor sah mich ungläubig an. „Aber woran soll man denn vor der Zeit erkennen, wer der Antichrist werden wird? Es gibt so viele Menschen, die sich Gott widersetzen und gegen Christus sind . . ."

„Er hält Justus Santos für den Antichristen."

Signor Pace versuchte zu lächeln, was aber nicht sehr überzeugend aussah. „Ja, das kann ich verstehen. Viele machen sich wegen Santos Sorgen. Er hat in kurzer Zeit sehr viel Macht gewonnen und sein Imperium breitet sich über die ganze Welt aus."

„Mein Freund hat vor drei Tagen versucht, Santos umzubringen. Jetzt sitzt er im Regina Coeli und wartet auf die Verhandlung."

Ruhig sah mich der Ältere an, nur eine leichte Bewegung in seinen Augen verriet seine Überraschung. „Der Mann, der neulich im Fernsehen als Attentäter gezeigt wurde, ist Ihr Freund?"

Ich nickte.

„Welche Rolle spielen Sie in dieser Geschichte, meine Tochter?"

Mit dieser Frage hatte ich gerechnet. Auch die Polizei hatte mich vorgestern das Gleiche gefragt. Mit möglichst einfachen Worten hatte ich dem Polizisten erklärt, ich sei auf dem Weg zu Global Union gewesen, hätte einen Mann im Mantel gesehen, der etwas, das wie eine Waffe aussah, auf Justus Santos gerichtet habe, deshalb hätte ich geschrieen. Meine Beziehung zu Asher erwähnte ich nicht und der Polizist fragte auch nicht danach. Doch vor Gericht würde man mir bestimmt mehr Fragen stellen.

„Nein, Vittorio, ich hatte nichts damit zu tun. Im Gegenteil, wahrscheinlich habe ich Signor Santos das Leben gerettet. In der Nacht davor hörte ich drei Mal, wie eine Stimme meinen Namen rief. Als ich endlich begriffen hatte, dass Gott zu mir reden wollte, spürte ich seine Gegenwart und verstand, dass ich früh am nächsten Morgen Asher suchen sollte." Ich sah zu Boden. Obwohl ich versuchte, mich zu entspannen, zitterten meine Hände. „Ich kam zu spät, um Asher zurückzuhalten, aber ich schrie so laut, dass Signor Santos herumfuhr. Das hinderte Asher daran, ihn zu töten."

Signor Pace hatte sich mit dem Rücken gegen die Kirchenbank gesetzt und sah mit gerunzelter Stirn nach vorn. „Vielleicht sollten Sie mir alles von Anfang an erzählen."

„Man kann das fast gar nicht erzählen, Signor. Ich würde so etwas eigentlich auch nicht glauben, es ist nur . . . nun, ich frage mich selbst manchmal, wie ich dazu komme, das alles zu glauben."

Sein Gesicht entspannte sich und er faltete die Hände. „Signorina, ich beschäftige mich täglich mit unglaublichen Dingen. Also fangen Sie von vorne an und erzählen Sie mir alles. Ich werde mir kein Urteil bilden, ehe ich nicht alles gehört habe."

Nach einer längeren Pause holte ich tief Luft und versuchte, das Zittern meiner Stimme zu kontrollieren. „Es fing alles damit an, dass ich von Global Union eingestellt wurde. Dadurch lernte ich Asher Genzano kennen . . ."

Eine Stunde später krochen dunkle Schatten in den Raum. Ich beendete meine Geschichte mit der einfachen Frage: „Können Sie sich vorstellen, dass Gott einen Menschen 2.000 Jahre lang leben lässt?"

Signor Pace hatte mich in der letzten Stunde kein einziges Mal unterbrochen und sah auch jetzt nicht so aus, als wollte er vorschnell zu einem Ergebnis kommen. Er saß einfach nur da, sein Blick ging in die Ferne, seine Lippen bildeten eine gerade Linie, seine Stirn lag in nachdenklichen Falten. Endlich sah er mich an, eindringlich und wie aus weiter Ferne. „Vor langer Zeit habe ich gelernt, niemals darüber zu urteilen, was Gott tun kann. Ihm ist alles möglich, alles was er möchte. Aber Sie müssen zu Ihrem Freund gehen und ihm die Wahrheit sagen. Er müht sich vergeblich, weil er einer Lüge zum Opfer gefallen ist."

Ich blinzelte verwundert. Mit Fragen, Zweifeln und einer Diskussion hätte ich gerechnet, aber nicht mit einer solchen Reaktion.

„Was soll ich ihm schon sagen? Ich habe erst vor drei Tagen meine Entscheidung getroffen, überhaupt an Gott zu glauben."

„Gott hat Sie erwählt, um diesem Mann zu helfen." Vittorios blassblaue Augen sahen mich eindringlich an.

„Aber . . . ich kann das nicht. Es ist unmöglich. Asher kennt sich in der Bibel so gut aus, er kann alles komplett mit Kapitel- und Versangaben zitieren. Welche Wahrheit könnte *ich ihm* schon sagen?"

„Ich werde Ihnen einiges von dem erklären, was Sie wissen müssen. Aber wenn Sie das Gefängnis betreten, brauchen Sie sich keine Gedanken darüber zu machen, was Sie sagen werden. Sagen Sie einfach alles, was Gott Ihnen eingibt. Dann werden nicht Sie reden, sondern der Heilige Geist wird durch Sie sprechen." Während er das sagte, lächelte er zuversichtlich. Seine ruhige, bestimmte Art vermittelte mir die Sicherheit, die ich angesichts dieser Aufgabe dringend nötig hatte.

Während der folgenden Stunde redete Vittorio und ich hörte ihm zu. Ich saß einem Mann gegenüber, der sein Leben auf das Wort Gottes gegründet hatte und der wusste, dass es ihn trug. An diesem Abend verließ ich die Kirche mit dem Wissen, eine wichtige Botschaft für Asher zu haben und sie ihm auch mitteilen zu können.

*

Am Montagmorgen, dem vierten Tag seit Ashers Verhaftung, erhielt ich endlich die Erlaubnis, ihn zu sehen. Ein Uniformierter brachte mich in einen fensterlosen Raum mit verbrauchter Luft. Er deutete auf einen kleinen Holztisch, in dessen Mitte ein dicker roter Strich gezogen war. Ich setzte mich auf den Holzstuhl auf der einen Seite des Tisches. Kurz darauf führte ein anderer Wärter Asher herein.

Lächelnd kam er auf mich zu. „Wie schön, dass du gekommen bist", sagte er freundlich und ließ sich auf den Stuhl sinken, „ich hatte gar nicht mit Besuch gerechnet."

„Seit vier Tagen versuche ich schon, dich zu sehen. Aber sie wollten mich nicht zu dir lassen, bevor du mit einem Psychologen gesprochen hast."

Asher zuckte die Schultern. „Ich habe versucht, ihm meine Motivation zu erklären, aber er hörte kaum zu. Ihn interessierte nur meine Waffe."

Nickend überlegte ich, wie ich ihm das sagen könnte, was mir auf dem Herzen brannte. Ich verstand nur zu gut, warum er hier war, ich konnte die Verzweiflung nachempfinden, die ihn fast zum Mörder gemacht hatte. In den vergangenen vier Tagen hatte ich begonnen, Dinge zu verstehen, von denen ich bis dahin keine Ahnung gehabt hatte.

Asher beugte sich über den Tisch. Seine Handschellen klirrten, als er seine Hände auf die Holzplatte legte. „Mir kam hier im Gefängnis etwas zu Ohren." Seine Augen zuckten vorsichtig nach rechts und links. „Vor zwei Tagen war ich mit einem Mann aus Florenz zusammengeschlossen, der gerade aus New York zurückkam", fuhr er mit leiser Stimme fort. Der Wärter, der mit uns in dem Raum war, hatte sich gegen die Wand gelehnt und schien mit seinen Gedanken weit weg zu sein. Asher beugte sich vor und sprach im Flüsterton weiter: „Sie haben ihn wegen Drogenschmuggel verhaftet, aber während wir uns unterhielten, erzählte er noch eine ganz andere Geschichte. Sein eigentliches Verbrechen ist hier niemandem bekannt."

Ich war nicht hierher gekommen, um mir Geschichten über andere Häftlinge anzuhören. Aber Asher sah mich so eindringlich an, dass ich doch neugierig wurde.

„Er hat dir etwas gestanden?"

Asher sah mir direkt in die Augen, sein Lächeln wurde starr, sein Blick war kalt. „Der Mann heißt Carlos. Er flog nach New York, um einen Mord zu begehen. Er verfolgte sein Opfer von dessen Arbeitsplatz in Manhattan bis zur U-Bahn, dann zog er den Mann in eine dunkle Ecke und brachte ihn um."

Obwohl es in dem Raum heiß und stickig war, lief mir ein kalter Schauer über den Rücken. Wortlos starrte ich Asher an. Die Gedanken, die sich in mir formten, wagte ich nicht auszusprechen.

Ashers Augen hielten mich fest, während wir beide schwiegen. „Du weißt, wer sein Auftraggeber war?", fragte er mich schließlich. Seine Stimme war rau und verlangte meine Antwort.

„Du . . . du meinst doch nicht . . . Santos?“, stotterte ich leise.

„Nein. Darien Synn. Natürlich kannte Carlos ihn nicht unter diesem Namen, aber seine Beschreibung des Mannes passte hundertprozentig auf Synn. Außerdem stimmt die Zeitangabe. Es war das erste Wochenende im November, als Carlos den Amerikaner umbrachte. Genau an diesem Wochenende starb dein Assistent . . .“

„Nein!“ Viel zu laut brach dieser Protest aus mir heraus. Gleichzeitig wusste ich, dass Asher mit seiner Vermutung Recht hatte. Es passte alles zusammen. Am 2. November hatte ich Synn eröffnet, dass ich nach New York zurück wollte, und hatte Rory per E-Mail gebeten, mir einen Klienten zu beschaffen, für den meine Rückkehr erforderlich sein würde. Synn hatte meine Mail gelesen und jemanden beauftragt, nach New York zu fliegen und meinen Assistenten zu beseitigen. Synn kannte mein Büro in New York und wusste, dass ich ohne meinen einzigen Mitarbeiter hilflos war. Indem er meinen Pass einbehielt und mich gleichzeitig nach Brüssel schickte, verhinderte er, dass ich mit der nächsten Maschine Rom verlassen würde.

Asher wollte weitersprechen, doch ich unterbrach ihn mit einer Handbewegung. Ich brauchte noch einen Augenblick, um diese Information zu verarbeiten. „Hast du mit jemandem darüber gesprochen?“, fragte ich schließlich und erklärte mit wütender Entschlossenheit: „Ich werde dafür Sorge tragen, dass Synn vor Gericht gestellt wird.“

Ashers dunkle Augenbrauen zogen sich zu einer steilen Falte zusammen. „Nein, und ich denke auch nicht, dass ich es tun werde. Auf keinen Fall will ich mit dieser Information ein milderes Urteil erwirken.“ Sein Gesicht verdunkelte sich. „Ich bin bereit, den vollen Preis für mein Verbrechen zu bezahlen, auch wenn ich die nächsten tausend Jahre im Gefängnis verbringen muss.“ Ein trauriges Lächeln huschte über sein Gesicht. „Ich werde zu einem festen Bestandteil dieses Gefängnisses werden.“

Sein schmerzliches Lächeln ermutigte mich: „Asher“, begann ich vorsichtig und sah auf meine Hände, „ich bin gekommen, um dir etwas zu sagen, und ich weiß nicht so recht, wo ich anfangen soll.“

Enttäuschung breitete sich auf seinem Gesicht aus: „Willst du mir sagen, dass du Rom verlässt?“

Sein trauriger Blick berührte mich. „Nein, Asher, ich werde bis zu deiner Verhandlung hier bleiben, auch ohne Arbeit. Ich werde deinem

Anwalt helfen, die Verteidigung gut vorzubereiten, und ich werde während der Verhandlung bei dir sein . . . erst danach werde ich nach Hause fahren." Der Gedanke an zu Hause und an Kirsten tat mir weh. „Seit wir uns das letzte Mal unterhalten haben, ist noch etwas Schlimmes passiert. Meine Schwester hat ihr Baby verloren. Es war ein kleiner Junge. Sie war im achten Monat schwanger, als sie einen Verkehrsunfall hatte. Dabei . . . na ja, es ist eine tragische Geschichte."

Ashers Wangenmuskeln spannten sich und sein Blick ging in die Ferne. „Das Baby hat es gut", murmelte er.

Ich konnte nicht glauben, was ich da hörte. „Wie bitte?", flüsterte ich mit zitternden Lippen, „Wie kannst du nur so etwas sagen?"

Asher sah mich wieder an. „Er hat den Schmerz des Lebens nicht kennen gelernt. Er ging aus dem Leib seiner Mutter direkt in die Arme Gottes."

„Es hat auch nie die Freude am Leben erfahren", gab ich scharf zurück, „es hat nie gelacht, sich nie verliebt . . ."

„Es hat nie geweint", unterbrach mich Asher und sein Blick wurde finster, „es musste niemanden sterben sehen und hat nie die Ohnmacht empfunden, seinem liebsten Menschen nicht helfen zu können."

„Womit wir wieder bei dir sind." Ich hob eine Augenbraue und verschränkte meine Arme. „Weißt du, was dein Problem ist? Du bist wütend auf Gott. Du denkst, er bestraft dich, deshalb bist du durchgedreht. Aber das würdest du natürlich nie zugeben."

„Ich bin nicht durchgedreht!" Seine braunen Augen wurden schmal, während er mich entrüstet anstarrte. „Ich weiß, dass ich mein Schicksal verdient habe, und ich werde Gottes gerechtes Urteil auch nicht in Frage stellen. Trotzdem kann ich ein Kind, das all den Schmerz nie fühlen wird, der mein Leben ausmacht, nicht bedauern. Ich habe noch nie auf einer Beerdigung geweint und ich wäre der glücklichste Mensch auf Erden, wenn ich endlich sterben könnte. Aber es geht nicht. Bevor ich Jesus nicht wieder gesehen habe, werde ich weiter leben und leiden müssen."

Wir waren laut geworden und der Wärter sah aufmerksam zu uns herüber. Dann stieß er sich von der Wand ab und ging zwei Schritte auf uns zu. Wie zwei Komplizen senkten Asher und ich unsere Köpfe und sprachen leise weiter.

„Ich bin nicht hier, um mit dir zu streiten", sagte ich und schüttelte den Kopf. „Aber vielleicht habe ich den Ausweg aus deiner Situation gefunden."

Bitteres Lachen drang aus Ashers Kehle. „Claudia, glaube mir, ich habe alles versucht. Es sei denn, du hast Jesus mitgebracht – sonst kann ich mir nicht vorstellen, wie du mein Problem lösen willst."

„Lass mich bitte ausreden, ja?" Ich holte tief Luft. „Am besten ich fange an der Stelle an, wo ich dich mit Santos auf der Straße sah. Ich war dort, weil ich wusste, dass du mich brauchst. Ich kann dir nicht genau erklären, woher ich das wusste. In der Nacht hörte ich etwas, das fast wie eine Stimme war, aber nicht ganz. Zuerst dachte ich, in meinem Zimmer seien Einbrecher oder ich hätte schlecht geträumt, aber dann erkannte ich, dass der Geist Gottes zu meinem Herzen reden wollte. Als ich endlich hinhörte, begriff ich, dass ich dich am nächsten Morgen so früh wie möglich suchen sollte. Das ist der Grund, warum ich an jenem Morgen auf dich zugerannt kam . . . und warum ich so geschrieen habe."

Sein Ausdruck veränderte sich, die Resignation machte der Überraschung Platz. „Was hast du gehört?"

„Gott wollte, dass ich dich von deinem Vorhaben abbringe. Und ich bin sehr froh, dass ich auf seine Stimme gehört habe."

Mit geöffnetem Mund starrte Asher mich an: „Wieso redet Gott mit dir?"

„Das weiß ich nicht", fuhr ich entschlossen fort, „aber ich weiß seit ein paar Tagen, dass ich sein Kind bin. Ich habe einen Freund besucht, Pastor Vittorio Pace, den ich vieles fragen konnte. Einiges von dem, was er mir sagte, möchte ich dir erzählen. Doch zuerst das Allerwichtigste: Gott bestraft dich nicht, Asher. Es gibt keine Verdammnis für jeden, der zu Christus gehört."

Einen Augenblick lang sah er mich unbewegt an, erst dann schien er den Sinn meiner Worte zu begreifen. Mit hochgezogenen Augenbrauen sah er mich herablassend an: „Dann erklär mir doch bitte, warum ich immer noch lebe. Wer außer Gott könnte mich mit Unsterblichkeit bestrafen?"

Ich schob meine ausgebreiteten Hände über den Holztisch, bis meine Fingerspitzen die rote Linie berührten. „Vielleicht ist das, was du erlebst, gar keine *Strafe*, sondern Gottes Gnade. Erinnerst du dich an die Geschichte von der Frau, die Jesus mit teurem Öl salbte und seine Füße mit ihren Tränen wusch?"

Belustigt sah er mich an. „Ich kannte die Frau. Sie kam nach Jerusalem und sprach mit der Herrin Procula. Sie war vorher Prostituierte, aber nach Jesu Auferstehung wurde sie zu einer glühenden Zeugin."

„Weißt du noch, was Jesus zu ihr sagte? Ihr wurden viele Sünden vergeben, deshalb liebt sie viel. Wem wenig vergeben ist, der liebt wenig."

Asher zog die Brauen hoch und sah mich abwartend an.

„Überleg doch!" Ich wurde noch leiser. „Du denkst, du hast eine schlimme Sünde begangen und hast deshalb eine schlimme Strafe verdient. Aber Gott ist voller Liebe und er hat dir besonders viel Gnade gezeigt. Siehst du nicht die Freundlichkeit und Geduld Gottes mit dir? Es ist seine Barmherzigkeit, die dir so viel Zeit gibt, ihn endlich zu verstehen."

Verächtlich, fast angewidert sah er mich an. „Was redest du da? Ich habe mich schon vor Jahrhunderten von meiner Sünde abgewandt. Seither opfere ich Gott ein Leben nach dem anderen. Ich habe studiert und gearbeitet, ich habe mich demütigen und meinen Körper foltern lassen . . ."

„Hör auf!" Mir schauderte bei seinen Worten, ein Gefühl, das nichts mit der Temperatur im Raum zu tun hatte. Zwar kannte ich die Bibel bis jetzt nur oberflächlich, aber Vittorio hatte mir einige zentrale Stellen gezeigt und so gut erklärt, dass ich jetzt genau spürte, was Ashers Fehler war.

Ich bemühte mich, nicht auf die Angst zu achten, die mein Herz zusammenzog, sondern Asher fest anzusehen. „Achte doch einmal auf deine eigenen Worte, Asher. *Du* hast gearbeitet, *du* hast studiert, *du* hast dich geopfert. Verstehst du, was ich meine? Du hast alles selbst gemacht und hast dabei Gottes Geschenk ignoriert. Wir werden aus *Gnade* gerettet, ganz unverdient. Unsere Rettung ist ein Geschenk. Du hast dich zwar von deiner Sünde abgewandt, aber du hast dich nicht Jesus zugewandt."

Er schloss seine Augen, als wolle er mich nicht mehr sehen. „Ich kann nicht mit leeren Händen vor ihn treten! Ich habe Gott ins Gesicht geschlagen, stolz und vermessen bin ich ihm entgegengetreten, genau wie Satan selbst, ich habe ihn beschimpft und verflucht . . ."

„Asher", meine Stimme zitterte deutlich, aber das kümmerte mich jetzt nicht, „angenommen, der Antichrist lässt sich nicht mehr aufhalten, Jesus kommt wieder und holt seine Gläubigen – was ist dann mit dir?"

Seine Antwort kam so leise, dass sie kaum zu hören war: „Ich weiß es nicht."

„Asher, jeder, der an Jesus glaubt, hat damit auch den Anspruch auf einen Platz im Himmel." Die Worte drängten sich förmlich aus mir heraus. Ich hatte ihm noch so vieles zu sagen, während meine Besuchszeit langsam, aber sicher ablief. „Ich habe keinen Grund, mich davor zu fürchten. Du dagegen tust alles, um sein Kommen zu verzögern, sagst aber, es sei um der anderen willen, die das Evangelium noch nicht gehört haben. Könnte es sein, dass du dir dabei etwas vormachst? Asher, wenn Gott handeln will, dann wird er das tun, unabhängig von dir und deiner Zeitplanung. Du hast keinen Einfluss auf Gottes Terminkalender. Aber eines Tages wirst du vor Gott stehen und ihm erklären müssen, warum du so viele Jahre damit zugebracht hast, die Begegnung mit ihm hinauszuzögern."

Es war jetzt sehr still in unserer Kammer. Nur der Verkehrslärm der Straße drang an unsere Ohren. Ashers Gesicht veränderte sich, ein plötzliches Erschrecken und eine furchtbare Angst spiegelte sich in seinen Augen.

„Ist dir klar, was du damit sagst?", stieß er hervor. „All die Jahre habe ich mich abgemüht, gelitten und so viel Leid und Unrecht erduldet. Nun sagst du mir, das sei alles nichtig gewesen? Es hätte genügt, einfach nur der Gnade zu vertrauen? Wie könnte ich das tun? Ich habe einen Auftrag, ein Ziel, das ich über viele Lebensspannen hinweg verfolgt habe . . ."

Seine Stimme brach ab. Er presste seine Handflächen auf die große Tischplatte und schob sie nach vorne, bis sich unsere Fingerspitzen berührten. „Claudia, eine schlimmere Nachricht hättest du mir nicht bringen können."

„Nein, Asher", widersprach ich mit sanfter Stimme, „es ist die beste Nachricht deines Lebens. Signor Pace hat mir eine besondere Stelle in der Bibel gezeigt. Dort steht, Gott hat das Recht, seine Strafe, sein Gericht und seine Macht auszuüben, aber er hat auch die Möglichkeit, den Menschen gegenüber geduldig zu sein, obwohl er sie eigentlich schuldig sprechen und verdammen müsste. Du glaubst, dass Jesus der Sohn Gottes ist. Du glaubst an sein Wort. Nur in Bezug auf deine eigene Errettung glaubst du ihm nicht. Stattdessen versuchst du die ganze Zeit, dir seine Vergebung zu *verdienen*. Aber das ist unmöglich, selbst wenn du bis zum Ende der Welt so weitermachst. Vergebung gibt es nur als Geschenk. Sie kostet nichts. Sie entspringt aus seiner Gnade, nicht aus unserem Opfer."

Er sah zur Seite. Seine Brust hob und senkte sich und ein trockenes Schluchzen drang aus seiner Kehle. Hatte er mich verstanden? Hoffnungsvoll fuhr ich fort: „Einmal hast du mir gegenüber einen Bibelvers zitiert, wonach Gott darauf wartet, dass die Menschen von ihren bösen Wegen umkehren und sich zu ihm bekehren. Vielleicht ist es seine Geduld mit dir, die dich so lange am Leben lässt. Er will nicht, dass du verloren gehst, deshalb gibt er dir Zeit zur Umkehr."

In seinen Augenwinkeln sammelten sich Tränen, die nach dem nächsten Blinzeln in schweren Tropfen an seinen langen Wimpern hingen. „An Gnade zu glauben ist das eine", flüsterte er, halb ungläubig, halb bittend, „aber es ist etwas ganz anderes, sie zu *erleben*."

„Genau." Ich spürte den scharfen Blick des Wärters, als ich meine Hände über die rote Linie schob und sie liebevoll auf Ashers Hände legte, während ich innerlich für ihn betete. „Gott wartet auf dich, Asher, er erwartet dich mit ausgebreiteten Armen. Seine Gnade ist unendlich und du wirst sie erleben . . . sobald du bereit bist, sie als Geschenk anzunehmen."

Wieder war es sehr still in unserer Kammer. Selbst der Verkehrslärm schien abgenommen zu haben. Endlich sah Asher mich wieder an. „Kann es sein, dass ich der größte Narr aller Zeiten bin? Habe ich wirklich so vieles gesehen und so wenig begriffen?"

„Millionen von Menschen begreifen die Wahrheit nicht." Ich lächelte ihn voller Wärme und Offenheit an. „Ich selbst hätte es nie begriffen, wenn ich dich nicht kennen gelernt hätte. Asher, du hast mir die Augen geöffnet. Du bist um so vieles stärker, als ich jemals sein werde. Dein Leben war nicht vergeblich, da bin ich mir ganz sicher."

Er warf mir einen schnellen, angstvollen Blick zu. „Was ich Santos angetan habe, oder vielmehr antun wollte, war gegen Gottes Willen. Aber ich sah keine andere Möglichkeit."

„Du hast dich selbst verantwortlich gefühlt für diese Situation, anstatt Gott zu vertrauen. Signor Pace hat mir versichert, dass Gott die Dinge bestens im Griff hat. Gott hat längst festgelegt, wann das Ende der Zeiten sein wird, und er kennt den zukünftigen Antichristen lange, bevor dieser geboren wird. Wir brauchen den Antichristen nicht zu suchen. Es reicht, wenn wir Gott vertrauen . . . und andere Menschen auf seine Gnade hinweisen. Das ist unser eigentlicher Auftrag, Asher – und genau das hast du für mich getan."

Ich wollte noch so vieles sagen, aber da kam der Wärter und schlug mit der Hand auf unseren Tisch. Nur zögernd ließ ich Ashers Hände los. Mit einem langen Blick verabschiedeten wir uns. Ich sah ihm schweigend hinterher, während er sich erhob und zur Tür umwandte. Seine Gestalt war gebeugt und seine Schultern zogen sich nach unten, als trüge er die Last einer ganzen sündigen Welt.

Die Tränen strömten mir übers Gesicht und unkontrollierbares Weinen schüttelte mich. Mein Inneres schrie zu Gott: *Bitte zeig ihm die Wahrheit! Hilf ihm, dein Geschenk anzunehmen!!*

34

Die nächsten beiden Tage versuchte ich von meiner *Residenza* aus einen Anwalt für Asher zu finden. Es wäre für Asher kein finanzielles Problem gewesen, sich den besten Anwalt der Stadt zu nehmen, aber er schien an seiner Verteidigung nicht interessiert zu sein. Ich fürchtete vielmehr, dass er gleich zu Beginn seiner Vernehmung auf „schuldig" plädieren würde. Das würde eine lange, vielleicht sogar lebenslange Haftstrafe nach sich ziehen und wäre für Asher die denkbar schrecklichste Form der Strafe.

Es wäre immer noch besser, ihm würde Unzurechnungsfähigkeit bescheinigt werden, als dass er lebenslänglich hinter Gittern müsste. Also rief ich Kurt an. Er wusste schon genug über den Fall, um Asher eine Bescheinigung ausstellen zu können.

Kurt war nicht erreichbar, so hinterließ ich eine Nachricht auf dem Anrufbeantworter. Kaum hatte ich aufgelegt, klingelte das Telefon. In der Erwartung, Kurt am Apparat zu haben, hob ich ab.

„Signorina Fischer?"

Zu meiner Überraschung war eine Italienerin am Apparat.

„Ja?"

„Il Presidente möchte Sie heute Nachmittag sehen."

Ich schnappte überrascht nach Luft. „Signor Santos will mich sehen?"

„Können Sie um vierzehn Uhr in seinem Büro sein?"

Mit einem Blick auf die Uhr stellte ich fest, dass mir bis dahin weniger als eine Stunde Zeit blieb. Was hatte er vor? Wollte er mich wegen Ashers Attentat zur Verantwortung ziehen? Oder brauchte er wieder eine Spionin?

Ich suchte nach einer Ausrede. Dann fielen mir Ashers Worte ein. Möglicherweise war Santos über die Methoden seines Direktors informiert, vielleicht aber auch nicht. Auf jeden Fall könnte ich bei dem

Treffen versuchen, nützliche Hinweise für die Polizei zu sammeln. „Ich werde da sein", antwortete ich der Sekretärin.

Zum Glück blieb mir nicht viel Zeit, über das bevorstehende Gespräch nachzudenken. Ich duschte, zog einen engen Rock und einen dazu passenden Pullover an und machte mich eilig auf den Weg. Um 13:45 Uhr stand ich vor dem Roten Palast.

Laura Casale empfing mich in der Eingangshalle. „Wie schön, Sie zu sehen", begrüßte sie mich herzlich und umarmte mich. Dann trat sie einen Schritt zurück, musterte mich eingehend und bemerkte mit mütterlichem Unterton: „Was haben Sie bloß für tiefe Ringe unter den Augen?"

„Ich habe nicht gut geschlafen", antwortete ich und folgte ihr an dem Pförtner vorbei zum Fahrstuhl. „Ich suche einen Anwalt für Asher Genzano, was sich leider als ziemlich schwierig erweist."

„Wir haben von der Geschichte gehört", seufzte sie, während sie auf den siebten Knopf drückte, „Il Direttore hält uns immer auf dem Laufenden. Dabei hatte ich Signor Genzano immer für einen sanften, ruhigen Menschen gehalten ..."

„Das ist er auch." Ich sah sie direkt an und hoffte, sie würde mich verstehen. „Er hatte gute Gründe für seine Tat."

Sie starrte mich überrascht an, Unsicherheit trat in ihre Augen. „Sie wollen doch nicht sagen, es gäbe einen guten Grund, Il Presidente zu töten?"

„Mehr will ich jetzt nicht dazu sagen, Signora." Ich sah auf die Nummern der Etagen, an denen wir vorbeifuhren. „Aber ich hoffe, dass bei der Verhandlung alles ans Licht kommen wird."

Ich hoffte es mit allem, was in mir war. Nie zuvor hatte ich so viele Bedenken, was den Ausgang einer Verhandlung betraf, und nie zuvor hatte mir ein Angeklagter so viel bedeutet wie Asher.

Die Türen glitten auf. Signora Casale blieb zurück, während ich den siebten Stock betrat. Ich ging über den hellen Marmor in das Büro der Sekretärin. War wirklich erst eine Woche vergangen, seit ich mit Asher hier gestanden hatte? Es kam mir vor wie eine Ewigkeit.

„Signorina Fischer." Das Lächeln der Blonden war reserviert. „Il Presidente erwartet Sie. Bitte gehen Sie durch."

Mein Magen krampfte sich nervös zusammen, als ich auf die Tür zuging. Ich klopfte vorsichtig und hörte sofort ein kurzes: *„Entri, prego!"*

Justus Santos saß an seinem Schreibtisch und sah auf, als ich den Raum betrat. Er schluckte so heftig, dass mir die Bewegung seines Kehlkopfes auffiel. War er nervös? Er erhob sich, setzte ein künstliches Lächeln auf und streckte mir die Hand entgegen, als hätte er mich schon lange vermisst. „Signorina Fischer! Wie schön, Sie wieder zu sehen! Danke, dass Sie sich die Zeit genommen haben, mich aufzusuchen."

Vor Schreck blieb mir der Gruß in der Kehle stecken. Doch Santos schien das nicht zu bemerken. „Bitte setzen Sie sich doch!" Er führte mich zu dem ledernen Sofa in der Ecke seines Zimmers, anstatt mir den Stuhl gegenüber von seinem Schreibtisch anzubieten. Das allein war schon mehr als auffällig. „Darf ich Ihnen etwas zu trinken anbieten? Weißwein? Espresso?"

„Nein danke." Reserviert setzte ich mich auf seine Couch. „Ich möchte nichts."

„Schön." Er zog einen Sessel an meine Seite des Sofas, setzte sich und stützte sich betont lässig auf die Armlehne. „Sie fragen sich bestimmt, warum ich Sie hergebeten habe."

Ich nickte zustimmend.

„Nun . . ." Sein Blick ging zur Seite, ein Zeichen von Nervosität. Nie zuvor hatte ich an ihm einen Hinweis auf Verlegenheit oder Unsicherheit entdecken können, aber heute sprach sein Körper eine überdeutliche Sprache: Er hatte die Beine verschränkt, wich meinem Blick aus, spielte mit seinen Händen . . .

„Signorina, ich habe Sie zu mir gebeten", sein Blick streifte mich kurz, „weil ich Ihnen danken möchte. Durch Ihr Eingreifen haben Sie den Attentäter abgelenkt und mir damit das Leben gerettet. Wenn Sie nicht gewesen wären", er machte eine Handbewegung der Resignation, „dann wäre ich heute nicht mehr hier. Ich danke Ihnen von ganzem Herzen und ich entschuldige mich für meine harten Worte bei unserer letzten Begegnung. Mir war zu diesem Zeitpunkt nicht klar, dass Sie Genzano in mein Büro gebracht hatten, um mir sein Problem zu demonstrieren. Es tut mir Leid, dass ich Ihnen keine Möglichkeit ließ, mir Ihre tatsächlichen Absichten zu erklären. Gleichzeitig ahnte ich nicht, dass dieser Genzano zu allem entschlossen war." Er lachte, aber es war ein unnatürliches, gezwungenes Lachen. „Signorina, ich möchte Sie herzlich um Entschuldigung bitten, verbunden mit der

Bitte, wieder für Global Union zu arbeiten. Um meine Grobheit von neulich wieder gutzumachen, biete ich Ihnen das Doppelte Ihres letzten Gehaltes und verlängere Ihren Vertrag um weitere zwölf Monate."

Seine dunklen Augen strahlten mich an wie schwarze Edelsteine. „Bitte willigen Sie ein, Signorina. Wir brauchen Ihre Hilfe. Und wir werden unsere Möglichkeiten nutzen, um Ihren Namen bekannt zu machen." Seine letzten Worte klangen falsch. Mein Name brauchte nicht bekannt gemacht zu werden, ebenso wenig wie der von Justus Santos.

„Ich danke Ihnen für Ihr Vertrauen", antwortete ich ruhig und ergriff mit großer innerer Sicherheit das Wort, „aber ich werde nicht mehr für Sie arbeiten, Signor Santos. Stattdessen werde ich mich darum bemühen, dass Signor Genzano eine faire Gerichtsverhandlung erhält. Sie müssen wissen, er ist mein Freund."

Seine Züge verhärteten sich und er starrte mich unwillig an: „Sie wollen diesen Verrückten verteidigen?"

„Er ist nicht verrückt. Aber seine Geschichte ist geheimnisvoll und nicht leicht zu verstehen. Darin erinnert er mich an Sie."

„An mich? Wieso?" Leise fügte er hinzu: „Signorina, glauben Sie etwa auch, was Genzano über mich sagte? Ich bin doch kein Werkzeug des Teufels!"

„Signor Santos, ich kann Ihr Herz ebenso wenig beurteilen, wie Sie Asher Genzano ergründen können. Aber mir sind einige Dinge zu Ohren gekommen, die ich ans Licht bringen werde. Ich spreche von dem Mord an meinem Mitarbeiter in New York. Sie müssen damit rechnen, dass die römische Polizei in diesem Zusammenhang auch die Aktivitäten von Global Union in Manhattan untersuchen wird. Ich rate Ihnen, sich über die Arbeitsweisen Ihrer engsten Vertrauten noch einmal gründlich zu informieren."

Ich erhob mich und ließ einen sprachlosen Presidente zurück. Die Sekretärin sah fragend hinter mir her, als ich grußlos an ihr vorbei zum Fahrstuhl ging.

*

Von Global Union aus fuhr ich direkt zum Gefängnis, doch der Besuchereingang war verschlossen. Enttäuscht stand ich vor dem Gitter, bis Ricardo mich entdeckte. Er stand auf der gegenüberliegenden Straßenseite und winkte mich zu sich.

„Kann ich Ihnen helfen, Signorina?", fragte er mit einem Blinzeln. „Möchten Sie eine Nachricht ins Gefängnis schicken?"

Ich fuhr mir zögernd durch die Haare, während mir wieder bewusst wurde, dass die meisten Geschäfte in Rom nicht den offiziell vorgeschriebenen Weg nahmen. Hier kam man oft nicht mit Gesetzestreue zum Ziel; häufig war es viel hilfreicher, Freunde an den richtigen Stellen zu haben.

Ich kramte in meiner Handtasche nach meinem Notizbuch. „Würden Sie Signor Genzano eine Nachricht von mir zukommen lassen? Ich bin immer noch dabei, jemanden zu finden, der ihm helfen kann."

„Genzano?" Ricardos Augenbrauen zuckten. „Den Namen kenne ich. Er steht für morgen auf der Liste."

Mir wurde übel. „Auf welcher Liste?"

„Auf der Transportliste. Er wird morgen weggebracht."

„Wohin?"

Ricardo hob beide Hände zum Himmel. „Wahrscheinlich ins Rathaus, dort wird seine Anhörung stattfinden. Es wird morgen zwei Transporte geben, einen für die kleinen Fische und einen für die echten Verbrecher."

Mein Puls raste, während ich im Stehen ein paar Sätze in mein Notizbuch kritzelte, die Seite herausriss und Ricardo gab. „Würde Ihr Bruder das bitte an Signor Genzano geben? Es ist sehr wichtig."

Ricardo überflog das Blatt und sah mich fragend an. „Das kommt darauf an", antwortete er mit ausdrucksloser Stimme.

Ich war lange genug in Rom, um zu verstehen, dass sein Zögern nichts mit meiner Person zu tun hatte. Stattdessen nahm ich mein Portemonnaie und zückte den größten Schein, den ich finden konnte. Nach meinen Schätzungen waren es etwa so viele Lire, wie er an zwei Tagen verdienen konnte. „Würde Ihr Bruder bitte meine Nachricht an Signor Genzano weitergeben?", fragte ich erneut und sah ihm in die Augen. „Es ist sehr wichtig."

„Signorina", lächelte er mit einer Verbeugung, während er Geld und Brief an sich nahm, „ich werde mich persönlich darum kümmern. Sie können sich auf mich verlassen."

Ich beobachtete, wie er beide Papiere zusammenfaltete und in seiner Hosentasche verschwinden ließ. „Wann werden die Transporte morgen starten, wissen Sie das?“

Ricardo blinzelte im Licht der tief stehenden Sonne: „Meist verlassen die Busse gegen neun Uhr das Gefängnis.“ Ein Lächeln zuckte um seine Mundwinkel. „Wenn Sie früher hier sind, ist es vielleicht möglich, noch einmal mit dem Gefangenen zu sprechen. So etwas lässt sich manchmal arrangieren.“

Vorausgesetzt, man hat genügend Geld und gute Beziehungen, setzte ich in Gedanken hinzu. Dieses Mal verstand ich schneller, worauf es ankam. Ich nickte, ließ meinen Blick noch einmal über die vergitterten Fenster in den abweisenden Mauern streifen und ging dann ein Stück die Straße hinunter, um ein Taxi zu finden.

35

In dieser Nacht konnte Asher keine Ruhe finden. Der Gefangene in der Nachbarzelle schien verrückt zu sein und redete unablässig vor sich hin. Asher saß auf seiner Pritsche und hielt den kleinen Zettel aus Claudias Notizbuch in der Hand.

Wegen morgen – mach dir keine Sorgen. Ich werde tun, was ich kann. Sollte ich keinen Anwalt von deiner Sache überzeugen können, werden ich um himmlische Fürsprache beten.

Deine Claudia

Mit Tränen in den Augen las er die Nachricht immer und immer wieder. Was für eine gute Freundin Claudia ihm geworden war! Zuverlässig stand sie zu ihm, voller Liebe und Treue. In ihrer Barmherzigkeit erinnerte sie ihn an Jesus.

Der Gedanke traf ihn mitten in der Seele. *Claudia ist Jesus in nur einer Woche ähnlicher geworden als ich in zweitausend Jahren.*

Wie ein bitterer Geschmack brannte der Neid in seiner Kehle. Sie war so jung und hatte so wenig Lebenserfahrung, trotzdem schien sie manches besser verstanden zu haben als er selbst. Seit Generationen folgte er den Pfaden der Märtyrer, verleugnete seine weltlichen Begierden, unterdrückte irdische Wünsche und ging allen Versuchungen aus dem Weg. Er hatte das Rampenlicht gemieden, hatte sich dem Studium gewidmet und geforscht – wofür? Um von einer jungen Amerikanerin belehrt zu werden, die sich in der Bibel so gut wie gar nicht auskannte.

Sein Blick zog die Flecken und Risse an der Decke nach, während er flüsterte: „Mein Gott, mein Gott, warum hast du mich verlassen?"

Er bekam keine Antwort in seinem Herzen, auch ertönte keine

Stimme vom Himmel, nur das schaurige Lachen des Irren von nebenan rollte die Wände entlang. Asher legte sich auf seine Pritsche und faltete die Hände hinter dem Kopf. Seine Beziehung zu Gott klaffte auf wie eine tiefe Wunde, die nicht heilen wollte.

Hatte er sein ganzes Leben in dieser Ferne von Gott verbracht? Von Claudia hatte er gehört, der Geist Gottes habe zu ihr gesprochen; er hatte sie sogar in der Nacht geweckt, um mit ihr zu reden. Soweit er sich an seine vielen Jahre erinnern konnte, hatte er nie ein vergleichbares Erlebnis gehabt. Als Claudia von Gnade, Liebe und Vergebung sprach, da leuchtete eine Zuversicht auf ihrem Gesicht, wie er sie in seinem eigenen Herzen noch nie gespürt hatte.

War es möglich, dass sie Gnade, Liebe und Vergebung erlebte, ohne etwas dafür getan zu haben? Hatte nicht Jesus selbst gesagt, dass seine Nachfolger den gleichen Kelch des Leidens trinken mussten wie er selbst?

Er atmete heftig. Wie ein Messerstich traf ihn ein Zitat aus der Bibel, das er schon so lange kannte: *Er hat uns mit Christus Jesus auferweckt und uns zusammen mit ihm einen Platz im Himmel gegeben. Dadurch, dass er in Christus Jesus gütig an uns handelte, wollte er den kommenden Zeiten den überfließenden Reichtum seiner Gnade zeigen. Denn aus Gnade seid ihr durch den Glauben gerettet, nicht aus eigener Kraft – Gott hat es geschenkt – nicht auf Grund eurer Werke, damit keiner sich rühmen kann.*

Schmerzlich trafen ihn diese Worte. Hatte er Gott die ganze Zeit über so falsch verstanden? War die Lösung seines Problems, das Ende des Fluches, so einfach? Musste er nur der Gnade vertrauen, um Jesus zu erkennen?

Unruhig wanderten seine Augen über die kahlen Mauern seiner Zelle. Das irre Lachen von nebenan brandete wieder auf. Asher schloss die Augen und zwang sich, nicht darauf zu achten. Ein anderer Gefangener begann laut zu fluchen und brachte den Verrückten kurzzeitig zum Schweigen. Aus einem entfernteren Teil des Gefängnisses hörte man einen unterdrückten Schrei und heftiges Schluchzen.

Asher presste seine Hände gegen die Ohren und drehte sich zur Wand. Er wollte diese Äußerungen menschlicher Verzweiflung nicht hören. In den vergangenen 60 Jahren war er empfindsam geworden. Seit er Nazideutschland verlassen hatte, hatte er immer in demokratischen, wohlhabenden Ländern gelebt und kaum noch Berührung mit dem Elend der Welt gehabt . . .

Wie ein unerwarteter Sonnenstrahl an einem Regentag drang plötzlich ein ganz anderes Geräusch an seine Ohren. Eine angenehme, volle Männerstimme stimmte ein altes Kirchenlied an, das Asher seit Ewigkeiten nicht mehr gehört hatte. Klar und lebendig wie ein Gebirgsbach drang die Melodie in seine Zelle: *"Grazia sorprendente, quanto dolce è il suono che ha salvato un miserabile come me! . . ."*

Asher erhob sich und stellte sich an das Gitter seiner Zellentür. Seine Hände umschlossen die Stäbe, er drückte sein Gesicht in den schmalen Spalt und versuchte, diesen Klängen möglichst nahe zu kommen. *„Ero perso ma ora mi sono trovat o . . . Ero cieco, ma ora vedo."*

Das Fluchen verstummte, während die kräftige Stimme den ganzen Trakt zu erfüllen schien. *„Attraverso quanti pericoli, tormenti e difficoltà sono già passato . . ."*

Asher spürte, wie sein Herz gegen seine Rippen schlug. *„Questa grazia è stata la mia salvezza e la mia guida."*

Würde er auf dem Weg der Gnade endlich nach Hause finden? Asher konnte sein heftiges Zittern nicht mehr kontrollieren. Er klammerte sich an den Metallstäben fest und holte tief Luft. „Vater", flüsterte er, während seine Gedanken es kaum fassen konnten, dass er seiner Erlösung so nahe war. „Vater, hörst du mich?"

Asher wartete. Er nahm von seiner Umgebung nichts mehr wahr. Hatte er endlich den Weg gefunden, den er so lange gesucht hatte? „Vater, ist es wirklich so einfach? Jesus hat zu mir gesagt, dass ich so lange leben werde, bis ich ihn in Wahrheit erkenne. Vater, ich möchte Jesus sehen!"

Im nächsten Moment fühlte er ein Reden, das wie ein warmer Wind durch sein Inneres wehte, eine Stimme, die er noch nie zuvor gespürt hatte: *Fürchte dich nicht, mein geliebter Sohn. Meine Gnade reicht auch für dich, meine Kraft ist in den Schwachen mächtig.*

Tränen rollten über Ashers Gesicht, während Frieden in sein Herz einzog. Die Wahrheit war so einfach, jedes Kind konnte sie erfassen. Seine Wangen röteten sich vor Freude, als er die Hände zu seinem Gott erhob und voll Jubel und Dank im Herzen in das Lied mit einstimmte:

O Gnade Gottes wunderbar hast du errettet mich.
Ich war verloren ganz und gar, war blind, jetzt sehe ich.

Durch Schwierigkeiten mancher Art wurd ich ja schon geführt,
doch hat die Gnade mich bewahrt, die Ehre Gott gebührt.

36

Nachdem ich eine Viertelstunde lang vergeblich auf ein Taxi gewartet hatte, kam ich endlich gegen 8:30 Uhr entnervt und frustriert vor den Gefängnistoren an. Ich hatte genügend große Lire-Scheine in der Tasche, um mir den Weg zu Asher zu erkaufen. Doch der Sicherheitsbeamte am Haupteingang fertigte mich schnell ab. Gefangene, die heute auf der Transportliste standen, konnten nicht besucht werden.

Mühsam versuchte ich mich zu beherrschen. Mit dem freundlichsten Lächeln, zu dem ich fähig war, schob ich einen der schönen, bunten Geldscheine über den Tisch. „Können Sie nicht eine Ausnahme machen?"

Der Beamte reagierte kalt, streifte das Geld mit einem kurzen Blick und sah mich dann geringschätzig an: „Es gibt keine Ausnahmen." Damit erhob er sich von seinem Platz: „Bitte entschuldigen Sie mich, Signorina, ich habe zu tun."

Ich nahm das Geld und zerknüllte es in meiner Faust. Fast hätte ich angefangen zu weinen. Dabei wäre es so wichtig gewesen, Asher zu sprechen. Ich wollte ihm sagen, dass er vor Gericht Kurt Welton als seinen Psychologen angeben sollte. Das Gericht würde Kurt dann anrufen und von ihm eine entsprechende Auskunft über Ashers Zurechnungsfähigkeit erhalten. Ich musste Asher sprechen!

Ein großer Mann mit dunklem Schnurrbart trat aus dem Vorraum und musterte mich mit strengem Blick. „Sind Sie Signorina Fischer?"

Erleichtert atmete ich auf. „Ja, kann ich Signor Genzano sehen?"

Mit langen Schritten kam er auf mich zu, während er sich gleichzeitig in alle Richtungen umsah. Sein Verhalten dämpfte meine aufkeimende Hoffnung. Aus einem Mundwinkel zischte er: „Ich bin Ricardos Bruder." Ich kam mir vor wie in einem alten Gangsterfilm. „Ich habe einen Brief für Sie."

Sein Verhalten verunsicherte mich. „Einen Brief?"

„Von Signor Genzano."

Erwartungsvoll streckte ich ihm die Hand entgegen, doch er rührte sich nicht. Natürlich, ich hatte wieder das Geld vergessen. Während ich mich innerlich über dieses korrupte System ärgerte, steckte ich ihm den zerknüllten Schein zu, den ich noch von vorhin in der Hand hielt.

Das Geld verschwand, dann zog der Beamte einen langen, weißen Umschlag aus seiner Jacke. „Briefumschlag, Papier und Stift hat er auch von mir bekommen", fügte er hinzu, als erwarte er dafür eine weitere Belohnung. „Es war ihm sehr wichtig, Ihnen zu schreiben."

In dem Moment wurde es draußen laut. Höflich schob Ricardos Bruder mich vor die Tür. „Jetzt werden die Gefangenen gebracht", erklärte er und beförderte mich auf die Straße, „wenn Sie Ihren Freund sprechen wollen, versuchen Sie gleich, ihm etwas zuzurufen."

Plötzlich befand ich mich mitten in einer Schar von Verwandten und Journalisten, die sich vor dem hohen Zaun neben dem Gefängnistor drängten. Im Innenhof des Gefängnisses warteten zwei dunkle Polizeitransporter, ihre hinteren Türen standen weit offen. Da trat bereits eine Reihe Gefangener aus einer Seitentür. Alle trugen Handschellen. Sie wurden abgezählt und stiegen in den ersten Wagen.

Das waren vermutlich die „kleinen Fische", wie Ricardo es gestern ausgedrückt hatte. Als alle saßen, verschlossen die Wärter die Türen des Wagens und das Fahrzeug kam auf unser Tor zu. Die Menge der Wartenden drängte sich an den Zaun, Mütter, Väter und Ehefrauen schrieen durcheinander und winkten ihren Lieben. Während das Auto langsam um die Ecke bog, wurde es am Zaun wieder ruhig. Die Menge zerstreute sich, viele weinten. Wer zurückblieb, wandte seine Aufmerksamkeit erneut dem Innenhof zu, wo jetzt der zweite Transporter seinen Motor anließ.

Im nächsten Moment trat Asher ins Freie. Er wurde rechts und links von einem Sicherheitsbeamten eskortiert, seine Hände und Füße waren gefesselt. Obwohl er sich nur mit kleinen Schritten fortbewegen konnte, ging er aufrecht und erhobenen Hauptes. Dann drehte er seinen Kopf zu der Menge am Tor und musterte die Wartenden, als suche er jemanden, doch die Wärter stießen ihn unsanft in den Wagen. Mein Herz klopfte heftig, während ich durch die offene Tür beobachten konnte, wie er sich auf eine der Bänke niederließ. Ein Wärter schloss seine Handschellen an der Eisenstange fest, die am Dach des Wagens über der Bank verlief. Dann kletterten die Wärter wieder aus dem Wagen und ich schrie Ashers Namen. Genau im gleichen Moment begannen auch alle Journalisten durcheinander zu rufen. „Signor Genzano! *Avete provato ad uccidere Justus Santos?* Haben Sie wirklich versucht, Justus Santos zu ermorden? Warum wollten Sie den Mann umbringen, der für den Weltfrieden eintritt?"

Ich stand auf Zehenspitzen und versuchte, über die Köpfe vor mir hinwegzusehen, aber ich hatte keine Chance. Also trat ich aus der Menge der Journalisten heraus und ging die paar Schritte am Zaun entlang bis zu der Stelle, wo der Wagen gleich vorbeifahren würde. Hier würde Asher mich im Hinausfahren sehen. Ich umfasste das Gitter und war entschlossen, mich nicht von diesem Platz verdrängen zu lassen.

Genau wie ich vermutet hatte, kamen die Journalisten alle hinter mir her, sobald der Wagen sich in Bewegung gesetzt hatte. Außer den beiden Fenstern für Fahrer und Beifahrer hatte das Fahrzeug seitlich keine Fenster, nur an der Rückseite konnte man durch die oben verglasten Türen einen Blick ins Innere des Wagens werfen. Während der Transporter langsam an uns vorbeirollte, hob ich meine Arme und rief Ashers Namen. Dann sah ich ihn. Unsere Blicke trafen sich. Ein Lächeln erhellte sein Gesicht und er drehte sich, so gut es seine nach oben gefesselten Arme erlaubten, zu mir um. Wie gern wäre ich jetzt bei ihm gewesen!

Doch das Polizeifahrzeug bog in die Hauptstraße ein. Die Reporter ließen ihre Mikrofone sinken und die Kameraleute schalteten ihre Geräte ab. Ich nahm meine Arme herunter und entfernte mich langsam. Mein Schmerz um Asher war unerträglich. In dieser Verfassung konnte ich unmöglich zum Gericht fahren, Asher durfte mich so nicht sehen.

Neben mir stand eine italienische Journalistin vor laufender Kamera und sprach die einleitenden Worte für ihre Reportage. Ich ging einfach weiter, hinter ihr vorbei. Wahrscheinlich hatte ich damit die Aufnahme ruiniert, aber das kümmerte mich jetzt nicht. Ich sah hinter dem dunklen Wagen her, wie er die Straße hinunterfuhr, bremste, blinkte und sich zum Linksabbiegen einordnete. Er wollte auf die Brücke über den Tiber fahren. Eine Gruppe von Touristen hatte sich gerade am Geländer aufgestellt, um sich vor dem berühmten Fluss fotografieren zu lassen. Ein Mann mit Fotoapparat stand mitten auf der Straße, sprach mit seiner Gruppe und schien das herannahende Fahrzeug nicht zu bemerken.

Der Fahrer hupte, der Mann machte in Ruhe sein Foto, winkte dem Fahrer gut gelaunt zu und trat erst dann zur Seite. Ärgerlich schüttelte der Fahrer den Kopf, während der Fotograf sich zu seiner Gruppe gesellte.

Ich murmelte: „*E un americanata!*“ und wollte weitergehen. Typisch Amerikaner, arrogant und gedankenlos . . .

Da ertönte hinter mir ein schriller Schrei. Die Journalistin, die gerade noch vor der Kamera gestanden hatte, deutete entsetzt auf die Brücke. Meine Augen folgten ihrem zitternden Finger, dann sah auch ich das kleine Kind, das sich von der Gruppe der Touristen gelöst hatte und auf die Straße trippelte. In letzter Sekunde sah der Fahrer des Polizeiwagens das Kind und trat auf die Bremse. Gleichzeitig riss er das Steuer herum, um dem Kleinen auszuweichen. Ich hörte ein schreckliches, metallenes Knirschen, als das Fahrzeug gegen die Leitplanke schleuderte, das Geländer durchbrach und kopfüber in den Fluss stürzte.

Zusammen mit allen Journalisten und Kameraleuten rannte ich los. Alle schrieen durcheinander, doch ich hörte nur noch mein eigenes Keuchen und das heftige Pochen meines Herzens.

Die meisten waren vor mir am Unfallort. Das Wasser des Flusses war nicht tief, wir konnten von der Brücke aus den Schatten des Wagens sehen. Seine Räder zeigten nach oben. Fahrer und Beifahrer hatten es offensichtlich geschafft, ihre Sicherheitsgurte zu lösen, aus dem Unglückswagen zu klettern und versuchten nun, ans Ufer zu schwimmen.

Nur von Asher war keine Spur zu sehen.

Eine dunkle Wolke senkte sich auf mich und raubte mir jede Kraft. Meine Knie gaben nach und ich setzte mich an die Uferböschung, den Blick unablässig auf die Wasseroberfläche gerichtet. Wie lange war Asher jetzt schon unter Wasser? Wie viele Minuten hatte es gedauert, bis ich hier gewesen war? Drei? Vier? Wie lange konnte ein Mensch unter Wasser die Luft anhalten?

Die Menschen auf der Brücke waren von Panik und Entsetzen

erfasst und starrten wie ich fassungslos und angespannt auf das Wasser. Die Touristen drängten sich zusammen, einige machten Fotos, andere pressten die Hände gegen die Brust und rangen nach Atem. Einige Polizisten kamen aus dem Gefängnis gerannt und sprangen ins Wasser, um ihren Kollegen herauszuhelfen, während die Fernsehkameras alles festhielten.

Ich konnte mich nicht bewegen. Die Minuten verstrichen und ich wusste, ich würde Asher nie wieder sehen. Seine Handschellen waren an der Haltestange angeschlossen. Wahrscheinlich würden sie bald seinen toten Körper zum Ufer tragen und ihn ins Leichenschauhaus bringen. Ich würde mitgehen, würde verhindern, dass sie irgendetwas mit der Leiche machten und würde mich so lange neben ihn setzen, bis sein Herz wieder zu schlagen begann. Anschließend könnten sie mich dann zu einem Psychiater bringen ...

Die Menge der Reporter und Schaulustigen wuchs ständig, doch ich nahm kaum Notiz von ihnen. Ich saß am Straßenrand und sah aufs Wasser, das jetzt eine Gruppe von Polizeitauchern nach dem vermissten Gefangenen absuchte.

Fast drei Stunden waren seit dem Unfall vergangen, da brachen sie endlich ihren Einsatz ab. Einer der Taucher stieg in ein Polizeiboot und sprach dort mit einem Beamten. Kurze Zeit später kam der Beamte auf die Brücke und gab den wartenden Reportern seinen Bericht. Ich schob mich durch die Menge der Zuhörenden, bis ich einen Journalisten fand, der die Worte des Polizeisprechers in Englisch wiederholte.

„Der Einsatzleiter der Polizei berichtet, dass der tragische Unfall ein Todesopfer gefordert hat, Asher Genzano, einen gebürtigen Römer", übersetzte der Journalist und sah möglichst bekümmert in die Kamera. „Auf Grund der Strömungsverhältnisse des Flusses konnte der Leichnam bisher nicht geborgen werden."

Mit zusammengepressten Lippen zog ich mich zurück. Es interessierte mich nicht, wie die Journalisten ihrem Publikum den Unfall erklären würden, mit dieser Variante konnten sie mich jedenfalls nicht überzeugen. Ich hatte mit eigenen Augen gesehen, wie Ashers Handschellen an der Eisenstange befestigt worden waren. Als das Fahrzeug in den Fluss stürzte, blieben die rückwärtigen Türen geschlossen. Außerdem konnte jeder sehen, dass der Tiber um diese Jahreszeit nur sehr träge vor sich hinplätscherte.

Die Wahrheit war unglaublich und unerklärlich. Asher Genzanos Körper war verschwunden.

*

Ich war schon gut einen Kilometer von der Unglücksstelle entfernt, als ich mich an Ashers Brief erinnerte. Für den Bruchteil einer Sekunde untersuchte ich voller Panik meine Taschen, bis ich ihn in meiner Handtasche fand, wo ich ihn in der allgemeinen Aufregung vergessen hatte.

Vorsichtig hielt ich den langen, weißen Umschlag in meiner Hand. Dann beschloss ich, ihn nicht einfach am Straßenrand aufzureißen, sondern den Brief ganz in Ruhe zu lesen. Das nächste Café war nicht weit, ich setzte mich an den hintersten Tisch und bestellte ein Sandwich und eine Tasse Espresso.

Dann erst öffnete ich den Briefumschlag, entnahm das weiße Papier, strich es vorsichtig glatt und begann zu lesen.

Claudia, meine liebe Freundin:

Ich weiß nicht, was der heutige Tag bringen wird, aber es ist mir wichtig, dass du nicht um mich trauerst. Ich glaube, nein, ich weiß, Gott hat meine Seele erlöst. Zu seiner Zeit wird er auch meinen Körper erlösen. Jetzt bin ich dazu bereit. Mit Paulus kann ich heute sagen, ich habe Lust zu leben, aber ich sehne mich auch danach, bei Christus zu sein. Denn jeder, der in Christus stirbt, kann in Frieden ruhen.

In der letzten Nacht habe ich viel über deine Worte nachgedacht und habe schließlich erkannt, wie Recht du hast. Endlich habe ich meine Arbeit, meine Mühen und meine Ziele dem Einen anvertraut, der mir seit über 2.000 Jahren unermüdlich nachgeht. Während ich glaubte, der Welt zu dienen, indem ich den Antichristen suchte, hat Christus mir selbst den größten Dienst erwiesen und mich gesucht. Auch wenn die meisten Menschen meine Geschichte nicht glauben werden, so hoffe ich doch, dass sie ein Zeugnis sein wird für die unermessliche Größe der Güte Gottes. Heute habe ich den Erlöser deutlicher gesehen als damals im Palast von Pilatus. Damals sah ich einen Gefangenen auf dem Weg zu seiner Hinrichtung. Heute sah ich den Gott aller Gnade, der seine Liebe und Vergebung über einen Menschen ausgegossen hat, der diese nie hätte verdienen können. Ich sah ihn, Claudia, und im selben Moment war ich frei.

Dann kam mir noch ein anderer Gedanke, von dem ich nicht weiß, ob er wichtig oder hilfreich ist, aber kannst du dich daran erinnern, dass uns die Bibel auch von Menschen berichtet, die viel länger lebten als die meisten anderen? Adam lebte 930 Jahre, Methusalem wurde 969 Jahre alt. Henoch und Elia starben gar nicht, sondern wurden direkt in den Himmel aufgenommen. Gott hatte für jeden von ihnen einen bestimmten Plan. Jeder ihrer irdischen Tage wurde von dem Allmächtigen gezählt und festgesetzt.

Meine Liebe, damit komme ich zu dem eigentlichen Anlass dieses Briefes. Ich glaube, dass Gott mich in seiner Gnade bald zu sich holen wird. Ich werde ohne ein Testament sterben und es kümmert mich auch nicht, was aus meinem Besitz werden wird. Aber meine Tagebücher möchte ich gerne in deinen Händen wissen. Egal ob ich nur noch eine Woche oder noch ein ganzes Leben im Gefängnis verbringen werde, ich möchte, dass meine kostbaren Bücher dir gehören. Meine liebe Freundin, bitte nimm sie mit dir, wenn du Rom verlässt, und tu mit ihnen, was dir richtig erscheint.

Ich bin dir so dankbar, liebe Schwester, dass du den Mut hattest, mir die Wahrheit zu sagen. Mit einem Gedanken von Hiob, der so viel leiden musste und sich doch nicht von Gott abwandte, komme ich zum Schluss. „Wird denn ein Mensch, der gestorben ist, weiterleben? Das ist meine Hoffnung und in all meiner Not warte ich voller Sehnsucht auf deine Erlösung."

So warte auch ich auf meine Erlösung . . . und auf das Wiedersehen mit meinem Erlöser. Komm bald, Herr Jesus!

Asher Genzano
23. November, Regina Coeli, Gefängnis in Rom.

Mein Blick ruhte lange auf der schwungvollen Unterschrift, dann fuhren meine Finger zärtlich über die schönen, selbstbewussten Schriftzüge.

Asher hatte endlich Frieden gefunden. Was ich heute mit angesehen hatte, war nicht sein Ende, sondern ein neuer Anfang.

Der Chef des Cafés ging zu einem kleinen schwarzweißen Fernsehgerät über der Theke und schaltete die Mittagsnachrichten ein. Sofort erschien die Großaufnahme einer ernst blickenden Reporterin, die vor dem Ufer des Tiber stand. Im Hintergrund sah ich die Taucher in ihren nassen, schwarzen Anzügen und das ernste Gesicht des Polizeisprechers. Ich hörte nur den einen Satz: „*Temiamo che il prigioniero sia morto*. Wir fürchten, der Gefangene ist tot.“

„Nein“, flüsterte ich und faltete Ashers Brief zusammen. „*Sappiamo che il prigioniero è libero*. Wir wissen, dass der Gefangene frei ist.“

Ich freute mich für Asher. Trotzdem zitterten meine Lippen und meine Augen füllten sich mit Tränen.

Er würde mir schrecklich fehlen.

Nachwort

Eine Woche später stand ich auf dem Flughafen *Fiumicino*. Außer meinem Gepäck nahm ich noch 42 Kartons mit nach Hause, die Ashers Tagebücher enthielten. Die römische Stadtverwaltung hatte Ashers Hotel mit Freuden übernommen und willigte gern ein, mir den „Berg verstaubter Bücher" zu überlassen, wie es der staatlich eingesetzte Gutachter formuliert hatte. Als Erstes würde ich die fremdsprachigen Bände übersetzen lassen und dann alle Bücher von Anfang an sorgfältig durcharbeiten.

Ich hatte schon eine Vielzahl von Ideen, was ich mit diesem Lebenswerk Ashers alles machen könnte. Allein sein historischer Wert war unschätzbar. Mit diesen Texten würden längst vergangene Zeiten und Persönlichkeiten zu neuem Leben erweckt werden. Dazu würden auch manche finsteren Epochen der europäischen Geschichte erhellt werden. Wenn ich nur an den Bericht aus der Zeit der Inquisition dachte; so mancher kirchliche Würdenträger würde daran sicher nicht gerne erinnert werden. Dann die Begegnung mit Hitler – welcher Politiker würde dieses Kapitel nicht mit Spannung lesen? In seinem Eifer, den Antichristen zu finden, hatte Asher einige der erschreckendsten Persönlichkeiten der westlichen Welt kennen gelernt.

Die Stewardess winkte mich zum Schalter. Für einen kräftigen Zuschlag wurden neben meinem Gepäck auch meine kostbaren Bücherkartons in das Flugzeug geladen. Ich empfing meine Bordkarte und betrat die Wartehalle. Gerade wollte ich es mir mit einem Buch aus dem Flughafenkiosk bequem machen, als ein an der Decke befestigter Fernseher meine Aufmerksamkeit auf sich zog. Eine Großaufnahme von Justus Santos wurde gezeigt, dann las ich im unteren Teil des Bildschirms die Zeile *Morti in scontro automobilistico*.

„*Morti . . .*" Mir stockte der Atem. Morti bedeutete tot.

Zitternd starrte ich auf den Fernseher. War es möglich, dass Justus Santos tot war? Ich hielt mich an meiner Armlehne fest und versuchte angestrengt, etwas von dem nun folgenden Bericht zu verstehen. Aufnahmen von Santos und Synn wurden gezeigt, dann Angelo am Steuer der großen Limousine. Die nächste Szene zeigte Bilder eines Verkehrsunfalls. Der Wagen war nicht mehr zu erkennen, übrig war nur noch eine undefinierbare Metallmasse, die sich in einen dicken Baumstamm gebohrt hatte. Am Straßenrand lagen zwei Tote unter weißen Tüchern. Darien Synn wurde auf einer Trage in den Krankenwagen gehoben.

Die Idealisten bei Global Union taten mir Leid. Einige von ihnen hatte ich wirklich gemocht, viele hatte ich schätzen gelernt. Sie alle hatte der Wunsch nach Frieden in der Welt zusammengebracht. Nun würde Il Direttore vermutlich die Leitung der Organisation übernehmen . . . falls ich ihn nicht vorher hinter Gittern gebracht hatte.

Ein schrecklicher Gedanke durchzuckte mich. Asher wäre bereit gewesen, den Rest seines unsterblichen Lebens im Gefängnis zu verbringen, weil er sich so sicher war, dass Santos zum Antichristen werden würde und – er hatte sich geirrt!

Die Situation war so absurd, dass ich grinsen musste, obwohl mir überhaupt nicht zum Lachen zu Mute war. „Aber Signor Pace", flüsterte ich und wandte meinen Blick vom Bildschirm ab, „hatte Recht. Es ist nicht gut, nach dem Bösen zu suchen, während wir eigentlich für die Menschen da sein sollten, die nichts von der Gnade Gottes wissen."

Die Passagiere der ersten Klasse wurden aufgerufen. Ich sah mir noch einmal das Foto von der bronzenen Tafel an, die ich am Eingang des Sole al Pantheon hatte anbringen lassen. So lange das Hotel im Herzen Roms stehen würde, könnte jeder Gast meine Würdigung für den Mann lesen, der länger als jeder andere in Rom gelebt hatte:

Gnade zieht so allmählich in ein menschliches Herz ein,
wie das Licht der Morgensonne langsam am Horizont erscheint:
Zuerst dämmert es, dann wird es hell,
und schließlich erstrahlt das Licht in seiner ganzen Helligkeit.
Thomas Adams

Ich wischte mir die Tränen aus den Augen, schob das Foto in meine Handtasche zurück und reihte mich in die Schlange der wartenden Passagiere. Als ich kurz darauf meinen Platz eingenommen hatte und noch mit meinem Sicherheitsgurt beschäftigt war, sprach mich die Frau auf dem Sitz neben mir an.

„Sie haben aber eine hübsche Kette", meinte sie freundlich und zeigte auf meine Goldkette, an der die Taschenuhr meiner Mutter baumelte.

„Danke". Endlich war der Gurt eingerastet und ich wandte mich meiner Nachbarin zu. „Es ist ein Erbstück meiner Mutter. Sie hat Rom sehr geliebt."

„So geht es mir auch", nickte die Frau, lächelte offen und zeigte alle Anzeichen einer freundlichen, aufgeschlossenen Person. „Leider war ich nur übers Wochenende in Rom und hatte viel zu wenig Zeit, um auch nur einen Teil dessen zu sehen, was mich interessiert hätte."

Ich erwiderte ihr Lächeln. „Ich war zehn Wochen in Rom", erzählte ich, „und ich habe wirklich unglaubliche Dinge erlebt."

„Haben Sie Lust, mir davon zu erzählen?" Ihre Pupillen weiteten sich vor Interesse. „Wir haben einen langen Flug vor uns und ich habe mir nichts zu lesen mitgenommen."

Ich strich meinen Rock glatt und berührte meine Uhr. In ihrem Deckel standen die Worte: *Vergeude deine Zeit nicht, denn daraus ist dein Leben gemacht . . .*

„Ich werde Ihnen alles erzählen", nickte ich, „und ich verspreche Ihnen, Sie werden sich bestimmt nicht langweilen!"

Quellen

Ashers Erinnerungen an die Inquisition entstammen den Augenzeugenberichten aus dem Buch „The Inquisition" von Edward Burman. Die beiden Strophen des Gedichtes über den Ewigen Juden sind Teil der „Roxburghe Ballads" von John Ker Roxburghe und werden in „The Legend of the Wandering Jew" von George K. Anderson zitiert.

Besonderen Dank schulde ich den Autoren und Freunden Nancy Moser, Robert Elmer, Melody Carlson und Molly Bull, die ihre lebhaften Erinnerungen an Rom mit mir geteilt haben. (Danke euch allen, bald werde auch ich nach Italien reisen!) Ferner möchte ich Grant Jeffrey danken, der mir vieles über die Legende des Ewigen Juden erzählte, ebenso wie Susan Richardson, die mich in schwierigen Zeiten begleitete und mir wichtige Rückmeldung gab. *Molto grazie, amici!*

Darüber hinaus danke ich den folgenden Autoren für ihre wertvollen Bücher:

Anderson, George K.: *The Legend of the Wandering Jew*. Hanover, N.H.: Brown University Press, 1991.

Blumberg, Arnold, Hrsg.: *Great Leaders, Great Tyrants.* Westport, Conn.: Greenwood Press, 1995.

Burman, Edward: *The Inquisition.* New York: Dorset Press, 1984.

Chirot, Daniel: *Modern Tyrants.* New York: The Free Press, 1994.

Dimitrius, Jo-Ellan und Mark Mazzarella: *Reading People.* New York: Random House, 1998.

Grun, Bernard: *The Timetables of History.* New York: Simon and Schuster, 1991.

Hindson, Ed: *Is the Antichrist Alive and Well?* Eugene, Ore.: Harvest House, 1998.

Hofmann, Paul: *The Seasons of Rome.* New York: Henry Holt and Company, 1997.

Jeffrey, Grant: *Final Warning.* Toronto: Frontier Research Publications, 1995.

Lewis, David: *The Secret Language of Success.* New York: Carroll & Graf Publishers, 1989.
Neighbor, Travis und Monica Larner: *Living, Studying, and Working in Italy.* New York: Henry Holt and Company, 1998.
Pentecost, J. Dwight: *Things to Come.* Grand Rapids, Mich.: Zondervan, 1964.
Sacks, Oliver: *The Man Who Mistook His Wife for a Hat.* New York: Harper Perennial, 1985.
Stableford, Brian, Hrsg.: *Tales of the Wandering Jew.* Sawtry, U.K.: Daedalus Ltd., 1991.
Wild, Fiona, Hrsg.: *Rome.* New York: DK Publishing, 1997.